Pollyanna & Pollyanna Grows Up
愛少女波麗安娜

愛蓮娜・霍奇曼・波特 Eleanor H. Porter ◎著
劉芳玉、蔡欣芝◎譯

目錄

第一部

第二部

第一部

1 波麗小姐

六月的一個早晨，波麗．哈靈頓小姐有些匆忙地走進廚房。通常，波麗小姐很少如此步履匆匆。事實上，她對自己擁有優雅從容的姿態頗為自豪。但今天，她確實顯得有些慌亂。正在水槽旁清洗物品的南西抬起頭來，驚訝地看著她。雖然，南西到波麗小姐這裡工作，前後也不過只有兩個月的時間，但她知道，女主人今天的匆忙實在很不尋常。

「南西！」

「是的，小姐！」南西輕快地回答，一邊擦著手上的水壺。

「南西！」波麗小姐的語氣突然變得嚴厲，「我在跟妳說話的時候，希望妳可以停下手邊的工作，專心聽我說。」

南西的臉倏地漲紅，馬上放下水壺，但是因為抹布還掛在水壺上，差點就打翻了水壺，這讓南西更加慌亂。

「是，小姐。我、我……以後會注意的。」南西趕緊把水壺放好，匆忙轉過身來，結巴地說：「因為您特別交代我，今天早上的清潔工作要快點完成，所以我才沒有停下來。」

女主人皺起眉頭，「好了，以後注意點，南西。而且我不想聽妳解釋，我只需要妳現在專心聽我說。」

「是，小姐。」南西在心裡偷偷嘆口氣。不論她怎麼做，似乎都無法讓眼前的這個女人滿意。

這是南西首度外出工作，她家位於六英里遠之外的偏鄉地區，由於父親驟逝，家中頓時失去依靠，而母親長期臥病在床也無法承擔起家中經濟。同時，南西底下還有三個年幼的弟妹，她迫不得已只好出來賺錢貼補家用。

最初，當南西得知未來將在山丘上的豪華別墅裡做廚房工作時，她非常高興。她一直都知道，波麗．哈靈頓小姐是古老的哈靈頓莊園唯一的主人，也是這座小鎮上最富有的人之一。但是，經過這兩個月的相處，她發現波麗小姐是個嚴肅，且不苟言笑的女人。只要刀子不小心掉到地上，發出哐噹聲響，或是南西一不留神，讓門砰的關上，都會令波麗小姐皺起眉頭。不過，即使家中一切井然有序，南西依舊不曾看她露出一絲笑容。

「南西，等妳把早上的工作做完後，」波麗小姐開始說：「上去把閣樓裡的那間小房間打掃一番，再放進一張摺疊床。當然，房間裡的箱子也要搬出來，整個房間的每個角落都要仔細打掃乾淨。」

「好的，小姐。不過，那些搬出來的東西要放到哪裡去呢？」

「放在閣樓的另一邊。」波麗小姐猶豫了一下，接著說：「我還是告訴妳好了，南西。其實，我十一歲的外甥女波麗安娜．惠提爾，要搬過來和我一起住，那就是她未來的房間。」

「有小女孩要來？哈靈頓小姐！這真是太好了！」南西忘情脫口而出地說。她想起了在老家她鍾愛的小妹妹，只要有她們在的地方，那裡就會充滿陽光，充滿朝氣。

「好？」波麗小姐不以為然地說：「我可不這麼認為。但是，我還是會做好我該做的事，把她照顧好。我是個好心人，至少我希望如此，而我知道我必須承擔起這個責任。」

聽到波麗小姐這麼說，南西的臉漲得通紅，不知所措，但她仍試圖說點中聽的話。「當然，小姐。只是，我認為如果有個小女孩在的話，她……應該可以讓您的生活更多采多姿。」

「謝謝！」波麗小姐冷冷地回了一句，「不過，我想沒這個必要。」

「不過，您、您……還是希望她過來吧？畢竟她是您姊姊的孩子。」南西小心翼翼地問。雖然她說不上來是什麼原因，但她總認為她必須準備些什麼，來歡迎這位孤單的小客人。

波麗小姐傲慢地抬起下巴。

「南西，妳說得沒錯。但這只是因為我剛好有個姊姊，而她愚蠢地踏入婚姻，也不想想這個世界已經夠擠了，竟然還生了一個小孩。而我實在看不出，到底有什麼理由，可以讓我歡天喜地去幫他們照顧這個孩子。但是，我剛剛說了，我知道我有這個義務。所以，南西，妳必須把房間裡的每個角落都打掃得乾乾淨淨。」波麗小姐劈里啪啦說完之後，旋即轉身離開廚房。

「是，小姐。」南西嘆了口氣，拿起剛用溫水沖洗過但還沒擦乾的水壺。這會兒，水壺已經冷了，水漬附著在上面，得再重洗一遍了。

波麗小姐回到房間，把那封她在兩天前收到，來自遙遠西部小鎮的信再拿了出來，信封上寫著：「佛蒙特州，貝爾丁斯維爾鎮，波麗．哈靈頓女士收」。對波麗小姐來說，這個自遠方而來的「驚喜」，實在無法令人開心。

信裡寫道：

親愛的女士：

很遺憾必須告訴您這樣悲傷的消息，約翰．惠提爾牧師在兩週前離開人世，留下一名十一歲的女兒，波麗安娜。您一定也知道，惠提爾牧師在我們這個小小的教會服務，薪資十分微薄。所以，除了幾本書之外，他幾乎什麼也沒留下。

我們知道，他是您已故姊姊的丈夫，雖然他告訴我，他與你們家族的關係並不好。但是，他希望您能看在您已故姊姊的分上，收留這個孩子，讓她有機會與東部的親人一同生活，並在親人的照顧下長大。因為這樣，我才冒昧地提筆寫信給您。

當您收到這封信時，這個女孩應該已經準備好了。如果您願意接受她，也答應讓她立刻到您那裡，希望您能寫封信告訴我們，我們將十分感激。近日有對夫妻將前往東部，他們可以帶著她同行，到波士頓後會把她送上往貝爾丁斯維爾的火車。當然，我們會提前告知您，波麗安娜所搭乘的火車班次與抵達日期。

靜候您的佳音。

傑瑞米・歐・懷特敬上

波麗小姐皺著眉地把信摺起塞進信封裡。她在前天已經把回信寄出去了，當然，她也答應收留那孩子。她發自內心地希望自己確實做好心理準備，畢竟這可不是件什麼好差事。

她坐在椅子上，手裡握著那封信，想起了她的姊姊珍妮，也就是這個孩子的母親。她記得，珍妮在二十歲的時候，不顧家人反對，執意要嫁給那個年輕牧師。當時，有個富豪也想娶珍妮為妻，全家人都比較喜歡那名富豪，只有珍妮不這麼想。那名富豪比年輕牧師年長，不僅家境優渥，也十分成熟。反觀那個牧師，滿腦子空有理想與熱情，以及滿腔對珍妮的愛。但很顯然地，對珍妮而言，理想、熱情與愛，比財富更能擄獲她的心。所以她嫁給了牧師，跟著他到南方去，成了一名傳教士的妻子。

從那時開始，珍妮與哈靈頓家的親情出現裂痕。當時，波麗小姐才十五歲，是家裡最小的孩子，但她清楚記得，從那時起，家人就不太和成為傳教士妻子的珍妮聯絡。不過有一段時間，珍妮曾寄信回家，信裡提到，她為最後一個孩子命名為「波麗安娜」，取自於珍妮兩個妹妹的名字，波麗跟安娜，而珍妮的其他孩子都夭折了。這也是珍妮的最後一封信。不出幾年，牧師寄了一張內容簡短、卻字字令人心碎的明信片給哈靈頓家，告知他們珍妮的死訊。明信片上頭蓋著一個西部小鎮的郵戳。

但是，哈靈頓莊園的時間，並沒有因為珍妮的離開而停止，波麗小姐早已不再是十五歲的小女孩了。此時，她望著窗外綿延的山谷，思索著這二十五年來所發生的一切。

波麗小姐今年已經四十歲了，雙親跟姊姊們都已離開人世，只剩下她一人孤獨地守著哈靈頓家。這麼多年以來，她一直是這棟房子唯一的主人，一個人守著父親留給她的龐大遺產。許多人對她孤單的生活表示同情，也有人勸她多交些朋友或找個伴一起生活。但她認為，自己既不需要他們的憐憫，也沒必要採納他們的建議。她總說自己不孤單，喜歡一個人生活，喜歡安靜的日子。但是現在……

波麗小姐眉頭深鎖地站起身來，緊抿著雙唇。她對自己是個好人這件事毫不懷疑，而且不僅清楚知道自己的責任，也認為自己有足夠的能力把事情做好。但是——波麗安娜——這個名字也未免太荒唐了！

2 老湯姆和南西

在閣樓的小房間中，南西正賣力地打掃整個房間，特別是藏在角落的汙垢。事實上，她如此盡心盡力地打掃，很多時候並不是對清除汙垢有多大熱情，反而比較像是在發洩自己的情緒——南西雖然對女主人非常敬畏，也非常順從，但她可不是聖人。

「我——只——是——想——把——她——靈——魂——的——每——個——角落都——好——好——清——乾——淨！」她拿著一支尖頭撢子邊撢灰塵邊抱怨，每說一個字，就殺氣騰騰地往前用力刺一下。「很多東西要清，好啊，要清就清個夠！房子明明這麼大，有這麼多的房間可以挑，竟然會想把這孩子丟到這麼高又這麼悶熱的小房間，冬天還沒有壁爐可用！什麼叫做世界夠擠了竟然還生小孩，真是的！哼！」南西氣到劈里啪啦地數落個不停，擰抹布的手也因為太過生氣地用力過猛，而開始隱隱作痛。「我看現在最多餘的才不是孩子，才不是，才不是！」

在安靜地打掃好一段時間之後，她的任務終於完成。離去之前，她一臉嫌惡地環顧了這個空無一物的小房間。

「好啦，無論如何，我的工作總算是完成了。」她嘆了口氣自言自語，「這裡現在是一點灰塵也沒有……不只沒有灰塵，其他的東西也幾乎什麼都沒有。可憐的孩子！竟然讓一個離鄉背井、寂寞孤單的孩子住在這種鬼地方，真是有夠壞心！」

南西說完便走出房間，順手把門帶上時，一不注意就發出「砰！」的一聲。「噢！」她嚇得脫口而出，並有些懊惱地倔強說著：「算了，我才不在乎，我倒希望她真的有聽到。」

此時已是下午時分，南西發現還有時間可以去找老湯姆聊天，便往花園走去。老湯姆是這個家的園丁，負責除草及整理小徑的工作，已經在這個家工作了大半輩子。

「湯姆先生。」南西快速地將四周掃視一遍，確認沒人注意到她，才出聲喊了湯姆，並接著說：「你知道有個小女孩要來和波麗小姐一起住嗎？」

「有……什麼？」老人費力地挺起駝背問道。

「有個小女孩……要來跟波麗小姐一起住。」

「妳在說笑嗎？繼續說，沒關係。」老湯姆一點也不相信，好像南西說了天方夜譚的故事。「妳乾脆說明天太陽會從東邊落下好了。」

「我說的是真的，是她親口告訴我的。」南西繼續解釋。「那個小女孩今年十一歲，是她的外甥女。」

老人張大著嘴，一副不可置信的樣子。

「妳確定！那會是誰呢？」他喃喃自語著；沒多久，他刻畫著歲月痕跡的雙眼，眼神突然變得柔和起來。「難道是……不，一定是，一定是珍妮小姐的女兒！小姐的姊姊中，只有她有結婚。

南西，她一定是珍妮小姐的女兒。天啊，沒想到我還有機會見證這些事！」

「珍妮小姐是誰？」

「她是天上派來的天使。」老人感慨地嘆了一口氣。「珍妮小姐是先生和太太的長女。她在二十歲時結婚，離開了這裡。這都已經是好多年前的事了。我聽說她生的孩子都夭折了，只有最小的女兒活了下來；這個小女兒一定是即將搬來這裡的女孩。」

「她今年十一歲。」

「沒錯，她應該是這個年紀。」老人點點頭。

「那小姐竟然還讓她住閣樓——她真該羞愧得無地自容！」南西邊罵邊迅速往後方的房子瞄了一眼。

老人先是皺了皺眉頭，但下一秒，他的嘴角露出了一抹好奇的微笑。

「我在想，這下子屋裡多了一個小孩，波麗小姐不知道會怎麼辦？」

「哼！我倒認為，和波麗小姐住，這孩子才會不知道該怎麼辦哩！」

聽到南西這麼說，老人笑出聲來，說道：「妳好像不是很喜歡波麗小姐。」

「應該沒人會喜歡她吧！」南西輕蔑地說。

這時老湯姆的臉上閃過一抹詭異的笑容，並繼續工作著，慢條斯理地說：「我猜，妳大概不知道波麗小姐的愛情故事。」

「愛情故事——她？怎麼可能！我想，知道她愛情故事的人應該不存在吧。」

「有啊，很多人都知道。」老人點點頭。「而且，那個人現在還住在鎮上。」

「那個人是誰？」

「我不會說的。這不是我該說的話。」老人挺直身子望向身後的這棟房子。從他深沉的藍眼睛中，可以看出一個忠心耿耿的僕人，真心地為自己侍奉的家族感到驕傲，以及他對這個家族累積多年的愛。

「小姐有戀人？怎麼想都覺得不太可能。」南西仍不相信。

老湯姆搖了搖頭。

「妳對波麗小姐的認識不如我深。」他反駁道。「她以前真的很美，而且只要她願意，她現在也還是可以那麼美。」

「美？波麗小姐？」

「沒錯，只要她願意像以前一樣，把紮得緊緊的髮髻自然地放下來，再戴一頂上面有小花的小圓帽，最後再穿一件全身都是白色蕾絲的那種衣服，妳會見識到她也是很美的。而且南西，波麗小姐其實並不老。」

「她不老嗎？那她扮老的功力一定非常好。」南西嗤之以鼻地說。

「是啊，我懂妳在說什麼。她是在感情出了問題之後，才變成現在這個樣子的。」老湯姆一邊說一邊點著頭。「從那時開始，她就像被餵了苦艾草和帶刺的薊一樣，變得敏感易怒又難相處。」

「她的確是如此，」南西不平地表示，「她看什麼都不順眼。無論我怎麼努力，用盡一切方法，她還是不滿意！要不是為了薪水、為了家計，我早就走了。但忍耐也是有限度的，等到我忍無可忍，我會一走了之，永遠跟這裡的生活說再見。說到做到。」

老湯姆搖了搖頭。

「我懂。我懂妳的感受。我知道妳是認真的，但這樣不好，孩子；這樣真的不好。想想我說的話，真的不好。」他說完，再度低下頭繼續眼前的工作。

「南西！」房子裡傳來尖銳的呼叫聲。

「是……是的，小姐。」南西結結巴巴地回應，並連忙快步走回到屋裡去。

3 波麗安娜來了

回覆波麗小姐的電報很快就到了，上面寫著，波麗安娜會在六月二十五日的下午四點鐘，也就是明天，到達貝爾丁斯維爾。波麗小姐皺著眉讀完電報，然後走上樓梯到了閣樓的小房間，依舊皺著眉頭地檢視房間狀況。

房間裡擺著一張乾淨的小床、兩把直背椅、一個臉盆架、一張沒有鏡子的梳妝臺，還有一張小桌子。天窗上沒有窗簾、牆上也沒有圖畫裝飾。陽光整天都能從屋頂的窗戶照射進來，加上沒有紗窗，所以窗戶緊閉，讓房間裡悶熱得像個小火爐。一隻大蒼蠅在房裡飛來飛去，奮力振翅發出嗡嗡的聲音，試圖從這緊閉的空間逃出去。

波麗小姐打死了那隻蒼蠅，將窗戶往上推起一小縫隙，然後把蒼蠅掃了出去。接著，她把椅子扶正，皺了皺眉，離開了房間。

「南西。」幾分鐘後，波麗小姐來到廚房門口。「我在閣樓波麗安娜的房間裡發現一隻大蒼蠅，這代表窗戶一定被打開過。我已經叫人來裝紗窗了，但是在這之前，窗子不准再打開。我的外甥女會在明天四點抵達。我希望妳去車站接她。提摩西會駕著馬車載妳去車站。電報上說，波麗安娜有『一頭淺色頭髮、穿紅色格子棉布裙、戴一頂草帽』。我知道的就這些，不過我想這些資訊已經可以讓妳認出她了。」

「好的，小姐，可是……您……」

波麗小姐知道南西想要說什麼，於是皺著眉頭，乾脆地說：

「不，我不會去接她的。我認為我根本沒必要去，就這樣吧。」說完，便轉身離開廚房。於是，波麗小姐為波麗安娜所做的安排，就這麼決定了。

廚房裡，南西拿著熨斗在她剛剛處理到一半的餐巾上，使勁地熨了一下。

「『一頭淺色頭髮、穿紅格子棉布裙、戴一頂草帽』，她知道的就只有這些，就這些！換成我，我還真是沒辦法說出這樣的話來。那畢竟是她唯一的外甥女啊，更何況她還從西岸大老遠地跑到這裡來。」

隔天，大約三點四十分，提摩西與南西駕著馬車去車站接他們的小客人。提摩西是老湯姆的兒子。鎮上的人說，如果說老湯姆是波麗小姐的右手，那提摩西便是她的左手，兩人都是得力助手。

提摩西是個秉性善良、長相英俊的年輕人。儘管南西來到哈靈頓莊園工作的時間並不是很長，但是他們倆已經成了好朋友。不過，今天的南西實在太在意波麗小姐交代的任務，所以不像平常一樣健談。一路上，她都十分安靜，到站後就懷著興奮的心情，在車站等待波麗安娜，幾乎都沒跟提摩西說上一句話。

她在心中一遍又一遍地複習「一頭淺色頭髮、身穿紅格子棉布裙、戴一頂草帽」，同時也不停地想像波麗安娜是個怎麼樣的孩子。

「我希望她是個安靜懂事的孩子，而且不會把刀叉掉到地上，或是把門砰的關上，這可是為了她好。」她嘆了口氣，對著剛從別處蹓躂回來的提摩西說。

「哈哈！如果她一點都不安靜，真不知道對我們其他人的生活，會造成什麼樣的影響呢。」提摩西笑著說。「想像一下，波麗小姐跟一個吵鬧的孩子相處的畫面。啊，快聽！是火車的汽笛聲。」

「噢，提摩西，我……我覺得小姐對她的外甥女太刻薄了……」南西在回應提摩西的同時，慌慌張張地跑向可以清楚看到下車乘客的位置。

沒過多久，南西就看到她了。一個瘦瘦的小女孩穿著紅格子棉布裙，頭髮綁成兩條粗粗的麻花辮垂在背後，草帽下那張有著雀斑的小臉充滿了期盼的神情。她不停左顧右盼，很明顯正在找人。

雖然南西立刻就認出她來，但她控制不了自己顫抖的膝蓋，以致遲遲無法走向前。當南西好不容易平靜下來走過去時，下車人群已散，只剩小女孩一個人靜靜地站在那裡。

「妳是……波麗安娜小姐嗎？」南西用有點顫抖的聲音問道。話才剛說完，小女孩就衝向她緊緊抱住，緊到南西都快窒息了。

「噢！能見到您我真是太開心了！」一個興奮熱切的聲音在南西的耳邊叫道，「噢！我當然是波麗安娜，您能夠來這裡接我，真是太好了！我一直盼著您呢。」

「妳……妳盼著我來接妳？」南西驚訝地問，很疑惑波麗安娜怎麼會知道自己，而且還期待自己來接她。「妳……真的很希望我來接妳？」南西又問了一次，一邊想要把自己的帽子戴正一點。

「噢，當然！我整天都在想像您的樣子。」小女孩高興到幾乎是用喊的在說話，並好奇地打量著尷尬的南西。「現在我知道啦！您就跟我想像的一模一樣。」

此時，提摩西朝著她們兩人走來，這讓南西鬆了一口氣，因為波麗安娜的話實在令她摸不著頭緒。

「這個是提摩西。妳應該有行李箱吧？」南西試探地問。

「我有啊。」波麗安娜用力地點點頭。「我有一個新的行李箱，是婦女勸助會的人買給我的。她們人真好，不是嗎？其實，她們很需要新地毯，但還是買了個行李箱給我。雖然我不知道這個行李箱值多少張紅地毯，但總是能買一些的，至少可以鋪滿半個教堂的走道吧，您覺得呢？另外，我這裡有一個小東西，格雷先生說是張寄放單，要我在拿行李箱之前把它交給您。格雷先生是格雷太太的丈夫，他們是卡爾執事的表親，我跟他們一起搭車到東部來，他們人非常好！噢，等一下，在這裡。」波麗安娜停下腳步，好不容易才在包包裡摸出那張寄放單。

南西深深吸了一口氣。事實上，在聽完波麗安娜的「長篇大論」之後，還真有必要來個深呼吸。南西偷偷瞧了提摩西一眼，但提摩西卻故意看向另一邊。

好不容易，他們三個人一起離開了火車站。他們把行李箱放在馬車後頭，波麗安娜坐在南西與提摩西中間，身體緊緊貼著兩人。從他們準備踏上歸途開始，小女孩就像連珠砲似地，不斷拋出一大堆問題跟看法。而南西則試圖跟上波麗安娜的思路，搞得她有點暈頭轉向，差點喘不過氣來。

「快看哪！多美啊！那跟我們住的地方離得很遠嗎？我希望很遠，因為我喜歡坐馬車。」馬車才剛離開火車站，波麗安娜就這麼說。「當然，如果很近也沒關係，我不會在意，因為我想早點到家。哇！這條路好美！爸爸以前跟我說過這條路很漂亮，我就知道。」

突然間，她停止說話，似乎呼吸不太順暢。南西擔心地望著她，發現她的小臉顫抖，眼眶裡盈滿淚水。但是，她馬上勇敢地抬起頭。

「爸爸跟我說過這裡的一切，他全部都記得。對了……還有件事我應該要先告訴您的。格雷太太說，一見到您，我就應該跟您解釋，為什麼我穿著紅色的裙子，而不是黑色。她說，因為我爸爸剛去世，如果您看到我穿紅色衣服，一定會覺得很奇怪。可是，教堂的捐獻物資裡，除了一件天鵝絨緊身衣，就沒有其他黑色的衣服了。卡爾執事的夫人說，那件緊身衣一點都不適合我。而且，那件衣服許多地方都舊到磨出白點了，包括手肘處。有些婦女勸助會的人想過要買一件新的黑裙子跟帽子給我，但是有些人認為，那些錢應該用來給教堂買新的紅地毯。懷特夫人跟我說，這樣穿也沒關係，而且她也不喜歡穿黑色衣服的小孩。我是說，她當然很喜歡小孩，只是不喜歡他們穿黑色的衣服。」

波麗安娜停下來喘口氣。而南西則結結巴巴地說：

「我想，這樣穿……應該還好。」

「您能這樣想，我真是太開心了。我也是這麼覺得。」波麗安娜點著頭說，突然又有點哽咽，「穿黑色的衣服實在很難開心起來。」

「開心！」南西驚訝地倒抽一口氣，打斷波麗安娜的話。

「是啊，爸爸去天堂陪媽媽，跟其他離開我們的人待在一起。雖然他說我一定要快樂，可是真的很難，就算穿了紅格子裙也很難真正開心起來，因為……我……我實在太想他了。而且，我總覺得爸爸應該要陪著我，因為媽媽和其他人，在天上有神還有許多天使陪伴。可是，我除了婦女勸助會的人以外，就沒有人陪我了。不過，我想我之後會開心起來的，因為我有您了啊，波麗姨媽。真高興我還有您！」

南西的心原本完全沉浸在心疼身旁這個小女孩的同情裡，但是聽到她的最後一句話，南西整個人嚇了一跳。

「噢，我想……親愛的，妳誤會了。」南西結結巴巴地說：「我是南西，我不是妳的波麗姨媽。」

「妳……妳不是嗎？」小女孩吃驚地問，一臉困惑。

「不是，我是南西。我不知道妳誤以為我是妳的波麗姨媽，我們兩人一點也不像。」

提摩西在一旁竊笑，而南西因為一心想趕快跟波麗安娜解釋清楚，實在沒空理會他那副看熱鬧的表情。

「噢，那妳是誰呢？」波麗安娜問道，「妳看起來也不像是婦女勸助會的人耶！」

聽到這句話，提摩西忍不住笑了出來。

「我是南西，是波麗小姐雇用來做家事的。除了洗衣服跟燙衣服之外，其他工作都是我負責。衣服的部分則是德金小姐的工作。」

「但是，有一位波麗姨媽吧？」小女孩急切地問道。

「我向妳保證一定有。」提摩西插嘴。

波麗安娜明顯鬆了一口氣。

「噢！那就好。」沉默一會兒之後，她的臉龐又明亮了起來。「妳知道嗎？我還是很開心，雖然她沒有親自來接我，但是我就要跟她住在一起了，而且我還有你們陪我。」

聽到這些話，南西頓時漲紅了臉。提摩西轉向她，給她一個壞壞的笑容。

「她的嘴還真甜呢。」他說：「南西，妳怎麼還不謝謝這個小女孩呢？」

「我……我還在想波麗小姐的事情。」南西吞吞吐吐地說。

波麗安娜放心地吁了一口氣。

「我剛剛也在想波麗姨媽的事，我對她的事情很好奇。妳知道，她是我唯一的姨媽，可是我從來都不知道我有一個姨媽，是爸爸後來才告訴我的，他說她住在山上的漂亮大房子裡。」

「妳說的沒錯。妳現在就能看到了。」南西說：「就是前面那棟有綠色百葉窗的白色房子。」

「哇，太漂亮了！房子周圍還有很多樹跟草地，我從來沒有看過這麼大片的草地呢。我的波麗姨媽是不是很有錢呀，南西？」

「是的，小姐。」

「我好高興喔！有錢的感覺一定很好，我還沒有認識任何一個有錢人呢！除了懷特一家之外，他們大概也很有錢。因為他們家的每個房間都鋪著地毯，週末他們都會吃冰淇淋。波麗姨媽週末也吃冰淇淋嗎？」

南西搖搖頭，嘴角忍不住微微抽動，笑著給提摩西使個眼色。

「不會，小姐。我猜妳的姨媽不喜歡冰淇淋，至少，我沒有在餐桌上看過冰淇淋。」

波麗安娜一臉失望。

「噢，她不喜歡嗎？太可惜了！不知道她為什麼不喜歡。但是，我還是覺得很開心，因為，不吃冰淇淋，肚子就不會痛了。我有次吃了很多懷特夫人給的冰淇淋，真的很多，結果就肚子痛了。雖然波麗姨媽不愛吃冰淇淋，但是姨媽的房子裡或許有鋪地毯呢。」

「是的，有地毯。」

「每間房間都有嗎？」

「呃，幾乎每一間都有。」南西回答，可是，她突然想到，閣樓裡的那間小房間並沒有地毯啊，南西不禁皺起眉頭。

「噢，我太高興了。」波麗安娜歡呼，「我好喜歡地毯。以前我們家裡一塊地毯都沒有。之前教堂的捐獻物資裡有兩塊小地毯，可是其中一塊的上面有墨水印。除此之外，懷特夫人家還有漂亮精美的畫，有的畫著玫瑰，有的畫著跪坐的小女孩，有些畫的是貓咪、小羊，還有一隻獅子。不過，小羊和獅子沒有畫在一起。噢，不過《聖經》上說牠們總有一天能夠好好相處。雖然在懷特夫人的畫裡，牠們沒有被畫在同一張上。妳呢？妳喜歡畫嗎？」

「我……我不知道。」南西回答，她的聲音像是被什麼東西塞住了。

「我喜歡噢。可是我們那裡沒有畫，妳知道的，大家不太會把畫捐給教堂。不過，還是有人捐過兩幅畫。但是，其中一幅太好了，所以牧師把它賣掉，然後另外買了一些鞋子。而另一幅實在太糟糕了，我們才剛把它掛起來，它就變成碎片了。我指的是畫框的玻璃破掉了，我記得我那時還哭了。不過，現在我倒是很高興那時候我們完全沒有這些好東西，這樣，我就會更喜歡波麗姨媽這裡的東西了。如果我之前看過許多，那麼我可能就不會這麼高興了。這種感覺，就好像是我平常用的都是褪色的棕色髮帶，可是，有一天，我突然在教堂的捐獻物資裡發現漂亮的新髮帶，那種驚喜感就跟現在一樣……噢，天哪！這就是那間美到不行的房子吧！」馬車才剛駛進通往房子的寬闊車道，波麗安娜就興奮地歡呼起來。

當提摩西忙著把行李搬下馬車時，南西終於找到機會在他耳邊偷偷地說：

「你別再跟我說什麼要離開的事！提摩西．德金，你可是沒辦法叫我走！」

「走？我才不會這樣說呢。」年輕人笑了起來，「倒是妳，可別想拉我一起走，有個孩子住在這裡，事情變得有趣多了。看來，每天都會比電影還要有看頭。」

「有趣？」南西生氣地說道，「讓她們兩個生活在一起，我想那個孩子的日子可不只是有趣那麼簡單了。我猜，到時候她一定得找塊大石頭躲起來避難。好吧，我要當那塊大石頭，提摩西。我一定要保護她！」她一邊說，一邊轉過身帶著波麗安娜走上那寬敞的臺階。

4 閣樓上的小房間

波麗．哈靈頓小姐並未起身親自迎接自己的外甥女。沒錯，當南西和那個小女孩出現在起居室的門口時，她就只是抬起頭，並極為冷淡地伸出了彷彿每根手指上都刻著大大的「責任」兩字的手。

「妳好嗎，波麗安娜？我……」她還來不及把話說完，波麗安娜已經穿過整個房間，直接往姨媽懷中飛撲而去。波麗小姐被這個舉動嚇到渾身僵硬，不知該如何反應。

「噢，波麗姨媽、波麗姨媽，您願意讓我搬來和您一起住，我不知道有多開心。」她抽噎地說。「當我的人生只剩婦女勸助會的時候，您不知道能擁有您、南西，以及這所有的一切，是多麼美好的一件事！」

「我想也是，雖然我沒那個榮幸可以認識妳口中那些婦女勸助會的人。」波麗小姐一邊回答，一邊試圖鬆開小女孩緊抱著她不放的手，同時皺著眉看向門口的南西。

「南西，好了，妳可以去做妳的事了。波麗安娜，可以了，拜託妳站好，我到現在還沒機會看清楚妳到底長什麼樣子。」

仍興奮不已的波麗安娜立刻向後退了一步。

「對啊，我想也是；但您看，我其實沒什麼好看的，臉上長了很多雀斑。對了，我應該要解釋一下為什麼我會穿這件紅格子洋裝，而不是那件手肘上有白色斑點的黑色天鵝絨緊身上衣。我剛才已經告訴過南西，其實是因為我爸爸說……」

「好了，現在別管妳爸爸說什麼。」波麗小姐直接打斷她。「妳應該有帶行李來吧？」

「有，波麗姨媽，我有帶行李。我有一個漂亮的行李箱，是婦女勸助會買給我的。裡面沒裝什麼東西——我是說沒裝多少我自己的東西。最近捐獻物資中適合小女孩穿的衣服比較少；但行李箱裡裝了爸爸所有的藏書，懷特太太說，她覺得這些書應該要全部交給我，您看，爸爸……」

「波麗安娜，」姨媽再次毫不留情地打斷她，「有一件事最好現在就讓妳知道；我不想知道妳爸爸的事，別一直跟我提妳爸爸。」

小女孩深深吸了一口氣。

「波麗姨媽，您……你的意思是……」她遲疑了一下。

而她的姨媽立刻接著說：「我們現在上樓去妳的房間。我之前吩咐過提摩西，若妳有帶行李，就直接送去妳房裡，所以我想妳的行李應該已經送上去了。波麗安娜，妳跟我來。」

波麗安娜一句話也沒說，隨即轉身跟著姨媽走出起居室。她的眼眶裡噙滿淚水，但仍勇敢地把頭抬得高高的。

「無論如何，她要我不要提爸爸，我應該要高興才是。」波麗安娜心想。「不提爸爸對我來說，或許會比較輕鬆。說不定，這正是她不希望我提到爸爸的原因。」波麗安娜又找到了一個新的理由，說服自己姨媽是個「善良」的人。她眨了眨眼收起眼淚，並開始熱切地觀察起姨媽的一舉一動。

她現在正跟著姨媽上樓梯。走在前方的姨媽，身上昂貴的黑絲裙正隨著她的步伐沙沙作響。途中經過一個門未關的房間，波麗安娜瞥見房間中鋪著柔軟的淡色地毯，地毯上還擺放著一張罩著綢緞椅套的椅子。而她現在腳下踩著的，則是一塊翠綠色的地毯，走在上面彷彿就像是踩在青苔鋪成的地面般不可思議。一路上，波麗安娜不斷被鍍金的畫框，以及網狀的蕾絲窗簾中所透出來的陽光，閃到睜不開眼。

「噢，波麗姨媽，波麗姨媽。」小女孩欣喜若狂地說：「好完美、好迷人、好漂亮的房子！您這麼有錢，您一定很開心！」

「波麗安娜！」走到樓頂的姨媽突然轉身對著她大喝一聲。「妳竟然敢對我說這種話，真是太讓我驚訝了！」

「波麗姨媽，您有錢難道不開心嗎？」波麗安娜老實提出心底的疑問。

「一點也不，波麗安娜。我期盼自己不要因為上天賜予的禮物而驕傲自大。」這位女士表示，「更不會因為財富而得意忘形。」

波麗小姐說完後便轉身走下通往閣樓樓梯間的走廊。她現在很高興自己當初安排這孩子住進閣樓小房間的決定，沒有做錯。一開始會這麼安排，只是想讓這個外甥女離自己愈遠愈好，同時也害怕她孩子氣的行為一不注意就毀了她價值不菲的家具擺飾。沒想到，這孩子才初來乍到，竟然就顯露出如此虛榮的性格傾向。真慶幸自己的安排，如此理所當然又合情合理，波麗小姐心想。

波麗安娜的小腳踩著輕快步伐，跟著姨媽前進。沿途中，她的藍色大眼睛更是努力地四處張望，確保這棟令人讚歎的房子裡，所有美麗有趣的事物能毫無遺漏地盡收眼底。而她現在所有的心思，都集中在一個令她興奮不已的期待上：在這些令人目眩神迷的門後頭，等待她的會是個怎麼樣的房間？會是個美麗、可愛、掛滿窗簾、畫作，以及鋪滿地毯的房間？而她真的能擁有這樣的房間？就在這個時候，波麗姨媽突然打開了一扇門，接著走上門後的窄梯。

上了樓梯後什麼也沒有，兩側的牆面光禿禿的。樓梯頂端一直到遠處的角落是一大片極為陰暗的空間，角落的屋頂低到幾乎碰觸到地面，而角落狹小的空間中，還堆了數不清的大小箱子。除此之外，這裡的環境也異常悶熱。波麗安娜感覺到呼吸有些困難，便下意識地把頭抬高，試圖讓自己呼吸到新鮮空氣。接著，姨媽打開了右手邊的那道門。

「來，波麗安娜。這就是妳的房間，妳的行李也在那裡，我想，妳應該有行李箱鑰匙吧？」

波麗安娜默默地點了點頭。她兩眼圓睜地看著眼前景象，嚇到說不出話來。

波麗姨媽看了她的反應，皺起了眉頭。

「波麗安娜，我問妳問題的時候，希望妳能大聲的回答我，而不是點個頭就算了。」

「是的，波麗姨媽。」

「很好，這樣好多了。我想妳需要的東西，這裡應該都有了。」她在說話的同時還看了一下水壺及掛著毛巾的架子。「我會吩咐南西上來幫妳整理行李。晚餐準時六點開飯。」說完便走出房間，快步走下樓梯。

波麗安娜呆滯地目送姨媽離去後，她睜著大大的眼睛看著四周光禿禿的牆、空蕩蕩的地板，以及毫無遮蔽的窗子，最後把目光停在自己小小的行李箱上。這個行李箱不久前還擺放在她遙遠的西部老家裡，自己房間的地板上。她有些茫然地走向行李箱，跪坐在行李箱旁，雙手掩面地啜泣。

幾分鐘後，南西上樓來發現她跪坐在行李箱旁哭泣。

「不哭，不哭，可憐的孩子。」她立刻蹲下把小女孩擁入懷中，同時低聲安慰著她。「我就怕會看到妳這個樣子。」

波麗安娜搖搖頭。

「南西，我其實是個又壞又邪惡透頂的孩子。」她啜泣著說。「我只是不明白神和天使怎麼可能比我更需要爸爸。」

「其實祂們並不需要。」南西毫不猶豫地說。

「天啊！南西！」波麗安娜聽到南西這麼說，嚇得瞪大了眼，連眼淚都消失無蹤。

南西不好意思的微微一笑，並用力地揉了揉自己的雙眼。

「好啦，好啦，孩子，我只是隨口說說，不是真的這麼想。」南西立刻向她解釋。「來，把鑰匙給我，我們趕緊打開行李箱把妳的衣服歸位。」

眼眶中仍含著些許淚水的波麗安娜拿出了鑰匙。

「反正行李箱裡也沒什麼東西。」她略為緊張又有些不好意思地說。

「那麼，我們很快就可以整理好了。」南西表示。

波麗安娜立刻露出燦爛的微笑。

「真的耶！所以應該開心囉？」她叫著。

南西凝視著她。

「當……當然囉。」她有些不確定地回答。

南西靈巧的手很快就把行李箱裡的書、縫補過的襯衣，和幾件寒傖不起眼的洋裝，全都整理出來。波麗安娜則是堅強地帶著笑容滿場飛，一會兒把洋裝一件件掛進衣櫥，一會兒把書堆放到書桌上，一會兒又把襯衣放進五斗櫃裡。

「我相信……這裡整理過後……一定會是很好的房間。妳覺得呢？」過了一會兒，波麗安娜有些遲疑地說著。

南西沒有回答。顯然是太專心於行李箱的整理工作，以致沒有聽到波麗安娜的問話。波麗安娜站在五斗櫃旁，有些失望地看著光禿禿的牆面。

「雖然牆上什麼都沒有，不過，我很高興這裡同樣沒有鏡子，這樣我就不會從鏡子裡看到自己的雀斑。」

突然一個細微的奇怪聲響從南西那裡傳來。波麗安娜轉身查看，只見南西依舊埋頭在行李箱中。過了一會兒，波麗安娜站到其中一扇窗前，突然興奮地拍手大叫。

「南西，我剛才竟然沒注意到這裡的景象。」她雀躍地說。「妳看，從這邊可以看到遠方青翠的樹、漂亮的房子，以及教堂可愛的尖頂，還有像是銀色絲帶一樣閃閃發亮的河流。南西，在房間裡就能看到這樣的美景，誰還會想看牆上的畫。我好開心姨媽安排我住在這間房間！」

這時，南西的眼淚不禁奪眶而出，把波麗安娜嚇了一大跳，驚慌失措地快步走到南西身邊。

「南西，南西，發生什麼事了？」波麗安娜緊張地問。然後，她似乎想到了什麼，便擔心地問：「這該不會……原本是妳的房間吧？」

「怎麼可能是我的房間！」南西把淚水硬吞回去，並生氣激動地大叫。「妳一定是天上派來的小天使，才會忍受這樣的屈辱而沒有任何怨言——天啊！妳姨媽搖鈴叫我了！」南西暢所欲言後，站起身來急匆匆地往樓下跑去。

被獨自留在小房間裡的波麗安娜，走回到她認定能與「畫作」媲美的那扇窗前。過沒多久，大概是受不了房裡的悶熱，她試探地伸手拉了一下窗框。沒想到窗框竟然拉得動，她開心不已，就把整扇窗打開，還把整個上半身探出窗外，享受著新鮮甜美的空氣。

她接著奔向另一扇窗，迫不及待地把窗戶打開。一隻大蒼蠅掠過她的鼻尖飛進房內，並嗡嗡嗡地在房間裡四處亂飛。沒多久，又接連飛進了兩隻蒼蠅；但波麗安娜無心理會這些蒼蠅。她有個驚人的發現——窗戶旁有一棵大樹，大樹粗大的樹枝就這麼長到了窗戶旁，彷彿大樹正伸手邀請她一同遊玩。見此情景，波麗安娜放聲大笑。

「我想應該沒問題。」她笑著自言自語。轉眼間，波麗安娜已經敏捷地爬上窗臺，再從窗臺輕易地踩上離她最近的樹枝。接著，她就像隻猴子一樣，從一根樹枝盪到另一根樹枝，最後盪到離地最近的那一根樹枝。這根樹枝與地面的距離，即使是擅長爬樹的波麗安娜，還是會覺得有些害怕。但她仍是屏住呼吸，擺動著瘦而強壯的雙臂向下跳，並以四腳著地的方式落在柔軟的草坪上。落地後，她隨即起身好奇地四處張望。

她現在所在的位置是房子的正後方。在她的眼前有座花園，花園裡有個駝背老人正在工作。花園的另一頭則有一條穿越空曠田野的小徑，一直通往陡峭的山丘，山丘上有一棵松樹，孤單地守衛在巨石旁。對波麗安娜而言，山丘上的巨石頂端是她此時此刻最想去的地方。

波麗安娜跑向前，身手靈巧地繞過駝背老人，鑽過排列整齊的灌木叢，氣喘吁吁地抵達小徑入口。穿過田野小徑之後，她毅然決然地爬上山丘。不過，在爬了一會兒之後，她忍不住開始想，通往巨石的路程怎麼這麼遠，從窗戶那裡看起來明明很近，不覺得有這麼遠啊！

十五分鐘後，哈靈頓莊園的大鐘傳出連續的六聲鐘響。就在第六下鐘聲結束之際，南西準時地搖響晚餐的鈴聲。

一分鐘、二分鐘、三分鐘過去了。波麗小姐緊皺著眉頭，並焦躁地不斷以腳拍打地板。然後，她站起身穿過走廊，並不耐煩地從樓梯底下向上張望，專心仔細地聆聽片刻之後，又轉身走回飯廳。

「南西！」小女僕一出現在飯廳，她立刻告訴南西她的決定。「波麗安娜到現在還沒下來吃飯。不，妳不用去叫她。」正當南西要往走廊走去，她嚴厲地阻止了她。

「我之前已告訴過她晚餐開飯的時間，既然她不守規矩就得承擔後果。她最好從現在開始學會守時的重要性。等會兒她要是下來，給她一點牛奶和麵包讓她在廚房吃。」

「好的，小姐。」還好，波麗小姐剛好別過頭沒看到南西臉上的表情。

晚餐結束後，南西抓住空檔迅速爬上閣樓的小房間。

「麵包和牛奶，還真大方！這可憐的孩子說不定是哭到睡著了。」她忿忿不平地抱怨著，同時輕輕地推開門。下一秒的景象，卻讓她驚得差點放聲大叫。「在哪裡？跑哪去了？到底跑哪去了？」她急得到處找，找了衣櫃、床底，甚至還翻了行李箱，最後連水壺的蓋子都掀開來找。遍尋不著後，她飛奔下樓，衝向在花園裡工作的老湯姆。

「湯姆先生，湯姆先生，那孩子不見了。」她傷心地哭著說。「那可憐的孩子一定是消失回天堂去了。小姐剛才還吩咐我，叫我拿牛奶和麵包讓她在廚房吃，我敢說她現在一定是在天堂，享用著天使才吃得到的美味大餐，肯定是這樣！」

老人抬起頭。

「不見了？天堂？」老湯姆一頭霧水地重複著南西說的話，眼神下意識地看向了日落絢麗的天空。他的視線突然停在一個地方，專注地看了一會兒後，嘴角慢慢地上揚微笑著。「沒錯，南西，她看起來的確想回到天堂去。」他一邊表示認同，一邊舉起手來指向一大片紅色天空中，可以看見一個與廣闊天空形成強烈對比的細小身影，而身影的主人正坐在巨石頂上享受著強風吹拂的滋味。

「看來，她今晚不會像我說的那樣回到天堂去。」南西如此宣布後，接著說：「如果小姐問起，告訴她我沒忘記要洗碗，只是先去散個步。」她一邊往巨石飛奔而去，一邊回頭叮嚀老湯姆。

5 遊戲

「看在老天的分上，波麗安娜小姐，妳可把我嚇壞了！」南西氣喘吁吁地快步跑向那顆大石頭。波麗安娜才剛從上面溜下來，臉上帶著靦腆笑容。

「我嚇到妳了嗎？噢！真對不起，不過妳真的不用擔心我，南西。以前爸爸跟婦女勸助會的人也常常為我擔心，不過後來他們就知道我總是能平安回來。」

「但是，我根本不知道妳出去了。」南西大喊並拉過小女孩的手，緊緊地夾在自己的手臂下，帶著她往山下走去。「我們沒有人看到妳出去，我猜妳是從屋頂上飛出去的吧？一定是的。」

波麗安娜開心地蹦蹦跳跳。

「我是啊！不過我不是飛上去，是飛下來。我從樹上溜下來的。」

南西停下腳步。

「妳說什麼？」

「我從窗戶外頭的樹上溜下來的。」

「我的天呀！」南西倒抽了一口氣，帶著波麗安娜加快腳步往前走。「妳的波麗姨媽會怎麼說啊？」

「妳想知道她會怎麼說嗎？那，我會告訴她，然後妳就可以知道了。」小女孩開心地跟南西保證。

「老天保佑！」南西喘著氣說：「千萬別說！千萬別說！」

「為什麼？該不是她會很介意吧？」波麗安娜大喊，顯得很不安。

「不是……呃……是的，算了，別在意這些。我其實沒有特別想知道她要說什麼，真的。」南西結巴地說。她下定決心，不管未來波麗安娜會受到怎麼樣的待遇，這次無論如何，絕對不會讓波麗安娜被她的姨媽責罵。「但是，我們還是走快一點比較好，我還得把剩下的碗洗完。」

「我可以幫忙。」波麗安娜立刻開心地說。

「噢，波麗安娜小姐！」南西沒有同意。

兩人沉默了片刻。天色很快變暗，波麗安娜把南西的手臂抓得更緊了些。

「我想，我還是很開心的。因為妳……有一點為我擔心，所以妳才會來找我。」

她打了個哆嗦。

「可憐的小傢伙，妳一定餓了。可是現在，妳只能跟我一起在廚房裡吃麵包和牛奶了。妳的姨媽不太高興，因為妳沒有下樓吃晚餐。」

「但是我沒辦法去吃晚餐，我剛剛在山上。」

「我知道，可是……妳姨媽她不知道啊。」南西忍住不笑，又生硬地解釋了一遍，「我很抱歉妳只能吃麵包和牛奶，真的很抱歉。」

「噢，不會呀，我很開心。」

「開心！為什麼？」

「為什麼？因為我喜歡麵包跟牛奶，而且也喜歡和妳一起吃飯，這些很值得我開心呀！」

「好像不管發生什麼事，妳都能找到開心的理由。」南西說，她想起波麗安娜是那麼努力地，要讓自己喜歡上那間空蕩蕩的小閣樓。一想到這，她就不禁有點哽咽。

波麗安娜輕笑了起來。

「噢，就是那個遊戲呀，妳知道嗎？」

「遊戲？」

「對呀！就是開心遊戲。」

「妳到底在說些什麼呀？」

「噢，這是爸爸教我的遊戲，很有趣呢！」波麗安娜回答。「從小，我跟爸爸就常玩這個遊戲，後來我把它告訴婦女勸助會的人，有些人也跟著我們一起玩。」

「要怎麼玩呢？其實我不太會玩遊戲。」

波麗安娜笑了起來，但是，很快地又嘆了一口氣。在漸暗的天色中，她瘦小的臉上寫滿了眷戀與不捨。

「其實，這個遊戲，是從教堂捐獻物資裡的幾根枴杖開始的。」

「枴杖！」

「是呀，那時候我很想要一個洋娃娃，而爸爸也寫信告訴他們了。可是，當捐獻物資送到我們這裡時，管理捐獻物資的女士寫信告訴我們，沒有人捐洋娃娃，只有一副小枴杖。所以，她就把枴杖寄來給我們了，如果哪天有孩子需要，小枴杖就派得上用場。而我們就是在這個時候開始玩這個遊戲的。」

「呃，其實我看不太出來，枴杖的故事跟遊戲有什麼關係。」南西開始有點著急地想要知道更多。

「噢，有關係的。簡單來說，這個遊戲就是要妳無論發生什麼事，都要找到可以開心的理由。」波麗安娜很認真地解釋，「枴杖，就是我們玩這個遊戲的起點。」

「噢，我的天啊！其實妳真正想要的是一個洋娃娃，但最後卻只得到枴杖。我實在看不出這件事有什麼好值得開心的。」

波麗安娜拍起手來。

「有的，有的。」她開心地說：「但是，我一開始也沒發現，」她向南西坦承，「是爸爸告訴我的。」

「那妳趕快告訴我吧！」南西簡直快等不及了。

「很簡單。哎呀，就是因為妳不需要用到那些枴杖，妳才會開心呀！」波麗安娜勝利地歡呼道。「妳看，只要知道該怎麼玩，這個遊戲其實很簡單吧。」

「那還真是有點奇怪。」南西嘀咕，有些疑惑地看著波麗安娜。

「不會奇怪呀，很有趣的。」波麗安娜充滿熱情地繼續說著，「從枴杖之後，我們就開始玩這個遊戲，而且我們發現，值得開心的理由愈難找，尋找的過程就愈有趣。只是……只是有時候真的好難，就拿爸爸去了天堂這件事來說，要找到值得開心的理由實在太難了。因為，除了婦女勸助會的人之外，我身邊什麼親近的人也沒有了。」

「是啊，或是當妳必須住在那間破破爛爛、空空蕩蕩的小房間裡的時候。」南西突然提高音量，氣鼓鼓地說。

波麗安娜嘆了口氣。

「這一開始也是挺難的，」她向南西承認，「因為我那時覺得有點孤單，而且又是那麼嚮往那些漂亮的東西，所以，我差點就要放棄玩這個遊戲了。可是，我又突然想起，我很討厭在鏡子裡看到自己的雀斑，再加上我看到了窗外那如畫的美景，我想我又找到讓自己開心的事了。妳看，如果妳這麼努力尋找可以讓妳開心的事，妳就不會對妳原本想要的東西如此耿耿於懷了，就像那個洋娃娃，妳說是吧？」

「嗯。」南西突然覺得有什麼東西哽住了自己的喉嚨。

「玩這個遊戲通常不會花很久的時間。」波麗安娜嘆了口氣，繼續說：「而且一般來說，我根本不用花很多時間就可以找到值得開心的事。妳知道嗎？我對這個遊戲已經很熟悉了，也覺得它真的很好玩。爸爸和我以前都非常喜歡玩。」她支支吾吾地說，「可是，我想，現在……可能有點難，因為沒有人陪我一起玩了。不過，或許波麗姨媽會想玩這個遊戲吧。」波麗安娜想了想，又加了一句。

「我的老天！她？」南西倒抽了一口氣，然後執拗地大聲說：「噢，波麗安娜小姐！我不敢說我很擅長這個遊戲，或是知道該怎麼玩這個遊戲，但是，我會陪妳一起玩的，一定會的！」

「噢，南西！」波麗安娜興高采烈地抱住了南西，「太棒了！我們一定可以玩得很開心！」

「嗯……或許吧。」南西遲疑地回答，「但是，妳可別期望太高，我不太擅長玩遊戲，不過我會努力試試看的。無論如何，現在有人跟妳一起玩了。」她們邊說邊走進廚房。

波麗安娜津津有味地吃完了麵包跟牛奶，接著，在南西的建議下，波麗安娜去了客廳，找正在看書的姨媽。

波麗小姐冷淡地抬起頭看著她。

「晚餐吃完了嗎，波麗安娜？」

「吃完了，波麗姨媽。」

「波麗安娜，很遺憾妳剛來，我就不得不罰妳在廚房吃麵包跟牛奶。」

「但是，波麗姨媽，我很高興您這麼做了。因為我很喜歡麵包跟牛奶，而且我很高興能跟南西一起吃，所以，您一點都不需要為這件事情感到難過。」

波麗小姐在椅子上稍微坐直了身子。

「波麗安娜，妳該上床睡覺了。今天妳一定累壞了，明天我們還得幫妳安排一下妳在這裡的生活，還得檢查妳帶來的衣服，看看有沒有需要再幫妳買些衣物。南西等下會給妳一根蠟燭，用的時候小心一點。明天早餐的時間是七點半，要準時，晚安。」

這時，波麗安娜十分自然地走到姨媽身旁，給了她一個充滿感情的擁抱。

「我今天真的很開心。」波麗安娜滿足地吁了一口氣。「在我來到這裡之前，我就知道我要學習適應這裡的生活，而現在我知道，我一定會喜歡跟您住在一起的。晚安。」波麗安娜邊說邊開心地走出房間。

「我的天啊！」波麗小姐的聲音突然變大了。「這孩子也太奇怪了吧！」接著她皺起眉頭。「她很『高興』我處罰她，她覺得『不需要為了這件事感到難過』。而且，她說她會『喜歡』跟我住在一起！噢！我的天啊！」波麗小姐拿起書，忍不住又再次嘆息。

十五分鐘後，在閣樓的小房間裡，一個孤獨的小女孩正緊抓著床單啜泣。

「給被天使圍繞的爸爸，我知道我現在沒有在玩開心遊戲，而且我現在也不想玩。如果爸爸像我這樣，一個人睡在又黑又高的閣樓上，可能也沒辦法找出什麼值得高興的事吧。如果可以離南西跟波麗姨媽近一點，或是婦女勸助會的人也好，可能我還會好過一點。」

樓下的廚房裡，南西正忙著處理還沒做完的工作，她一邊用洗碗布使勁地擦著牛奶壺，一邊嘟囔著：「明明我想要洋娃娃，可是我收到枴杖時卻得開心……如果玩這個可笑的遊戲，可以讓我變成波麗安娜的避風港，好好保護她，那……我一定會陪她玩的，一定會！」

6 責任問題

清晨不到七點波麗安娜就醒了，這是她來到哈靈頓莊園的第二天。由於她房間的窗戶分別面向南方和西方，所以她無法看到日出；但光看到早晨罩著一層薄霧的藍色天空，波麗安娜就知道今天一定是個大晴天。

小房間現在涼快了許多，流通的空氣中有著一種清新甘甜的味道。窗外的鳥兒正吱吱喳喳開心地叫個不停，波麗安娜一聽到鳥叫聲，便立刻飛奔到窗前想要與鳥兒說話。她從窗戶看出去，發現姨媽竟然出現在花園的玫瑰花叢中。她立刻以飛快的速度盥洗完畢，準備下樓去找姨媽。

波麗安娜火速地衝下閣樓的樓梯，途中經過兩道門，也沒順手把門帶上，任其門戶大開。穿過走廊下到一樓後，又在出前門時讓紗門發出了「砰！」的一聲巨響，才繞到房子後方的花園。

波麗姨媽站在玫瑰花叢旁正在交代駝背老人事情，突然間，聽到波麗安娜帶著興奮的笑聲，直直地衝入自己的懷中。

「噢，波麗姨媽，波麗姨媽，我今天早上好開心，能活著真好！」

「波麗安娜！」姨媽嚴厲喝斥，並在身上掛著一個九十磅小女孩的情況下，盡可能把身體挺直。「這就是妳平常道早安的方式？」

小女孩鬆手落地後，便開始踩著輕盈的步伐上上下下地跳個不停。

「才不是呢，我只有在喜愛的人面前，才會忍不住這樣道早安。波麗姨媽，我從窗戶看到您，立刻就想到您不是婦女勸助會的人，而是我的親姨媽；而您人又這麼地好，我就想我一定要下來給您一個大擁抱。」

駝背老人突然轉過身去，波麗小姐眉頭還來不及皺起來。

「波麗安娜，妳……我……湯姆，今天就到此為止。玫瑰花的事我想你知道該怎麼做了。」她不自然地說完便轉身快步離開。

「你一直在花園裡工作嗎？這位……先生？」波麗安娜好奇地問。

老人轉過身來。他雙唇不停地顫抖，眼裡因為滿溢著淚水，視線顯得有些模糊。

「是的，小姐。大家都叫我老湯姆，是這裡的園丁。」他答道。彷彿受到某種未知強大力量的驅使，老湯姆怯生生地伸出微微顫抖的手，摸了摸波麗安娜的金髮。「小小姐，妳長得跟妳媽媽真的好像！我在她比妳還小的時候就認識她了。妳看，我當時就已經在這座花園工作。」

波麗安娜驚訝地倒抽一口氣。

「真的嗎？你真的認識我媽媽？而且認識她的時候，她還是地上的小天使，而不是天上的天使？那麼，請你跟我說說有關她的事！」波麗安娜一骨碌坐在老人身旁的泥巴小徑上。

屋子裡傳來搖鈴聲。不一會兒，就看到南西從後門飛奔而來。

「波麗安娜小姐，這個在早上響的鈴聲，就是吃早餐的意思。」她大口喘著氣並一把拉起坐在地上的小女孩，同時催促著她往屋裡走。「其他時間的鈴聲，就是其他時間的吃飯鈴聲。但是，無論何時何地，只要聽到鈴聲，妳就要馬上起身用跑的進飯廳。如果妳不照著做，光靠我們兩人只想著要找出任何值得開心的事，大概真的是難上加難！」南西說完，就像趕不聽話的小雞進雞籠一樣，把波麗安娜趕進屋裡。

早餐開始用餐前的五分鐘，飯廳裡寂靜無聲，直到波麗小姐看到桌上飛舞的兩隻蒼蠅，才不悅的說：「南西，那兩隻蒼蠅是從哪裡飛進來的？」

「小姐，我不知道。廚房裡沒看到有蒼蠅。」南西昨天上閣樓時情緒太激動，完全沒注意到波麗安娜房裡的窗子在昨天中午就已經被打開了。

「波麗姨媽，我想牠們可能是我的蒼蠅。」波麗安娜像介紹朋友一樣地說。「今天早上樓上有很多蒼蠅，大家都玩得很開心。」

南西正端著剛烤好的鬆餅進飯廳，一聽到波麗安娜的話，放下鬆餅後以極快的速度離開現場。

「妳的蒼蠅！」波麗姨媽倒抽一口氣。「妳在說什麼？這些蒼蠅是哪來的？」

「波麗姨媽，牠們當然是從窗戶外面飛進來的。有幾隻飛進來的時候，我有看到。」

「妳有看到！妳的意思是，妳明知道沒裝紗窗還把窗戶打開？」

「對啊！窗戶的確是沒紗窗，波麗姨媽。」

這時，南西再次端著鬆餅走入飯廳，她的表情很凝重，但臉非常地紅。

「南西，」女主人直接下命令，「妳現在先放下鬆餅，立刻到波麗安娜小姐的房間，去把窗戶關起來，順便把門也一起關上。等妳把早上該做的事都做完後，帶著蒼蠅拍把每一間房間都檢查過一遍，聽清楚了嗎？每一間房間都要仔細檢查。」

接著，她轉向自己的外甥女：「波麗安娜，我已經為那些窗戶訂購了紗窗。我很清楚這是我的責任，但妳好像完全忘記妳的責任。」

「我的……責任？」波麗安娜一臉疑惑。

「當然，我知道房間裡的溫度有點高，但我認為在紗窗送來之前，維持窗戶緊閉正是妳的責任。波麗安娜，蒼蠅不只是骯髒及令人厭惡，對健康也會有很大的危害。早餐吃完後，我會給妳一本小冊子，上面有一些相關的訊息，妳好好看一看。」

「看書嗎？噢，波麗姨媽，真的很謝謝您，我好喜歡看書！」

波麗小姐深吸一口氣後緊閉著雙唇。看到姨媽嚴肅的表情，波麗安娜蹙起眉頭想了想。

「您說得沒錯，波麗姨媽，對不起，我忘記了自己的責任。」波麗安娜戰戰兢兢地向姨媽道歉。

「我不會再隨便把窗戶打開。」

波麗姨媽沒有任何反應。事實上，一直到早餐結束，她一句話也沒說。用餐完畢，波麗姨媽起身走向起居室的書櫃，從中抽出一本小手冊，才又走回到波麗安娜的身邊。

「波麗安娜，我剛說的資料就在這本小冊子裡，我要妳立刻回到房間好好地把它看過一遍，半個小時後我會上去看一下妳行李箱裡的東西。」

波麗安娜看著封面上蒼蠅頭部放大數倍的圖片，興奮地大喊：「波麗姨媽，謝謝您！」說完便蹦蹦跳跳地離開起居室，還順帶送上一聲「砰！」的關門聲。

波麗小姐又蹙起了眉頭，但她並未馬上起身，而是猶豫了一會兒才從椅子上起來，以威嚴的姿態走到門口想叫住她，但打開門後，波麗安娜早已不見蹤影，只聽到遠遠傳來啪嗒啪嗒的腳步聲。半小時之後，波麗小姐臉上帶著「責無旁貸」的嚴肅表情上閣樓。她一進入波麗安娜的房間，迎接她的是波麗安娜熱情的問候。

「波麗姨媽，我從來沒看過這麼可愛又有趣的東西。我好高興您拿那本書給我看。我從沒想過蒼蠅的腳竟然可以攜帶這麼多東西……」

「好了，」波麗姨媽語帶威嚴地說：「波麗安娜，去把妳的衣服拿出來我看看，不適合穿的就送給蘇利文一家。」

波麗安娜心不甘情不願地放下手中的小冊子走向衣櫃。

「我想，您可能會比婦女勸助會的人更討厭這些衣服，她們說這些衣服最好不要拿出來丟人現眼。」她嘆了口氣地說。「這些衣服大多是男生或比我年長的人穿的，都是最近這兩三年從教堂的捐獻物資中拿到的衣服；波麗姨媽，您有從捐獻物資中拿過東西嗎？」

波麗安娜看到姨媽震驚忿怒的神色立刻改口。

「噢，不，波麗姨媽，您當然不可能拿過捐獻物資。」她紅著臉緊接著說：「我忘記了，有錢人不需要捐獻物資，但有時候我會忘記您是有錢人……畢竟住在像這樣的房間，不會覺得自己是住在有錢人家家裡。」

波麗小姐氣得說不出話來。但波麗安娜卻完全沒意識到自己說了些不中聽的話，還拚命地講個不停。

「不過，我想說的是，您永遠無法預期捐獻物資裡會有什麼東西，您想要的永遠都找不到，但您認為不可能會出現的東西有時反而會出現。整理教堂的捐獻物資，通常也是那個遊戲難度最高的時候，爸爸……」

波麗安娜及時想起她不應該在姨媽面前提到父親，連忙把頭埋進衣櫃裡找衣服，並把她那些破破爛爛的衣服都抱了出來。

「這些衣服真的不是很好。」她不好意思地說：「她們本來要買黑色的衣服給我，不過因為教堂要買紅地毯所以沒買成；反正這就是我全部的衣服了。」

波麗小姐用指尖翻了翻這堆衣服，一看就知道沒有一件適合波麗安娜。接下來，她看了看抽屜裡的襯衣又皺起了眉頭。

「最好的我都已經穿在身上了。」波麗安娜不安地坦承。「婦女勸助會幫我買了一整套新的襯衣。瓊斯太太，也就是婦女勸助會的主席，告訴他們就算沒錢買地毯，餘生被迫要走在光禿禿的地板上，也要買給我。但這種情況不會發生。懷特先生非常怕吵，他太太也說他有點神經質。不過，因為懷特先生很有錢，所以大家都覺得他會因為怕吵而願意多捐一點錢來買地毯。我認為，因為他很有錢，就算神經質他也會感到開心吧，您不覺得嗎？」

波麗小姐似乎沒在聽。她檢查完襯衣後，突然轉向波麗安娜。

「波麗安娜，妳應該有去上學吧？」

「有的，波麗姨媽。而且，爸……我的意思是說，我也有在家自學。」

波麗小姐皺著眉頭想了一會兒。

「很好。秋天開始，妳會進入這裡的學校就讀。當然，學校的校長侯爾先生會決定妳要從哪一年級讀起。同時，我想我每天應該要花半小時的時間聽妳朗讀。」

「我很喜歡看書，所以，如果您不想聽我朗讀，我自己默讀同樣會很開心的。真的，波麗姨媽。真的一點都不勉強，我最喜歡自己默讀了，因為可以學到很多新的字。」

「我相信是這樣。」波麗小姐冷冰冰地說。「妳有學音樂？」

「學得不多，我不喜歡自己彈奏樂器，但我喜歡聽別人演奏。我學過一點鋼琴，教我的是負責在教堂演奏的葛蕾小姐。但是波麗姨媽，我很快就忘光光了，真的還不如不學。」

「我想也是。」波麗姨媽略為挑眉地說。「但是，我覺得我有責任要讓妳學點樂器，起碼要學會一點皮毛。妳應該會縫紉吧。」

「會的，姨媽。」波麗安娜嘆了口氣說：「婦女勸助會的人教過我縫紉，但是我學得很痛苦。瓊斯太太認為其他人縫鈕釦的拿針方式不對，而懷特太太則認為倒縫應該要比收邊（或其他任何一種技巧）先學，而哈里曼太太則認為衣服破了就別穿了，根本不用補。」

「波麗安娜，這些情況以後都不會再發生，我會親自教妳縫紉。我想，妳應該也不會烹飪吧。」

波麗安娜噗哧地笑了出來。

「她們今年夏天才開始教我，但我學得不多。她們的意見比教縫紉時更分歧。她們本來想要從做麵包開始教，但是每個人的麵包做法都不一樣，結果在一次的縫紉聚會中，她們爭執一番後決定輪流來教我，我一週會有一個上午的時間，必須到授課老師家的廚房學習烹飪。不過，我才學了巧克力軟糖和無花果蛋糕就被迫停止。」她有些哽咽的說著。

「巧克力軟糖和無花果蛋糕，是吧？」波麗小姐不屑地說。「我們很快就能把妳的程度拉上來。」她停下來想了一會兒才慢慢開口：「每天早上九點，我要聽妳朗讀半小時。妳要利用九點前的時間把房間整理好。星期三和星期六上午十點半，妳要和南西在廚房學做飯。其他日子的上午時間，妳要和我學縫紉。這麼一來，下午的時間就可以拿來上音樂課。當然，我會立刻幫妳找一個音樂老師。」她果斷地起身結束了這段對話。

波麗安娜沮喪地大叫。

「但是，波麗姨媽，您完全沒有留時間給我——過生活。」

「過生活？孩子！妳在說什麼？妳不是一直都在生活！」

「波麗姨媽，我做那些事的時候當然有在呼吸，但那並不是生活。您時時刻刻都在呼吸，睡覺時也在呼吸，但那並不是生活。我所謂的生活——指的是做自己想做的事：在戶外玩耍、讀書（我是指看自己想看的書）、爬山、和湯姆先生在花園聊天、和南西聊天，以及跑到我昨天才剛經過的那條迷人可愛的街道上，好好地發掘與這棟房子及這裡的人們有關的一切，好好探索這裡的每一處及每件事。這些才是我所謂的生活，波麗姨媽。只是呼吸並不算是生活！」

波麗小姐生氣地抬起頭。

「波麗安娜，妳真是全世界最奇怪的孩子！當然，妳會有適當的玩樂時間。但可以肯定的是，如果我願意盡我的責任，讓妳得到適當的照顧及學習的機會，妳應該至少要願意盡妳的責任，不要不知感激地把我對妳的照顧及教導白白浪費掉。」

波麗安娜聽了這些話，感到非常震驚。

「波麗姨媽，我怎麼可能會不感激您！我愛您，而且您跟那些婦女勸助會的人不一樣；您是我的親姨媽！」

「很好！那就別表現得一副不知感激的樣子。」波麗姨媽說完，便向外走去。

她都已經走下一半的樓梯，一個顫抖的聲音從身後叫住了她：

「波麗姨媽，請等一下，您還沒告訴我哪些衣服要送人。」

波麗姨媽累得嘆了一口氣——嘆息聲大到波麗安娜都聽得到。

「噢，波麗安娜，我忘了告訴妳，提摩西下午一點半會載我們到鎮上。妳那些衣服全都不適合，我的外甥女不會穿這樣的衣服。只有不負責任的人才會讓妳穿這樣的衣服見人。」

波麗安娜聽了嘆一口氣，她相信自己已經開始痛恨「責任」這兩個字。

「波麗姨媽，求求您告訴我，」她絕望地哀求，「盡責任這件事有任何值得開心的地方嗎？」

「什麼？」波麗小姐既驚訝又疑惑地看著波麗安娜。瞬間，她的臉色漲紅，丟下「波麗安娜，不准無禮！」這句話後，隨即轉身走下樓去。

悶熱的閣樓小房間裡，波麗安娜沉重的身體直接落在椅子上。對她來說，未來的生活將會無止境地籠罩在責任之下。

「我真不知道自己哪裡無禮了。」她嘆了口氣，自言自語，「我只是想問她能不能告訴我，如何在盡責任的過程中，找到值得開心的事而已。」

波麗安娜就這樣一言不發地在那張椅子上坐了好幾分鐘，她悲傷的眼神一直盯著床上那堆即將被丟棄的衣服。過了一會兒，她站起身來開始收拾這些衣服。

「在我看來，盡責任真的沒什麼值得開心的事。」她大聲地說著，「不過，當責任完成就可以開心了！」想到這裡，她便笑了出來。

7 波麗安娜被處罰了

下午一點半的時候，提摩西駕著馬車，載著波麗小姐和她的外甥女，到離哈靈頓莊園大約半英里遠的幾家大服飾店。

為波麗安娜添購新衣服，對大家而言，多少都是個有趣的過程。買完衣服後，波麗小姐大大地鬆了一口氣，那種感覺，就像是剛走過薄薄的火山口表面，好不容易回到堅實地面般如釋重負。而為她們倆服務的店員，個個都笑得滿臉通紅，波麗安娜留給他們的趣事，足夠讓他們在這星期剩下的幾天中回味不已。

波麗安娜則是心滿意足，臉上掛著燦爛笑容，就像她跟店員說的一樣：「以前我都是穿捐獻物資裡或是婦女勸助會給的舊衣服。但是現在，我能夠直接走進店裡買全新的衣服，還不會因為衣服不合身，而需要把衣服捲起來或放長，這真是太棒了！」

買新衣服花了她們整整一個下午的時間。波麗安娜吃完晚餐之後，和老湯姆在花園裡開心地聊起天來；接著，等南西洗完碗後，波麗安娜又跑去跟南西聊天，而波麗姨媽則出去拜訪鄰居去了。

波麗安娜從老湯姆那邊聽到許多關於母親的故事，這讓她高興極了，而南西則跟波麗安娜說了關於小農場的一切。在那個跟哈靈頓莊園相隔六英里遠，地處偏鄉的小農場裡，住著南西的母親，還有南西年幼的弟弟妹妹。她還說，如果哪天波麗小姐允許，她可以帶波麗安娜去看看她的家人。

「而且他們的名字都很好聽，妳一定會喜歡他們的名字的。」南西嘆了口氣說：「他們叫『阿爾吉儂』、『佛蘿拉貝兒』，還有『愛絲戴拉』，不像我……我還真不喜歡『南西』這個名字。」

「噢，南西是個多美的名字。為什麼妳不喜歡呢？」

「跟弟弟妹妹比起來，我的名字不像他們的那麼好聽。其實，很多故事裡出現的名字都很好聽，但我是老大，我出生的時候，我媽媽讀過的故事還沒那麼多。」

「可是我喜歡『南西』這個名字，因為這是妳的名字。」波麗安娜說。

「哼！如果是這樣，我想妳應該也會喜歡『克拉麗莎．梅貝兒』這類的名字。」南西反駁道。「要是我能取這樣的名字就好啦，一定比被叫『南西』來得開心，而且這種名字好聽極了。」

波麗安娜笑了起來。

「好啦，不管怎樣，」她咯咯地笑著說：「妳應該要慶幸，至少妳媽媽沒幫妳取『海瑟芭』這類的名字。」

「海瑟芭？」

「是啊，懷特夫人的名字就是『海瑟芭』。她丈夫喜歡叫她『海』，但她自己可不喜歡。她說，每次聽她丈夫喊『海！海！』，她覺得他下一句馬上就會喊『萬歲！』[1]。她可不喜歡別人『萬歲！萬歲！』地對著她喊呢。」

南西原本沮喪的臉，被波麗安娜的話逗得笑開了。

「噢，妳知道嗎？妳還真有一套，以後我只要聽到別人叫我南西，就會想到『海！海！』地笑出來。我想，我現在確實開心起來了……」南西似乎想到什麼事地停頓了一下，然後訝異地轉頭看著身旁的小女孩，「我說，波麗安娜小姐，妳說……我應該要慶幸自己不叫『海瑟芭』，我們是不是在玩那個開心遊戲呀？」

波麗安娜微微皺了下眉頭，接著笑了。

「南西，妳說對了。我們剛剛就是在玩那個遊戲，不過，這次我沒有刻意去玩這個遊戲，不知不覺就玩起來了。妳看，只要玩得次數夠多，妳就會習慣去找可以讓自己開心的事。而且，通常我們都可以在每件事情中，找到令我們開心的事，只要我們堅持找下去。」

「嗯，也許是吧。」南西仍有點猶疑地附和波麗安娜。

晚上八點半是波麗安娜上床睡覺的時間。不過紗窗還沒有送來，所以窗戶還不能打開，整個小房間熱得跟烤爐一樣。波麗安娜雙眼渴望地盯著那兩扇緊閉的窗戶，但她沒有把它們打開。她

1「海！海！」原文是「hep--hep」，音似「hip--hip」，如果下接 hurrah 就形成英文常用的歡呼詞 hip, hip, hurrah（嗨，嗨，萬歲）。

脫下衣服，將它們整齊地疊好，做完禱告後，吹熄蠟燭躺在床上。

但是，因為實在太熱了，波麗安娜在床上翻來覆去，從小床的這一邊滾到另外一邊。也不知道這樣滾了多久，還是無法入睡。她覺得，她似乎已經在床上躺了好幾個小時。終於，她輕手輕腳地溜下床，摸索著走到門邊，打開了房門。

主閣樓裡，月光從東側的天窗透了進來，灑在地面上，穿過了半個房間，形成一條銀色的小徑。除了那條銀色小徑外，閣樓到處都是黑漆漆的，如天鵝絨般漆黑的夜色鋪滿了其他地方。波麗安娜深吸一口氣，踏著那條銀色小徑，爬上了窗臺。

她之前很希望窗戶都已經裝上紗窗，但是到今天都還沒有裝，所以必須緊閉窗戶。對現在的波麗安娜來說，窗戶外除了有美麗的世界，還有新鮮、甜美的空氣可以舒緩她熱到發燙的手跟臉頰。

波麗安娜輕手輕腳地愈靠愈近，仔細觀察外頭，她發現，在窗戶下面不遠處，有片平坦的小鐵皮屋頂。那是波麗姨媽日光室的屋頂，就蓋在馬車出入道的上方。她好想躺在那片屋頂上啊，如果現在就可以，該有多好！

她小心翼翼地回頭看，她身後只有那間悶熱的小房間，還有房間裡那張冒著熱氣的小床。而且，現在她與小房間之間橫著一大片令人害怕的黑色沙漠，如果想要回去，就得伸長手臂，四處摸索才行。相反地，只要她往前跨上幾步，就可以享受到夏日夜晚甜美的空氣，以及正在等著她的一片涼爽的鐵皮屋頂。

如果她的小床可以放在那裡該有多好啊！其實很多人都會在外頭露宿呢。例如，老家的喬．哈特利，不就是因為肺結核，所以必須睡在外頭嗎？

波麗安娜突然想起來，閣樓窗戶旁邊掛著一排白色的袋子。南西說，裡頭是波麗姨媽冬天的衣服，每到夏天，這些冬天的衣服就會被收到這裡來。波麗安娜忍住心裡的害怕，摸黑找到它們。她選了其中一個袋子，摸起來鼓鼓的，裡面裝著波麗小姐的海豹毛外套，剛好可以拿來當床墊；接著，又摸到一個小一點的，可以摺起來當作枕頭。這還不夠，她又找了一個摸起來空空的袋子，拿來當作被單。一切都準備好了之後，波麗安娜興高采烈地跑到窗戶邊，拉起窗框，先從窗戶把她的裝備放到屋頂上，接著自己也從窗戶溜了出去。不過，她可沒忘記要把窗戶關好，因為波麗姨媽最討厭腳上有很多細菌的蒼蠅了。

屋子外頭涼爽極了！波麗安娜深呼吸了好幾口新鮮空氣，並開心地在屋頂上跳起舞來，腳下的鐵皮屋頂也因為她的舞步，發出了清脆的聲音。她在屋頂上來來回回走了兩三趟，跟屋內的悶熱相比，屋外簡直就像天堂一樣，這讓波麗安娜開心不已。而且，這個屋頂如此平坦，一點都不用擔心會失足跌下去。終於，波麗安娜心滿意足地舒了一口氣，縮在海豹皮的床墊上，把枕頭擺好，被子弄好，準備好好地睡上一覺。

「幸好紗窗還沒裝好，」她望著閃亮的星星，自言自語說道，「要不然，我怎麼能享受到這一切呢。」

這個時候的樓下，波麗小姐穿著睡衣跟拖鞋，臉色蒼白、驚慌失措地從日光室隔壁的房間跑出來。一分鐘前，她打電話給提摩西，用顫抖的聲音說：

「拜託你跟你父親帶著燈籠快點過來！現在有人在日光室的屋頂上。他一定是從玫瑰棚架或是其他地方進來的，萬一他從閣樓東邊的窗戶進到屋子裡，那該怎麼辦？我已經把閣樓的門鎖上了！快，快點過來！」

過了一陣子，在波麗安娜昏昏沉沉即將進入夢鄉之際，突然被刺眼的光線還有驚呼聲嚇醒。她張開眼睛，只見提摩西站在梯子的頂端，出現在她的身邊，而老湯姆正從窗戶口往外鑽，波麗姨媽則躲在他的身後探頭張望。

「波麗安娜，這到底是怎麼回事？」波麗姨媽見狀不禁脫口大吼。

波麗安娜睡眼惺忪地坐起來。

「湯姆……波麗姨媽。」她結結巴巴地向他們打招呼。「不用擔心，我跟喬・哈特利不一樣，我沒有得肺結核。我只是覺得裡頭好熱，所以才到這裡來。不過，姨媽，我把窗戶關好了，所以蒼蠅也沒辦法將細菌帶進屋子裡。」

提摩西一溜煙地滑下梯子，一下子就不見人影，而老湯姆也趕忙把燈籠交給波麗小姐，匆匆離開。波麗小姐生氣地緊咬著唇，兩眼直盯著波麗安娜，等他們兩人離開後，她厲聲地對波麗安娜說：

「波麗安娜，馬上把那些東西給我，進屋裡來！妳還真是令人刮目相看！」她提著燈籠，轉身走進閣樓，波麗安娜緊跟在她身後。

波麗安娜在享受戶外的新鮮空氣後，對於屋內令人窒息的悶熱實在難以忍受。不過她一句話也沒說，只是嘆了一口長長的氣。

到了樓梯口，波麗小姐突然乾脆地說：

「波麗安娜，今天晚上妳就睡我這裡吧。紗窗明天就會到了，在這之前，我想我有責任把妳給看好。」

波麗安娜倒抽了一口氣。

「跟您一起睡？在您的床上？」她欣喜若狂地喊道。「噢，波麗姨媽，您真是對我太好了！我以前只有跟婦女勸助會的人一起睡在同一張床上，可是，我一直希望能夠跟自己的親人一起睡，而不是她們。我的天啊！真慶幸紗窗還沒有來！我好開心！我想您也是吧？」

波麗小姐像是沒聽到波麗安娜的吱吱喳喳，只是自顧自地往前走去。說實話，此時此刻，她覺得自己被一股奇特的無力感籠罩。這已經是她第三次處罰波麗安娜了。不過，每一次，波麗安娜都將她給的處罰視為特別的獎賞。這也難怪波麗小姐現在完全不知道該拿波麗安娜怎麼辦。

8 波麗安娜的探視

波麗安娜在哈靈頓莊園的生活很快就步入正軌——雖然這個正軌與波麗小姐一開始的規定有些落差。波麗安娜的確有在學縫紉、練琴、朗讀給姨媽聽，也有在廚房學習廚藝，但她從事這些活動的時間，遠不及波麗姨媽一開始規畫的時間。而且她有自己的時間，按照她的說法就是「生活」的時間，幾乎每天下午兩點到六點，她都可以做自己喜歡的事，不過前提是：她不能「喜歡」做波麗姨媽禁止她做的事。

不過，讓這孩子享有這麼多的自由時間，到底是為了讓波麗安娜能在做完功課後好好休息，還是為了讓波麗小姐可以暫時不用面對波麗安娜好好放鬆一下，仍是個未解之謎。但可以確定的是，七月才過沒幾天，波麗小姐已多次大呼：「怎麼會有這麼奇怪的孩子！」毫無疑問地，每次上完朗讀及縫紉課，波麗小姐都會有頭暈目眩及精疲力盡的感覺。

在廚房上課的南西，狀況則是好很多。她既不會頭暈目眩，也不覺得精疲力盡，事實上，星期三和星期六是她最開心的日子。

哈靈頓莊園周遭鄰近地區並沒有小孩子可以陪波麗安娜一起玩耍。這棟房子位處在村子最外圍的地帶，雖然附近不遠的地方也有幾棟房子，但一樣沒有同齡的孩子可以和她做伴，不過，這對波麗安娜來說，似乎一點也不成問題。

「不會，我一點也不介意。」她向南西解釋。「光是在附近走走，看看這裡的街道、房子，以及來來往往的人，我就覺得很開心了。我就是喜歡人，難道妳不是嗎，南西？」

「好吧，我沒辦法說我喜歡人，因為不是所有的人我都喜歡。」南西直截了當地回答。

像這樣兩人共處的下午總是特別地愉快，而每次波麗安娜都會央求南西讓她幫忙「跑腿」，這麼一來她就能藉機四處走走；而就在她四處走走的過程中，她常會遇到一個人。儘管波麗安娜一整天會遇到不少其他的人，但她私底下總是以「那個人」來稱呼他。

那個人通常穿著一件黑色的長大衣，搭配一頂絲質帽子，而這兩樣恰好都是「一般男人」永遠不會選擇的服裝與配件。他臉上的鬍子刮得很乾淨，但面容有些蒼白，從他的帽緣底下可以看見略為灰白的頭髮。他走路時姿勢端正、速度很快，但他總是一個人，這點讓波麗安娜覺得他有點可憐。或許正是這個原因，有一天波麗安娜決定主動上前和他說話。

「先生，你好嗎？今天的天氣是不是很不錯啊？」當波麗安娜走近那個人時，她開心地向他大聲問候。那個人先是往自己左右兩邊快速地看了看，然後有些不確定地停下腳步。

「妳是在……跟我說話？」他略為提高了語調。

「是的，先生。」波麗安娜笑嘻嘻地回應。「我說今天的天氣是不是很不錯啊？」

「蛤？喔！呿！」他不耐煩地嘀咕了幾聲，便繼續向前走。

波麗安娜笑了笑，心想他真是個有趣的人。
隔天她又再次遇到那個人。
「今天天氣雖然沒有昨天好，但還是個相當不錯的天氣。」她依舊是興致高昂地大聲問候。
「蛤？喔！呿！」那個人和昨天一樣不耐地嘀咕了幾聲，便繼續往前走。波麗安娜又再次開心地笑了出來。
第三次波麗安娜又以幾乎相同的方式和他打招呼。這次，那個人突然停下腳步。
「孩子，妳到底是誰，為什麼每天都來找我說話？」
「我是波麗安娜．惠提爾，我覺得您看起來很孤單。我好開心您停下來和我說話。現在我們已經算是認識了，只是我還不知道您的名字。」
「好了，別再……」那個人話沒說完就以更快的速度大步向前走去。
波麗安娜失望地看著他離去的背影，平日臉上的笑容也跟著消失不見了。
「他或許不明白我的用意，但我們的自我介紹才做了一半，我還不知道他的名字呢。」她邊走邊喃喃自語著。
波麗安娜今天要把牛蹄凍送去給史諾太太。波麗．哈靈頓小姐每個星期都會送一次食物到史諾太太的住處。因為史諾太太貧病交加，又是這裡教會的成員，所以波麗小姐認為照顧史諾太太是她的責任——當然，也是所有教會成員的責任。波麗小姐通常是在星期四盡她對史諾太太的責任，不過不是本人親自做，而是交由南西來做。今天波麗安娜懇求南西，希望南西讓自己代替她執行任務，南西在徵求波麗小姐的同意後，立刻把這項任務讓給波麗安娜。

「我很高興可以不用去做這個工作。」事後南西私底下對波麗安娜這樣說。「不過，把這件工作丟給妳真的很不好意思，可憐的孩子，我是真的很不好意思，真的！」

「可是南西，我很喜歡做這個工作。」

「妳去過一次就不會喜歡了。」南西有些壞心地預告。

「為什麼？」

「因為沒有人喜歡做這個工作。大家要不是可憐史諾太太，沒有人會想接近她的，她就是這麼難相處。我很同情她女兒，被迫每天要照顧她。」

「不過，大家為什麼都不喜歡她，南西？」

南西聳聳肩。

「簡單說，史諾太太看什麼都不順眼。連今天是星期幾這種事，她都要找麻煩。如果今天是星期一，她就會說我情願今天是星期天；如果妳拿肉凍給她，妳就會聽到她說她想吃雞肉，但如果妳真的送雞肉給她，到時一定又說她想喝的是羊肉湯！」

「哇，真是個有趣的人。」波麗安娜笑著說。「我想，我會喜歡去探望她的。她一定很出人意表，也……也很與眾不同。我喜歡與眾不同的人。」

「呵！史諾太太的確可以說是個『與眾不同的人』，我也希望妳真的會喜歡她，這樣對我們都好。」南西嚴肅又有些不安地結束了這段對話。

波麗安娜一邊想著南西的話，一邊來到一棟簡陋小屋的門口。一想到可以見到如此「與眾不同」的史諾太太，她的眼中閃爍著好奇的光芒。

前來應門的是個面色蒼白、一臉疲憊的年輕女孩。

「妳好嗎？」波麗安娜很有禮貌地主動開口打招呼。「我是代替波麗．哈靈頓小姐來的，想來看看史諾太太，麻煩妳了。」

「如果妳說的是真的，妳將是有史以來第一個『想』來看她的人。」女孩低聲說道，但波麗安娜完全沒聽到。女孩轉身帶她來到走道盡頭的一扇門前。

女孩開門讓她進房後就把門關上了。波麗安娜進入昏暗的病房裡，眼睛一時之間無法適應，便眨了眨眼，隱約看見一個身影，一名婦人半坐半躺地倚靠在房間另一頭的床上。波麗安娜立刻上前。

「史諾太太，妳好嗎？波麗姨媽要我問候妳，並要我帶一些牛蹄凍來給妳。」

「天啊！肉凍？」婦人狀似苦惱地抱怨了起來，「妳們的好意，我當然很感激，但是我今天比較想喝羊肉湯。」

波麗安娜一臉疑惑。

「我以為別人帶給妳肉凍時，妳會說妳想吃雞肉。」

「什麼？」病床上的婦人突然轉過頭來。

「噢，沒什麼。」波麗安娜馬上道歉。「不過也沒什麼差別。只是南西說每次拿肉凍來，妳都會想要吃雞肉，拿雞肉來的時候，妳又會想喝羊肉湯——還是其實不是這樣，是南西記錯了順序。」

婦人吃力地用手撐著身體從床上坐起，這對她來可說是極為罕見的舉動。不過，波麗安娜並不知情。

「好了，無禮的小姐，妳是什麼人？」她問。

波麗安娜開心地笑了出來。

「史諾太太，那不是我的名字——幸好它不是，不然比被叫『海瑟芭』還慘，妳說是嗎？我的名字是波麗安娜．惠提爾，波麗．哈靈頓是我的姨媽，我搬來和姨媽住。所以，今早才會帶著肉凍來。」

婦人本來還興致盎然坐得直挺挺地聽著波麗安娜自我介紹，但當話題回到肉凍，她立刻無精打采地躺回枕頭上去了。

「好的，謝謝妳，也謝謝妳姨媽的好意，但我今早胃口不太好，而我想吃的是羊肉……」她講到這裡突然轉變話題，「我昨天晚上一整夜都沒闔眼。」

「天啊，我真希望自己也能一夜不睡。」波麗安娜嘆了口氣後，就把肉凍放在小臺子上，接著舒服地坐在床邊的椅子上。「光是睡覺這件事就浪費好多時間，妳不認為嗎？」

「妳說睡覺浪費時間！」婦人驚呼。

「沒錯，那些時間明明可以用來好好的生活。晚上只能用來睡覺真是太可惜了。」

婦人再度挺起身子坐起來。

「妳還真是個讓人驚訝的孩子！」她大呼。「來，去窗戶那裡把窗簾拉開，」她指揮著，「我倒想看看妳長什麼模樣。」

波麗安娜起身，但她的笑容有些懊惱。

「噢，這麼一來，妳就會看到我的雀斑，對不對？」她嘆氣地走向窗戶。「我還正因為房間太暗妳看不到我的雀斑而開心不已呢。來吧，現在妳可以看……哇！」當波麗安娜轉身走向床沿，她突然興奮地大叫；「我真是太開心了，要不是妳想看我，我根本沒機會看清楚妳的樣子。沒人告訴我原來妳長得這麼美！」

「我？美？」婦人不以為然地說。

「對啊，難道妳不知道嗎？」波麗安娜驚呼。

「不，我不知道。」史諾太太冷冰冰地回答。史諾太太今年四十歲，但四十年當中，有十五年的時間她都忙著挑剔每件事，期盼事情會變得不一樣，而不是接受並享受每件事物的本質。

「妳有一雙深邃的大眼睛，和一頭又黑又捲的秀髮。」波麗安娜溫柔的說。「我喜歡黑色的捲髮，這是我這輩子都不可能擁有的東西，而且妳兩側的雙頰還散發自然的紅暈。史諾太太，妳真的很美！我以為妳知道，因為妳照鏡子的時候就看得到啊。」

「鏡子！」婦人怒氣沖沖地打斷波麗安娜的話後，又躺回枕頭上。「是啊，我現在幾乎都不打扮了，如果妳像我這樣整天躺在床上，妳也不會想打扮的。」

「是啊，如果是我，我也不會打扮。」波麗安娜語帶同情地表示贊同。「不過……妳等等……不如讓我拿給妳看。」她又叫又跳地衝到五斗櫃前，拿起了一面小鏡子。

她回到床邊，並仔細地端詳眼前病榻上的婦人一番。

「如果妳不介意，我想在妳看鏡子之前幫妳整理一下頭髮。」波麗安娜提議。「我可以幫妳整理頭髮嗎，拜託？」

「如果妳想這麼做，我……無所謂。」史諾太太有些勉強地答應了波麗安娜的要求。「不過，妳應該知道，整理好的頭髮沒多久就會亂了。」

「太好了，謝謝妳。我最愛幫人整理頭髮了。」波麗安娜開心極了，她小心地放下手中的鏡子，並拿了把梳子。「我今天只會稍做整理，不會花很長的時間，因為我迫不及待地想讓妳知道自己有多美麗。但下次，我要把它全部放下來好好梳理。」她邊說邊以手指輕柔地梳理婦人前額的劉海。

波麗安娜的動作非常迅速且熟練，全程只花了大約五分鐘的時間。她先是將婦人凌亂不堪的

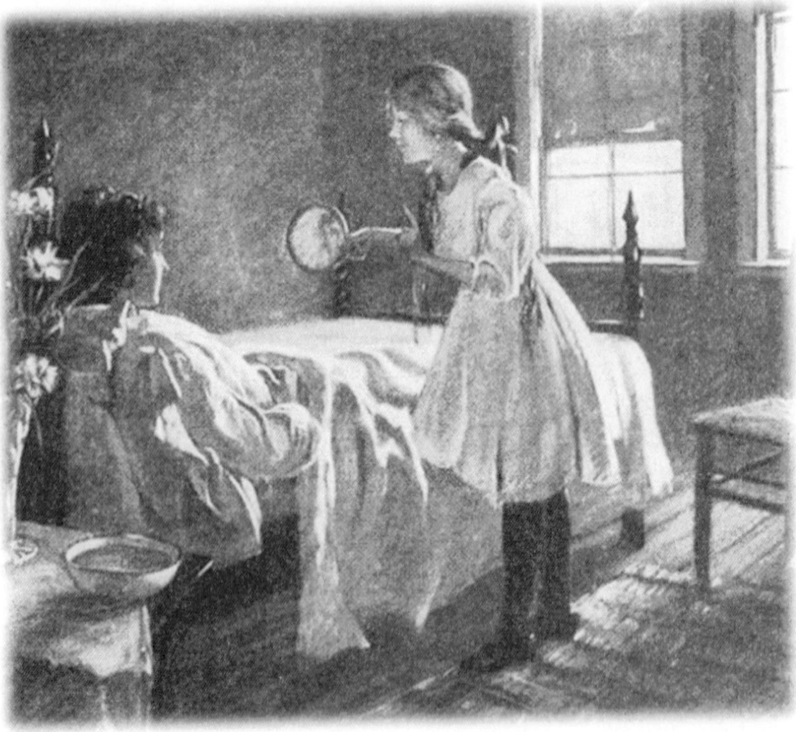

捲髮梳理成自然蓬鬆的樣子，再將頸部下垂的衣領摺邊立了起來，最後再把枕頭拍鬆，讓她的坐姿能自然地挺直，而不會壓壞整理好的頭髮。過程中，婦人不斷皺眉，甚至直接嘲笑每一個步驟，雖然如此，她卻開始隱約感受到一種近似興奮的不安情緒。

「好了！」波麗安娜隨手從花瓶裡取出一枝粉紅色花朵，把它插在效果最好的頭髮位置。「我想，現在應該可以讓妳看了。」她得意洋洋地把鏡子遞給史諾太太。

「哼！」婦人拿著鏡子，開始嚴格地審視自己在鏡中的樣子。「我比較喜歡桃紅色的花；不過，傍晚花就謝了，所以什麼顏色又有什麼差別。」

「但是我覺得花會凋謝，妳應該感到開心才對。」波麗安娜笑著說：「這麼一來，妳又能享受到插上另一朵花的樂趣。我真的好喜歡妳頭髮蓬鬆的樣子。」她滿意地看著婦人，「妳喜歡嗎？」

「嗯，或許吧。不過，像我這樣在枕頭上翻來覆去的，頭髮沒多久就亂了。」

「的確如此，不過這也讓我很開心，」波麗安娜笑嘻嘻地點點頭，「因為到時我又可以再整理一次。不過，我覺得妳應該要很開心自己是黑髮，因為比起我這頭金髮，黑髮跟枕頭搭配起來比較好看。」

「或許吧。但我對黑髮向來沒有好感，因為黑髮開始泛白，就很容易看得出來。」史諾太太反駁道。她的語氣雖然有些不耐，但手中始終拿著那面鏡子端詳著自己的樣子。

「噢，我好愛黑髮！如果我像妳一樣是黑髮，不知道會有多開心啊。」波麗安娜失望地嘆了一口氣。

史諾太太突然生氣地放下鏡子轉了過來。

「妳才不會，妳才不會想像我一樣！如果妳像我一樣整天都得被迫躺在這裡，妳不僅不會因為自己是黑髮而感到開心，也不會為任何事感到開心。」

波麗安娜同情地皺起了眉頭。

「這真的很難，對吧？」她不自覺地把心裡的話說了出來。

「什麼？」

「找到值得開心的事。」

「每天臥病在床的情況下找到值得開心的事？我看簡直比登天還難。」史諾太太回答。「如果妳不這麼認為，那就告訴我任何一件值得開心的事。」

波麗安娜聽完，突然跳了起來還猛拍雙手，把史諾太太嚇了一大跳。

「太棒了！這難度很高對不對？不過時間不早了，我現在該走了，回家途中我會一直想一直想；也許我下次再來看妳的時候能告訴妳答案，拜拜。今天真的很開心！拜拜！」她邊喊邊踩著輕快的步伐往門口走去。

「我才不覺得開心。不過，她剛才是什麼意思？」史諾看著她離去的背影不自覺地脫口而出。

不一會兒，她轉過頭來再度拿起鏡子，仔細打量著自己鏡中的影像。

「這孩子做頭髮的確有一手。」她低語。「老實說，我不知道這頭黑髮能這樣好看。不過，好看又有什麼用？」她嘆道，把鏡子放進被子裡，焦躁地翻來又覆去。

過一會兒，史諾太太的女兒蜜莉走進房裡，看到了史諾太太小心翼翼藏在被子裡的那面鏡子。

「媽，窗簾怎麼打開了！」蜜莉大喊，視線不斷在窗戶與媽媽頭上的粉紅花朵間游移來回。

「那又怎樣？」婦人打斷她。「就算我生病了，也不代表要一輩子待在黑暗的房間裡，不是嗎？」

「不，當然不是。」蜜莉趕緊安撫她，同時把手伸向藥罐。「只不過，這些年來我不斷試著說服妳把房間的光線調亮一點，妳都不願意。」

她沒有回答，只是不斷地以手指頭撥弄著睡衣的蕾絲，過了好一會，她才不悅地說：「我在想，為什麼都沒人送我新睡衣？別每次都送羊肉湯，能不能換點新花樣。」

「媽！」

也難怪蜜莉會如此驚訝與不解。她身後的抽屜裡正躺了兩件睡衣，蜜莉費盡唇舌地勸了她好幾個月，她始終不肯穿，甚至連看都不想看一眼。

9 神祕的先生

在一個下雨天，波麗安娜又遇見了那個人，儘管天空不太美麗，但是波麗安娜依舊帶著陽光般的笑容跟他打招呼。

「今天天氣不太好，是吧？」她開朗地喊道。「不過，幸好不是天天下雨。」

但是，那個人卻連哼都不哼一聲，也沒回過頭來。這讓波麗安娜覺得那個人大概是沒聽到她的聲音吧。隔天，波麗安娜又與那個人巧遇，這次，為了讓那個人確實聽見她的聲音，她決定這次要喊得再大聲點。因為，看在波麗安娜眼裡，在這個有溫暖陽光與清新空氣的早晨，他竟然還能背著手、眼睛看著地面地匆忙趕路，實在是太不可思議了。而波麗安娜自己，則是有個令她興奮不已的小任務在身呢。

「嗨，您好嗎？」她像小鳥一樣吱吱喳喳地說：「我很高興今天是個好天氣，難道您不這麼覺得嗎？」

那個人突然轉過身來，生氣的臉擠成一團。

「聽好，小女孩，讓我們一次把事情講清楚。」他怒氣沖沖地說：「我有比關心天氣還重要的事，我才不在乎今天太陽有沒有出來呢。」

波麗安娜露出燦爛的笑容。

「噢，先生，我知道您沒注意到，所以我才要跟您說啊。」

「呃？什麼？」他停下腳步，突然間聽懂了波麗安娜的意思。

「我說，這就是為什麼我要叫住您的原因啊。這樣您就會注意到，今天的燦爛陽光，還有其他美麗的事物。我想，只要您稍微停下腳步，您就會發現它們有多美，心情也會好起來……而且，您剛剛看起來也不太像是在想重要的事啊。」

「嗯……所有的事……」那個人話講一半便停住，然後比了一個奇怪的手勢，就繼續往前走了。但走沒兩步，他又停下轉過身來，眉頭深鎖。

「聽著，小女孩，妳為什麼不去跟年紀相仿的孩子說話呢？」

「先生，我也想啊，但是南西說，這附近沒有跟我年紀差不多的孩子。不過，其實我不太在意，有時候，我甚至比較喜歡跟大人相處，大概是因為以前我身邊都是婦女勸助會的義工的關係吧。」

「哼！婦女勸助會，妳把我當作是她們了嗎？」那個人的嘴角隱約浮現了一絲笑容，但他硬是把這一點笑容壓抑在他嚴肅的表情下。

波麗安娜開心地笑了。

「噢，先生，當然不是。您一點也不像是婦女勸助會的義工，不過，您跟她們一樣好。或許，您還比她們更善良呢。」波麗安娜趕緊禮貌地補上一句。「而且我很確定，您是個面惡心善的好人。」

那個人咕噥一聲，喉嚨就好像突然被什麼東西卡住似的。

「嗯，所有的事……」他像之前一樣轉身大步離開，嘴裡還念念有詞。

過段時間他們倆又在路上相遇時，那個人的態度有點不太一樣了。這次，他看著波麗安娜的眼神裡帶了點揶揄，不過神情看起來比之前開心點了。

「午安。」他語氣生硬地跟波麗安娜打招呼。「我想，我最好先跟妳說，我知道今天的天氣很好。」

波麗安娜高興地點點頭，「可是您不用特別告訴我呀，今天我一看到您，我就知道您已經注意到今天的天氣很好了。」

「哦？是嗎？」

「是的，看到您的眼神跟您的微笑，我就知道啦。」

「哼！」那個人咕噥了一聲，轉身大步離開。

從那之後，那個人都會跟波麗安娜打招呼，而且通常都還是他先開口，儘管他也只是說了「午安」而已。不過有一次，南西跟波麗安娜一同外出時碰巧遇到那個人，南西親眼見到他跟波麗安娜打招呼後，驚訝得下巴都快要掉下來了。

「我的天哪，波麗安娜小姐。」她驚訝地喘著氣說：「那個人是在跟妳打招呼嗎？」

「對呀，他現在都是這樣。」波麗安娜微笑著說。

「他都是這樣！怎麼可能？妳知道他是誰嗎？」南西問道。

波麗安娜皺皺眉頭，搖了搖頭。

「我想，他那天忘記告訴我了。我那天有向他自我介紹，不過他沒有跟我說他是誰。」

南西瞪大眼睛。

「他從來都不跟任何人說話的，而且已經有好多年了。不過，如果要談生意，那當然另當別論。他叫約翰·潘道頓，一個人住在潘道頓莊園的大房子裡。而且，因為他沒有雇人做飯，所以三餐都是到飯館去吃。我認識一個一直接待那個人的服務生，她叫莎莉·麥納。聽她說，那個人在餐廳裡也是一言不發，甚至也不開口點菜。所以，一開始她只好用猜的，猜他想吃什麼，不過猜久了就知道，只要是便宜的餐點，那個人都可以接受。」

波麗安娜同情地點點頭。

「我了解。沒錢的時候就只能點便宜的餐點。爸爸跟我也常在外面吃飯，我們通常都點豆子跟魚丸。我們每次都說我們有多麼喜歡豆子，特別是我們看到有人在吃烤火雞的時候，妳也知道，火雞不太便宜，要六十分錢。潘道頓先生喜歡豆子嗎？」

「喜歡豆子？波麗安娜小姐，他一點也不窮呢。他父親留給他一大堆財產，鎮上最有錢的人應該就是他了，如果他想要，吃鈔票他大概就可以吃飽了吧，只是他自己不知道而已。」

波麗安娜被南西的話逗得咯咯笑個不停。

「這樣講起來，好像大家肚子餓的時候都可以吃鈔票似的。」

「我的意思是，他的錢多到實在不像話。」南西聳聳肩。「可是，他一點都捨不得花，全部存起來呢。」

「噢，那些錢是要給異教徒的嗎？」波麗安娜猜。「多偉大啊！這就是放下自己的執著，選擇揹起十字架的意思啊。爸爸以前跟我說過。」

南西生氣地張開嘴巴，似乎想要吐出一些不好聽的話，但是她看到波麗安娜滿臉閃著欣喜、真誠的光彩，只好又把那些話吞了回去。

「哼！」南西不置可否地哼了一聲，接著將話題轉回那個令她十分好奇的事。

「話說回來，波麗安娜小姐，那個人竟然會跟妳說話，這還真是奇怪。他在這裡一向都不跟別人往來，一個人住在豪華的大房子裡。有些人說他是個瘋子，有人說他脾氣不好，還有人說他的衣櫥裡藏了一具骷髏呢。」

「噢，南西！」波麗安娜聽到骷髏嚇得發抖。「他怎麼會把這麼恐怖的東西放在家裡呢？他應該把它丟掉才對。」

南西暗自竊笑，因為波麗安娜以為那個人真的放了具骷髏在家中衣櫃裡，其實這句話是意指那個人有「不可告人的祕密」。不過，南西沒有去糾正波麗安娜。

「而且，每一個人都說他很神祕。」南西繼續說。「有好幾年，他都是一個人去旅行，一去就是好幾個星期，而且他都專挑些不同信仰的國家，像是埃及、亞洲，還有沙哈拉沙漠。」

「噢，原來他是傳教士啊。」波麗安娜好像理解似地點點頭。

南西感到奇怪地笑了笑。

「算了，當我沒說這些。總之，他回來後就開始寫書，聽人家說，內容都很奇怪。都是在講他在那些國家所搜集的一些小玩意的事。不過，在這裡，他可能不會花錢買小玩意吧，除了日常生活開銷之外，他幾乎不花錢。」

「如果他想把錢捐給那些異教徒，當然就不會亂花錢囉。」波麗安娜說。「不過，他真的很有趣，也很有個性，就像史諾太太一樣。不過，那個人可能比史諾太太更特別點。」

「是啊，他真是太特別了。」南西暗自竊笑。

波麗安娜則是心滿意足地吁了一口氣：「無論如何，至少那個人有主動跟我打招呼，所以今天我特別開心呢。」

10 史諾太太的驚喜

波麗安娜再次探訪史諾太太時，她發現這名婦人又和前次一樣，把自己的房間弄得暗不見天日。

「媽，波麗小姐家的小女孩來看妳了。」蜜莉有氣無力地通報完後，只留下波麗安娜與病床上的史諾太太便離開了。

「喔，是妳啊？」床上傳來悶悶不樂的聲音。「我記得妳。不過，我想每個見過妳的人應該都會記得妳吧。我情願妳是昨天來，而不是今天來。我是昨天想見妳，而不是今天。」

「真的嗎？我太高興了，因為今天和昨天只差了一天。」波麗安娜笑嘻嘻地走進房間，把提籃小心地放在一張椅子上。「天啊！這裡是不是太暗了？我幾乎快看不見妳了。」她大聲說著，並立刻穿過房間走到窗邊把窗簾拉開。「我想看看妳有沒有像我上次那樣好好地梳理頭髮——喔，沒有啊！不過，沒關係；我很高興妳沒有，因為也許妳待會兒會想讓我幫妳整理頭髮。但現在，我要讓妳看看我帶了什麼給妳。」

婦人有些不耐地稍稍移動了身體。

「無論看起來是什麼樣子，吃起來還不都是一樣。」她雖然抱怨著，但還是忍不住看向提籃。

「好吧，裡面有什麼？」

「猜猜看，妳今天想吃什麼？」波麗安娜雀躍地走到提籃放置處。她眼神發亮。病床上的婦人則皺起了眉頭。

「幹麼猜！我沒有想吃的東西。」她嘆了一口氣。「這些東西吃起來都差不多。」

波麗安娜偷偷笑了一下。

「這次不一樣。快猜！如果妳真的有想吃的東西，這樣東西會是什麼？」

婦人遲疑了一下。她自己從未意識到，長久以來，她總是習慣要求一些自己沒有的東西，現在突然問她真正想要的東西，她反而說不出來——除非她知道自己有什麼。但顯而易見地，她現在必須說點什麼，這個奇怪的孩子正在等著她的答案。

「喔，當然，羊肉湯……」

「我帶來了！」波麗安娜開心地歡呼。

「……是我不要的。」婦人鬆了口氣，現在她終於知道自己想吃什麼。「我想吃的是雞肉。」

「噢，我也準備了。」波麗安娜在心裡偷笑。

婦人一臉驚訝。

「妳都準備了？」她問。

「是的，還有牛蹄凍。」波麗安娜一副得意洋洋的樣子。「我只是覺得至少一次，一定要讓妳吃到想吃的東西。所以，南西和我就想辦法做了些調整。雖然每一樣都只有一點點，不過每一樣我都準備了。我真開心妳選了雞肉。」她一邊從提籃裡拿出三個小碗，一邊心滿意足地說著。「我來這裡的路上一直在想，如果妳說要吃牛肚、洋蔥，或其他我沒有準備的東西該怎麼辦？我這麼努力，要是沒成功不是太可惜了嗎？」她開心地笑著。

史諾太太沒有回話，她似乎正在努力思考自己失去了些什麼。

「來，我把帶來的東西都放在這裡。」波麗安娜把三個碗放到桌上排成一列。「妳明天如果想要吃羊肉湯，應該也夠妳吃了。妳今天好嗎？」她最後禮貌地詢問。

「很糟，謝謝妳。」史諾太太小聲地抱怨完後，整個人回到平常無精打采的樣子。「我今天早上才剛想小睡片刻，隔壁的妮莉·哈金斯就開始彈琴了，她彈了一早上，我都快被她的練琴聲給逼瘋了。我敢肯定，她一分鐘也沒停過，我實在是不知道該怎麼辦才好。」

波麗安娜同情地點點頭。

「我了解。這真的很慘，婦女勸助會的懷特太太也有過同樣的經驗。她那時還患有風濕熱，所以沒辦法大範圍的活動。她說，如果可以動就不會這麼難受了。妳可以嗎？」

「我可以……什麼？」

「像是移動那樣做一些大範圍的活動，就是當音樂大聲到難以忍受時，妳可以移動到別的地方。」

史諾太太盯著她看了一會兒。

「我當然可以移動啊，我愛怎麼移就怎麼移，只要不離開床就行了。」她有些生氣地說。

「這剛好可以當成妳值得開心的事，不是嗎？」波麗安娜點點頭。「懷特太太就沒辦法。懷特太太說得了風濕熱就沒辦法大範圍的活動，就算妳再想做也沒用。後來她又告訴我，要不是懷特先生妹妹的耳朵聽不見，她大概早就瘋了。」

「妹妹的……耳朵！妳在說什麼？」

波麗安娜笑了笑。

「好吧，我想是我沒把故事交代清楚，我忘了妳不認識懷特太太。我剛才說了，懷特小姐的耳朵聽不見是吧。她前陣子去懷特先生家小住，幫他照顧懷特太太和打理他們的房子。但是，每次只要懷特夫婦有事要交代，他們都要花很多時間才能讓懷特小姐明白他們的意思。不過，自從懷特小姐搬去住之後，每次對街傳來鋼琴聲，懷特太太就會為自己聽得到聲音而感到開心，就算琴聲真的很吵，她也不那麼介意了。因為，她總是不由自主想到，若自己像先生的妹妹一樣失聰，什麼都聽不見，會有多慘。妳看，她當時就是在玩那個遊戲。我以前曾教過她怎麼玩。」

「那個……遊戲？」

波麗安娜彷彿想起什麼似地拍了一下手。

「啊！我差點忘了，史諾太太，我有幫妳想到一件值得開心的事。」

「值得開心的事？我不懂妳的意思？」

「我跟妳說過我會幫妳找出值得開心的事，妳不記得了嗎？妳要我幫妳找一件就算妳得被迫整天躺在床上，但還能覺得開心的事。」

「喔，」婦人一副不以為然的口氣，「那件事啊。我記得，但我沒想到妳會比我還著急。」

「沒錯，我是比妳還著急。」波麗安娜得意地點點頭。「而且，我也找到了喔。雖然真的很難，但難度愈高愈好玩，屢試不爽。我必須老實說，我想了好久，完全想不到任何事。但突然間靈光一閃，我就想到了。」

「妳真的想到了？那麼，妳想到的是什麼呢？」史諾太太貌似有禮卻語帶挖苦。波麗安娜深吸一口氣。「我想到妳最值得開心的事，就是——別人不能像妳一樣整天躺在床上。」她煞有其事地宣布，史諾太太則是生氣地瞪大了眼睛。

「喔，這樣啊！」她頗不以為然地說。

「現在讓我來告訴妳這個遊戲的玩法。」波麗安娜自信滿滿地向史諾太太推薦。

「這個遊戲非常適合妳，因為妳的情況會提高遊戲的難度。但這個遊戲是難度愈高愈好玩，玩法差不多就像這樣。」於是，她把想要從捐獻物資中拿到娃娃卻送來枴杖的故事告訴史諾太太。

故事一講完，蜜莉便出現在門口。

「波麗安娜小姐，妳姨媽在找妳了。」她還是一副陰鬱又無精打采的樣子。「她剛打電話到對面的哈洛家，她說要妳快點回家，並在天黑之前練完鋼琴。」

波麗安娜心不甘情不願地起身。

「好啦，」她嘆道，「我會趕快回家。」但不知怎麼的，她卻突然笑了起來。

「我想，我應該要覺得開心，至少我還有腳可以趕快回家，是不是啊，史諾太太？」

史諾太太閉著眼睛沒有回答，但蜜莉卻是驚訝地瞪大了雙眼，因為她在媽媽蒼白的臉龐，看到了緩緩落下的淚水。

「拜拜！」波麗安娜走到門口時回頭道別。「很抱歉，本來要幫妳做頭髮也來不及做了，但下次吧！」

七月就這麼一天天地過去了，對波麗安娜來說，每天都是快樂時光。她常常滿心歡喜地告訴姨媽這些日子她有多快樂，但姨媽卻總是不耐煩地回答：

「很好，波麗安娜。妳能過得這麼快樂，我當然感到很欣慰；但我希望妳除了覺得快樂之外，也應該要有所收穫，否則就是我的失職。」

波麗安娜每每聽到姨媽這樣說，通常都會以擁抱或親吻這類讓波麗小姐尷尬不已的舉動做為回應，但有一次上縫紉課時，波麗安娜卻一反常態地說：

「您的意思是，光是快樂不夠嗎？波麗姨媽，不應該只是快樂嗎？」她難過地問道。

「我想說的就是這個意思，波麗安娜。」
「一定要有收穫嗎？」
「當然。」
「什麼是有收穫？」
「有收穫就是……獲得某些東西，能展現給別人看的東西，波麗安娜，妳真是個奇怪的孩子。」
「很開心難道不算是收穫嗎？」波麗安娜不安地問。
「當然不算。」
「天啊！那您一定不會喜歡的。波麗姨媽，我想您大概永遠都不會想玩這個遊戲。」
「遊戲？什麼遊戲？」
「就是爸爸……」波麗安娜立刻摀住自己的嘴。「沒……沒事……」她吞吞吐吐地說，波麗小姐不解地皺起眉頭。
「今天早上就到此為止，波麗安娜。」她一句話結束了今天的縫紉課。
正午時分，在閣樓小房間的波麗安娜正打算下樓時，在樓梯間遇見了波麗姨媽。
「波麗姨媽，真是太好了，」她大聲說，「您特地上來看我！快請進，我最喜歡有人做伴了。」她說完，隨即又蹦又跳地跑上樓開房門歡迎。
波麗小姐一開始並沒有打算去看她的外甥女，她其實是要去東側窗戶附近的杉木箱子裡，找一件白色的羊毛披肩。但她現在卻坐在波麗安娜房間的椅子上，這點連她自己都很訝異——自從波麗安娜來到這裡，波麗小姐已經不知道有多少次發現自己正在做一些意想不到、甚至是出人意表的事，這不是她一開始的計畫。

「我最喜歡有人做伴。」波麗安娜又說了一次，並在房裡忙進忙出，彷彿是在皇宮迎賓一般。「尤其是自從我有了這個房間，一個專屬於我的房間。當然，我以前也有房間，但那都是租的房子，租的房子怎麼也沒有自己的好，一半都沒有，您說是吧？而這間當然應該算是我的房間吧？」

「算……是吧，波麗安娜。」波麗小姐低語的同時，心中隱約浮現一個疑問，為什麼她不立刻起身走人去找那條披肩。

「當然，現在我好愛這間房間，雖然房裡沒有我當初一直想要的地毯、窗簾，以及畫作……」波麗安娜發現自己講錯話立刻住嘴。因尷尬而滿臉通紅的她，試著轉移話題，但姨媽毫不留情地打斷她。

「妳剛才說什麼，波麗安娜？」

「沒……沒有，波麗姨媽，真的沒有。我不是那個意思。」

「妳或許不是那個意思，」波麗小姐冷酷地說：「但妳的確說出來了，不如把話說完。」

「但其實真的沒什麼，我只是幻想會有漂亮的地毯和有蕾絲的窗簾之類的東西，但當然……」

「幻想會有！」波麗小姐再次無情地打斷她。

紅著臉的波麗安娜感到手足無措，不知如何是好。

「波麗姨媽，我不應該有那樣的想法。」波麗安娜向姨媽道歉。「我想，可能是因為那些都是我一直想要，但卻從來不曾擁有過的東西。我們曾在捐獻物資中拿到過兩張地毯，但兩張都很小，其中一張有墨水滴在上面的痕跡，另一張還有幾個破洞；捐獻物資裡也只出現過兩幅畫，其中一幅，爸爸……我是說狀態較好的那幅畫我們賣掉了，狀態比較不好的那幅畫也破了。要是沒有這些經歷，我可能不會想要那些東西，我是指那些……漂亮的東西；我也不應該在第一天到這裡，看到走廊上那些漂亮的東西，就幻想自己能擁有那些東西。而……而且，波麗姨媽，整個幻想過程只有一分鐘……我是說，幾分鐘的時間，當我一看到五斗櫃沒有鏡子，我就因為看不到自己的雀斑太開心，而把整件事都忘光光了；而且畫作再美，也比不上從那扇窗看出去的風景美，再加上您又對我這麼好……」

波麗小姐的臉突然紅了起來，她迅速起身。

「夠了，波麗安娜。」她有些不自在地說著。

「我想妳說得夠多了。」她說完隨即下樓，但直到下到一樓，她才突然想起，她本來上樓是打算去東側窗邊的杉木箱裡找那件白色的羊毛披肩。

之後不到一天時間，波麗小姐便直接吩咐南西：「南西，妳今天早上去把波麗安娜小姐的東西搬到正下方的那間房間裡，我決定現在暫時讓我的外甥女去睡那間房間。」

「是的，小姐。」南西大聲地說。
「噢，我的老天爺！」南西在心底呼喊。
一分鐘後，她欣喜若狂地告訴波麗安娜：
「妳快聽我說，波麗安娜小姐。妳要搬到正下方的房間去了。真的！是真的！」
波麗安娜不敢置信。
「妳是說……南西，這不可能是真的吧……真的？妳沒騙我？」
「我就知道妳不會相信。」樂不可支的南西手上抱著剛從衣櫃拿出來的衣服，一邊得意洋洋地告訴波麗安娜自己如何準確地預測到她會有何反應。「小姐吩咐我把妳的東西搬下去，我現在趕快去搬，以免她又改變主意。」
波麗安娜沒來得及聽完南西的話，立刻冒著可能跌得四腳朝天的危險，三步併作兩步地飛奔下樓。
在甩了兩扇門，撞倒了一張椅子後，波麗安娜終於找到了她想見的波麗姨媽。
「波麗姨媽，波麗姨媽，您是說真的嗎？那間房間應有盡有——有地毯、窗簾，還有三幅畫，而且窗外的風景跟樓上看到的完全一樣。噢，波麗姨媽！」
「好了，波麗安娜。我很開心妳喜歡這樣的安排，我相信若妳真的這麼想要這些東西，妳應該會好好愛護它們才是，謹此而已。波麗安娜，去把椅子扶起來。還有，妳知不知道妳剛剛在不到半分鐘的時間裡，甩了兩扇門。」波麗小姐口氣相當嚴厲，之所以如此嚴厲，是因為不知為何她竟然有種想哭的衝動，而這對波麗小姐來說，是種不太尋常的感覺。

波麗安娜把椅子扶了起來。

「是的，姨媽，我知道我甩了那兩扇門。」她開心地承認。「因為我剛聽到換房間的事，我想您如果碰到類似的事，或許您也會……」波麗安娜沒再說下去，反而用好奇的眼光看著姨媽。「波麗姨媽，您有甩門的經驗嗎？」

「當然沒有，波麗安娜。」波麗小姐非常震驚。

「真是太可惜了，波麗姨媽。」波麗安娜一臉同情的樣子。

「可惜！」波麗姨媽聽到這話，氣得說不出任何話來。

「您看嘛，如果您甩過門，當然是因為有想甩門的衝動；但如果沒有，就表示您從未因為任何事開心到想甩門。我很同情您從未有過這樣的感覺。」

「波麗安娜！」這位女士大喊，但波麗安娜已經不見蹤影，回應她的只有閣樓樓梯間的甩門聲。波麗安娜已迫不及待跑去幫忙南西處理「她的東西」了。

被留在起居室的波麗小姐，內心隱約有些焦躁不安。不過話說回來，她當然曾經有過開心的感覺。

11 幫吉米找新家

八月到了，也為哈靈頓莊園帶來一些新奇與改變。不過，對南西而言，這些都不算什麼。因為，自從波麗安娜搬來之後，哈靈頓家每天都有許多驚喜與變化。

小貓咪就是波麗安娜帶來的第一個驚喜。

這隻小貓是波麗安娜在離家不遠的小路上發現的，當時牠正悽慘地喵喵叫。波麗安娜抱著小貓，挨家挨戶詢問是否有願意收養的鄰居，在發現大家都不能收留小貓之後，波麗安娜理所當然地就把牠帶回家了。

「我其實很開心大家都沒辦法收留小貓呢。」她興高采烈地告訴波麗姨媽。「因為，我好想把牠帶回家，而且我知道您一定會讓牠住下來的。」

波麗小姐瞧著那隻瑟縮在波麗安娜臂彎裡的小灰貓，牠看起來是那麼地無助。但是，波麗小姐卻渾身發抖，覺得全身都不對勁。她對貓從來不感興趣，就算是一隻漂亮、健康，又乾淨的貓也不例外。

「天啊，波麗安娜，那隻是什麼骯髒的小動物啊！牠身上可能有病，我敢說，一定長滿了癩疥跟跳蚤。」

「我知道，這個可憐的小東西。」波麗安娜一邊輕聲地說，一邊用溫柔的眼神望著小貓那雙惶恐的眼睛。「牠好害怕，一直在發抖呢。您看，我想牠還不知道我們會把牠留下來。」

「不，而且其他人也不會這樣想。」波麗小姐說。畢竟，這麼髒的小貓，怎麼會有人想要收留呢？

但是，波麗安娜完全誤會她姨媽的意思了。「噢，不是的，他們都覺得您會收留小貓。」波麗安娜回答，「我告訴大家，如果我沒幫小貓找到適合的新家，我們就會收留牠。我想您一定會欣然答應這件事的，這個小東西太可憐了。」

波麗小姐張嘴試圖想說些什麼，但最後卻什麼也講不出來。自從波麗安娜來了之後，波麗小姐就常常覺得很無力，此時那種奇特的無力感又緊緊地抓住了她。

「當然，我明白。」波麗安娜感激地接著說：「福特太太剛剛問我，您是否會同意收留小貓時，我跟她說，您一定不會讓這個可憐的小東西在外面流浪的，因為您就收留了我啊。而且，我以前有婦女勸助會的人照顧，可是這隻小貓卻無依無靠，我想，您一定也是這樣想的。」波麗安娜點著頭說完這串話後，就蹦蹦跳跳地跑出了房間。

「等等，波麗安娜，波麗安娜！」波麗小姐抗議地喊著：「我還沒說……」但是波麗安娜已經快跑到廚房了，她邊跑邊嚷著：「南西，南西，快來看看這隻小貓咪，波麗姨媽要跟我一起養牠喔。」客廳裡，討厭貓的波麗小姐長嘆了一口氣後，跌坐回椅子上，現在她已經沒有力氣反對了。

第二天，哈靈頓家來了一隻小狗，比前一天的小貓還要髒，看起來就是完全不會有人想要收留的樣子。波麗安娜對所有鄰居說，她的姨媽是位充滿愛心、願意收養、保護動物的天使。但事實上這兩天所發生的事，已經完全讓波麗小姐瞠目結舌。她不僅討厭貓也討厭狗，但是她發現，自己根本無力反抗波麗安娜硬為她加上的形象。

過幾天後，波麗安娜又帶回一個衣衫襤褸的瘦弱小男孩。她還對小男孩保證，她的波麗姨媽一定會好心地照顧他。這次，波麗小姐終於說話了。事情是這樣的。

一個明媚的星期四早晨，波麗安娜提著牛蹄凍，要拿去給史諾太太。波麗安娜去第三次的時候，她們倆終於成了朋友，現在，兩人的關係還很不錯呢。波麗安娜還跟史諾太太介紹了「開心遊戲」，現在史諾太太也在玩這個遊戲，不過技巧還很生疏就是了。因為，她之前對很多事情都十分不滿，現在要在所有事情中找到快樂，並不是一件那麼容易的事。不過，在波麗安娜的帶領下，再加上她充滿活力的笑聲，史諾太太進步得很快。今天，史諾太太說她非常開心，因為她才正想吃牛蹄凍，波麗安娜就送來了。

這讓波麗安娜覺得很驚喜，因為她剛剛在史諾太太的門口遇到蜜莉時，蜜莉告訴她，剛剛牧師太太才送來一大碗的牛蹄凍。所以，事實上史諾太太已經不需要波麗安娜的牛蹄凍了。

正當波麗安娜還在思考這件事時，一個男孩突然映入她的眼簾。

這個男孩悶悶不樂地坐在路邊，手裡有一搭沒一搭地削著木棍。

「哈囉！」波麗安娜對他露出燦爛的微笑。
男孩看了她一眼，就馬上把目光移開。
「跟妳自己說就好。」他咕噥了一句。
波麗安娜不介意地笑了起來。
「看樣子，如果現在有一碗牛蹄凍出現在你面前，你也高興不起來。」她笑著邊說邊走到他面前。
男孩開始坐立不安，他詫異地看了波麗安娜一眼，又立刻低頭用那把又鈍又舊的刀子削木棍。
波麗安娜遲疑了一下，接著一骨碌地坐到他旁邊的草地上。儘管她常堅強地說，自己很喜歡跟婦女勸助會的義工待在一起，不過，她還是常常因為沒有年齡相近的玩伴而期盼著。所以，這次，她決定要好好把握機會，多認識這個男孩。
「我叫波麗安娜．惠提爾。」她輕快地說：「你叫什麼名字？」
男孩又侷促了起來，差點拔腿就跑，不過他最後還是待在原地沒動。
「吉米．賓恩。」他語音模糊地回答。
「好，現在我們都自我介紹完了。我很高興你說了自己的名字，有些人總是不愛說他們到底是誰。總之，我住在波麗．哈靈頓小姐的房子裡。你呢？你住在哪裡？」
「沒住在哪裡。」

「沒住在哪裡？怎麼可能！每個人都會住在一個固定的地方啊。」波麗安娜肯定地說。

「我……現在沒有，不過我正在找地方住。」

「噢，在哪裡呢？」

男孩輕蔑地看了她一眼。

「笨蛋！如果我知道，我還需要找嗎？」

波麗安娜微微地搖了搖頭。因為男孩說的話，讓他感覺起來像個壞孩子，而且她不喜歡別人叫她笨蛋。不過，對波麗安娜來說，他畢竟是個跟她年紀相仿的孩子，跟其他人可不一樣。

「你以前住在哪裡呢？」她好奇地繼續追問。

「好了，妳可不可以不要一直問我問題！」男孩不耐煩地說。

「我得這樣啊，」波麗安娜心平氣和地說：「不然，我就沒辦法更認識你了。如果你多說一點，那我就少講一點。」

男孩尷尬地笑了一下，似乎不太情願。不過，他再開口時，心情看上去比之前好了點。

「好吧，我說。我叫吉米·賓恩，今年十歲，不過很快就滿十一歲了。去年，我住進了孤兒院，可是那裡的孩子太多，根本就沒有我的位置，我覺得我再也受不了了，所以就偷偷溜出來，想找個地方住，不過現在還沒找到。我希望能夠找到一個像家的地方，平平凡凡的那種，而家裡頭應該有媽媽，而不是舍監。爸爸過世之後，我就沒有家人了。我想，只要找到另一個家，我就又可以有家人了。我現在還在找我的新家，我去問過四個家庭，即使我說我可以工作，他們還是都拒絕我。好了，我說完了。這些是妳想知道的嗎？」男孩有些顫抖地說完最後兩句話。

「天哪，好可憐喔！」波麗安娜萬分同情地說，「難道都沒有人想要收留你嗎？噢，老天！我懂你的感受，因為在爸爸過世之後，我也只有婦女勸助會的義工陪我而已，直到波麗姨媽說她願意……」波麗安娜突然打住，臉上的表情顯示她想到了一個好主意。

「噢，我知道有個地方適合你。」她大喊，「波麗姨媽會收留你的，我知道她會。你瞧，她不就收留我了嗎？而且在小毛跟小黃無家可歸，沒有人疼愛時，她不是也收留了牠們嗎？噢，忘了跟你說，小毛跟小黃是貓跟狗。來吧，我知道波麗姨媽會收留你的。你不知道她有多麼善良、多麼仁慈！」

吉米．賓恩瘦瘦的小臉散發出光彩。

「真的嗎？現在她還願意收留我嗎？我可以工作，我的身體很好。」他秀出一隻瘦瘦的手臂給波麗安娜看。

「當然，沒問題！在我的媽媽到天堂當天使以後，波麗姨媽就是世界上最好的人了，而且她家的房間多到數不清。」她拉著小男孩的手臂，一路上蹦蹦跳跳、喋喋不休。「房子大的不得了，雖然也許……」她一邊匆匆往前走，一邊說道：「也許一開始你得睡在閣樓裡。不過，紗窗已經裝好了，可以把窗戶打開，這樣就不會太熱了，蒼蠅也不會帶著腳上的細菌飛進來。你知道蒼蠅

腳上有很多細菌嗎？真是太不可思議了。也許，如果你乖的話，我是說，如果你不乖的話，波麗姨媽就會讓你讀那本小冊子，而且你也有雀斑……」波麗安娜仔細看了一下吉米的臉，「這樣你也會很高興你的房間沒有鏡子。而且，窗外的風景美得就像是一幅畫，甚至比畫還好看。所以，我敢說，你一定不會介意睡在閣樓裡的。」波麗安娜上氣不接下氣，氣喘吁吁，突然覺得，或許現在她應該停止說話，好好喘口氣，休息一下。

「天哪！」吉米歡呼。雖然他聽得不是很明白，但卻對波麗安娜十分佩服。「我簡直無法想像有人可以像妳一樣，說話不用換氣，連讓別人問問題的空隙都找不到。」

波麗安娜大笑。

「不管怎麼說，這件事都值得你開心啊。」她回答，「如果我一直講不停，你就不用開口啦。」

到家以後，波麗安娜不管三七二十一，就把她的朋友直接帶到目瞪口呆的姨媽面前。

「噢，波麗姨媽，」她一臉得意地說：「快看，我給您帶了比小毛跟小黃更好的東西回來啦！是個活生生的男孩喔！他不會介意一開始睡在閣樓裡，而且他還說他可以工作，不過我希望，大部分的時間他可以陪我玩。」

波麗小姐氣得臉一陣青一陣紅。雖然她沒有聽懂波麗安娜的連珠砲，但是她大概知道波麗安娜的意思。

「波麗安娜，妳這是什麼意思？這個全身髒兮兮的小男孩是誰？妳在哪裡遇到他的？」她厲聲問道。

這個波麗小姐口中「髒兮兮的小男孩」往後退了一步，看著大門，而波麗安娜則是笑容燦爛。

「是這樣的，我忘了告訴您他的名字。您瞧，我跟那個人一樣，常常都忘了介紹名字。您看，這個男孩渾身髒兮兮的，跟小毛、小黃剛到我們這裡時一樣。不過，我保證，只要洗過澡之後，他就會變得跟小毛、小黃一樣乾淨了。噢，我差點又忘了說，」她笑著停了一下，接著說：「波麗姨媽，我跟您介紹一下，這位是吉米．賓恩。」

「那，他來這裡做什麼？」

「嘿，波麗姨媽，我剛剛不是跟您說了嗎？」波麗安娜的眼睛詫異得睜大，「是帶來給您的啊！我帶他回來，他就可以住在這裡了。您知道的，他很想要有一個家，還有家人。我告訴他，您對我、小黃跟小毛，是多麼地善良跟仁慈，我知道您一定會接受他，並且對他好的，因為他可比小貓跟小狗有用多了。」

波麗小姐整個人跌坐在椅子上，用顫抖的手捂著喉嚨。那股熟悉的無助感此時像洪水般淹沒了她，她勉強動了一下，讓自己的身子坐直。

「夠了，波麗安娜。這是妳做過最荒唐的事了。好像妳覺得野貓跟流浪狗還不夠似的。現在，妳又從街上給我撿回了一個骯髒的小乞丐，他……」

男孩一下子激動起來，他邁步走到波麗小姐面前，毫不畏懼地看著她，倔強地抬起下巴，眼底閃著怒火。

「我不是乞丐，女士，而且我也不想要您的任何東西，我是來這邊找工作養活我自己的。要不是這個女孩跟我說，您是多麼地仁慈、多麼地善良，而且一定會收留我，我壓根就不會到這裡來。就是這樣，我說完了！」男孩說完就轉身，帶著跟他不太相稱的尊嚴大步離去。其實，要不是他現在的處境如此悲憐，他的尊嚴還真會顯得有點可笑。

「噢，波麗姨媽，」波麗安娜哽咽地說：「為什麼呢？我以為您會很高興地收留他，我真的以為您一定會很高興……」

波麗小姐舉起手，制止波麗安娜繼續說下去。最近這幾件事連續下來，波麗小姐終於受不了了。剛剛男孩所說的話「我以為您很善良、很仁慈」，還在她的耳邊嗡嗡迴響，她知道，那股熟悉的無力感又快要把她淹沒了。她冷靜下來，努力集中她僅剩的精神。

「波麗安娜，」她大吼，「每天從早到晚，妳都『開心』、『開心』、『開心』地說個不停，到底有完沒完？我快要瘋了！」

波麗安娜嚇得嘴巴張得大大的，整個人愣在那邊。

她怯生生地說：「為什麼呢？波麗姨媽，我以為如果您看到我開心，您也會開心……噢！」

波麗安娜頓了頓，用手摀住嘴，轉身跌跌撞撞地跑出房間。

她緊追在那個男孩身後，在男孩即將走出馬車出入通道時，波麗安娜終於追上了他。

「喂！喂！吉米‧賓恩。我跟你說，我真的很抱歉。」她喘著氣，一把抓住他的手。

「沒關係，我沒有怪妳。」男孩繃著臉回答，突然又有些激動說：「可是，我絕對不是乞丐。」

「你當然不是，但是也請你不要責怪我的姨媽。」波麗安娜懇求，「也許是我沒有把你介紹清楚，沒有說清楚你是什麼人。她真的很善良也很仁慈，真的。可能真的是我沒有解釋清楚，我真的好希望能夠幫你找到一個地方住。」

男孩聳了聳肩，便想轉身離開。

「沒關係，我會自己找到的，我又不是乞丐，妳知道的。」

波麗安娜皺著眉思考。突然，她轉過身，兩眼發光。

「嘿！我跟你說，如果我是你，我會怎麼做。我聽波麗姨媽說，今天下午婦女勸助會有個聚會，我會把你的事告訴她們。每次爸爸想要做什麼事時，他總是這麼做，例如要感化沒有信仰的人，或是想要個新地毯。」

男孩怒氣沖沖地轉過身。

「我可不是沒有信仰的人，也不是新地毯，而且婦女勸助會是什麼東西？」

波麗安娜不敢置信地看著他。

「什麼？吉米‧賓恩，你究竟是在哪裡長大的啊？竟然不知道什麼是婦女勸助會！」

「算了，要是妳不想講的話也沒關係。」男孩咕噥著，轉身又想離開。

波麗安娜一下子跳到他的身邊。

「婦女勸助會就是有好多女人會聚在一起縫紉、做飯、募款，或是聊天的聚會。在我家鄉的婦女勸助會就是這個樣子，雖然我還沒有去過這裡的婦女勸助會，不過我向你保證，她們人都很好。今天下午，我就去和她們說說關於你的事。」

男孩再一次生氣地轉過身來。

「不用妳操心了！或是妳覺得，一個人叫我乞丐還不夠，難道妳覺得，我還會希望站在一群女人面前，聽她們這樣叫我嗎？當然不會！」

「噢，這次我會解釋的清楚一點。」波麗安娜急忙說：「當然，我會自己去跟她們說。」

「妳會去跟她們說？」

「是的，這次我會說的好一點。」波麗安娜急忙保證，男孩原本緊繃的臉稍微放鬆了一點。「我想，她們之中，一定有人願意給你一個家的。」

「別忘了跟她們說我可以工作。」男孩提醒她。

「當然不會忘記。」波麗安娜高高興興地答應，她終於說服這個男孩了。「我明天告訴你結果怎麼樣。」

「我們明天在哪裡碰面？」

「路邊，史諾太太家附近，我今天遇到你的地方。」

「好的，我會去。」男孩頓了一下，慢吞吞地說：「我想，今天我最好還是先回去孤兒院……過夜，因為我也沒有其他地方可以去。今天早上，我偷偷溜了出來，我沒告訴他們我不回去了，或是他們真的認為我不會回去了……雖然有時候，我不認為他們會在乎我是否出現。妳知道的，他們不是我的家人，他們不會關心的。」

「我知道。」波麗安娜善解人意地點點頭，「不過我保證，明天我們見面時，你就會有一個平平凡凡的家，還有在乎你的家人。再見！」她樂觀地說完，轉身跑回哈靈頓家。

此時此刻，波麗小姐就站在客廳的窗戶旁，從遠處觀察這兩個孩子。她神情擔憂地注視著那個男孩，直到他轉身離去從她的視線裡消失，她才嘆了口氣，轉過身無精打采地往樓上走去。其實，波麗小姐很少這樣無精打采，只是，男孩所說的話一直在她的腦中迴響，他看她的眼神中還帶點輕蔑：「我以為您很善良、很仁慈」。她心底升起一股淒涼的感覺，就像遺失了什麼重要東西似的。

12 遊說婦女勸助會

婦女勸助會開會當天，哈靈頓莊園的午餐顯得異常安靜。波麗安娜的確試著想多說話，但卻老是以失敗告終，主要原因在於她會不自覺地在話題中提到「開心」兩字，而只要提到這兩個字，她又會臉紅尷尬到說不出話來。終於，等到第五次的時候，波麗姨媽受不了地搖了搖頭。

「孩子，如果妳想說，就說吧。」她嘆了口氣，「我情願妳說，也不想看妳把氣氛搞成這樣。」

波麗安娜深鎖的眉頭立刻豁然開朗。

「噢，太好了。我覺得要忍住不說這兩個字實在太難了，畢竟都玩了好久。」

「妳玩什麼？」波麗姨媽追問。

「玩那個遊戲啊，您知道嗎？爸爸……」波麗安娜立刻閉上嘴，臉漲紅的她發現自己又踩到姨媽的地雷。

波麗姨媽不悅地蹙起眉頭一句話也沒說。於是，午餐的氣氛又回到之前安靜無聲的狀態。

稍晚波麗安娜無意間聽到波麗姨媽在電話中，告訴牧師妻子她因為頭痛而無法出席會議時，波麗安娜竟然一點也不擔心。不過，當姨媽回房時，她還是試圖為姨媽頭痛不舒服感到難過，但姨媽的缺席還是讓她打從心底高興，因為這次的會議，她打算向婦女勸助會的人提吉米・賓恩的事。畢竟，波麗姨媽曾叫吉米小乞丐過，她可不希望婦女勸助會的人聽到姨媽這麼叫他。

波麗安娜知道婦女勸助會的人兩點鐘會在教堂旁的小禮拜堂開會，這個地方離哈靈頓莊園大約只有不到半英里遠的距離，因此她計畫在接近三點時到達會場。

「這樣就能確保不會有人因為遲到而錯過吉米的事。」她自言自語地說著：「因為遲到的人之中，可能有人會想給吉米・賓恩一個家；況且對婦女勸助會的人來說，兩點的聚會通常是三點到的意思，真的，對婦女勸助會的人來說真的是如此。」

波麗安娜帶著自信與勇氣，鎮定地走上了小禮拜堂的階梯，推開大門進入前廳，傳入耳中的是一陣輕柔的嘈雜聲，原來是從主廳傳來的女性低語談笑聲。波麗安娜只猶豫了一會兒便推開內門。

眾人因波麗安娜毫無預警的出現，頓時停止交談，現場陷入一片靜默。波麗安娜緊張地向前走去。在這關鍵時刻，波麗安娜突然害羞起來。不過也難怪，畢竟這些半生不熟的臉孔，可不是她從小相處到大的婦女勸助會成員。

「婦女勸助會的各位，妳們好嗎？」她態度有禮卻因為緊張而有些結巴。「我是波麗安娜・惠提爾，我……我想妳們之中，可能有些人認識我；不過沒關係，我認識妳們——只不過不是每位都認識，也不是在這樣的場合認識的。」

每個人似乎都感受到這異常安靜的氣氛。現場幾乎所有的人都聽過婦女勸助會中的某個成員，有個個性相當奇特的外甥女，其中甚至有些人是真的認識波麗安娜；但碰到這樣的情況，沒人知道該說些什麼。

「我……來這裡……是因為有一件事想請妳們幫忙。」波麗安娜一開始雖然有些結巴，但沒多久，她就開始不自覺地使用起父親慣用的措詞。

現場開始響起一片窸窸窣窣的交談聲。

「親愛的，是妳姨媽叫妳來的嗎？」牧師的妻子福特太太問道。

波麗安娜有些臉紅。

「不是的。是我自己要來的，跟姨媽沒有任何關係。因為我幾乎可以說是由父親及婦女勸助會的女士們一起帶大的，所以很習慣跟婦女勸助會的成員相處。」

有些人忍不住笑了出來，牧師太太則不悅地皺起眉頭。

「好的，親愛的，想要我們幫什麼忙？」

「我想請妳們……幫吉米．賓恩一個忙。」波麗安娜嘆了一口氣，「他現在除了孤兒院外，沒有任何一個家庭願意收留他，而孤兒院又人滿為患，不知為什麼他覺得孤兒院也不想要他，所以他想另外找一個家。他要找的不是孤兒院而是一般家庭，家裡有媽媽可以照顧他，因為媽媽會比較關心他。他今年十歲快滿十一歲了。我想妳們之中可能會有人喜歡他，甚至想收留他。」

「如果是妳，妳會收留他嗎？」一個小小的聲音打破了眾人聽完波麗安娜的說明後，茫然不知所措的沉默氣氛。

波麗安娜焦急地掃過在場的每一張臉孔。

「噢，我忘了說，他願意工作。」她急切地補充道。

但現場仍是一片靜默。不一會兒，開始有一兩名女士冷靜地提出質疑，過沒多久，所有人開始分享彼此聽到的故事；討論雖然熱烈，但態度似乎不是很友善。

波麗安娜愈聽心裡愈著急。雖然有些話她聽得不是很明白，但在聽了一段時間後，她得出一個結論——現場沒人願意收養吉米。雖然每個人都認為應該會有其他人願意收養他，尤其是家中沒有小男孩的家庭，但自己本人願意收養的，現場是一個也沒有。過了一會兒，波麗安娜聽到牧師太太小心翼翼地提出一個建議，內容是婦女勸助會只要可以減少對遙遠的印度男童的援助計畫，或許可以提供吉米生活和教育上的援助。

這個提議立刻引發激烈的討論，甚至出現數人同時搶話、誰也不讓誰的場面，不僅討論時的嗓門比較大，氣氛也比之前更不友善。

詳細情況似乎是，這個婦女勸助會向來是以對印度提供大筆捐款的援助計畫而聞名，許多人認為今年援助的金額要是比往年低，她們會羞愧而死。

這時她們又開始說著波麗安娜聽不懂的話，聽起來這些人才不在乎那些錢拿來做什麼，只要金額能讓這個婦女勸助會的名字在某些「報告」中「名列前茅」就好。不過，她們當然不可能是這個意思！

但所有的一切真的讓人很費解，氣氛也讓人很不舒服，於是波麗安娜又玩起那個遊戲，她最後發現自己很開心地置身在一個氣氛相當寧靜、空氣非常清甜的戶外環境中，但她同時也很難過，因為她發現要幫吉米找一個家不是一件容易的事。而更令她難過的是，她明天必須親口告知吉米，婦女勸助會情願把所有的錢送去養育遠在印度的小男孩，也不願意從中撥出一點錢養育自己鎮上的孩子，理由竟然是，根據某個高個兒、戴著眼鏡的女士的說法——這麼做對於「報告上的排名」一點幫助也沒有。

「不過，願意以金錢援助異教徒其實是一件好事，我不應該期望她們留下一部分的錢。」波麗安娜獨自回家時，一邊嘆息一邊難過地想著。「但她們的態度卻好像是只有遠方的小男孩才重要，這裡的小男孩一點也不重要。不過，我還是認為，照顧吉米．賓恩長大成人，比區區一份報告要來的重要多了。」

13 在潘道頓森林裡

波麗安娜離開小禮拜堂後，並沒有馬上回家，而是往潘道頓山丘走去。雖然今天是波麗安娜的假日（她稱沒有縫紉課跟烹飪課的日子叫做「假日」），不過，她卻覺得今天格外難熬。對現在的波麗安娜來說，只有到潘道頓森林好好靜一靜，才會讓自己好受一點。所以，波麗安娜頂著熾熱的陽光，一步一步爬到了山頂。

「到五點半再回家也不遲。」她自言自語，「雖然到這裡需要爬一段山坡，不過能夠在樹林裡走走真是太好了。」

波麗安娜從以前就覺得潘道頓森林非常漂亮，不過今天的潘道頓森林卻比以往更加迷人。儘管，現在森林裡漫步的波麗安娜，腦海中的思緒都圍繞在那個令人失望透頂的消息上，更糟糕的是，明天還得跟吉米坦白，但這些都不影響潘道頓森林的美麗。

「我還真希望那些大嗓門的女士能夠到這裡來走走。」波麗安娜嘆口氣，抬起頭望著從樹蔭間透出的小片藍天，「如果她們能到這裡來，我相信她們一定會改變心意，收留吉米的。」她對此深信不疑，不過，連她自己都說不上來到底為什麼。

突然，波麗安娜聽到了一些聲音，她抬起頭四處張望。遠遠地，一隻小狗飛也似地奔過來，大聲吠叫著，一眨眼就跑到了她的身邊。

「你好，狗狗！」波麗安娜對著牠彈了彈手指，充滿期盼地望著小狗剛剛奔來的那條路。她認得這隻小狗，之前他們倆曾有一面之緣。當時，這隻小狗跟在那個人，也就是約翰・潘道頓身邊。波麗安娜望著那條小路，希望能看到他的身影。不過，過了好幾分鐘，他一直沒有出現，所以波麗安娜轉頭，望著小狗，想知道發生什麼事了。

這時，波麗安娜發覺小狗的行為十分奇怪，牠不停地吠叫，又不時發出尖銳的叫聲，像在警告什麼似的。除此之外，牠還在那條小徑上忽前忽後地跑來跑去。波麗安娜跟在牠的後面，很快地就來到一條岔路上，小狗飛也似地往前狂奔，但是很快地又折回波麗安娜面前，發出嗚嗚的叫聲。

「嘿！那可不是回家的路喔。」波麗安娜站在原地，笑著對小狗說。小狗眼看波麗安娜不為所動，表現的更瘋狂了。牠顫抖著，不停地在波麗安娜跟那條岔路上來回奔跑，嗚嗚叫著，用可憐兮兮的眼神望著波麗安娜，像在懇求什麼似的。終於，波麗安娜明白了小狗的意思，她毫不猶豫地轉身，跟著小狗往前奔去。

小狗帶著波麗安娜狂奔，沒過多久，波麗安娜就知道小狗想告訴她什麼了。只見一個男人動也不動地躺在陡坡下方，他的身下就是離道路只有幾碼遠的亂石堆。

波麗安娜一不小心踩斷了一根小樹枝，喀嚓的聲音讓男人轉過頭來。一看到他的臉，波麗安娜失聲尖叫，趕忙跑到他的身邊。

「潘道頓先生！噢，您受傷了嗎？」

「受傷？噢，沒有！我正在陽光下小憩呢。」他不耐煩地說。「看到了吧！妳懂什麼？妳要做什麼？妳有感覺到什麼嗎？」

波麗安娜屏住呼吸，潘道頓先生一連丟出了好幾個問題，讓她有些招架不住，但她還是按照自己的習慣，有條不紊地一個一個慢慢回答。

「噢，潘道頓先生，我知道我懂得不多，也沒辦法做什麼大事。不過，除了羅森太太之外，其他婦女勸助會的人都說我很敏銳。這是有一天我不小心偷聽到的，不過她們不知道我當時在偷聽。」

潘道頓先生笑了，只是笑得很勉強。

「孩子，請妳原諒我，妳看，其實都是我這條腿害的。現在，麻煩妳仔細聽好。」他停頓下來，有點困難地把手伸進褲子口袋裡掏出一串鑰匙，用拇指與食指捏住其中一支，對波麗安娜說：「妳往這條小路直直地走下去，大概走五分鐘後就可以到我家了，用這把鑰匙打開門廊下方的側門，妳知道什麼是給馬車出入的門廊吧？」

「是的，我知道，先生。波麗姨媽家也有一個給馬車出入的門廊，波麗姨媽還在上方蓋了個日光室，我之前在上面的屋頂睡過一覺，只不過還沒睡著，就被他們發現了。」

「什麼？噢，那，妳進去之後，穿過前廳跟大廳一直往裡面走，走到大廳盡頭的那扇門。在門的另外一邊有間房間，房間中央擺著一張大桌子，桌上放著一部電話機，妳知道電話機怎麼用嗎？」

「噢，我知道，先生。因為有一次波麗姨媽……」

「不要再講妳的波麗姨媽了。」那個人面帶慍色地打斷波麗安娜的話，一邊試著想要移動他的身體。

「然後，妳在電話本上找到湯瑪斯．奇爾頓醫生的電話號碼，電話本就在電話機附近，應該就掛在一旁的掛鉤上，不過也許不在那裡。總之，妳應該知道電話本長什麼樣子吧！」

「噢，是的，先生！我很喜歡波麗姨媽的電話本，上面有許多奇奇怪怪的名字，還有……」

「告訴奇爾頓醫生，就說約翰．潘道頓在潘道頓森林的小鷹坡下摔斷腿了，請他派兩個人帶著擔架過來，其他的事就交給他處理了。順便告訴他，沿著門前的那條路就可以找到我了。」

「您摔斷腿了？噢，潘道頓先生，這太可怕了！」波麗安娜全身發抖，「幸好我來到這裡，我能不能……」

「是的，妳能……不過顯然妳不願意。可不可以請妳不要再這樣嘰嘰喳喳說個不停，趕快照著我說的去做好嗎？」那個人發出微微地呻吟，波麗安娜則是一邊哭一邊跑開了。

波麗安娜顧不得停下腳步欣賞在樹林縫隙間露出的片片藍天，她的眼睛直盯著地面，確保沒有會讓她跌倒的小樹枝或是石頭。

沒過多久，波麗安娜就看到那間大房子了。其實，之前她曾見過，不過都沒像這次這麼近。她看著這棟由灰色石塊砌成的大房子，有立滿柱子的門廊，還有氣派的大門，心裡不由得有些害怕。不過，她馬上拋下恐懼，加快腳步，穿過從來沒有人打理的大草坪，繞過房子，來到門廊下的側門。她的手指因為一路上緊抓著鑰匙而有些僵硬，使她費了好大的勁才得以轉動門鎖。在花了許多力氣之後，那扇厚重的雕花大門終於緩緩地打開了。

波麗安娜屏住呼吸，雖然心裡很急，不過她還是放慢腳步，膽戰心驚地順著前廳，望向寬敞昏暗的大廳。她現在害怕得六神無主，因為這可是潘道頓先生的房子，不只主人很神祕，房子也很神祕，而且除了主人之外，沒有人進來過這幢房子裡，更可怕的是，房子的某處還藏著一副骷髏。但是，波麗安娜現在必須一個人走過這些恐怖的房間，找到電話，然後打給醫生告訴他房子的主人摔斷了腿……

還在小聲啜泣的波麗安娜，快速地跑過大廳，一路上完全不敢東張西望地來到另一邊的那扇門並打開它。

這間房間非常的大，裡頭有著跟大廳一樣的黑木家具和窗簾，陽光透過西邊的窗戶照了進來，穿過整個房間形成一條長長的金色通道，也替壁爐上早已失去光澤的黃銅色爐架刷上一點點光彩。電話機擺在房裡正中央的一張大桌子上，波麗安娜躡著腳步，快速來到桌前。

電話本沒有掛在鉤子上，不知道什麼時候掉到地上了。波麗安娜把它撿起來，用顫抖的手翻到C開頭的那一頁，找到了「奇爾頓」，並成功地用電話聯絡到醫生。儘管波麗安娜全身發抖，不過，她還是將潘道頓先生所交代的事告訴醫生，並回答醫生幾個簡短的問題。好不容易掛上電話，她終於放下心中的一塊大石頭，長長地吁了一口氣。

她轉頭看向四周，房間裡一片凌亂。窗戶上掛著深紅色的窗簾，牆壁排滿書籍，東西亂七八糟地被丟在地板上；凌亂的書桌，還有數不清的壁櫥門，或許裡面就藏著一副骷髏也說不定。此外，她看到的除了灰塵、灰塵，還是灰塵。她頭也不回地轉身就跑，穿過大廳，衝出那扇仍半掩的厚重雕花大門。

波麗安娜返回樹林的速度之快，讓因為受傷而覺得時間分外難熬的潘道頓先生大吃一驚。

「呃，出問題了嗎？門打不開嗎？」他問道。

波麗安娜睜大眼睛看著他。

「沒有，我當然進去了。您這樣說，好像覺得我是進不去，所以才回來似的。醫生馬上就會帶著助手跟需要的東西趕過來。他說，他知道您在哪裡，所以不需要我在那裡等他們來，幫他們帶路。所以我想，我還是回來待在您身邊比較好。」

「是嗎？」男人苦笑著說：「我可不能說我欣賞妳的判斷力，妳應該去跟比我友善的人相處。」

「您的意思是……因為您脾氣不好？」

「還真謝謝妳的坦白，妳說的沒錯。」

波麗安娜溫暖地笑了一下。

「您只是外表看起來脾氣不好，其實您才不是這樣的人呢。」

「是嗎？妳怎麼知道？」男人邊問邊試著在不會動到身體其他部位的情況下，移動一下頭的位置。

「有很多地方可以看出來啊！比如，您跟小狗相處的時候。」她指著男人輕放在小狗頭上、十分細瘦的那隻手，「這樣說起來，好像狗跟貓都比人類還要懂人心，您說有不有趣？嘿，我來托住您的頭吧。」她突然對著他這麼說。

波麗安娜托著男人的頭，緩慢地移動，儘管如此，一點點的動作還是讓男人疼得齜牙咧嘴，時不時地皺起眉頭，但他也只是呻吟了一聲。不過，當他們好不容易移好位置之後，男人發現，枕在波麗安娜腳上，實在比躺在碎石堆裡要舒服多了。

「嗯，這樣好多了。」他虛弱地喃喃自語。

有好長一段時間，他沒有再說任何一句話。波麗安娜凝視著他的臉，想知道他是否睡著了。她猜想他應該沒睡著。男人緊抿著嘴唇，好像深怕那些痛苦的呻吟會從他嘴裡溜出來一樣。波麗安娜看著這個平時高大、強壯的人，現在無助地躺在這裡，眼淚差點就要奪眶而出。男人一隻手露在外頭，拳頭緊緊握著，一動也不動；另一隻手則無力地搭在小狗的頭上。小狗兩眼直盯著主

13 在潘道頓森林裡

人，看得出牠也相當擔心。

時間一分一秒地過去，太陽漸漸西沉，樹下的陰影也愈來愈深。波麗安娜還是坐在那裡，枕著男人的頭，連大氣都不敢喘一口。一隻不怕生的小鳥在她觸手可及的地方玩耍，一隻小松鼠站在樹枝上，搖著蓬鬆的尾巴在她面前晃來晃去，亮晶晶的小眼睛直盯著那隻動也不動的小狗。

突然，小狗豎起耳朵，嗚嗚叫了兩聲，緊接著吠了一聲。沒過多久，波麗安娜聽到人聲，接著她看到三個男人帶著擔架跟其他東西匆匆趕來。

三人之中，有一名高個子、眼神和善、鬍子刮得很乾淨的男士。他親切地走上前來，波麗安娜馬上就知道，他就是奇爾頓醫生。

「在玩扮演護士的遊戲嗎？我親愛的小姐。」

「噢，不是的，先生。」波麗安娜微笑地說：「我只不過是托住病人的頭而已，還沒開藥給他吃呢。不過，我很高興我人在這裡陪他。」

「我也很高興有妳在這裡陪他。」醫生同意地點點頭，然後將注意力轉到受傷的病人身上。

14 只是一塊肉凍

波麗安娜在約翰．潘道頓發生意外的當晚，晚餐遲到了，但她沒有被罵，幸運地逃過一劫。南西在門口等著她。

「我不想整天都盯著妳，」看見波麗安娜出現，她明顯地鬆了一口氣，「但現在都六點半了。」

「我知道，」波麗安娜坦誠道：「但不能怪我，真的不是我的錯。波麗姨媽要是知道事情的原委，她一定也不會怪我。」

「她不會有那個機會了。」南西開心地回答。「她走了。」

「走了！」波麗安娜大吃一驚，「她是被我氣走的嗎？」波麗安娜懊悔不已，腦中立刻想起自己今天早上從街上撿來的小男孩和之前的小貓、小狗，以及自己不受控制的嘴老是不斷地講到「開心」，還有屢次提起不該提到的「父親」等回憶。「噢，該不會是我把她氣走了吧？」

「妳沒那麼大的能耐。」南西笑著說。「她在波士頓的表兄弟突然過世，所以不去不行。今天中午妳出門後，她接到其中一名表兄弟寄來的電報，最快三天後才會回來。好啦，現在我們可以盡情地開心啦。這段時間我們會把這棟屋子打理得好好的，我們兩個，就妳和我，我們一定可以，一定可以！」

波麗安娜一臉不可置信的樣子。

「開心?南西，人家在辦喪事妳還覺得開心?」

「不是的，波麗安娜小姐，我不是因為喪禮而覺得開心，而是……」南西突然住口沒再繼續說下去，但她隨即又像是想到什麼。「波麗安娜小姐，這個遊戲還不是妳教我的。」南西理直氣壯地責備她。

波麗安娜一張苦瓜臉。

「我沒辦法，南西。」她搖著頭說，「應該還是有些場合不適合玩這個遊戲，喪禮就是其中之一，喪禮沒什麼值得開心的事。」

南西輕輕地笑了出來。

「我們可以開心死的不是我們。」她認真觀察著波麗安娜的反應，但波麗安娜完全沒聽到南西的回答，就開始講述今天碰到的意外；一旁的南西則是聽得目瞪口呆，說不出話來。

隔天中午，波麗安娜按照約定前往當初說好的地點去見吉米．賓恩。當然，正如她之前所預料的，吉米對於婦女勸助會情願幫助印度男孩也不願幫助自己感到非常失望。

「算了，這或許就是所謂的人之常情。」他嘆道，「未知的事總是比自己熟悉的事來得好。就像我們總是會覺得別人盤子裡的食物一定比較好吃，是一樣的道理。但我希望自己對遙遠他方的人，也有一樣的吸引力。若是在印度有人想要我，那不是太好了嗎?」

波麗安娜聽完後不停地拍手。

「沒錯！吉米，這很有可能喔！我會寫封信去我故鄉的婦女勸助會告訴她們你的情況。她們住在西部，雖然不像印度那樣地遙遠，但光是西部其實就已經夠遠了。若你和我當初一樣大老遠地搭車到這裡，你一定也會這麼覺得。」

吉米眼睛一亮。

「妳覺得她們真的會想要我嗎？」他問道。

「她們當然會！她們不是想幫助印度的小孩嗎？她們現在可以把你當成印度小孩。我想你住的夠遠，夠讓她們的名字印在報告上。你等著，我幫你寫信給她們。我會寫給懷特太太。不，還是應該要寫給瓊斯太太。懷特太太最有錢，但捐獻最多的向來都是瓊斯太太——這點仔細想想其實還滿有趣的，不是嗎？不過，我想婦女勸助會裡一定會有人想要收養你。」

「很好，但不要忘記告訴她們，我願意工作來抵吃住的開銷。」吉米強調，「我不是乞丐，就算是婦女勸助會的人，還是要把話說清楚。」他遲疑了一會兒又再度補充：「我想，在妳收到回音之前，我還是先待在原來的地方比較好。」

「當然啦，」波麗安娜自信滿滿地說：「到時我才知道要去哪找你。你離她們這麼遠，她們之中一定會有人願意收留你的。波麗姨媽不就是……啊！」她突然停下來，「你想，我會不會是波麗姨媽的印度小女孩？」

「妳真是我看過最奇怪的小孩。」吉米轉身離去時笑著說。

潘道頓發生意外事件後的一個星期，某個早晨波麗安娜對她的姨媽說：

「波麗姨媽，如果我把這週送給史諾太太的牛蹄凍拿去送給別人，您會介意嗎？才這麼一次，我確定史諾太太不會介意。」

「天啊，波麗安娜，妳又是哪根筋不對勁了？」姨媽嘆了口氣，「妳真是個奇怪的孩子！」

波麗安娜焦急的臉皺成了一團。

「波麗姨媽，請告訴我，到底什麼是奇怪？一個人如果奇怪，那他就不可能平凡無奇，對不對？」

「妳倒是絕對不可能平凡無奇。」

「噢，那就好，那我很開心自己很奇怪。」波麗安娜豁然開朗地鬆了一口氣。

「像懷特太太非常討厭羅森太太，她就曾說過羅森太太是個平凡無奇的女人。她倆整天吵個不停，不過我想說的是，爸爸曾……我的意思是，為了讓她們兩人能和平共處，我們可是費了好大的一番工夫。」波麗安娜情急連忙改口，她提到父親過往事蹟的同時，又要顧及姨媽不准提到父親的禁令，真是左右為難。

「好了，好了，別再講這些有的沒的。」波麗姨媽沒耐心地阻止她再繼續說一些無關緊要的事，「波麗安娜，不管我們在說什麼，妳老是會喋喋不休地不斷提起婦女勸助會的那些事。」

「是啊，」波麗安娜會心一笑，「我好像真的是這樣。但您應該可以理解，我不但是她們帶大的，而且……」

「夠了，波麗安娜。」姨媽無情地打斷她，「現在可以說說肉凍是怎麼一回事了嗎？」

「沒什麼，波麗姨媽，真的，我敢保證您一定不會在意的。您都願意送肉凍給史諾太太，所以我覺得您一定也會願意送給他──畢竟才這麼一次。您想想看，摔斷腿又不是終身殘廢，所以他不會像史諾太太一樣終生臥病在床。史諾太太就算這一兩次沒拿到，之後還是拿得到。」

「他？摔斷腿？波麗安娜，妳在說什麼？」

波麗安娜愣看著姨媽，然後才恍然大悟。

「噢，我忘了告訴您，所以您才不知道。這是您前陣子外出時發生的事。您離開的那一天，我正好發現他受傷躺在林子裡，於是，我就去幫他開他家的門，再順便幫他打電話通知醫生及某個朋友，並在醫生趕到之前握著他的手。後來醫生來了，我就離開了，一直到今天也沒再見到他。但是，當南西為史諾太太做這個星期的肉凍時，我就想如果能送點肉凍給他也挺不錯的。就這一次，波麗姨媽，我可以送肉凍給他嗎？」

「好──好──，我想應該沒問題。」波麗姨媽有些不耐煩地表示同意，「妳說的他是誰？」

「我說的是約翰．潘道頓先生。」

波麗小姐一聽到這個名字，差點從椅子上跳起來。

「約翰．潘道頓！」

「是的，他的名字是南西告訴我的，或許您也認識他。」

波麗小姐不但沒回答，反而問：「妳認識他？」

波麗安娜點點頭。「是啊。我現在遇見他，他都會和我微笑說說話。他只是外表看起來很凶。我要去拿肉凍了，剛剛我進廚房時，南西就快做好了。」波麗安娜說完便往廚房走去，但她還沒踏出房門就被叫住了。

「波麗安娜，等一下！」波麗小姐聲音突然變得異常嚴厲，「我改變主意了。我今天想像往常一樣把肉凍送給史諾太太。就這樣，沒事了，妳可以走了。」

波麗安娜一臉失望。

「但是波麗姨媽，史諾太太的病不會這麼快好，雖然這次沒送給她，她之後還是拿得到；但是潘道頓先生就不一樣，他只是摔斷了腿，他的腿不會一直……我是說他的腿馬上就會好，而現在已經過了一週了。」

「是的，我記得，妳剛才說了約翰．潘道頓發生意外。」波麗姨媽語氣有些不自然，「但我一點也不在乎約翰．潘道頓拿不拿得到肉凍，波麗安娜。」

「我知道他脾氣似乎……不太好，」波麗安娜難過地承認，「所以我想您可能不太喜歡他。但我不會告訴他肉凍是您送的，我會說是我送的。我喜歡他，送他肉凍我會很開心。」

波麗小姐先是搖了搖頭，然後又突然停下來，以出奇平靜的聲音問道：

「波麗安娜，他知道妳……是誰嗎？」

小女孩嘆了口氣。

「我想他不知道。我告訴過他我的名字，只說過一次，但他從來沒叫過，一次也沒有。」

「他知道妳……住在哪嗎？」

「沒有。我從沒跟他說過。」

「所以，他不知道妳是我的……外甥女？」

「我不認為他會知道。」

波麗小姐頓時沉默不語，她的眼睛雖然盯著波麗安娜，但心神似乎陷入沉思中。小女孩等得不耐煩地大聲嘆氣，並像鐘擺一樣地左右擺動自己的身體。

就這樣過了好一段時間，波麗小姐才終於起身。

「好吧，波麗安娜。」姨媽說道，但她的聲音聽起來相當古怪，一點也不像她平時的聲音，「妳可以把肉凍送去給潘道頓先生，不過是以妳的名義送。但妳要知道：這件事和我一點關係也沒有，我沒送任何東西給他，絕對不能讓他以為是我送的。」

「太好了，謝謝您，波麗姨媽。」雀躍不已的波麗安娜，立刻朝大門飛奔而去。

15 奇爾頓醫生

波麗安娜第二次來到約翰．潘道頓家時，這棟灰色的大房子跟上次看起來完全不一樣。所有的窗戶都打開了，一名老婦人正在後院晾衣服，醫生的雙輪輕便馬車就停在馬車出入通道的門廊下。

跟上次一樣，波麗安娜走到側門，這次她伸手按響了門鈴，跟上次不一樣的是，這回她的手指可沒有因為一路緊抓鑰匙而僵硬。

一個熟悉的身影跳上臺階來迎接她，是那隻小狗。過了好一會兒，那名剛剛在晾衣服的老婦人走過來幫她開門。

「您好，我給潘道頓先生帶些牛蹄凍來了。」波麗安娜臉上掛著微笑跟老婦人說。

「謝謝妳。」老婦人說，伸手接過小女孩手上的碗，「我該告訴他，是哪位送給他的呢？這是牛蹄凍吧？」

這個時候，醫生恰巧走進大廳，聽到她們的對話，也瞥見了波麗安娜臉上的尷尬，他趕緊快步上前。

「啊，是牛蹄凍嗎？」他親切地問，「這真是太好了！或許，妳也願意見見我的病人，嗯？」

「噢，當然，先生。」波麗安娜愉快地微笑回答。醫生對老婦人點點頭，雖然老婦人滿臉詫異，不過她還是立刻領著他們進到大廳。

醫生身後，一名年輕人（他是從附近城市請來的專業護士），不安地看著他們問道：「可是，醫生，潘道頓先生不是說他不見任何人的嗎？」

「噢，他是這樣說過。」奇爾頓醫生鎮定地點點頭，「不過，這件事讓我來決定吧，我來承擔這個風險。」他語氣輕快地說：「你當然不知道，不過這個小女孩，可比六夸脫的藥劑還要厲害多了。如果說，有什麼人可以讓潘道頓先生在這個下午暫停發牢騷，那肯定就是她了。這也是我讓她進來的原因。」

「她是誰？」

這一剎那，醫生猶豫了一下。

「她是這個小鎮上一位有名人士的外甥女。她名叫波麗安娜．惠提爾。我還沒有機會跟這位小姐多多相處，不過，在我的診所裡，很多病人都對她讚賞有加，對此我感到十分欣慰。」

醫生的這幾句話，讓男護士笑了。

「真的嗎？那麼，她開的藥有哪些神奇的成分呢？」

醫生搖搖頭。

「我也不知道，不過就我所知，那是一種無論過去或是未來發生什麼事，都能夠保持心情愉快的能力。我一直從病人那裡聽到她跟他們所說過的話，還有那句名言『開心就好』，我想，這就是這位小姐的祕方。」他邊說邊走向門廊，臉上帶著和剛剛一樣的幽默微笑，接著說：「我還真希望能夠把她變成一種藥方，再開給病人服用，就像我平常開藥一樣。如果世界上有很多像她一樣的人，那麼我們這些做醫生、護士的，可能就要失業了，到時候，只好去賣絲帶或挖溝渠了。」醫生大笑著說完，提起韁繩上了馬車。

此時，因為剛剛醫生的交代，所以波麗安娜被領著走向約翰．潘道頓的房間。她們穿過位於大廳盡頭的大書房，雖然走得很快，不過，波麗安娜還是一眼就發現了房間巨大的改變。雖然深紅色的窗簾，還有排滿書籍的牆並沒有什麼改變，不過地板上的垃圾被清掉了，桌面被收拾得整整齊齊，灰塵也不見了。電話本被掛回了它應該在的位置，壁爐上的黃銅爐架也被擦得閃閃發亮。他們也打開那些神祕的門的其中一扇，老婦人帶著波麗安娜朝那裡走去。過了一會兒，波麗安娜便發現自己站在一間裝飾豪華的臥室裡。老婦人戰戰兢兢地說：

「先生，有個小女孩帶了些牛蹄凍來給您，醫生叫我……帶她進來。」

老婦人說完，人就走了，留下波麗安娜跟那個躺在床上，臉上寫滿憤怒的人。

「聽著，我早就說過……」聲音充滿怒氣，「噢，是妳啊！」他的語氣稍微緩和了些，波麗安娜趕緊走到床邊。

「是的，先生，是我。」波麗安娜微笑，「噢，我真高興他們讓我進來了，一開始，那個婦人拿了牛蹄凍後，還想立刻把我打發走呢。我真擔心我不能進來見您，不過，幸好醫生讓我進來了。他人真是太好了，您說是不是？」

男人的嘴角掛上一絲微笑，可是嘴裡還是發出「哼！」的一聲。

「我帶了一些肉凍，」波麗安娜說：「是牛蹄凍，我猜您會喜歡吧？」她用上揚的語氣說。

「我從來不吃這些東西。」男人剛剛出現在臉上的微笑消失了，因生氣而產生的皺紋，這會兒又爬回他的臉。

有那麼一會兒，波麗安娜臉上浮現出失望的神情，不過當她轉身把碗放好後，那種失望的神情已經不見了。

「是嗎？可是，您從來沒試過，怎麼知道自己不喜歡呢？所以，我很高興您之前沒試過，要是您知道……」

「好了，好了，現在有一件事我清楚得很，那就是，我現在得一直躺在床上，而且，我猜大概會一直躺到……世界末日那天。」

波麗安娜看起來震驚極了。

「噢，不會的，除非大天使加百列吹響號角，否則世界末日不會這麼快就來的，雖然，世界末日也可能比我們預期中來得快。噢，我知道《聖經》上說，世界末日的到來比我們想像中快，不過我不這麼認為，那是因為……可是，我當然相信《聖經》，但我是說，我不認為世界末日會這麼快到來，而且……」

約翰・潘道頓噗哧一聲笑了出來。此時那個男護士恰巧走進房間，一聽到潘道頓先生的笑聲，便趕緊默默退出。他就像是一個怕東怕西的廚師，一見到冷氣正在吹著還沒完成的蛋糕，就會不由分說地立刻把烤箱的門關上。

「妳是不是有點糊塗了啊？」約翰・潘道頓先生問波麗安娜。

小女孩笑了。

「也許吧，但是我的意思是，您的腳總有一天會復原的。您知道，您跟史諾太太的情況不一樣，她是終身不能走了。所以，您的腳，一定會在世界末日來臨前復原的，您應該因此而開心才對。」

「噢，我還真是開心。」他詭異地笑了一下。

「而且，您只摔斷了一條腿，您該慶幸您不是一次摔斷兩條腿。」波麗安娜開始喜歡上醫生交給她的任務了。

「噢，當然，我還真是幸運！」男人揚起了眉毛，嘲弄地說：「這樣說起來，我該慶幸我不是蜈蚣，沒有一次摔斷五十條腿。」

波麗安娜笑了出來。

「這可不是嗎？」她說：「我知道蜈蚣長什麼樣子，牠們有好多隻腳，而且您應該開心……」

「噢，那還用說。」男人打斷波麗安娜的話，聲音裡又多了之前的那種急躁感。「我還有很多事可以開心，像是護士、醫生，還有廚房裡那讓人討厭的女傭。」

「噢，先生，可是您想想看，如果沒有他們，您的生活會是什麼樣子呢？」

「呃，我……啊？」他厲聲問道。

「我是說，您想想看，如果沒有他們，您就得孤零零地一個人躺在這裡了。」

「照妳這麼說，我現在躺在這裡，好像還不是最糟糕的事。」男人焦躁地說：「而且妳還覺得，我應該要心情愉快。現在，有個蠢女傭把家裡管得亂七八糟，還說這叫做『井井有條』，一個年輕人提供照護，並幫那個女傭的忙，說他這叫『照顧周到』，更別提還有那個醫生了。除此之外，他們所有人，都指望我付錢給他們，而且愈多愈好。」

波麗安娜皺著眉頭聽著，眼裡充滿了同情。

「噢，我了解，關於錢的那部分，這對您而言實在是太糟糕了，畢竟您存了這麼長的時間。」

「什麼？」

「存錢啊！為了這件事，您只買豆子跟魚丸，您是知道的。您喜歡豆子嗎？還是比較喜歡火雞呢？火雞也只要六十分錢而已。」

「聽著，孩子，妳到底在說什麼啊？」

波麗安娜露出燦爛的笑容。

「我在說您的錢啊！您知道的，您克制自己的欲望，把錢存下來給異教徒。您看，我發現了您存錢的原因。噢，潘道頓先生，這是為什麼我知道您很善良，這些是南西告訴我的。」

男人聽了這些話，驚訝得張大嘴巴。

「南西告訴妳，我存錢是為了……好吧，我可以知道南西是誰嗎？」

「我們家的南西，她在為波麗姨媽工作。」

「波麗姨媽？誰是波麗姨媽？」

「她就是波麗．哈靈頓小姐。我現在跟她住在一塊。」

男人突然動了一下。

「波麗……哈靈頓……小姐！」他喘著氣說：「妳跟她住在一起！」

「對，我是她的外甥女。她收留了我，還要把我帶大，因為我媽媽……」波麗安娜的聲音沉了下來，「我媽媽是她的姊姊，自從爸爸去了天堂，跟媽媽還有其他人相聚之後，就只剩下婦女勸助會的人陪我了，所以後來波麗姨媽就收留了我。」

男人沒有回答，他躺回枕頭上，臉色蒼白，白到令波麗安娜有點害怕，她猶豫地站了起來。

「我想，或許我該離開了。」她說，「希望您會喜歡我帶來的牛蹄凍。」

男人突然張開他的眼睛，轉過頭來，眼神中帶著奇異的嚮往，這讓波麗安娜大感奇怪。

「所以，妳是說，妳是波麗．哈靈頓小姐的外甥女囉。」他溫和地問。

「是的，先生。」

男人的目光一直停在波麗安娜的臉上，看得波麗安娜有點不好意思起來，她低聲說：「我想，您應該認識她。」

約翰．潘道頓的嘴角扭曲，擠出一個怪異的微笑。

「是的，我認識她。」他猶豫了一下，仍舊帶著那怪異的笑容，接著緩緩地問道：「但是，妳該不會說，是波麗．哈靈頓小姐叫妳拿這碗牛蹄凍給我的吧？」

波麗安娜顯得侷促不安。

「不，不，先生，她沒有。她說，絕對不可以讓您誤會這牛蹄凍是她送的，可是我……」

「我也是這麼想。」男人拋下這句話，把他的頭轉向另外一邊。而感到愈來愈侷促不安的波麗安娜，踮起腳尖，躡手躡腳地走出房間。

在門廊下的馬車通道上，波麗安娜發現醫生正駕著馬車在那裡等著她，男護士則站在臺階上。

「波麗安娜小姐，請問我有這個榮幸可以送妳回家嗎？」醫生微笑地詢問，「我剛離開沒幾分鐘，才想到我應該回來等妳才對。」

「謝謝您，先生。我很高興您決定留下來等我，我好喜歡坐馬車。」波麗安娜笑著說，拉住醫生伸出的手，上了馬車。

「是嗎？」醫生微笑地說，同時點頭跟臺階上的男護士道別。「就我所知，妳喜歡的東西還真不少，是嗎？」醫生邊說邊輕快地駕著馬車。

波麗安娜笑了。

「或許是吧。」她承認。「我喜歡所有生活中所發生的事，不過我也有不喜歡的，像是縫紉、朗讀等等，這不是生活。」

「不是生活？那它們是什麼？」

「波麗姨媽說那叫『學習生活』。」波麗安娜苦笑著嘆了口氣。

醫生則是笑得有點勉強。

「她是這樣說的嗎？我也覺得她會這樣說。」

「沒錯。」波麗安娜回答，「可是我不這麼想，我認為生活不需要特別去學，不管我怎麼看，我到現在還是無法接受。」

醫生長長地嘆了一口氣。

「其實，我們很多人都得學習怎麼生活，小女孩。」他說完，沉默了好一陣子。

波麗安娜偷偷瞥了他一眼，發現他臉上布滿憂愁。波麗安娜有點擔憂，儘管她知道不太容易，不過她還是希望自己能夠做些什麼。想到這，她怯生生地說：

「奇爾頓醫生，我認為，當醫生應該是最令人開心的職業了。」

醫生滿臉驚訝地轉頭看著她。

「開心！無論我走到哪裡，我看到的都是悲慘的事，這樣我還開心得起來嗎？」醫生大聲地說。

波麗安娜點點頭。

「我知道。可是，您是在幫助他們啊，難道您不這樣認為嗎？而且您會因為幫助他們而感到開心，這些，都讓您成為我們這裡最快樂的人，一直都是這樣。」

醫生眼中突然盈滿滾燙的淚水。他一直獨自生活著，沒有妻子，沒有家。他租了公寓裡兩個房間大的空間當作診所經營，他也非常熱愛他的職業。現在，當他凝視著波麗安娜閃閃發亮的眼睛，感覺彷彿有一隻手正溫暖地撫摸他的頭，給予他祝福。他清楚地知道，在經過一整天的疲憊，或是一整夜的勞累之後，只有波麗安娜這樣溫暖的眼神，可以讓他消除疲勞，幫他重新打起精神。

「上帝保佑妳，小女孩。」醫生用顫抖的聲音說。接著，他帶著病人們很喜歡的微笑說道：「我一直在想，醫生跟病人一樣，都很需要妳那神奇的藥呢。」這番話聽得波麗安娜糊裡糊塗，直到一隻穿過馬路的花栗鼠吸引了波麗安娜的注意力，她才把這件事拋到腦後。

醫生把波麗安娜送到門口，對著正在打掃前廊的南西笑了笑，就駕著馬車快速地離開了。

「坐醫生的馬車回家，真是太令人開心了。」波麗安娜跳上臺階，「他人真好，南西！」

「是嗎？」

「是啊，我還告訴他，他的職業是最有資格開心的工作。」

「什麼？妳看看那些病人，還有那些明明沒病，卻硬要說自己有病的人，這還不夠糟嗎？」南西的懷疑全寫在臉上。

波麗安娜開心地笑了。

「是啊，他一開始也是這麼說，不過，我告訴他一個可以開心的方法，妳猜猜看是什麼？」南西皺著眉苦苦思索。現在，她對開心遊戲的規則已經愈來愈駕輕就熟。她也很樂意解決波麗安娜丟給她的「難題」，雖然有時候她覺得，這些根本是小女孩的問題。

「噢，我知道了。」南西笑了起來，「跟妳向史諾太太所說的話相反。」

「相反？」波麗安娜重複著，一臉困惑。

「是啊，妳之前告訴她，她可以因為別人不像她整天臥病在床而開心。」

「是啊。」波麗安娜點點頭。

「那，如果是醫生，他就可以因為不像其他人一樣生病而開心。」南西得意地說出這番話。

但是，波麗安娜聽了這話卻皺起眉頭。

「呃，對。」她承認，「這當然是一個方法，不過跟我說的不一樣。而且這種方法聽起來感覺不太好。他看到病人可是一點都開心不起來。不過，話說回來，南西，有時候妳玩這個遊戲的方式還真特別。」她嘆了口氣，轉身走進屋子裡。

一進門，波麗安娜就發現她的姨媽在客廳裡。

「剛剛送妳回到院子的那個男人是誰，波麗安娜？」波麗小姐著急地問。

「噢，波麗姨媽，那是奇爾頓醫生。您不認識他嗎？」

「奇爾頓醫生！他來這裡做什麼？」

「他駕馬車送我回來，噢，我把牛蹄凍給潘道頓先生了，而且……」

波麗小姐立刻抬起頭。

「波麗安娜，他沒有認為是我送的吧？」

「噢，不會，波麗姨媽，我告訴他您不會送東西給他。」

波麗小姐的臉突然微微一紅。

「妳明明白白地告訴他，我不會送東西給他？」

波麗小姐的聲音裡夾雜著一絲驚慌，這讓波麗安娜瞪大了眼睛。

「波麗姨媽，這是您自己說的啊！」

波麗姨媽嘆了一口氣。

「波麗安娜，我是說，那個牛蹄凍不是我送給他的，而且要妳不要讓他誤會那是我送的。可是，這不表示，我要妳明明白白地告訴他，我不會送東西給他。」說完，她惱怒地轉身離開客廳。

「天啊，我還真不知道這到底有什麼不一樣。」波麗安娜嘆了一口氣，把脫下來的帽子掛到波麗姨媽規定的帽鉤上。

16 紅玫瑰和蕾絲披肩

波麗安娜拜訪約翰·潘道頓一週後的某個下雨天，波麗小姐中午過後便由提摩西駕車載往參加婦女勸助會的委員會議。她三點回到家的時候，雙頰粉紅透亮，原本以髮夾固定的頭髮，已經被風雨吹到整個蓬起來並糾結在一起。

波麗安娜從未看過姨媽這個樣子。

「哇——哇——哇！波麗姨媽，您竟然也有！」她高興地大叫，並在正要進入起居室的這名女士身邊跳舞繞圈圈。

「有什麼？妳這個莫名其妙的孩子。」

波麗安娜仍舊圍繞在姨媽身邊轉啊轉地。

「我都不知道您竟然有！人有可能在旁人都沒察覺到的情況下有嗎？您覺得我這輩子可能會有嗎？」她一邊大叫，一邊急切地從自己的耳朵上方拉出一撮直髮。「不過，那就不可能是黑色的，黑色不可能藏得住。」

「波麗安娜，妳到底在說什麼？」波麗姨媽質問著她，同時急忙把帽子摘下，努力想把失序凌亂的頭髮整理回原本平順的模樣。

「不……不要……求求您，波麗姨媽！」波麗安娜雀躍的聲音頓時轉變為痛苦的請求聲，「不要把它們整平！我說的就是您那頭烏黑迷人的捲髮。波麗姨媽，它們好美！」

「妳在胡說什麼！還有波麗安娜，妳沒事竟然為了那個小乞丐跑到婦女勸助會去做一些有的沒的蠢事，妳到底是什麼意思？」

「我才沒有胡說。」波麗安娜只在乎姨媽的第一個問題，極力捍衛自己的看法，「您不知道您的頭髮這樣看起來有多美！波麗姨媽，求求您，您可不可以像史諾太太一樣讓我幫您整理頭髮，最後再讓我幫您別上一朵小花？我好喜歡看您打扮成那個樣子，您打扮起來一定比她更漂亮！」

「波麗安娜！」波麗小姐的語氣非常嚴厲——她之所以如此嚴厲，是因為波麗安娜所說的話，讓她感受到一種奇特的喜悅與悸動：曾幾何時還有誰在乎過她或她頭髮的樣子？又有誰「喜歡」看她打扮得「漂亮」？「波麗安娜，妳還沒有回答我的問題。妳沒事幹麼跑到婦女勸助會去做一些有的沒的蠢事？」

「沒錯，我知道自己做了蠢事。但我一開始也不覺得這樣做很蠢，直到我去了之後，才發現她們情願看到報告裡的名次提升，也不願幫忙吉米。於是，我就寫信給我的婦女勸助會，因為吉米跟她們的距離比較遙遠，所以我想或許吉米也可以成為她們的印度小男孩，就像……波麗姨媽，我是您的印度小女孩吧？還有，波麗姨媽，您願意讓我幫您整理頭髮吧？」

波麗姨媽把手按壓在自己的喉嚨上——她知道，那種熟悉的無力感又要籠罩著她了。

「但是，波麗安娜，當婦女勸助會的女士們今天中午告訴我妳跑去找她們的事時，妳知道我有多丟臉嗎？我……」

波麗安娜突然開始踩著輕盈的步伐上上下下地跳來跳去。

「您沒拒絕我！您沒說我不能幫您整理頭髮。」她得意洋洋地大聲歡呼。「所以，那就表示可以囉，就像是那次送肉凍給潘道頓先生一樣，您沒有送，但又不讓我說您沒有送。現在您先等一下，我去拿把梳子。」

「可是，波麗安娜，波麗安娜……」波麗姨媽一邊抗議，一邊跟著小女孩穿過房間跑上樓梯。

「噢，您自己上來了？」波麗安娜在姨媽的房門口招呼著姨媽，「這樣更好，我找到梳子了。來，這裡，請坐。我好開心您讓我幫您整理頭髮！」

「可是，波麗安娜，我……我……」

波麗小姐還來不及把話說完，下一秒，她就既驚訝又無助地發現自己正坐在梳妝臺前的小椅子上，任由十隻熱切但極為溫柔的指頭在自己的頭髮梳來又整去。

「噢，老天爺啊，您的頭髮真的好美！」波麗安娜一邊梳，嘴巴也沒閒著一邊喋喋不休地講個不停；「而且比史諾太太的頭髮更濃密。不過，您比她更需要這些頭髮，因為您很健康可以到處亮相。噢，天啊！您這頭秀髮藏了這麼久，當人們親眼看到您這頭秀髮，他們會有多開心、多驚訝。波麗姨媽，我會幫您打扮得很漂亮，讓每個人都喜歡看到您。」

「波麗安娜！」面紗一般的頭髮後頭，傳來有些壓抑又有些被嚇到的聲音，「我……我不知道自己為什麼會允許妳做這種蠢事。」

「波麗姨媽，我真的覺得若您發覺別人喜歡看您，您一定會很開心。難道您不喜歡看美麗的事物？我只要看到漂亮的人，心情都會比較開朗，而當我看到不好看的人，都會替他們感到很難過。」

「可是……可是……」

「而且我就是很愛幫別人整理頭髮。」一臉滿足的波麗安娜溫柔地說著，「我幫很多婦女勸助會的女士們整理過頭髮，但她們的頭髮沒有一個比得上您。像懷特太太就有一頭美麗的秀髮，我有一次把她打扮得美極了——噢，波麗姨媽，我突然想起一件事，但這是祕密，我還不能說。您的頭髮快整理好了，我現在要先離開一下，一下就好！在我回來之前，您要保證……保證您不會偷看，甚至是把它弄亂。一定要記住喔！」她說完便一溜煙地跑出房間。

波麗小姐想說些什麼，但腦筋卻一片空白。她心想自己應該馬上把波麗安娜整理出來的荒謬髮形弄掉，重新把頭髮往上梳，好好地梳回平日的髮髻才是。而且，竟然還叫我不要「偷看」，講得我好像有多在乎一樣……

她雖這麼想，但卻不斷地從梳妝臺的鏡子中瞥見自己的樣子。看到自己現在的樣子讓她的雙頰泛起了玫瑰色的紅暈，而且愈看臉就愈紅。

她眼前的這一張臉雖已不再年輕，但此時此刻卻閃耀著興奮與驚喜。粉嫩的雙頰，明亮的雙眸，烏黑的秀髮仍殘留著戶外空氣中的濕氣，散在前額的劉海自然捲曲成波浪的形狀，兩側的髮鬢則浮貼地順著耳朵形成一條完美的曲線，還有許多柔軟不規則亂翹的小捲髮，隨意穿插點綴其中。

波麗小姐驚訝且目不轉睛地盯著鏡中的自己，她都快忘記自己剛剛才下定決心要把頭髮梳理回平常的樣子，這時波麗安娜走進房裡的聲音打斷她的思緒。她還來不及反應，就感覺到某種摺好的條狀物蓋上她的眼睛，並在後腦勺打了個結。

「波麗安娜，波麗安娜！妳在做什麼？」她叫道。

波麗安娜笑嘻嘻地說。

「這就是我剛才不想讓您知道的祕密，波麗姨媽，我怕您會偷看，所以才在您眼前綁了一條手帕。現在快坐好，不用一分鐘，我就會讓您看了。」

「可是，波麗安娜，」波麗小姐開始不斷跺腳表達抗議，不過一點用也沒有，「現在立刻把它拿掉！妳這孩子！妳到底在做什麼？」就在她氣呼呼抱怨的同時，突然感覺到一件柔軟的東西落在自己的肩頭上。

波麗小姐的反應只是讓波麗安娜更加樂不可支。她最後用興奮到不停顫抖的雙手，將一條毛絨絨的美麗披肩，摺疊成適當的大小後覆蓋在姨媽的肩膀上。這條披肩雖然因為多年未使用而有些泛黃，但上頭還散發著薰衣草的香氣。這是南西上週在整理閣樓時被波麗安娜發現的，她今天忽然想到，何不像幫懷特太太一樣，幫姨媽好好地打扮一番。

完成之後，波麗安娜審視並讚賞著自己的傑作，但就是覺得少了一樣東西。於是她突然拉起姨媽往日光室走去，她記得曾在那裡的棚架上看見一朵遲開綻放的紅玫瑰，她手一伸就能把它摘下來。

「波麗安娜，妳在做什麼？妳到底要把我帶到哪裡去？」波麗姨媽害怕地不斷掙扎，死命地往後退，但仍是被波麗安娜拉著往前走。「波麗安娜，我不要……」

「我只是要把您帶到日光室……再一下子，我就要完成了。」波麗安娜氣喘吁吁地摘下那朵玫瑰，並把她插入波麗小姐左耳上方柔軟的髮鬢中。「完成了！」她欣喜若狂地打開手帕上的結，並把手帕隨手一丟。「波麗姨媽，我想您現在會很開心，還好有讓我幫您打扮。」

波麗小姐看著打扮過的自己及周遭的環境，呆了一秒，低呼了一聲，就飛奔回自己的房間。波麗安娜循著姨媽最後驚慌的視線方向看過去，透過日光室打開的窗戶，看見一輛雙輪馬車轉入車道。她立刻認出駕車的男子，便開心地俯身向前。

「奇爾頓醫生，奇爾頓醫生！您是來找我的嗎？我在上面這裡。」

「是啊。」醫生有些擔憂地笑了笑，「可以麻煩妳下來嗎？」

波麗安娜經過臥房時，發現一個女人面紅耳赤、怒氣沖沖地拔掉固定披肩的別針。

「波麗安娜，妳怎麼能這樣對我？」女人生氣不滿地抱怨著，「隨隨便便地把我弄成這個樣子，還讓我……被別人看到！」

波麗安娜沮喪地停下腳步。

「但是您看起來很迷人……真的很迷人，波麗姨媽！而且……」

「迷人！」女人不以為然地把披肩丟向一旁，並用因生氣而不停顫抖的雙手梳理著自己的頭髮。

「不要，波麗姨媽，求求您，求求您讓頭髮維持現在的樣子！」

「維持現在的樣子？這種髮形？怎麼可能！」波麗小姐將夾在指尖的頭髮用力向後拉直。

「天啊！您剛才真的很漂亮。」波麗安娜欲哭無淚、沮喪地走出房間。

波麗安娜下樓後，發現醫生仍在馬車上等著她。

「我為病人開了妳這個處方，他派我來拿藥。」醫生表示，「妳願意跟我去嗎？」

「您是說……去藥房辦事？」波麗安娜有些不確定的反問，「我以前曾幫婦女勸助會做過類似的事。」

醫生笑著搖搖頭。

「不是這麼一回事。其實是約翰．潘道頓今天想見見妳。我想，如果妳能來就太好了，所以雨一停就駕車來找妳了。妳願意去嗎？我會幫妳打電話通知家人，並在六點前帶妳回家。」

「我很樂意！」波麗安娜興奮地大叫，「我去問問波麗姨媽。」

幾分鐘之後，波麗安娜回到馬車前，她手上拿著帽子，但哭喪著臉。

「姨媽……不讓妳去嗎？」馬車開動後，醫生有些不好意思地問。

「不……不是，」波麗安娜嘆了口氣，「我猜，恐怕她是太想讓我去了。」

「太想讓妳去？」

波麗安娜接著又嘆了口氣。

「是啊，我猜她不想要我待在她身邊。她說：『好啊，好啊，快走，快走——最好用跑的！真希望妳早先之前就不在這裡了。』」

醫生苦笑，他的眼神非常憂鬱。沉默了一陣子之後，醫生有些猶豫地問：

「幾分鐘之前，我從日光室窗戶看到的就是妳的姨媽？」

波麗安娜深吸了一口氣。

「是的，問題就是出在這裡。我幫她打扮完後，為她披上了一件我在閣樓發現的美麗披肩，最後還幫她別了一朵玫瑰，她看起來好迷人。您不覺得嗎？」

醫生停了一會才回答，但他的聲音低到波麗安娜只聽到零碎的字句。

「是啊，波麗安娜，我認為她看起來確實……相當迷人。」

「您也這麼覺得嗎？我真的好開心！我會轉告她的。」小女孩得意地點點頭。

沒想到醫生突然驚呼。

「千萬不要！波麗安娜，我恐怕得拜託妳絕對不要把我剛才說的話告訴她。」

「奇爾頓醫生，為什麼不能告訴她？我覺得您應該會覺得很開心……」

「但她可能會不開心。」醫生打斷她。

波麗安娜想了一會兒。

「的確如此，她的確可能會不開心。」她嘆道，「我現在才想起來！她就是因為看到您才跑走的。而且她……她後來也有提到打扮成那樣被看到的事。」

「我也是這麼想。」醫生低聲地表示。

「但我還是不明白，」波麗安娜仍堅持己見，「……她當時明明好美！」

醫生沒回答。事實上，直到他們抵達約翰・潘道頓所住的那幢大宅第之前，他都沒再說過任何一句話。

17「就像一本書」

今天，約翰．潘道頓微笑著跟波麗安娜打招呼。

「噢，波麗安娜小姐，我想妳一定是個心胸寬大的孩子，否則妳今天就不會來探望我了。」

「為什麼這樣說呢？潘道頓先生。我很喜歡來探望您，我看不出來，過來探望您有什麼好讓我不高興的。」

「噢，這個，妳也知道，我過去對妳的態度不是很好，像是上次妳好心帶牛蹄凍給我，還有之前我摔斷腿那次，我都對妳很凶。對了，而且我都還沒有好好謝謝妳呢。可是，在我給妳碰了這麼多釘子之後，妳竟然還願意來看我。我舉了這麼多例子，我想現在妳應該可以接受，妳自己是個心胸寬大的孩子了吧。」

波麗安娜不安地移動身子。

「可是，我很高興當時我發現您受了傷，我的意思是，我並不是因為您摔斷腳而高興，而是因為我發現了您。」她趕緊補充一句。

約翰．潘道頓微笑。

「我懂妳的意思，妳的舌頭偶而會不聽話、講錯話，是嗎？波麗安娜小姐。總之，我要謝謝妳，謝謝那天妳為我所做的一切，這讓我覺得妳是個勇敢的小女孩。另外，我還要謝謝妳送來的牛蹄凍。」他輕聲地加上一句。

「您喜歡嗎？」波麗安娜感興趣地問。

「非常喜歡，不過我想，今天應該沒有……不是妳波麗姨媽送的牛蹄凍吧？」他問這句話時，嘴角帶著有點怪異的微笑。

他的小訪客看起來十分不安。

「沒……沒有，先生。」她猶豫了一下，紅著臉說，「噢，潘道頓先生，我跟您說牛蹄凍不是波麗姨媽送的那天，我其實不是故意要這麼沒禮貌的。」

潘道頓先生沒有回答，他臉上的微笑消失了，兩眼直直地看著前方，眼神像是穿透了他面前的物品，望著不知名的遠方。過了一會兒，他長嘆了一聲，轉向波麗安娜，當他開始說話時，他的聲音裡帶著跟之前一樣的緊張與焦慮。

「好了，好了，我們不能再這樣。畢竟，我可不是請妳過來看我愁眉苦臉的樣子。我跟妳說，如果妳到書房，也就是放著電話的那間大房間裡去，妳會看到在壁爐附近的那個角落，擺著一個玻璃門的大書櫃，書櫃下層放著一個雕花盒子。如果那個煩人的女人沒有『整理』房間，妳就會在書櫃下層找到那個盒子。麻煩妳把盒子拿來給我，我想對妳來說，應該不會太重。」

「噢，其實我很強壯呢。」波麗安娜一邊雀躍地說，一邊跑向房間。沒幾分鐘，她就帶著盒子回來了。

接著，波麗安娜度過了美好的半個小時。盒子裡面有許多新奇的小玩意，都是約翰．潘道頓這幾年去國外旅行所帶回來的東西。無論是從中國帶回來的那副雕刻精美的象棋，或是從印度帶回來的玉石神像，每個小玩意的背後都有個有趣的故事。

在聽完印度神像的故事後，波麗安娜若有所思地說：

「我猜，扶養印度小男孩可能比扶養吉米．賓恩還要好吧。因為印度小男孩以為神明住在小神像裡，所以如果扶養他們，他們才可以認識上帝。可是，吉米不一樣，他早就知道上帝是在天上。不過，我還是希望除了扶養印度小男孩之外，他們也可以考慮接受吉米．賓恩。」

不過，約翰．潘道頓似乎沒有聽到她的話，他直直地望著前方，眼神空洞。但很快地，他回過神來，拿起另一個古董玩意兒，繼續說著他的故事。

這趟拜訪確實十分愉快。除了雕花盒子裡的新奇小玩意之外，他們倆還聊了許多關於波麗安娜、南西，還有波麗姨媽的事。他們也聊了波麗安娜的生活，包括她那在遙遠西部小鎮的老家，以及在那裡度過的時光。

在波麗安娜準備起身離開前，一向嚴肅的約翰．潘道頓先生，用一種之前波麗安娜從來沒有聽過的溫柔聲音說：

「小女孩，我希望妳可以常常來探望我，妳能答應嗎？其實，我很寂寞，也很需要妳。不過，我希望妳常常過來，其實還有另外一個原因……我以後會告訴妳的。事實上，一開始在我知道妳是誰後，我曾希望妳不要再出現在我面前，因為，這會讓我想起……想起我花了好幾年想要忘掉的事情。我告訴自己，我不想要再看到妳了，所以每次醫生問我要不要請妳過來時，我都說不要。

「可是，過了一段時間，我發現我真的很想見妳，沒見到妳的時候，我反而更清楚地記得那些我一直想忘掉的事。所以，我希望妳能常常來看我，可以嗎？小女孩？」

「噢，當然可以，潘道頓先生。」波麗安娜說，她同情地看著這個面容憂傷的男人躺回枕頭上，「我很願意過來看您！」

「謝謝妳。」潘道頓先生溫和地說。

當天晚上，波麗安娜坐在後廊，把潘道頓先生的雕花盒、盒子裡那些新奇的東西，還有許多其他關於潘道頓先生的事，一股腦地全都跟南西說了。

「這麼說……」南西嘆了口氣，「他把所有的東西拿給妳看，還跟妳說了這麼多故事。他從來沒有跟別人說過這些，因為他的脾氣實在太壞了，所以都沒有跟別人好好相處過。」

「噢，不是的，他不是故意這麼不友善的，其實，他人很好呢。」身為潘道頓先生的朋友，波麗安娜毫不猶豫地為他辯護，抗議道：「我真不懂為什麼大家都認為他很壞。如果他們認識他，就不會這麼認為了。不過，就連波麗姨媽也不喜歡他，她甚至不要送牛蹄凍給他。妳知道，她還很害怕他知道之前的牛蹄凍是她送的。」

「可能她認為自己對他沒有什麼義務吧。」南西聳聳肩，「不過，最讓我驚訝的是，他竟然這麼喜歡妳，波麗安娜小姐。噢，我並不是說妳不好，妳別誤會喔。不過，他絕對不是那種會喜歡小孩子的人，絕對不是。」

波麗安娜笑得燦爛極了。

「可是，他真的是啊，南西。」波麗安娜點點頭，「不過，我猜他應該不是一直都很喜歡小孩。因為，今天他還跟我承認，他之前不想再見到我，因為我讓他想起一些他很想忘記的事，不過後來……」

「是什麼事？」南西興奮地打斷波麗安娜，「他說，妳讓他想起一些他一直想忘記的事？」

「是啊，不過之後……」

「到底是什麼事？」南西鍥而不捨地追問。

「他只跟我說我讓他想起了一些事，不過沒有跟我說到底是什麼。」

「太神祕了！」南西說著，語氣裡滿是敬畏。「這就是為什麼他一開始就喜歡妳的原因啊。噢，波麗安娜小姐！這件事就跟很多故事書寫得一模一樣。我看過很多故事，像是《莫德夫人的祕密》、《遺失的繼承人》，還有《多年的躲藏》等等，這些故事裡都有一個大謎團，就像現在我們遇到的事一樣。我的天啊！現在就有一本書就這樣攤開在妳的眼前耶。這麼久以來，我竟然都沒有發現。現在，波麗安娜小姐，快把他說的事情仔仔細細地告訴我。這就對了！難怪他一開始就喜歡妳，難怪，難怪！」

「可是他之前沒有。」波麗安娜反駁，「一開始是我先跟他說話的。而且他一直都不知道我到底是誰。直到那天，我把牛蹄凍帶去給他，還跟他說，牛蹄凍不是波麗姨媽送的。他是那時候才知道我是誰，而且……」

南西突然拍了一下手，整個人跳了起來。

「噢，波麗安娜小姐，我知道，我知道，我就知道！」她欣喜若狂地喊道。下一秒，南西坐回波麗安娜身邊。「告訴我……妳現在仔細想想看，我想這個答案其實很清楚。」南西興奮地問，「他是不是在發現妳是波麗小姐的外甥女後，就說他不想再看到妳，是這樣嗎？」

「噢，對啊。上次見面時，我告訴他我是誰。他是今天才跟我說，他之前不想見我。」

「我就知道。」南西帶著勝利的語氣說，「而且波麗小姐不是不想送牛蹄凍給他嗎？」

「是啊，她不想。」

「然後妳告訴潘道頓先生，波麗小姐不想送東西給他？」

「噢，沒錯，我……」

「後來他就開始怪怪的了，而且，在發現妳是波麗小姐的外甥女後，他還驚訝地大叫，是嗎？」

「噢，是的，我送了牛蹄凍給他之後，他的確有點怪怪的。」波麗安娜承認，若有所思地皺起了眉頭。

南西舒了長長一口氣。

「我想我知道了，一定是這樣！聽著，潘道頓先生就是波麗・哈靈頓小姐的舊戀人！」南西鬼鬼祟祟地回頭瞥了一眼，激動地宣布她的結論。

「什麼？南西！他不是吧！波麗姨媽根本不喜歡他。」波麗安娜說。

南西給了她一個白眼。

「她當然不喜歡，因為他們大吵過一架啊！」

波麗安娜看起來還是一臉困惑，南西嘆了口氣，決定開始講這個故事。

「事情是這樣的。在妳來這裡之前，老湯姆告訴我，波麗小姐曾經有個戀人。我一開始根本不相信波麗小姐竟然有戀人！可是老湯姆跟我說，這是真的，而且波麗小姐的舊戀人現在就住在這個鎮上。現在我知道了，那個人就是約翰・潘道頓先生。妳看，他的一切不就是一個大祕密嗎？他不是把自己獨自關在大房子裡，都不跟別人說話嗎？而且在發現妳是波麗小姐的外甥女之後，他的反應不是也很奇怪嗎？他還說，你讓他想起一些他一直很想忘記的事。這樣一來，還有誰猜不到呢？他想忘記的人就是波麗小姐啊！再加上波麗小姐說，她絕對不會送牛蹄凍給他。這一切不是很明顯嗎？一定是這樣的，一定是！」

「這樣啊！」波麗安娜驚訝地瞪大了眼睛。「不過，南西，我覺得，如果他們兩人相愛，他們應該找個機會和好才對。這麼多年來，他們各自過著孤單的生活。我想，如果可以重修舊好，他們應該會很高興吧。」

南西不置可否地哼了一聲。

「波麗安娜小姐，我猜妳不是很了解情侶之間的事吧。無論如何，妳還太小了。如果有一天，開心遊戲對某些人沒有用，那麼一定就是吵架中的情侶了。潘道頓先生與波麗小姐就是這樣的人。潘道頓先生不就是常常生氣嗎？而波麗小姐不也是……」

南西突然意識到，跟波麗安娜講這些八卦事情似乎不太恰當，於是趕緊住嘴改口說：「波麗安娜小姐，我的意思是，如果妳能說服他們兩人玩開心遊戲，讓他們兩人和好，那就太好了。不過，大家一定會嚇一跳，潘道頓先生跟波麗小姐耶！不過，這機會應該不大啦。」

波麗安娜當下沒有說什麼，不過稍晚，她若有所思地走回屋裡。

18 三稜鏡

溫暖的八月一天天過去了，這段時間，波麗安娜時常造訪潘道頓山丘上的大房子。不過，她並不覺得自己的到訪有多大用處。雖然潘道頓先生很希望她去探望他，所以常常派人去接她，但當她真的去了，他又鮮少因為她的造訪而變得比較開心——至少波麗安娜自己是這麼想的。

他會和她聊天，還會拿出一些像是書、圖畫及古玩等，許許多多美麗奇特的東西給她看。但他仍時常大聲抱怨對於自己的行動不便有多無助，而且他非常不喜歡家中某個人總是對他有諸多限制，因此常會對此人所訂下的「規定」直接表現出不耐煩及憤怒的情緒。不過，他似乎很喜歡聽波麗安娜說話，而波麗安娜也很愛說話，但與他聊天時，波麗安娜卻總是不敢抬頭看他，因為她不確定會不會一抬頭，又看到他躺在枕頭上一臉蒼白受傷的樣子。每當看到他臉上出現那樣的表情，她都會很難受；而她也無法確定是不是自己說錯了什麼，才會讓他臉上出現那樣的表情。雖然波麗安娜很想告訴他關於「開心遊戲」的事，也很想說服他一起玩，但她一直找不到機會說。她曾有兩次試圖想說，但她才剛提到父親，約翰．潘道頓就改變了話題。

波麗安娜現在已完全相信約翰．潘道頓就是波麗姨媽以前的戀人；而在她既忠誠又充滿愛的小小心靈中，她現在一心一意就是想透過某種方式，把快樂帶進他們孤單悲慘的生活中（至少在她眼中是如此）。

只是她現在還不知道該怎麼做。她曾和潘道頓先生多次聊到姨媽的事，他有時會安靜有禮地聆聽，但有時又會突然地暴怒，不過大多數時候，他嚴峻的臉上常是一副好像在聽什麼奇人異事的有趣表情。波麗安娜也會和姨媽講到潘道頓先生，但姨媽通常聽沒多久就會把話題帶開，而她也真的很厲害，總是可以找到別的話題來說。不過，姨媽真的還滿常這麼做，尤其是當波麗安娜提到某些人例如奇爾頓醫生的時候。波麗安娜一直認為，這與奇爾頓醫生那天不小心撞見姨媽打扮過後、頭上別著小花、肩上披著蕾絲披肩的模樣有關。但波麗姨媽似乎真的特別討厭奇爾頓醫生，這是波麗安娜某天得了重感冒，被迫得關在家休息時發現的。

「如果妳晚上還沒好轉，我就會派人請醫生過來。」波麗姨媽說。

「真的嗎？那我的病情一定會惡化，」波麗安娜笑著說：「我希望奇爾頓醫生來看我。」

她說完才意識到姨媽的表情不知為什麼突然變了。

「波麗安娜，來的不會是奇爾頓醫生。」波麗小姐一臉嚴肅地說，「因為奇爾頓醫生不是我們的家庭醫生。如果妳病情惡化，我會派人去請華倫醫生。」

不過，波麗安娜的病情並沒有惡化，所以姨媽沒派人去請華倫醫生來。

「我還是很開心。」波麗安娜當晚對姨媽這麼說。「我當然很喜歡華倫醫生，還有其他所有的醫生，但我更喜歡奇爾頓醫生，如果他知道我生病沒找他，我怕他會覺得很受傷。姨媽，上次的事其實不能怪奇爾頓醫生，畢竟，我幫您打扮的那一天，他只是碰巧才會看到您。」她難過地企求姨媽的諒解。

「夠了，波麗安娜。我不想跟妳討論奇爾頓醫生，或者是他的感覺。」波麗小姐斷然地表示。

波麗安娜被喝斥後，先是難過地看著姨媽，之後又以饒富興味的眼光打量她好一陣子，才嘆了口氣：「波麗姨媽，我真的很喜歡看到您的雙頰像上次那樣粉紅透亮的樣子，但我同時也很想幫您整理頭髮。不如，波麗姨媽……」但她話還沒說完，姨媽早已不見蹤影了。

時序來到八月底的某一天，波麗安娜一大早就去拜訪約翰．潘道頓，卻發現藍色、金色、綠色、紅色、紫色等數道色彩繽紛的光束，就這麼橫列在他的枕頭上。她詫異地愣了幾秒便開心地大叫。

「潘道頓先生，這裡有一道小彩虹，竟然有一道真的彩虹進來拜訪您了！」她一邊讚歎，一邊輕輕地拍著手。「噢噢噢，真是太美了！但這道彩虹是怎麼進來的？」她大叫。

約翰．潘道頓今天早上心情剛好特別差，他在看到波麗安娜的反應後，臉有些臭臭地笑了笑。

「我想，它應該是從窗戶上那個玻璃溫度計側邊的玻璃鏡片穿進來的吧。」他無精打采地說，「太陽平時照不到那裡，只有在早晨，陽光才會從那裡進來。」

「潘道頓先生，這實在是太美了！真的只要有陽光就能變出一道彩虹？天啊！如果是我，我就會把溫度計整天都掛在太陽照得到的地方。」

「妳的溫度計功用還真多啊。」男子笑著說。「但是，如果妳把溫度計整天掛在太陽下，妳怎麼知道天氣究竟有多熱或是有多冷？」

「我才不在乎。」波麗安娜深吸了一口氣，眼睛則始終迷戀地盯著枕頭上那幾道美麗的彩色光束。「如果能整天都看到彩虹，誰還會在乎溫度計上的數字。」

男子笑了笑，並好奇地看著波麗安娜專注的小臉蛋。突然，他腦中閃過一個想法，便搖一搖身邊的叫喚鈴。

「諾拉。」年長的女傭一出現，他立刻吩咐她：「妳去前面會客室的壁爐架上，拿一個銅製的大燭臺來。」

「好的，先生。」老婦人看起來有些摸不著頭緒，但她低聲應答後便離開了。不到一分鐘，老婦人再度回到房間。她滿腹疑問地走向床頭，伴隨著她的，是手中老式燭臺上環繞懸掛的稜鏡墜飾，因走動碰撞而製造出的叮咚音樂聲。

「謝謝妳，妳可以把它放在架子上。」男子指揮著。「現在再去拿一條繩子，把繩子綁在那扇窗戶的窗簾架上。先把窗簾拿下來，再把繩子沿著窗簾架拉直，並在兩端固定綁好。這樣就好了，謝謝妳。」老婦人按照他的指示把繩子懸掛在窗簾架上。

老婦人離開後，他笑咪咪地轉向一臉疑惑的波麗安娜。

「波麗安娜，現在麻煩妳幫我把燭臺拿過來。」

波麗安娜雙手把燭臺拿來並交給他。他一拿到燭臺，就把燭臺上的墜飾一個個地拆下來，並把這十二個墜飾在床上排成一排。

「親愛的，如果妳真的想一直看到彩虹，現在就把這些墜飾掛到諾拉剛才掛上去的那條繩子上——我對彩虹沒興趣，不過既然妳想要，我們非變出一條彩虹不可。」

波麗安娜走到那扇正對著陽光的窗戶前方，把墜飾一個接著一個地掛上去。但她才掛不到三個，就開始看到一些微妙的變化。她興奮到手指不停地顫抖，好不容易才勉強把剩餘的墜飾全都掛上去。完成之後，她興奮地低呼一聲，並後退了好幾步。這個富麗堂皇但死氣沉沉的房間頓時變成人間仙境。到處都閃爍著紅色、綠色、紫色、橙色、金色，以及藍色的光影。牆上、地板上、家具上，甚至是床上，都可以看到各種顏色的光影一明一滅地跳躍舞動著。

「哇——這實在是太美了！」波麗屏息讚歎著，過一會兒，她突然大笑起來。

「我突然想到太陽公公現在是不是也在玩那個遊戲？」她開心地大叫，完全忘記潘道頓先生可能會聽不懂她說的話。「噢，我真希望我有一大堆這種墜飾！我好想把它們分送給波麗姨媽、史諾太太，以及其他很多人。我想，他們看到的時候，一定會很開心！我覺得如果能一直看到彩虹，就算是波麗姨媽也會高興到有想甩門的衝動，您不覺得嗎？」

潘道頓先生笑了笑。

「就我對妳姨媽——也就是波麗小姐的了解，我必須說，光是把幾個三稜鏡放在陽光下，恐怕不足以讓她高興到想甩門。不過，來，過來這裡，妳剛剛在說什麼？」

波麗安娜先是發愣地看了他幾秒，才恍然大悟地深吸了一口氣。

「喔，我忘了您不知道那個遊戲的事，現在我才想起來。」

「那麼妳就快告訴我吧。」

波麗安娜終於有機會可以和潘道頓先生說遊戲的事。她從一開始期盼得到洋娃娃卻收到枴杖開始說起，並把跟這個遊戲有關的事全都告訴了他。她一邊說，卻仍目不轉睛地盯著那些隨著窗邊迎風搖曳的三稜鏡而不斷跳動著的彩色光影。

「就是這樣。」她鬆了一口氣，「所以，現在您應該明白為什麼我會說太陽公公也在玩那個遊戲了。」

房間裡安靜了一陣子，才從床上傳來低沉顫抖的聲音：

「波麗安娜，我在想，或許妳就是世界上最好的三稜鏡了吧。」

「可是，潘道頓先生，陽光在我身上不管怎麼照，也變不出這麼美麗的紅色、綠色或紫色。」

「不會嗎？」男子微笑說道。波麗安娜則是一臉疑惑地看著他，不明白他的眼角為何含著淚水。

「當然不會啊！」她回答。但過了幾分鐘之後，她突然沮喪地說：「潘道頓先生，陽光在我身上唯一能照出來的，大概只有雀斑了吧。連波麗姨媽都說雀斑真的多了很多。」

男子笑了笑。波麗安娜再次望向他，卻覺得他的笑聲聽起來好像啜泣聲。

19 意料之外

波麗安娜在九月開始上學了。她在先前的入學考試中拿到非常好的成績，顯示她的程度比同年齡的女孩要好上很多，她也很快就成為班上快樂的一分子，同學都是跟她年齡相同的男孩與女孩。

學校帶給了波麗安娜許多驚喜，當然，波麗安娜在很多地方，也常令老師跟同學感到吃驚。不過，他們很快就建立起深厚的友誼。波麗安娜也向波麗姨媽坦承，上學其實也是生活的一部分，雖然她之前並不這麼認為。

儘管波麗安娜對自己的新生活很滿意，但是她沒有忘記她的老朋友們。雖然，她現在沒辦法分很多時間給他們，不過一有空，她還是盡量找出時間陪伴他們。不過，看起來，對於波麗安娜開始上學這件事，潘道頓先生是所有人裡面最不習慣的一個。

一個星期六午後，當他們倆在書房裡談天時，潘道頓先生跟波麗安娜提起了一件事。

「波麗安娜，妳有沒有想過要搬過來跟我一起住呢？」他有點焦急地問，「現在這個樣子，我總是見不到妳。」

波麗安娜笑了起來，心想，潘道頓先生真是個有趣的人。

「我以為您不喜歡跟別人一起住呢。」波麗安娜說。

潘道頓先生做了一個古怪表情。

「噢，在妳跟我介紹那個遊戲之前，我是不喜歡跟別人一起生活。不過，現在我希望有人可以在我身旁無微不至地照顧我。不過沒關係，我過幾天就可以自己走路了，到時候就要看看是誰去找誰囉。」他撿起身旁的枴杖，開玩笑地朝著波麗安娜揮了揮。

「噢，可是，您還是沒有在生活中找到讓您開心的事，您只是嘴上說自己很高興而已。」波麗安娜嘟著嘴說，眼睛看著在壁爐前打盹的小狗。「您從來沒有好好玩這個遊戲，潘道頓先生，您自己心裡也知道這件事。」

潘道頓先生的臉突然變得很嚴肅。

「這就是我需要妳的原因啊，小女孩……我需要妳陪我玩這個遊戲。妳會答應吧？」

波麗安娜訝異極了。

「潘道頓先生，您的意思該不會是……？」

「沒錯，我希望妳可以過來跟我一起住。妳會來吧？」

波麗安娜看起來一臉苦惱。

「噢，潘道頓先生，我不行……您知道我沒辦法。因為，我是波麗小姐的外甥女啊！」

男人的臉上閃過一絲波麗安娜不太了解的神情，他猛的抬起頭。

「妳可不僅是她的外甥女而已……或許她會讓妳過來跟我一起住。」他溫和地說完最後一句話，「如果她答應的話，妳會過來嗎？」

波麗安娜皺眉陷入沉思。

「可是波麗姨媽對我非常好，」她慢慢地說：「而且在我身邊只剩下婦女勸助會的義工陪伴時，是波麗姨媽接納了我，況且……」

男人的臉又抽動了一下。不過，這次他開口時，他的聲音變得低沉且哀傷。

「波麗安娜，很久以前，我曾經深愛過一個人。我希望有天，我能夠帶她到這棟房子來。我編織過許多美好的畫面，希望我能夠跟她一起在這個家快樂地生活著，直到永遠。」

「原來是這樣啊。」波麗安娜惋惜地說，眼中閃著同情。

「可是……後來，我沒有帶她到這裡來，至於為什麼，現在已經不重要了。總之，我當時沒有帶她到這裡來。所以，對我而言，這棟灰色石頭砌成的屋子就僅僅是棟房子，它永遠不會是個家。一個家，需要一個女人勤奮的雙手，還有她真誠的愛，或是有個孩子。一旦有了這些，房子才能夠算是個家。而我現在什麼都沒有。在聽完這些之後，親愛的波麗安娜，請問妳會答應我的請求嗎？」

波麗安娜一下子跳了起來，她的臉龐因興奮而發光。

「潘道頓先生，您的意思是說，您希望能擁有一個女人勤奮的雙手，還有真誠的愛嗎？」

「什麼？是啊，波麗安娜。」

「噢，我太高興了，這樣就太好了！」小女孩說：「現在，您可以把我們兩人一起接過來了，這樣就太棒了。」

「接……妳們兩個……一起過來？」男人疑惑地重複波麗安娜的話。

波麗安娜臉上浮現一絲困惑。

「噢，當然，波麗姨媽現在還沒被說服，不過我相信，如果您用剛才邀請我的方式去邀請她，她一定會答應的。到時候，我們兩個就可以一起到您這裡來了。」

男人眼神充滿了驚恐。

「妳的波麗姨媽到……這裡來！」

波麗安娜的眼睛驚訝地稍稍睜大。

「還是說您願意到波麗姨媽那裡去住呢？」她問，「當然，我們的房子沒有您的漂亮，不過，它比較靠近……」

「波麗安娜，妳到底在說些什麼啊？」男人溫和地追問。

「噢，當然是在說，未來我們該住哪裡囉。」波麗安娜回答，對於潘道頓先生這樣問，顯得有點吃驚。「我以為您說要來這邊住啊。而且您說，這麼多年以來，您一直希望能擁有波麗姨媽那雙勤勞的雙手，還有滿滿的愛，並且跟她共組一個家庭，還有……」

男人從喉嚨發出一聲含糊不清的聲音。他舉起手並張開嘴準備說點什麼，但下一刻又把手放下來，讓它有氣無力地垂在身體的一側。

「先生，醫生到了。」女傭站在門口說道。

波麗安娜立刻站了起來。

約翰．潘道頓激動地轉向波麗安娜，低聲懇求著。

「波麗安娜，拜託，看在老天的分上，千萬別跟任何人提起我剛剛跟妳說的事。」波麗安娜燦爛地笑著，臉上還有小酒窩。

「當然不會，難道我不知道您想親自告訴她嗎？」她轉頭開心地跟他說。

約翰．潘道頓跌坐回椅子上。

「怎麼了？發生什麼事了？」醫生邊問邊把手指搭在潘道頓先生的手腕上，他的病人脈搏跳得飛快。

潘道頓先生的唇邊擠出一絲苦笑。

「我猜，大概是因為藥的劑量太強了吧。」他一邊笑著說，一邊看著醫生目光所視的波麗安娜逐漸遠去的小小身影。

20 更驚人的發現

星期天的早晨，波麗安娜通常會上教堂和去主日學校，下午則多半會和南西一起散散步。而這個星期六，她在下午拜訪過潘道頓先生後，本來計畫隔天要和南西一起去散步，但在從主日學校回家的途中，卻意外遇見奇爾頓醫生，醫生駕著馬車從後方趕上她之後，便把馬車停了下來。

「波麗安娜，不如讓我送妳回家。」他提議。「我有話想跟妳說，正要駕車去妳家找妳。」波麗安娜坐上馬車後，他繼續說道：「潘道頓先生特別邀請妳今天下午一定要去他家。他說是很重要的事。」

波麗安娜開心地點點頭。

「沒錯，我知道是很重要的事。我會過去的。」

醫生有些訝異地看著她。

「我不確定該不該讓妳去。」他眨眨眼表示。「這位小姐，妳昨天似乎不但沒有發揮安慰的效果，反而還讓他更煩躁。」

波麗安娜聽完後大笑。

「昨天其實不關我的事，真的。其實是波麗姨媽的緣故。」

醫生聽了嚇一跳地轉過頭來。

「妳……姨媽！」他驚呼。

波麗安娜興奮地在座位上小小跳了一下。

「是啊。這件事情好精采、好動人，就像書中的故事情節一樣。我……我先告訴您好了。」她匆促地做了決定，便脫口而出，「他要我不要告訴別人，但他一定不介意讓您知道，因為他是要我不要和她說。」

「她？」

「是啊，就是波麗姨媽。他當然不希望我代替他說，而是想自己親口告訴她，情侶不都是這樣嗎？」

「情侶！」醫生說這兩個字時，拉著車的馬兒，就好像韁繩突然被拉緊一般激烈地躍起。

「是啊，」波麗安娜開心地點點頭，「那就是最戲劇化的部分。我是一直到南西告訴我才知道的。她說波麗姨媽多年前曾有過一個戀人，但兩人後來吵架分手了。她一開始不知道那個人是誰，但我們後來發現那個人就是潘道頓先生。」

醫生突然鬆了一口氣，緊握韁繩的手則無力地落在自己的大腿上。

「喔，是喔。我……我不知道。」他平靜地說。

由於就快抵達哈靈頓莊園，波麗安娜趕緊接著說：

「沒錯，就是他，所以我現在好開心。他向我敘述這件事的時候，真的很動人。一開始是潘道頓先生問我是否願意搬去和他一起住，但我當然不願意就這樣離開波麗姨媽，畢竟她一直對我這麼好。於是他就告訴我，他在多年之前曾經很渴望牽起某個女子的手，並擁有她的芳心，而我也發現他的心意到現在仍然沒有改變。我真的太開心了！要是他能和姨媽和好，一切都會變得很圓滿，我和波麗姨媽可以一起搬去和他住，或者是他搬來和我們一起住。不過，整件事情波麗姨媽目前還不知情，很多細節還沒安排好。我想，正是因為如此，他才邀請我今天下午去他家，一定是這樣。」

這時醫生突然端坐起來，臉上帶著詭異的微笑。

「是啊，我可以想像得到潘道頓先生為什麼急著想見妳了，波麗安娜。」他點著頭，同時在大門口前把馬車停了下來。

「波麗姨媽正站在窗戶那裡。」波麗安娜大叫，但她隨即又說：「咦？她沒在那裡——我以為我剛才看見她了。」

「沒有，她現在……不在那裡。」醫生臉上的笑容突然消失無蹤。

當天下午，波麗安娜發現約翰．潘道頓非常緊張的在等著她。

「波麗安娜，」他一見到她，立刻迫不及待地問道：「昨天聽完妳的話，我想了一整晚，妳說我這些年來一直渴望牽起妳姨媽的手，並想要擁有她的芳心到底是什麼意思？」

「因為您們曾是戀人啊！我好開心您到現在仍是這麼喜歡她。」

「戀人！妳姨媽和我？」

看到對方吃驚的樣子，波麗安娜疑惑地張大了眼睛。

「難道不是嗎？潘道頓先生，南西說您是。」

男子乾笑了幾聲。

「原來是這麼一回事。我恐怕得告訴妳，南西什麼也不知道。」

「那麼，您們……不是戀人？」波麗安娜沮喪地說。

「從來都不是！」

「所以跟書中的情節不一樣？」

男子沒有回答，他只是悶悶不樂地看著窗外。

「噢，天啊，一切本來是這麼的完美。」波麗安娜幾乎要哭出來了。「我原本還開開心心地打算和波麗姨媽一起搬過來。」

「所以你現在……不願意搬來和我住？」男子目光仍望著窗外。

「當然不行！我是波麗姨媽的。」

男子激動地轉過頭來。

「波麗安娜，在妳成為她的之前，妳是屬於妳母親的。我說過，我在多年以前曾經非常渴望牽起某個女子的手，並擁有她的芳心，而我所說的這名女子，正是妳的母親。」

「我的母親！」

「是的，我本來沒打算告訴妳，但或許……現在告訴妳也好。」約翰．潘道頓的臉色蒼白，說話時明顯有些難以啟齒，波麗安娜則是目瞪口呆地看著他。「我很愛妳的母親，但她……並不愛我。一直到她後來跟著妳父親離開了，我才知道自己有多在乎她。她離開之後，整個世界就像是陷入一片黑暗，而我……算了，還提這些做什麼，妳別放在心上。波麗安娜，雖然我還不到六十歲，但這些年來，我變成一個脾氣暴躁、性格乖張、不可愛，也沒人愛的老頭。直到有一天，有一個小女孩，蹦蹦跳跳地闖進我的生活。小女孩，妳明亮樂觀的性格，就像是妳最愛的三稜鏡一樣，為我陰鬱、未老先衰的世界帶來紫色、金色、紅色等各種鮮明的色彩。在我知道了妳的身分後，我曾以為自己永遠不想再見到妳，因為我不希望再想起……妳的母親。但是，後來……後來的情形妳都知道了。我不能沒有妳，所以現在，我希望妳能一直待在我身邊。波麗安娜，妳現在是否願意搬來和我一起住？」

「潘道頓先生，我……那波麗姨媽怎麼辦？」波麗安娜的視線因淚水而變得模糊不清。

男子急著追問。

「那我呢？沒有妳，我怎麼開心得起來？波麗安娜，自從妳出現後，我才開始體會到生活中的些許樂趣。如果妳能成為我的孩子，我將會為生活中的每一件小事感到開心。親愛的孩子，我也會努力讓妳開心。我會滿足妳所有的願望。而我也會用我所有的錢，讓妳過著快樂的生活。」

波麗安娜一臉震驚。

「潘道頓先生，我絕對不會讓您把為異教徒省下來的錢花在我身上。」

男子的臉迅速漲紅，他想繼續說下去，卻被波麗安娜打斷。

「更何況，像您這麼有錢的人，根本不需要我，生活就可以過得很開心。您可以送東西給別人，讓別人開心，您就會不由自主地感到開心了。想想您送給我和史諾太太的三稜鏡、南西生日時送她的金飾，還有……」

「好了，好了，別再提那些事。」男子打斷她。他的臉現在非常地紅，不過這也難怪，因為約翰．潘道頓過去向來不是個會「送東西」的人。「而且這全是胡說八道！那根本不算什麼——更何況這些人都是因為妳才會收到禮物。所以送禮物的是妳，不是我！沒錯，是妳送的才對。」看著她一副震驚想否認的表情，他不斷重複強調事實就是如此。「而且，這一切只是在在證明我有多麼需要妳，小女孩。」他語氣又再度軟化為溫柔的懇求。「波麗安娜，如果妳希望我玩那個『開心遊戲』，那就請搬來和我一起住，陪我一起玩。」

小女孩為難地苦著一張臉。

「波麗姨媽一直對我那麼好。」她一開口，男子立刻打斷她。他似乎又回到從前暴躁易怒的老樣子。個性急躁、無法容忍不同的意見，一直是約翰．潘道頓長久以來的性格缺陷，想要克制真的沒那麼容易。

「她當然會對妳好！不過，她並不想要妳，我敢保證，她想要妳的程度連我的一半都不到。」他反駁。

「潘道頓先生，我知道她很開心能收養……」

「開心？」男子再次打斷她，這時他已完全失去耐心。「我敢打賭波麗小姐根本不知道『開心』這兩個字怎麼寫。我知道，她做任何事不過就是在盡自己的責任而已。她是個很有責任感的人，我以前就曾見識過她所謂的『責任感』。過去這十幾二十年來，我們雖然稱不上是朋友，但我了解她，事實上，每個人都知道她不是一個『開心』的人。波麗安娜，她根本不知道怎麼當一個『開心』的人。至於要搬來和我一起住的事，妳只要問問她，就知道她是不是真的會不讓妳來。而且，小女孩啊小女孩，我真的很想和妳一起生活！」他近乎哀求地說著。

波麗安娜起身並大大地嘆了一口氣。

「好吧，我會問問她。」她為難地說，「當然，我並不是不想搬來和您住，潘道頓先生，只不過……」她沉默了幾秒鐘後才繼續：「無論如何，我很慶幸昨天沒和她說這件事……因為我以為她也會願意。」

約翰．潘道頓嚴肅地笑了笑。

「是啊，還好妳也沒把這件事對別人說。」

「我沒對別人說……只有對醫生說；不過醫生當然不是別人。」

「醫生！」約翰．潘道頓臉色大變，「妳說的醫生……該不會是奇爾頓醫生吧？」

「是啊，他來找我說您想見我時說的。」

「太好了，這麼多人不說，偏偏……」男子喃喃自語跌坐在椅子上。不一會兒，他突然興味盎然地端坐起來問道：「奇爾頓醫生說了什麼？」

波麗安娜皺著眉頭想了一下。

「我不記得了。印象中，他沒說什麼。噢，他說他可以想像您為什麼急著想見我。」

「喔，他真的這麼說。」約翰．潘道頓答道，不過令波麗安娜不解的是，為什麼潘道頓先生會露出如此詭異的微笑。

21 問題解決了

從約翰．潘道頓家離開後，波麗安娜快步往山下走去。此時，天色突然暗了下來，午後雷陣雨似乎馬上就要來了。走到一半，波麗安娜看到南西帶著一把傘迎面朝她走來。不過，這時烏雲好像已經飄到別的地方去，看起來暫時是不會下雨了。

「烏雲看起來往北邊去了。」南西一邊說，眼睛一邊盯著天空。「就跟我猜的一樣，儘管我總是猜得很準，但是波麗小姐還是堅持要我送傘來給妳。她很擔心妳。」

「真的嗎？」波麗安娜心不在焉地說，眼睛望著那些雲。

南西小小地哼了一聲。

「妳似乎沒聽到我剛才說什麼。」南西有點憤憤不平地說，「我剛剛說妳姨媽很擔心妳耶！」

「噢。」波麗安娜一想到她等會兒就得問波麗姨媽那個問題，忍不住嘆了一口氣。「對不起，我不是故意要讓她擔心的。」

「其實，我很開心。」出乎意料地，南西這麼說。「真的很開心。」

波麗安娜睜大眼睛看著南西。

「妳是說，因為波麗姨媽擔心我，所以妳覺得開心嗎？為什麼呢？南西，開心遊戲不是這樣玩的，為這樣的事情感到高興，根本不是在玩開心遊戲。」波麗安娜反對。

「我不是在玩遊戲啊，」南西解釋，「我從來沒有這樣想過。不過，孩子，妳似乎不了解波麗小姐擔心妳這件事有什麼意義。」

「什麼意思？擔心就是擔心啊，擔心的感覺很糟糕的。」波麗安娜還是堅持自己的看法，「難道，擔心還會是好事嗎？」

南西抬起頭。

「讓我來告訴妳吧。她會擔心妳，表示她愈來愈像一般人了……也就是說，她現在所做的事，不是只在履行她的義務而已。」

聽完南西的話，波麗安娜吃驚地抗議著，「可是，南西，波麗姨媽相當重視她的義務，她是個非常有責任感的女人。」不知不覺，波麗安娜用潘道頓先生半小時前說過的話來形容波麗姨媽。

南西偷偷笑了起來。

「噢，妳說得沒錯，我想她以前真的是這個樣子。不過，自從妳來了之後，她就不只是在履行義務而已了。」

波麗安娜臉色變了，她煩惱地皺起眉頭。

「噢，南西，我就是想要問妳這個。」她嘆了口氣。「妳覺得，波麗姨媽喜歡跟我一起住嗎？如果我有天不住在這裡了，她會不會介意呢？」

南西快速地瞥了小女孩專注的臉龐一眼。其實，她早就猜到，有一天波麗安娜會問這樣的問題。不過，在今天之前，南西總是提心吊膽，不知如何招架這個問題。因為她一直在思考，到底該怎麼說才能誠實地回答問題，又不會傷到波麗安娜的心。不過，因為今天下午送雨傘事件的關係，南西覺得事情的發展已經不太一樣了，所以，她現在很樂意回答這個問題。她也確定，今天她的回答，可以讓這個渴望得到關愛的小女孩放下心中的大石頭。

「她喜歡妳住在這裡嗎？妳如果不住在這裡，她會想念妳嗎？」南西有些忿忿不平地大聲問。「這個我剛剛不是才跟妳說過嗎？今天看到天上有一點烏雲，她不是就馬上叫我送傘來給妳了嗎？她不是讓我把妳的東西搬到樓下，讓妳擁有一間妳夢寐以求的房間嗎？噢，波麗安娜小姐，如果妳還記得，她一開始是多討厭……」

南西咳了一下，即時讓自己到嘴邊的話吞回去。

「而且還不只這些我做過的事。」南西趕緊喘口氣說，差點就喘不過氣來。「妳讓她變得溫和多了，像是那些小貓、小狗啊，還有她對我說話也和善多了，當然還有很多事。噢，波麗安娜小姐，聽完這些，我可以跟妳說，如果有天妳不住在這裡，她一定會很想念妳。」南西帶著熱切的表情，一口氣說完這些，想藉此掩飾剛剛那些差點不小心說出口的話。不過，她沒有料到，聽完這些話之後，波麗安娜臉上竟然出現欣喜若狂的表情。

「噢，南西，我太……太……太高興了！聽到波麗姨媽喜歡跟我住，妳不知道我有多開心啊！」

「我才不想要離開波麗姨媽呢！」稍晚回到家後，波麗安娜一邊走上通往她房間的小樓梯，心裡邊想：「我自己一直都很喜歡跟波麗姨媽住在一起，不過我也沒想到，自己是這麼地希望波麗姨媽也想要跟我住在一起。」

不過，波麗安娜也不免擔憂，因為要把這個決定告訴潘道頓先生，並不是一件容易的事。同時，看到潘道頓先生把自己弄得鬱鬱寡歡，她也十分替他難過。這位先生這麼多年以來一直活在憂傷裡，而造成這一切的人就是自己的媽媽，這讓她覺得很對不起他。波麗安娜完全可以想像，在潘道頓先生康復之後，那棟漂亮的灰色房子會變成什麼樣子。寂靜的房間、布滿灰塵的地板，還有凌亂的書桌。想到他的孤獨，波麗安娜的心都揪在一塊了。要是能在某個地方，找到某個人可以……想到這裡，波麗安娜腦海中突然靈光一閃，於是她開心地轉身，準備把這個想法跟潘道頓先生分享。

波麗安娜以最快的速度匆匆上山，一路跑到潘道頓先生家，很快地就來到了那間寬敞但昏暗的書房。潘道頓先生坐在椅子上，修長的手臂無力地放在扶手上，他那隻忠心耿耿的小狗就趴在他的腳邊。

「怎麼了？波麗安娜，妳是來陪我玩開心遊戲的嗎？以後也都會陪我一起玩嗎？」男人問道，語氣相當溫和。

「噢，對啊。」波麗安娜喊著，「其實，我想到可以讓您超級開心的事了。而且……」

「這件事跟妳有關嗎？」約翰．潘道頓表情有點嚴肅地問道。

「沒……沒有，可是……」

「波麗安娜，妳該不會是要拒絕我吧！」他激動地打斷波麗安娜的話。

「我不得不這樣做啊，潘道頓先生，真的沒辦法。波麗姨媽……」

「她不讓妳……過來嗎？」

「我沒有問她。」小女孩支支吾吾地說，看上去十分難過。

「波麗安娜！」

波麗安娜轉開了頭，因為她無法直視那個受傷又哀痛的眼神。

「妳甚至沒有問過她！」

「我做不到，先生……真的。」波麗安娜的聲音顫抖著。「我不需要問也知道答案，波麗姨媽是希望能跟我一起住的，況且我也想跟她住在一起。」她勇敢地把自己的想法說了出來。「您不知道她對我有多好，而且我覺得，她現在已經可以因為生活中的小事而感到開心，您也曉得她以前從來沒有這樣過，這件事您也提過。噢，潘道頓先生，我現在真的不能離開波麗姨媽啊，現在真的不行。」

房間裡陷入一段很長的沉默，只剩下壁爐裡柴火燃燒的劈啪聲。最後，男人打破沉默。

「波麗安娜，我了解了。妳現在不能離開她，我之後不會問妳了，再也不會了。」雖然他最後一句話說得極輕，可是波麗安娜還是聽到了。

「噢，不過您不曉得還有其他事情呢。」她熱切地說著，「還有件事可以讓您開心起來，真的可以！」

「我想我高興不起來，波麗安娜。」

「會的，這是為您特別準備的。您說過，只有女人勤奮的雙手，加上她滿滿的愛，或是有個孩子，這樣才算是個家。我可以為您做到，我可以帶一個孩子來給您……不是我自己，是另外一個孩子。」

「說得好像除了妳之外，我還會喜歡其他孩子似的。」男人憤慨地說。

「噢，您會喜歡的。因為您是這麼善良仁慈。想想您送給別人的那些稜鏡跟金幣，還有那些您省下來留給異教徒的錢，還有……」

「波麗安娜，」男人粗魯地打斷她的話，「讓我們一次把事情說清楚！我已經告訴妳很多次了，我從來沒有為異教徒省下我的錢，也沒有捐錢給異教徒過，從來沒有！就是這樣！」

他抬起下巴，以為自己會看到波麗安娜失望的神情。不過，出乎意料之外，波麗安娜一點都不覺得難過或是失望，反而十分驚喜。

「噢，噢！」她拍手大喊，「我真是太高興了！我是說……」她紅著臉困窘地解釋，「我不是說我不為那些異教徒感到遺憾，只是，我很開心您不喜歡印度小男孩。因為啊，其他人都比較喜歡他們。不過，我很開心您願意接受吉米·賓恩。現在，我知道您一定會收留他的。」

「收留……誰？」

「吉米·賓恩。他是個小孩子，您知道的。而且他一定很開心能做您的孩子。上星期，當我告訴他婦女勸助會的人不肯收留他的時候，他看起來失望極了。不過現在，如果他聽到您願意接受他，一定會很高興的。」

「他會很高興，是嗎？不過，我可不高興。」男人堅定地說。「波麗安娜，這根本是一派胡言！」

「您是說，您不會接受他？」

「就是這個意思。」

「可是，他是一個非常可愛的孩子。」波麗安娜結結巴巴地說，她差點就要哭出來了。「如果有吉米在您身邊，您就不會這麼寂寞了。」

「這我倒是不否認。」男人回答，「不過，我寧願一個人孤孤單單的。」

這時，波麗安娜突然想起幾週前南西曾經跟她說過的那件事，她憤憤不平地抬起下巴。

「或許您覺得一個活生生的小男孩，比不上一副骷髏，可是我倒覺得，小男孩比骷髏要好得多了。」

「骷髏？」

「是啊！南西說您藏了一副骷髏在櫃子裡，就在某個地方。」

「什麼？」突然，男人把頭往後仰，大笑了起來。他笑得十分痛快；但另一邊，波麗安娜則是緊張到快要哭出來了。看到波麗安娜的樣子後，約翰．潘道頓先生趕緊坐直身子，表情一下子嚴肅了起來。

「波麗安娜，我猜妳是對的……妳說得沒錯。」他溫和地說。「事實上，我也了解，一個活生生的小男孩絕對比我櫃子裡的骷髏要好得多了。只是有時候，我們不是這麼想要改變。我們總是堅持選擇那副骷髏啊，波麗安娜。不過，多告訴我一些關於那個可愛小男孩的故事吧。」於是，波麗安娜跟他說了許多關於吉米的故事。

或許是剛剛那場大笑的緣故，房間裡的氣氛變好了，又或是因為波麗安娜滿懷希望所講的故事，打動了潘道頓先生那顆漸漸柔軟的心。不管是什麼原因，總之，波麗安娜當晚回家時帶回了一個好消息。那就是，潘道頓先生邀請吉米．賓恩，還有波麗安娜，在下個星期六下午一起到他家去做客。

「我好開心喔，我知道您一定會喜歡他的。」波麗安娜邊說邊跟潘道頓先生道別，「您知道，我真的好希望吉米．賓恩能夠擁有一個家，還有真正在乎關心他的家人。」

22 布道詞與薪柴箱

就在波麗安娜向約翰．潘道頓提議收養吉米．賓恩的那個下午，保羅．福特牧師上了山，並進入潘道頓森林，他期盼上帝所創造的大自然靜謐之美，能撫平祂的子民心中紛亂的情緒。

保羅．福特牧師的心情非常煩躁。已有將近一年的時間，他的教區的狀況日復一日、月復一月地每況愈下；現在的情況似乎是無論他做什麼，總是會遇到爭執、中傷、醜聞及嫉妒等各種紛擾。雖然處理這些紛爭的過程中，他總是滿懷希望地誠心祈禱，也曾試過規勸、懇求、訓誡，甚至是不予理會等各種方法，但時至今日，他也不得不悲痛地承認，這些紛擾不但沒有平息的跡象，反而愈演愈烈。

他的兩名執事為了一件愚蠢的小事，兩人搞得整天爭鋒相對、劍拔弩張。他身邊三名最出色活躍的女性工作人員，也因為一些愛嚼舌根的人，把一些微不足道的小流言，煽風點火成殺傷力極大的醜聞而退出了婦女勸助會。唱詩班又因為把獨唱的部分指定給一個受歡迎的成員，而弄得分崩離析。甚至連基督教勉勵會，也因為兩名高層人員的公開批評，讓人感覺到內部有一股不安的氣氛正在醞釀。而主日學校校長及兩名教師的辭職，則是壓倒駱駝的最後一根稻草，心煩意亂的牧師無計可施，只好來到這安靜的樹林，獨自進行祈禱及冥想。

眾多樹木形成的拱形綠蔭之下，保羅．福特牧師得以坦誠地面對眼前的這些問題。他知道危機已經到來。他非得做些什麼才行，而且要快，再遲就來不及了。目前教會所有的工作都呈現停滯狀態。參與教會活動的人也愈來愈少，無論是主日禮拜、平日的祈禱會、神職人員茶會，甚至是晚餐會和交誼會，參與人數都呈直線下滑的趨勢。

雖然的確有一些工作人員盡責地留了下來，但他們經常意見不合且爭執不斷，而且面對別人批評的目光及閒言閒語，總是毫不掩飾地表現出自己的敵意。

而正是這一切讓保羅．福特牧師清楚了解到，自己（神職人員）、教會、整個小鎮，甚至是整個基督教正遭受著苦難；而且再不做點什麼，之後必定會遭受更多的苦難。

毫無疑問地，他必須盡快做些什麼，但究竟該做些什麼？

牧師緩緩地從口袋中拿出一張紙，那是他為下星期日擬的布道詞。他先是眉頭緊皺地看著這份布道詞，接著牙關一咬，便開始慷慨激昂地大聲朗頌這篇布道詞：

「虛偽的經學家和法利賽人哪，你們有禍了！你們在人面前關了天國的門，自己不進去，連正要進去的人，你們也不准他們進去。

「虛偽的經學家和法利賽人哪，你們有禍了！你們吞沒了寡婦的房產，假裝做冗長的禱告，所以你們必受更重的刑罰。

「虛偽的經學家和法利賽人哪，你們有禍了！你們把薄荷、茴香、芹菜，獻上十分之一，卻忽略律法上更重要的，就如正義、憐憫和信實；這些更重要的是你們應當作的，但其他的也不可忽略。」

這是措詞非常強烈的譴責。牧師低沉嘹亮的聲音，在樹木環繞、綠草如茵的環境中迴盪，聽起來格外嚴厲。連鳥兒與松鼠似乎也被震懾到不敢發出一點聲音。牧師彷彿身歷其境地體驗到，當他下星期日在神聖肅靜的教堂裡大聲朗讀這些文字時，對眼前的信眾會有多大的殺傷力。

這些人可都是他教區的信眾！他能這麼做嗎？他敢這麼做嗎？他又怎敢不這麼做？雖然這篇布道詞完全節錄自《聖經》，沒有加上任何自己的話語，但仍聽得出來這篇布道詞表達出非常嚴厲的譴責意味。他一遍又一遍地祈禱，誠心祈求神的幫助與引導。他多麼渴望，渴望在這次的危機中不要走錯任何一步。但他這一步真的走對了嗎？

牧師慢慢地把那張紙摺好塞回口袋之後，悲嘆了一聲，便雙手掩面跌坐在樹下。

波麗安娜在從潘道頓先生住處回家的途中發現了他，她低呼了一聲便跑上前去。

「福特先生，您……您不會也把腿摔斷了吧？還是傷在別的地方？」她氣喘吁吁地問。

牧師急忙放下掩面的手並抬起頭，努力試著擠出一點笑容。

「沒事，親愛的……我真的沒事！我只是在……休息。」

「呼——」波麗安娜鬆了一口氣。「沒事就好。不過，仔細想想也是，潘道頓先生摔斷腿被我發現的時候，他是躺著的，而您現在是坐著的。」

「是啊，我是坐著的；我沒摔傷，也沒有任何醫生可以治療的地方。」牧師愈說愈小聲，波麗安娜意識到他的不對勁，眼神透露出同情的目光。

「我想您的意思是……有事情困擾著您吧。我爸爸很多時候也會像您一樣。我想牧師普遍都會有相同的感受吧。畢竟有太多事情需要仰賴他們的決定。」

保羅．福特牧師有些驚訝地轉過頭來。

「波麗安娜，妳的爸爸也是牧師嗎？」

「是的，牧師先生。您不知道嗎？我爸爸娶了波麗姨媽的姊姊，我以為每個人都知道這件事。」

「原來如此。不過，因為我來到這裡沒幾年，所以不清楚每個家庭的背景。」

「是的，牧師先生……我的意思是，沒錯，的確不是每個人都知道，牧師先生。」波麗安娜笑著說。

之後兩人誰也沒再開口，就這麼靜默了好長一段時間。牧師似乎忘了波麗安娜的存在，就這麼一直靜靜地坐在樹下。他從口袋抽出了幾張紙並把它們打開；不過，他的目光並未看向這些紙張，反而一直盯著一小段距離外地上的一片葉子，而那甚至稱不上是片美麗的葉子，不過是片枯黃、失去生命力的葉子。波麗安娜看著他，心裡隱約地為他感到難過。

「今天……今天天氣真的很不錯。」她懷抱著希望率先打破沉默。

牧師一開始沒有回應，而是過了一會兒才嚇一跳地抬起頭來。

「什麼？噢！……是啊，今天天氣很好。」

「而且雖然現在是十月，卻一點也不冷。」波麗安娜仍是滿懷希望地觀察著牧師的每一個反應。「潘道頓先生有一個壁爐，但他說他不怕冷，不需要那種東西，所以那單純是用來觀賞的。我好喜歡看壁爐點燃時的樣子，您喜歡嗎？」

雖然波麗安娜非常有耐心地等待牧師的回答，但這次牧師卻沒有任何回應。於是她換了一個方式提問。

「您喜歡當牧師嗎？」

保羅・福特牧師這次則是很快地抬起了頭。

「妳問我喜歡當……這真是一個奇怪的問題。親愛的，為什麼會這麼問？」

「不為什麼……只是您現在的樣子讓我想起我的爸爸。他以前有時候也會這樣。」

「是嗎？」牧師雖然好像有在聽，但他的目光又回到地上那片乾枯的葉子。

「是啊，我以前也曾問過他當牧師開不開心。」

樹下的男子苦笑以對。

「那……他怎麼回答？」

「他都會回答他很開心，但更多的時候他會說，要不是為了那些喜樂經文，牧師這個位置他不會多留一分鐘。」

「那些……什麼？」保羅・福特牧師視線不再緊盯著那片葉子，而是疑惑地看著波麗安娜喜孜孜的小臉蛋。

「喔，那是我爸爸幫這些經文取的名字。」她笑著說，「當然，《聖經》裡並不是這麼稱呼。不過，就是那些包含『你們因主歡喜』、『大大地喜樂』、『你們都要歡呼』等字眼的經文。《聖經》裡有好多這類的經文。爸爸有一次因為心情很糟，就算了算《聖經》裡到底有多少這類的經文，沒想到竟然多達八百則。」

「八百則！」

「是啊，有多達八百則經文告訴你要歡喜快樂，所以爸爸就把這些經文取名為『喜樂經文』。」

「喔！」牧師神情古怪地看著手上的布道詞：虛偽的經學家和法利賽人哪，你們有禍了！「所以妳的爸爸……很喜歡這些『喜樂經文』囉。」他低聲的說。

「是啊。」波麗安娜用力地點點頭，「他說他算完這些句子之後，立刻就覺得好多了。他還說，如果神願意不厭其煩地說八百次要歡喜快樂，那麼祂一定很希望我們能這麼做，而父親很羞愧自己做得不夠。自此之後，這些經文就成為父親的慰藉，尤其是當事情發展不如己意，或當婦女勸助會的成員吵架時……我是說意見不合時。」波麗安娜情急地改口，「爸爸也曾說過，正是這些經文，讓他發明那個遊戲。雖然一開始是因為我想要洋娃娃卻拿到柺杖才有這個遊戲，但真正的靈感來源是那些喜樂經文。」

「那是什麼樣的遊戲？」牧師問道。

「就是在每一件事中尋找值得開心的地方。我剛才說過，一開始是因為我想要洋娃娃卻拿到柺杖……」於是波麗安娜又把故事再說了一次，只是這次牧師是帶著溫柔的眼神，專心地聆聽這個故事。

不久之後，波麗安娜就和牧師一起手牽手走下山。波麗安娜的臉上散發著幸福光彩。她本來就愛說話，而她也說了好一會兒；牧師對她非常好奇，而與那個遊戲、父親及家鄉有關的事，似乎怎麼說也說不完。

兩人一直走到山腳下，才分開各自回家。

當天晚上，保羅·福特牧師坐在書房裡沉思。擬好的布道詞散落在離他不遠的桌面上。他手握著筆停在半空中，筆的正下方則有幾張空白的紙，等待他寫下新的布道詞。但牧師此時此刻腦中思考的，既不是已寫好的布道詞，也不是新的布道詞該如何下筆。在他的想像中，自己正在遙遠的西部小鎮，與一名孤單、貧病交加且心煩意亂的牧師在一起——但這名牧師正不停地翻閱著《聖經》，只是想知道他的上帝、他的主究竟對他說了多少次「你要歡喜快樂」。

過了一會兒，保羅·福特牧師才從遙遠西部小鎮的幻想中回過神來。他長嘆了一口氣之後，整理好筆下的紙張後便開始動筆。

他在紙上寫下「馬太福音二十三章：十三節、十四節及二十三節」，然後卻又不耐煩地丟下手上的鉛筆，把幾分鐘前妻子留在書桌上的雜誌拿了過來。他睜著疲倦的眼睛意興闌珊地瀏覽著一個又一個的段落，直到某一段話吸引住他的目光：

「某天，一位父親對拒絕為母親的薪柴箱添加柴火的兒子湯姆說：『湯姆，我想你一定很樂意替你母親撿一些木柴回來。』湯姆二話不說地去做了。為什麼？因為父親明白地向兒子表示，他期盼兒子會做正確的事。如果父親是說：『湯姆，我聽說了你今早與你母親說的話，我真以你為恥。你現在立刻去幫你母親撿些柴火回來。』就湯姆的個性來看，我敢保證那個薪柴箱到現在還是空空如也。」

牧師繼續讀下去，發現了更多啟發他的文字、句子以及段落：

「無論男人還是女人，都需要別人的鼓勵。人天生有拒絕誘惑的能力，我們要做的應該要強化它而不是削弱它……與其整天挑人毛病，不如跟他說他的優點。試著幫助他改掉自己的壞習慣，並以更好的自己，也就是真正的自己為榜樣；而所謂真正的自己，指的是一個勇於挑戰、付諸行動，並於最終獲得成功的自己。……一個美好、熱心、樂觀的人格特質，其影響力不但能擴及周遭的人，甚至能徹底改變整個城鎮……人的行為常會不自覺地流露出自己心中的想法。一個人若本性良善且樂於助人，不用多久，他的鄰居也會受其影響成為這樣的人。一個人若總是一臉怒容，動不動就批評斥責別人，他的鄰居也會以牙還牙，並連本帶利地一起奉還給他！……當你一直往壞處想並預期壞事的發生，得到的絕對不會是好結果。當你相信自己一定會有好的結果，你就會如願以償……告訴湯姆，你知道他會很樂意去幫母親撿木柴回來……你就會看到他行動、投入並樂在其中。」

牧師放下雜誌，抬起頭。不一會兒，他站起身並在狹小的房間裡不斷地來回踱步。好一段時間之後，他深吸了一口氣重新坐回到書桌前。

「上帝請保佑我，我一定可以做到的！」他輕聲地祈求著。「我會告訴教區裡所有的湯姆，我知道他們會很樂意為薪柴箱添柴火。我會分派工作給他們做，我會讓他們充滿喜悅地完成自己的工作，他們將會忙到連看鄰居的薪柴箱的時間也沒有。」然後他拿起之前寫的布道詞，直接把它撕成兩半並往兩旁一丟。上頭寫著「虛偽的經學家和法利賽人哪」的紙張落在椅子的左邊，寫著「你們有禍了！」的紙張則落在椅子的右邊。

他先把「馬太福音二十三章；十三節、十四節及二十三節」這一行直接一筆畫掉，接著在光滑的紙張上以飛快的速度完成新的布道詞。

於是，奇蹟真的發生了。接下來的那個星期日，保羅・福特牧師的布道詞有如召喚眾人的號角一般，對於在場的男女老少發揮極佳的效果。而布道詞引用的經文，正是波麗安娜所說的那八百則「喜樂經文」的其中一則。

「義人哪！你們要靠著耶和華歡喜快樂；所有心裡正直的人哪！你們都要歡呼。」

23 一場意外

有一天，史諾太太忘了某種藥的名字，於是便請波麗安娜幫忙到奇爾頓醫生的診所去問一問。藉此機會，波麗安娜剛好可以去醫生的診所看一看，因為她之前還沒有機會去過那裡呢。

「我從來沒有來過您的家呢！這是您的家，對吧？」波麗安娜興奮地四處打量。

醫生微笑了一下，但是笑容看起來卻有點苦澀。

「是的，就是這裡。」醫生一邊回答，一邊在手裡的那疊紙上寫著什麼。「不過，如果真要說是個家，這裡又太勉強了，波麗安娜。這裡只是有幾間房間的屋子罷了，不算是個家。」

波麗安娜了解地點點頭，眼中閃著同情。

「我知道，因為要有女人勤奮的雙手跟滿滿的愛，或是有孩子住在房子裡，才算是個家。」她說。

「嗯？」聽到這個，醫生立刻轉過身來。

「是潘道頓先生告訴我的。」波麗安娜又點點頭，「他跟我說，要有女人勤奮的雙手跟滿滿的愛，或是孩子，房子才能算是個家。奇爾頓醫生，為什麼您不找個有著勤奮雙手，又真誠善良，對您充滿愛的女人呢？或者，如果潘道頓先生不想要吉米・賓恩的話，也許您可以考慮收留他。」

奇爾頓醫生有些尷尬地笑了笑。

「所以，潘道頓先生說，要有女人勤奮的雙手，還有真摯的愛，才能組成一個家嗎？」醫生把話題轉開，向波麗安娜問道。

「對啊，他說如果沒有這些，那房子就只能叫做房子。您為什麼不去試試看呢？奇爾頓醫生？」

醫生走回桌前，「我為什麼不去試……什麼？」

「找個有著勤奮雙手，又有真誠的愛的女人啊。噢，有件事我忘記跟您說了。」波麗安娜的臉刷地漲紅。「我想我應該告訴您的。其實，潘道頓先生多年前愛過的人不是波麗姨媽，所以……我們不會過去他那裡住了。您也知道，我當初告訴您這件事，不過我搞錯了。我想，您應該還沒有告訴別人吧？」波麗安娜焦慮地問。

「沒有……我沒有告訴別人，波麗安娜。」醫生回答，只是表情有些奇怪。

「噢，那就好。」波麗安娜鬆了一口氣。「您知道嗎？這件事我只告訴過您一個人，不過，當潘道頓先生聽到我把這件事告訴您時，他的反應有點有趣。」

「是嗎？」醫生的嘴角抽動了一下。

「是啊，不過既然這件事不是真的，他當然不希望別人知道。不過，奇爾頓醫生，您為什麼不找個有著勤奮雙手，又真誠善良，對您充滿愛的女人呢？」

波麗安娜問完後，有一段時間他們倆都沒說話。過了一會兒，醫生很嚴肅地說：「這不是想找就找得到的，小女孩。」

波麗安娜若有所思地皺起了眉頭。

「但是，我想您一定能找得到的。」她帶著堅定的語氣強調這句話。

「謝謝妳。」醫生揚起眉毛笑了起來，不過，馬上又嚴肅地說：「不過，根據我的觀察，那些比妳年紀大的姊姊們恐怕不會這麼想。至少，她們……她們沒有這麼地熱情體貼。」

波麗安娜再次皺起眉頭，突然，她驚訝地瞪大眼睛。

「奇爾頓醫生，您該不會是說……您曾經也想得到一雙女人勤奮的手，還有她的心，就像潘道頓先生希望的一樣，可是最後卻沒有得到，是嗎？」

醫生突然站了起來。

「好了，好了，波麗安娜，我們現在先不談這個。妳這個小傢伙就別再為別人的事情操心啦。妳該回到史諾太太那裡去了，我已經把藥的名字跟服用方式寫下來了。妳還有什麼別的事嗎？」

波麗安娜搖搖頭。

「沒有了，謝謝您，醫生。」波麗安娜一本正經地說，接著轉身往門口走去。走到門廳時，她回頭看著醫生，一張小臉笑得燦爛：「不管怎麼說，我很高興您想要但沒得到的，並不是我媽媽勤奮的雙手跟她的愛。奇爾頓醫生，再見！」

那場意外發生在十月的最後一天。當天，波麗安娜從學校匆匆趕回家，在她過馬路時，那輛開得飛快的汽車離她其實還有一段距離。

至於後來發生了什麼事，似乎沒有人說得清楚，也沒有人知道，意外究竟是怎麼發生的，或是該找誰來負責這件事。但是，下午五點鐘，波麗安娜遍體鱗傷地回到了她的小房間，全身癱軟，不省人事。波麗姨媽臉色慘白，南西則是不停地流淚，她們一起輕輕地把波麗安娜的衣服脫掉，輕手輕腳地把她放到床上。另一邊，華倫醫生在接到電話後，從村子的另一頭飛也似地趕了過來，快到像是坐在另一輛飛速的汽車上。

「你根本不需要多看她姨媽的臉。」南西來到花園裡，抽噎地跟老湯姆這麼說。在醫生來了之後，為了保持房間裡的安靜，波麗安娜的房門就被關上。「你不用多看一眼就可以知道，她現在如此害怕，絕對不是因為什麼義務。如果是的話，那她的手就不會發抖，她的眼神就不會著急得像是想要自己擋住死神一樣。噢，湯姆先生，我相信他們不會帶走波麗安娜的，不會的！」

「她傷得……嚴重嗎？」老人用顫抖的聲音問道。

「現在還不知道。」南西抽泣著說，「可是她臉色慘白地躺在那裡，看起來好像就要死了，但波麗小姐說她還沒死。我覺得波麗小姐應該是最清楚情況的人，因為她剛剛認真地去摸了波麗安娜的心跳，聽聽看她還有沒有呼吸。」

「妳可不可以告訴我，她究竟為什麼會傷成這個樣子？是……是……」老湯姆的臉抽搐著。

南西的嘴唇稍微放鬆了一點點。

「我猜是某個跑得很快又非常重的東西，湯姆先生。真是個討厭鬼！那個東西竟然把我們的小女孩撞倒了！我一直都很討厭那些難聞的爛東西，真的很討厭！」

「她傷到哪裡了？」

「我不知道，我不知道。」南西傷心地說，「她頭上有個小小的傷口，波麗小姐說看起來不太嚴重，但是她說，她擔心波麗安娜的傷會像『惡魔似地』（infernally）纏著她。」

老湯姆眼睛一閃。

「我猜妳是說她受了內傷（internally）吧，南西？」他一臉正經地說。「好吧，就算她真的被惡魔搭著那輛汽車來的所傷，不過，我不認為波麗小姐會說出『惡魔似地』這種話，絕對不會。」

「嗯？好吧，我不清楚，我不清楚。」南西傷心地嘆口氣，搖搖頭走開了。

「我覺得，我現在根本沒辦法等醫生從裡面出來。我好希望現在有一大堆衣服可以讓我洗，最好還是最難洗的那些，讓我有點事情做。」她痛哭了起來，無助地絞著自己的雙手。

可是等醫生從房間出來之後，南西並沒有打聽到什麼重要的新消息來告訴老湯姆。不過，雖然波麗安娜的骨頭沒有斷，頭上的傷口也只是輕傷，但是醫生的表情十分凝重，他緩緩地搖了搖頭，並說波麗安娜的情況或許只有時間才能給大家答案。醫生走了以後，波麗小姐的臉色更加蒼白，看起來愈發憔悴。而波麗安娜還沒有醒過來，不過，她看起來似乎睡得很安穩，這讓大家稍稍放心了點。波麗小姐則是派人去請了一名護士，讓她當天晚上就過來照顧波麗安娜。南西跟老湯姆講完這些後，就哭著回廚房去了。

第二天下午，波麗安娜恢復意識，她睜開眼睛，發現自己躺在家裡的小床上。

「怎麼了？波麗姨媽，發生什麼事了？現在是白天嗎？我怎麼還沒有起床？」她大聲問。「噢，波麗姨媽，我坐不起來。」她才剛想坐起身，卻馬上無力地跌回枕頭上。

「噢，親愛的，先不要坐起來，先不要。」她的姨媽立刻輕聲安撫她。

「發生什麼事了？為什麼我沒辦法坐起來？」

波麗小姐避開波麗安娜的視線，用擔憂的眼神向那名站在窗邊、頭戴白色帽子的護士求救。那名年輕護士點點頭。

「告訴她吧。」她用唇語對著波麗小姐說。

可是，波麗小姐覺得似乎有什麼東西哽住了她的喉嚨，讓她差點無法說話。於是，她清了清嗓子，試圖開口。「親愛的，昨天晚上，妳被一輛汽車撞傷了。不過妳不要擔心，沒事了。姨媽想讓妳好好休息，妳再多睡一會兒吧。」

「我受傷了？噢，好像是，我那時好像在跑……」波麗安娜的眼神茫然，她舉起手壓著額頭，「我的頭好痛，好難受！」

「親愛的，妳現在什麼都不要擔心，只要好好休息就好。」

「可是，波麗姨媽，我覺得有點奇怪，而且感覺很糟。我的腳怪怪的，好像它們沒有感覺了，一點都沒有了。」

波麗小姐心裡紛亂不已，她站起來走到一旁，一邊走一邊用求助的眼神望著護士。

「讓我來跟妳聊聊天好嗎？」護士微笑地說，「我們倆應該好好認識一下才對，我是亨特小姐，我是來這裡幫妳姨媽照顧妳的。現在我們要做第一件事囉，可不可以請妳幫我把這幾粒白色的小藥丸給吃下去呢？」

波麗安娜的眼睛稍微瞪大了些。

「可是，我不想要被照顧……我不想要一直被人照顧。我想要起來，妳知道的，我想去上學，明天我可以去上學吧？」

波麗姨媽站在窗邊，小心地壓抑著自己的啜泣聲。

「明天嗎？」護士微笑著。「這個嘛，我想，我們還不能這麼快就讓妳去學校，波麗安娜小姐。不過，先把這幾粒藥吃了，好嗎？讓我們看看它們有什麼效果。」

「好吧。」雖然波麗安娜心裡有點懷疑，不過她還是點點頭：「可是我後天一定得去學校，妳知道的，我後天有考試。」

過了一會兒，波麗安娜又開始說起話來。她說了很多事，包括學校、汽車，還有她的頭有多痛。不過，在小藥丸的作用下，沒過多久，她就安靜下來了。

24 約翰・潘道頓

波麗安娜不只「明天」沒去上學，「後天」也沒去。但波麗安娜本人並沒有意識到這個情況，她在短暫清醒的片刻，仍是不斷地追問著自己什麼時候可以去上學。事實上，波麗安娜對所有事，都是處於模模糊糊、意識不清的狀態，直到一個星期之後，她的高燒完全退去，疼痛也較為緩解，意識完全恢復後，她才知道究竟發生了什麼事。

「所以，我是受傷了而不是生病。」她鬆了一口氣。「還好，我很開心自己是受傷。」

「波麗安娜，妳還覺得……開心？」坐在床邊的姨媽問道。

「是啊！我情願像潘道頓先生一樣摔斷腿，也不想像史諾太太一樣，終生臥病在床。摔斷腿會好，但終生臥病在床不會好。」

波麗小姐聽了這些話之後，一句話也沒說，而是突然起身走到房間另一頭的梳妝臺前。她無意識地把梳妝臺上的東西一樣樣地拿起來，又把這些東西一樣樣地放回去。

她這樣的行為和平常行事果斷的作風簡直判若兩人。但她臉上的表情看起來一點也不像漫無目的、無所事事的樣子，反而是既蒼白又憔悴。

躺在床上的波麗安娜，則是眼睛眨呀眨地望著天花板上，那道由窗前其中一塊三稜鏡所折射出來，並且不斷跳動的彩虹。

「我也很開心自己不是得天花，」她心滿意足地低聲說道，「得天花比長雀斑還要慘；我也很開心自己得的不是百日咳，我以前得過喔，真的很可怕；我也很開心自己得的不是闌尾炎或麻疹，因為會傳染——我是說麻疹會傳染，如果會傳染，我就不能待在自己的房間裡了。」

「親愛的，似乎很……很多事都能讓妳開心。」波麗姨媽像是領口太緊快要喘不過氣似的，一手按著喉嚨，一邊結結巴巴地說。

波麗安娜輕聲地笑了出來。

「是啊，我一直在想能讓我開心的事，想了好多好多，每次抬頭看著彩虹的時候，我都一直在想。我真的好愛彩虹。我好開心潘道頓先生送了那些三稜鏡給我。而且我還有很多開心的事沒說出來。我不知道，但我最開心的，或許就是自己受傷這件事。」

「波麗安娜！」

波麗安娜又輕輕地笑了起來。她轉過頭，眼睛閃閃發亮地看著姨媽。「自從我受傷之後，您都改叫我『親愛的』，還叫了好多次，您以前都不會這樣叫我。我喜歡被自己的親人叫『親愛的』，以前婦女勸助會的人也會這麼叫我；被她們這樣叫，我當然開心，但如果是像您一樣的親人叫我『親愛的』，我會更開心。噢，波麗姨媽，我好開心您是我的親人！」

波麗姨媽沒有回答，但她的手又再度按住了自己的喉嚨，眼眶則滿是淚水。看到護士一進房門，她就轉身快速地往門外走去。

同一天的下午，南西跑去找正在穀倉清理馬具的老湯姆，她的眼睛因興奮而閃閃發亮。

「湯姆先生，湯姆先生，猜猜看發生了什麼事？」她氣端吁吁地問。「你大概猜一千年也猜不到，你一定猜不到！」

「那我想我還是別猜了，」男子鎮定地說，「尤其是我大概也只剩不到十年可活。南西，妳最好現在快告訴我。」

「好吧，那你要聽好喔。小姐現在在日光室見客，你猜那個客人是誰？」

老湯姆搖搖頭。

「妳到底有要不要告訴我？」他說。

「好啦，好啦，我正要說。那個客人就是……約翰．潘道頓！」

「現在！妳確定？小女孩，妳在開玩笑吧。」

「才不是……是我親手開門讓他進來的……他還拄著柺杖呢。而且接送他的人，現在還在門口等他，他好像變了一個人，不再是以前那個脾氣暴躁不理人的老頭子。湯姆先生，沒想到他竟然會來拜訪小姐！」

「有何不可？」老湯姆語氣略帶挑釁地反問。

南西沒好氣地瞄了他一眼。

「別裝得好像什麼都不知道一樣。」她挖苦他。
「啊？」
「別再裝無辜了，」她心有不甘且語帶諷刺地說：「害我一開始像隻無頭蒼蠅到處亂猜的，不就是你嗎？」
「妳在說什麼？」
南西先從敞開的穀倉大門往房子瞄了一眼，才上前一步走到老湯姆身邊。
「聽著，當初你不是告訴我波麗小姐有個戀人嗎？所以有一天我發現了一些事，以為二加二一定等於四，誰知道結果竟然是五，根本不是四！」
老湯姆一副不在乎的樣子，繼續進行手上的工作。
「如果妳要告訴我，就明明白白地說清楚。」他不耐煩地說，「我很忙，沒時間算算術。」
南西笑了出來。
「好啦，事情是這樣的。」她解釋，「我聽到一些消息，結果就誤以為他和波麗小姐以前是一對戀人。」
「潘道頓先生！」老湯姆挺起身子。
「是啊。不過，我現在知道他不是小姐的舊戀人。他愛的是那孩子的媽媽，所以才會想……算了，其他還是別提了。」她急忙把話題帶開，差點忘了自己答應過波麗安娜，不會把潘道頓先生想收養她的事說出去。「後來，我四處打聽有關他的事，發現他和波麗小姐已多年不相往來，原因好像是小姐在十八、九歲的時候，有一些愚蠢的流言把他們倆的名字連在一起，小姐從此就變得非常討厭他。」

「是啊，我記得這件事。」老湯姆點頭如搗蒜，「這是珍妮小姐拒絕他，並遠嫁他鄉三、四年後的事。波麗小姐知道整件事情後很同情他，於是就想對他好一點。由於小姐非常痛恨那個牧師搶走自己的姊姊，或許就是這種同病相憐的心情，她才沒掌握好分寸。但不知怎麼的，有人卻唯恐天下不亂似地，開始到處散播小姐在倒追他的流言。」

「她怎麼可能倒追男人！」南西忍不住插嘴。

「是啊，但他們就是這麼說的。」老湯姆表示，「再堅強的女性也無法忍受被別人這麼說。過沒多久，她的戀情也開始出現問題。經過這一連串的打擊之後，她有好長一段時間都非常地自閉，也不太和別人說話。她傷得太深才會變得憤世嫉俗。」

「是啊，我懂她的心情。我陸陸續續也聽到一些傳聞，但直到現在才知道事情的真相。」南西答道，「所以你想想看，當我在門口看到他的時候，我有多驚訝！小姐可是有好多年沒和他說過話了。但我還是帶他進去，並替他通報。」

「小姐說了什麼？」老湯姆屏息靜氣地等待南西的答案。

「什麼也沒說。她一開始完全沒反應，我還以為她沒聽到，我想再說一次時，她很平靜地說：

『告訴潘道頓先生，我馬上下去。』於是我就去告訴他。一和他說完，我就馬上來找你了。」南西說完又回頭朝房子那裡看了一眼。

「嗯！」老湯姆沒再多說便繼續埋頭工作。

哈靈頓莊園裡的日光室瀰漫著有如典禮般莊嚴隆重的氣氛，約翰．潘道頓先生沒等多久，就聽到波麗小姐匆促的腳步聲。他正準備起身，波麗小姐便以手勢阻止了他，但她並未伸出她的手，表情也相當冷淡。

「我來是想問……波麗安娜的情況。」他一句客套話也沒說，立刻表明自己的來意。

「謝謝你的關心，她的情況還是差不多。」波麗小姐說。

「妳是不是……不願意把她的實際情況告訴我？」他有些沉不住氣地說。

女人的臉上閃過一絲痛苦神色。

「我現在沒辦法告訴你，我也希望我能告訴你。」

「妳的意思是……妳也不知道？」

「是的。」

「但醫生不是診斷過了？」

「華倫醫生現在好像……還在海邊度假，但他已經聯絡上紐約的專科醫生，目前正在安排會診。」

「就妳目前所知，她究竟傷到哪裡？」

「頭上有一道小傷口，身上有一兩處挫傷，另外也傷到了脊椎……可能就是脊椎的傷導致她下半身……癱瘓。」

男子低嘆了一聲便沉默不語，過了一會兒，他才追問：

「那波麗安娜的……反應如何？」

「她完全不知情……她不清楚自己傷得到底有多重，而我也沒辦法告訴她。」

「但她……應該多少知道一些吧！」

波麗小姐又把手按在自己的衣領上，最近這已成為她的習慣動作。

「是的，她知道自己沒辦法……動，但她以為自己只是摔斷腿。她還說她很開心自己只是像你一樣摔斷腿，而不是像史諾太太一樣『終生臥病在床』；因為摔斷腿會好，但『終生臥病在床』不會好。她一直不停地這麼說，讓我難過得好想……死。」

雖然男子的眼眶滿是淚水，但他從自己淚眼模糊的視線中，看到波麗小姐傷心憔悴的臉。他不由得想起自己最後一次請求波麗安娜搬去和他住時，她所說的話：「我現在沒辦法丟下波麗姨媽！」

就是因為想到這樣的場景，當他不再哽咽可以說得出話的時候，他的語調變得非常溫柔。

「哈靈頓小姐，我想妳應該不知道一件事，我曾經非常努力地想說服波麗安娜搬來和我一起住。」

「和你一起住？波麗安娜？」

波麗小姐的反應讓男子有些不悅，但他再次開口時，還是維持客觀冷靜的語氣。

「是的。我想正式收養她，讓她成為我的繼承人。」

坐在對面椅子上的女人這才稍稍鎮定下來。她突然間意識到，這樣的收養關係意味著波麗安娜可以擁有一個光明的未來；她同時也好奇，波麗安娜是否成熟世故到會被這男人的金錢與地位所誘惑。

「我非常喜歡波麗安娜，」男子繼續說道，「我喜歡她除了因為她很討人喜歡之外，也有部分原因是因為……她的母親。我已經做好準備要把自己深藏二十五年的愛全部給她。」

「愛？」波麗小姐突然想起自己一開始收養這個孩子的原因，同時也想起今天早上，波麗安娜說過的話，「我喜歡被自己的親人叫『親愛的』！」她是一個如此渴望被愛的小女孩，現在有人要把深藏二十五年的愛給她，而以她的年紀來看，她的確有可能會被愛打動。當她明白到這一點，她的心開始往下沉。而當她想到自己的未來若是沒有波麗安娜將會有多淒涼，她的心更彷彿墜落到無底洞裡。

「結果呢？」她詢問的語氣雖然嚴厲，但從她微微顫抖的聲音，男子意識到她在極力克制自己的情緒維持表面的冷靜，於是露出了傷心的微笑。

「她不願意。」他回答。

「為什麼?」

「她不願意離開妳。她說妳一直對她很好，她想和妳一起生活……而且她說她覺得妳會希望她留下來。」男子說完，拄著枴杖站了起來。

他離開時沒再看向波麗小姐，而是堅定地望向門口，但他隨即聽到匆促的腳步聲走近他身邊，並感覺到一隻顫抖的手伸向他。

「專科醫生到了以後，若波麗安娜的病情有任何進一步的消息，我會再通知你。」她用顫抖的聲音說道，「再見……謝謝你來看她，波麗安娜知道會很開心的。」

25 等待遊戲

在約翰．潘道頓打電話到哈靈頓大宅的隔天，波麗小姐便開始著手準備迎接專程來為波麗安娜治病的專家。

「波麗安娜，親愛的。」波麗小姐溫柔地說：「我們決定，除了華倫醫生之外，再找一位醫生來看妳。或許，他會告訴我們一些新的方法，可以讓妳快點康復，好嗎？」

波麗安娜的小臉散發出喜悅的光彩。

「奇爾頓醫生！噢，波麗姨媽，我好高興奇爾頓醫生可以過來幫我治病！我真的很希望他來。其實，之前我一直很擔心您不會同意。您知道的，因為他之前看到您在日光室的樣子，所以我一直沒有問您，可是現在，我很高興您願意讓他過來。」

波麗小姐的臉倏地變白，但隨即又漲得通紅，沒過多久又變得毫無血色。可是，當她說話時，還是盡量維持剛才溫和平靜的語調。

「噢，不是這樣的，親愛的。我指的不是奇爾頓醫生，而是另一位從紐約來的名醫，他對於治療……像妳這樣的傷……很有經驗。」

波麗安娜的臉垮了下來。

「我才不信呢！他懂的一定沒有奇爾頓醫生的一半多。」

「噢，親愛的，我相信他很厲害，我敢保證。」

「可是，波麗姨媽，上次潘道頓先生摔斷腿的時候，是奇爾頓醫生治好的呢。如果……如果您不是這麼介意，我比較想要奇爾頓醫生來幫我治療，我真的非常希望他可以過來。」

波麗小姐的臉上出現苦惱的神色。她沉默了一會兒，然後溫和地開口，不過語氣裡帶著一點她一貫的嚴厲與堅持：

「可是我很介意，波麗安娜，我真的非常介意。親愛的，我可以為妳做很多事……幾乎任何事都可以。但是，基於一些現在我還不想說的原因，我不希望奇爾頓醫生來這……幫妳治療。而且相信我，他對妳傷勢的了解，一定沒有那位名醫來得多，那位名醫明天就要從紐約過來了。」

波麗安娜看起來還是一臉不信。

「可是，波麗姨媽，如果您喜歡奇爾頓醫生……」

「妳說什麼，波麗安娜？」波麗姨媽的聲音突然變得尖銳，臉頰也漲得通紅。

「我說，如果您比較喜歡的是奇爾頓醫生，而不是那位紐約來的醫生，」波麗安娜嘆了一口氣，「那麼您可能就會認為奇爾頓醫生比較好。總之，我很喜歡奇爾頓醫生。」

這時候，護士走進房間，波麗姨媽終於可以鬆口氣，立刻站了起來。

「我很抱歉，波麗安娜。」她有點嚴肅的對波麗安娜說：「不過，這次可能得讓我來做決定了。

況且，這件事已經定下來了，那位紐約的醫生明天就會來了。」

不過，人算不如天算，那位紐約的醫生並沒有在預計的「明天」到達波麗安娜家。在最後一刻，波麗姨媽收到一封電報，上面寫著，醫生突然生病了，所以不得不延後拜訪。這讓波麗安娜又重新燃起希望，讓奇爾頓醫生來代替那位名醫的希望。「您知道，讓奇爾頓醫生過來，可以讓事情比之前簡單許多。」

不過跟之前一樣，波麗小姐還是搖了搖頭，用一句「親愛的，不行。」堅決地拒絕波麗安娜的要求。但她焦急地向波麗安娜保證，除了這件事之外，她願意滿足波麗安娜其他的願望，她願意做很多事來讓她親愛的外甥女高興。等待的日子一天天過去了。看得出來，波麗姨媽無所不用其極地想讓她的外甥女高興起來，當然，除了那件事之外。

「我真不敢相信，你要教我怎麼相信。」某個早晨，南西對老湯姆說，「波麗小姐一天到晚都待在我們小女孩的床前，等著為她做點什麼。一個星期前，就算她的心上人求她，或是有人捧著金子給她，她也不可能讓小黃跟小毛上樓。可是現在，為了讓波麗安娜小姐開心，她不僅讓那兩隻貓跟狗上樓，還願意讓牠們在床上打滾呢！」

「另外，實在沒事的時候，她還會把那些玻璃小墜子移動到房裡不同的鉤子上，我們的小女孩說，當陽光灑在這些玻璃上，彩虹就會『跳舞』喔！另外，除了波麗小姐自己種的花之外，她已經叫提摩西去寇比的溫室拿三次花了。有一次，我還看到她坐在床邊，讓躺在小床上的波麗安娜指揮護士幫波麗小姐綁頭髮。我的天啊！我敢說，波麗小姐現在願意每天維持那個髮形，全都只是為了要讓我們的小女孩高興。」

老湯姆咯咯地笑了起來。他一本正經地說：「不過，在我看來，波麗小姐現在這樣的髮形也不錯，像這樣把前額的劉海稍微弄捲，看起來也不比之前差。」

「她當然不差啊！」南西還是十分激動，「她現在看起來就像是普通人，而且，她其實還挺……」

「我說呢，南西，」老人打斷南西的話，「當初我說年輕的波麗小姐其實很漂亮時，妳還記得妳說什麼嗎？」

南西聳聳肩。「噢，她當然算不上漂亮，不過，現在有波麗安娜給的絲帶，加上脖子上的蕾絲披肩後，波麗小姐看起來跟之前不太一樣了。」

「我早就告訴過妳了，」老湯姆點點頭，「她真的不老。」

南西笑了出來。

「這個嘛，雖然她真的不老，不過在波麗安娜來到這裡之前，她看起來確實不太年輕。對了，湯姆先生，究竟誰才是波麗小姐的舊戀人？我還是沒找到啊，真的看不出來。」

「妳還不知道嗎？」老人做了一個古怪的表情，「那麼，妳也不會從我這裡得到答案。」

「噢，湯姆先生，拜託你現在趕快告訴我吧！」女孩壓低聲音懇求，「而且，除了你之外，我也沒有很多人可以問啊。」

「或許是吧，雖然這裡就有一個知道答案的人，不過，他是不會告訴妳的。」老湯姆咧嘴笑了笑。突然間，他的眼神暗了下來，「我們的小女孩今天怎麼樣了？」

南西搖搖頭，臉色也變得凝重起來。

「還是一樣，湯姆先生，我看不出來她的傷有任何明顯的好轉跡象，我猜其他人也是這樣覺得。她每天就躺在床上，有時候跟大家聊天，一直試著保持笑容，說些夕陽或是月亮升起這些有的沒有的事情，試著讓自己高興，實在讓人看了好心疼啊。」

「我知道，她在玩那個遊戲……上帝保佑這個善良的孩子。」老湯姆點點頭，眼角帶著淚光。

「她也跟你說過那個遊戲嗎？」

「噢，是的，她很久以前跟我提過。」老人的雙唇顫抖，他先是猶豫了一下，然後接著說：「有一天，因為我的腰實在太痛了，直都直不起來，妳知道那個小傢伙怎麼說嗎？」

「我猜不到，我想不到腰痛有什麼好值得高興的。」

「可是她找到了。她說無論如何，這樣一來，我就不用再費勁彎著腰除草了，因為我的腰已經彎下去了，所以這件事還是值得高興的。」

南西露出懷念的笑容。

「噢，我一點都不意外，你也知道，她總是能找到一些值得開心的事情。從她到這裡之後，我們就常常在玩這個遊戲。那時候，只有我願意跟她一起玩，雖然我知道，她更想找她的姨媽一起玩。」

「波麗小姐！」

南西笑了起來。

「我以為你對我們女主人的意見，不像我對她的意見這麼多呢。」南西調侃道。

老湯姆愣了一下。

「我只是想，這對她來說，可能會有點難以接受。」他一派正經地解釋著。

「噢，大概吧，那時候對她來說是有點難以接受。」南西回答，「不過，現在誰知道呢？我想現在，我們的波麗小姐願意做很多事，或許會自己開始玩起開心遊戲呢。」

「可是，我們的小女孩沒有跟她提過這個遊戲嗎？我猜，她應該已經告訴過許多人；自從她受傷之後，我聽到好多人都在提這個遊戲。」老湯姆說。

「這個嘛，她還沒有告訴波麗小姐。」南西說，「波麗安娜小姐很久以前曾經跟我說過，她沒辦法把這個遊戲告訴她的姨媽。因為，這個遊戲是她爸爸發明的，可是波麗小姐不喜歡波麗安娜提到她的爸爸；如果要談這個遊戲，就得提到爸爸，所以她才一直沒說。」

「噢，我懂了。」老湯姆緩緩地點點頭。「每次提到那個年輕牧師，波麗小姐總是很難過，因為就是他把珍妮小姐從家人身邊帶走的。雖然事情發生時，波麗小姐還很年輕，但她從來沒有原諒過那個牧師，因為之前，她們姊妹倆的感情是那麼要好，她是那麼喜歡珍妮小姐。我知道的，這件事太令人難過了。」他邊嘆氣邊轉身離開。

「是啊，你說的沒錯。」南西也嘆了口氣，準備回到她的廚房繼續工作。

在等待的日子裡，每個人都不太好受。護士雖然努力想讓自己看起來開心一點，卻藏不住她眼睛裡的憂鬱。而醫生看起來十分緊張且焦躁不安。波麗小姐則是很少說話，雖然她的捲髮像波浪般柔順地披在她的臉頰兩側，肩上還圍著漂亮的蕾絲披肩，但這些卻無法掩蓋她日漸瘦削蒼白的臉龐。至於波麗安娜則是每天逗著小狗，順著小貓柔順的毛，摸著牠的頭，以及欣賞別人送到她房裡的鮮花，吃著大家送來的水果跟果凍。除此之外，她每天微笑著接收大家送來的關心還有問候。可是，一天一天過去，她的臉色變得愈來愈蒼白，身體也漸漸消瘦下來。雖然波麗安娜仍舊充滿活力地使用她的雙手跟手臂，但這只會讓大家替她惋惜那雙躺在毯子底下的雙腳，曾經它們是多麼充滿活力啊。

至於開心遊戲，波麗安娜曾告訴南西，如果有一天她能夠再去學校上課，她會有多開心。除了上學之外，她還想去看看史諾太太，拜訪潘道頓先生，或是跟奇爾頓先生一起坐馬車。不過，波麗安娜自己沒注意到，她口中這些令人開心的事，都不是現在發生的事，一切都還是未知數。不過，南西卻注意到了，但是她也只能一個人默默地流淚。

26 半開的門

來自紐約的專家米德醫生，只比原先預定的時間晚了一個禮拜，就來到哈靈頓莊園。他個子很高，肩膀很寬，還有一對親切的灰眼睛，臉上也總是帶著愉悅的笑容。波麗安娜一見到他就立刻喜歡上他，並把自己很喜歡他的事直接告訴了他。

「您長得跟我的醫生很像。」她愉快地說。

「妳的醫生？」米德醫生露出了驚訝的表情，並看了在數英尺之外，正和護士說話的華倫醫生一眼。華倫醫生的個子很小，眼睛是褐色的，還留著一撮棕色的山羊鬍。

「噢，他不是我的醫生。」波麗安娜猜中了他的想法，笑嘻嘻地向他解釋，「華倫醫生是波麗姨媽的醫生，奇爾頓醫生才是我的醫生。」

「喔！」米德不解地看著雙頰漲紅的波麗小姐，她則有些慌亂地轉過頭去。

「是的。」波麗安娜雖然稍微猶豫了一下，但隨即坦白地說：「我一直希望姨媽請奇爾頓醫生來幫我看病，但姨媽想請的是您。她說治療像我這樣摔斷腿的情況，您比奇爾頓醫生更厲害。當然，如果真的是這樣，那我也很高興。您真的比較厲害嗎？」

就在那一瞬間，波麗安娜捕捉到醫師臉部的表情有一些微妙變化，但她無法解讀那是什麼樣的表情。

「小女孩，只有時間能告訴您答案。」他溫柔地說，然後嚴肅地看向走到他身旁的華倫醫生。

事情發生之後，每個人都說罪魁禍首一定是那隻貓。的確，如果小毛沒有用腳掌和鼻子一直推沒上閂的門，門也不會無聲無息地露出一英尺的縫隙；如果那扇門沒打開，波麗安娜也不會聽到姨媽說的話了。

當時兩名醫生、護士和波麗姨媽正在波麗安娜房門外的走廊交談著。房間裡，小毛則跳上了床，一直「喵喵喵」的開心叫個不停。這時門外突然清楚傳來波麗姨媽痛苦的驚叫聲。

「不會吧！醫生，不會吧！你的意思該不會是……這孩子再也不能走路了！」

接下來，情況陷入一片混亂。首先是房間裡的波麗安娜驚恐地大喊：「波麗姨媽！波麗姨媽！」接著波麗小姐看到半開的房門，驚覺自己剛才說的話已經一字不漏地傳到波麗安娜的耳中，於是低吟了一聲便昏了過去，而這也是波麗小姐有生以來第一次昏倒失去意識。

「她聽到了！」護士哽咽地說了一句，便跌跌撞撞地往房內跑去，兩名醫生則留在波麗小姐的身邊。米德醫生就算想走也走不了，因為當波麗小姐昏倒時，是他及時接住了波麗小姐，華倫醫生則是不知所措地呆立在一旁。直到波麗安娜再次發出激動的叫喊聲，護士急忙地把門關上，兩人才瞬間清醒，絕望地看了彼此一眼後，才試著把昏倒在米德醫生懷裡的女子喚醒。

而這時在波麗安娜的房間裡，護士發現床上有一隻灰色的小貓咪一直叫個不停，極力想吸引眼前這個小女孩的注意，但這個臉色蒼白、神色慌亂的小女孩並沒有注意到牠。

「杭特小姐，拜託妳讓我見波麗姨媽。我現在要見她，求求妳！」

護士關上門後，急忙地走到波麗安娜的床邊，但她的臉色蒼白得嚇人。

「她……她現在沒辦法馬上過來，親愛的，她……等一會兒就會來看妳了。妳想要什麼？我來幫妳拿……不行嗎？」

波麗安娜搖搖頭。

「可是，我想知道她剛剛說了什麼。妳剛才有聽到她說什麼嗎？她剛才說了一些事。我要波麗姨媽親口告訴我那不是真的……不是真的！」

護士想說些話來安慰她，卻一句話也說不出來，但她臉上的表情卻讓波麗安娜更加害怕了。

「杭特小姐，妳剛才也聽到了吧！所以事實真是如此！噢，不會是真的！妳該不會要告訴我……我再也無法走路了？」

「沒事的，沒事的，親愛的……別這樣……妳別這樣想！」護士難過得快說不出話來。「也許是醫生不懂。也許是醫生搞錯了。妳也知道，什麼情況都有可能的。」

「但波麗姨媽說他懂，她說他是最了解我這種病況的人。」

「沒錯，沒錯，親愛的，我知道；但醫生難免也有犯錯的時候。親愛的，先……先別想了……別再想這個問題了。」

波麗安娜激動地揮舞著自己的手臂。「但我無法控制自己不想。」她啜泣地說，「我現在腦中想的全是這件事。杭特小姐，如果不能走，我要怎麼去學校，怎麼去拜訪潘道頓先生、史諾太太或其他人？」她激動地哭了一會兒之後，突然停了下來，抬起頭恐懼地望著護士：「杭特小姐，如果我不能走路，我還能為任何事感到開心？」

杭特小姐不知道「那個遊戲」是什麼，但她知道病人現在必須立刻鎮定下來。雖然她也很心痛與不安，但她的手可沒閒著，她現在站在床邊，手上已經準備好鎮靜用的藥粉。

「沒事，沒事，親愛的，快把藥吃下去。」她安撫著波麗安娜，「我們先好好休息，到時再看看該怎麼辦。親愛的，很多時候事情沒有表面上看起來這麼糟。」

波麗安娜聽話地吃了杭特小姐給她的藥，並喝了點水。

「我知道，父親以前也說過類似的話。」波麗安娜停止哭泣沮喪地說，「他總是說，無論發生什麼事，一定有比它更糟的情況，但我想一定沒有人跟他說過他再也不能走路。我實在想不到還有什麼情況會比不能走路更糟的……妳想的到嗎？」

杭特小姐沒有回答，因為連她都不相信自己剛才說過的話。

27 第二次拜訪

波麗小姐派南西去告訴約翰．潘道頓先生，米德醫生對波麗安娜病情的診斷結果。她答應過潘道頓先生，只要一有波麗安娜的進一步消息，就要馬上告訴他。可是，對波麗小姐而言，親自去跟他說，或是寫封信好像都不太妥當。最後，南西理所當然成為最佳的傳話人選。

在之前，如果南西有機會可以親眼去那棟神祕的大房子裡看看，見見房子的主人，她一定會非常高興。但是今天，她的心情實在很沉重，所以一點興致跟好奇心都沒有。在等待約翰．潘道頓出來的短短幾分鐘，她也沒有四處東張西望。

「先生，我是南西。」潘道頓先生走進房間裡時，眼中充滿了驚訝，於是南西趕緊恭敬地說，「哈靈頓小姐請我過來告訴您，有關波麗安娜小姐的情況。」

「請說。」

雖然只是簡短兩個字，但南西還是清楚感受到那個「請說」背後，所隱藏著的關心和著急。

「她的情況不太好，潘道頓先生。」她哽咽地說。

「妳該不會是說……」他停了下來，南西則是悲傷地垂下頭。

「是的，先生。醫生說……她以後不能走路了……再也不能了。」

房裡陷入一片沉默，過了一會兒，男人開口說話，他的聲音顫抖、情緒激動。

「可憐的……小女孩！可憐的……小女孩！」

南西偷偷看了他一下，又馬上移開視線。她從來沒有料到，那個難以親近、脾氣暴躁、嚴肅的約翰．潘道頓先生，竟然有這一面。過了一會兒，他聲音顫抖的地說：

「這太殘酷了……她以後再也不能在陽光下跳舞了！我美麗的小女孩！」

接下來兩人都沒有開口說話，房間裡又陷入另一段沉默。接著，男人突然問：

「那她自己應該還不知道吧……對嗎？」

「但是她知道了，先生。」南西抽抽噎噎地說，「更讓人難過的就是這個。她發現了……都怪那隻該死的貓！噢，請原諒我，先生。」南西趕緊道歉，「就是因為那隻貓推開了門，波麗安娜小姐才會聽到他們的對話。所以，她就……知道了。」

「可憐的小女孩。」男人又嘆了口氣。

「對啊，先生。如果您看到她那個樣子，您真的會覺得她好可憐。」南西哽咽地說。「自從她知道這件事之後，我只見過她兩次，這兩次都讓我難過極了。您知道，這世界所有的一切對她來說都是那麼新鮮，可是現在，她一直在想那些她無法去做的新鮮事，這讓她非常煩惱。而且，她似乎沒辦法再開心起來了，雖然您可能不知道她在玩的那個遊戲。」南西有些不好意思地停下來。

「那個開心遊戲嗎？」男人問道，「噢，我知道這個遊戲，她有跟我提過。」

「噢，她跟您提過了！嗯，我猜她應該跟很多人提過這個遊戲。但是，您看，現在她……她自己沒辦法玩了，所以她很難過。她說她不能走路了，所以她沒辦法想到任何……任何一件值得開心的事，一件都想不出來。」

「唉，她怎麼有辦法開心呢？」潘道頓先生幾乎有點生氣地反問。

南西不太自在地把雙腳移來移去。

「我也這樣覺得，不過後來我突然想到，如果能找到什麼可以……可以高興的事，您知道的，她就不會這麼難受了。所以，我想試著……試著提醒她。」

「提醒她！提醒她什麼？」約翰．潘道頓的聲音聽起來十分煩躁，還帶著點憤怒。

「提醒她……提醒她當初怎麼教別人玩的，像是她教史諾太太，還有其他人玩開心遊戲時一樣。另外，還有她之前跟別人說過的那些開心事。但是，那個可憐的小女孩只是哭，她說，跟別人說這些話跟自己做到是不一樣的。教終身臥病在床的史諾太太玩開心遊戲好像很容易，可是，當自己再也不能走路時，玩開心遊戲就不是這麼簡單的一件事了。她說，她一次又一次地告訴自己，現在她跟別人都很不一樣，所以應該為這件事感到開心才對。但是，每次想到這件事時，她滿腦子想到的只是她再也不能走路了。」

南西停了下來，但是男人沒有接口。他坐在那裡，雙手摀住眼睛。

「後來，我試著提醒她一些她以前經常說的話，像是……愈是困難的時候，開心遊戲玩起來才更有意思。」南西接著說，聲音有些壓抑，「但她還是說，在這種艱困的情況下，這句話說起來跟做起來是完全不一樣的。噢，先生，我想我得走了。」南西說到一半突然停下來，起身準備離開。走到門口時，南西猶豫了一下，她停下腳步回過頭，怯生生地問：

「我可不可以告訴波麗安娜小姐，您後來見過吉米．賓恩了呢？先生，可以嗎？」

「可是，我後來沒再見過他啊，我不了解為什麼要這樣告訴她。」男人幾乎是立刻回話，「為什麼這麼問呢？」

「沒什麼，先生，只是……嗯，您知道，波麗小姐覺得現在她不能帶吉米．賓恩來見您了，這是最讓她難過的其中一件事情。她說，她曾經帶他來見過您一次，只是她覺得，那天他似乎表現得不太好，因此她很擔心您不願意接受他做您的孩子，雖然我不太明白她在說什麼，但我想也許您知道她的意思，先生。」

「是的，我懂……她的意思。」

「那就好，先生。因為她真的很想再帶他來見您一次，這樣，您就會知道，他其實是個很可愛的孩子。但是，現在她自己……再也沒辦法帶他來了。都怪那輛該死的汽車！噢，請原諒我，先生，我先走了，再見！」說完，南西飛也似地離開這裡。

沒過多久，整個貝爾丁斯維爾小鎮都知道，那位從紐約來的名醫說波麗安娜．惠提爾再也不能走路了。這個小鎮陷入前所未有的震驚。因為，鎮上的每個人都見過那個臉上有著雀斑，總是帶著微笑跟別人打招呼的小女孩。此外，幾乎每個人都聽過波麗安娜在玩的那個遊戲。而現在，人們可能再也看不到那張微笑的小臉出現在街上，也聽不到那個充滿活力的聲音告訴大家，生活中的小事情是多麼值得令人開心。

這件事實在令人難以置信，也太殘酷了。無論是在廚房裡、客廳中，甚至是隔著後院的圍籬，女士們到哪裡都在談論這件事，並為這件事傷心地當眾落淚。而在街角處，或是在店家的休息室裡，男士們也在討論這件事，並且偷偷地拭淚。

這件事傳開不久後，人們又從南西那裡得到令人更加難過的消息。因此，有愈來愈多的人開始關心波麗安娜，替她傷心難過。南西說，自從波麗安娜受傷以後，她不再玩那個遊戲了，因為再也沒有任何事可以讓她開心起來。

這時，所有波麗安娜的朋友腦中想到的都是同一件事。而哈靈頓莊園的女主人，波麗小姐則開始接到來自四面八方的電話，有些是她認識的人，有些是她不認識的人，有男人，有女人，還有孩子，這讓她十分驚訝，因為她壓根沒想過自己的外甥女認識這麼多人。

有些來拜訪的人，只是進來坐個五分鐘或十分鐘，有些人侷促不安地站在門廊的臺階上，有些男士笨拙地不停地喬著自己的帽子，有些女士尷尬地不停地摸著手提包。

他們有些人帶了書、鮮花，或是一些可口的點心來讓波麗安娜嘗嘗。有些人會毫不掩飾地當場哭出來，有些人則是轉過身使勁地擤鼻子。不過，每個人都非常擔心小女孩的傷勢，也傳了許多訊息給波麗小姐。就是因為這些關心的訊息，波麗小姐決定採取行動。

今天，已經不用拄著柺杖走路的約翰．潘道頓先生來到哈靈頓莊園，他是第一個來探望的人。

「我想，我就不用再跟妳說，我到底有多震驚跟難過了吧。」一見到波麗小姐，他劈頭這麼說，「可是……真的什麼事都做不了了嗎？」

波麗小姐做了一個絕望的手勢。

「噢，我們還在試，也一直在努力。米德醫生提供了一些治療方法，也開了一些可能有幫助的藥，而華倫醫生也一直按照米德醫生建議的方式替波麗安娜治療。但是……米德醫生說，現在波麗安娜已經沒什麼復原的希望了。」

儘管約翰．潘道頓先生才剛到沒多久，但聽到這些後，他猛的站起身準備離開，他的臉色慘白，嘴唇嚴肅地抿成一條線。波麗小姐看著他，心裡清楚知道，他為什麼沒辦法在她這裡待太久。走到門邊時，約翰．潘道頓先生回頭。

「我有一件事要告訴波麗安娜，」他說，「麻煩妳幫我轉告她，我已經邀請吉米．賓恩到我家來了，而我也決定收留他，所以他以後就是我的孩子了。我想，她如果知道我決定領養吉米．賓恩，她應該會很……開心。」

波麗小姐一下子失去了平時原有的自制與冷靜。

「你要領養吉米．賓恩！」她屏息問道。

男人稍微抬高了下巴。

「是的，我想波麗安娜會了解的。妳會告訴她，我覺得這件事會讓她……開心吧？」

「什麼？當……當然。」波麗小姐結結巴巴地說。

「謝謝你。」說完，約翰．潘道頓先生朝著她欠了個身，便轉身離開。

他走後，波麗小姐仍舊靜靜地站在房間中央，吃驚地望著男人離去的背影。直到現在，她還是不敢相信她耳朵剛剛所聽到的一切。約翰．潘道頓先生要領養吉米．賓恩？約翰．潘道頓，那個富有、孤僻、憂鬱，在大家眼中極其吝嗇自私的男人，居然要收養一個小男孩，而且還是這樣的一個小男孩？

波麗小姐帶著不敢置信的表情上樓，來到波麗安娜的房間。

「波麗安娜，約翰．潘道頓先生剛剛來過了，他要我跟妳說一件事，那就是，他已經決定領養吉米．賓恩了。他說，如果妳知道這件事，應該會很開心。」

波麗安娜憂鬱的小臉一下子綻放出喜悅。

「開心？噢，我真的很開心！波麗姨媽，我一直想幫吉米找一個家。而且潘道頓先生的家是那麼地舒適。我也好替約翰．潘道頓先生高興喔！你瞧瞧，現在他家裡有個孩子了。」

「一個……什麼？」

波麗安娜的臉漲得通紅。她完全忘記自己從來沒有告訴波麗姨媽，潘道頓先生想要收養她的事情。而且，她也絕不想要告訴她，有那麼一會兒，她曾想過要離開她，離開她最親愛的波麗姨媽。

「一個孩子。」波麗安娜趕緊接口，「您知道，約翰．潘道頓先生曾經告訴我，要有一雙女人勤奮的手加上她滿滿的愛，或是有個孩子，這才能算是個家，而現在，他有個孩子了。」

「噢，我懂了。」波麗小姐溫和地說。因為關於這件事，她了解的可比波麗安娜以為的還要多。因為她知道，當約翰．潘道頓先生詢問波麗安娜，問她願不願意去當那個「孩子」，並試著把那棟灰色大房子變成一個家時，波麗安娜所承受的壓力有多大。

「我真的了解。」說著說著，波麗小姐覺得突然湧出的淚水刺痛了她的雙眼。

波麗安娜擔心姨媽會再問她一些尷尬的問題，便趕緊把話題從那棟大房子還有潘道頓先生身上轉開。

「您知道，奇爾頓先生也說，要有女人勤奮的雙手跟誠摯的愛，或是一個孩子，家才能夠算是個家。」她說。

波麗小姐吃驚地轉過頭來。

「奇爾頓醫生！妳是怎麼知道……這些事情的？」

「他告訴我的啊，他還說他現在住的地方只是有幾個小房間的房子，不能算是個家。」

波麗小姐沒有回答。她的眼睛望向窗外。

「所以我問他，為什麼他沒找到他心目中的女人，跟他一起共組家庭呢？找個有雙勤奮的手，又十分愛他的女人。」

「波麗安娜！」波麗小姐突然轉過身，臉頰出現一抹紅暈。

「噢，我已經問了，而且他看起來很憂傷。」

「他還說什麼？」雖然，波麗小姐心裡一直有個聲音阻止她繼續問下去，但她還是克制不住自己。

「一開始他沒有說什麼，不過後來他很小聲地說，這不是想要就可以得到的。」

波麗小姐沒有接口，她的眼睛再次望向窗外，臉頰依然反常地泛紅發熱。

波麗安娜嘆了一口氣。

「可是，無論如何，我知道他很想要有個家，我也希望他的心願能夠實現。」

「為什麼，波麗安娜？妳是怎麼知道的？」

「因為，後來有一天，他又說了些別的。雖然他說的很小聲，不過我還是都聽到了。他說，如果他能擁有一個有著勤奮雙手的女人，還有她滿滿的愛，他願意因此放棄全世界。咦，波麗姨媽，您怎麼了？」聽到一半，波麗小姐急忙地站起身，走到窗邊。

「沒什麼，親愛的，我只是來這裡換一下稜鏡的位置。」波麗小姐說，她的臉頰通紅，就像火焰一樣。

28 那個遊戲以及玩遊戲的人

約翰・潘道頓二度造訪後沒多久，某天下午，蜜莉・史諾也來了。由於她從未到過哈靈頓莊園，所以當波麗小姐進入房間時，她緊張地漲紅了臉。

「我……我想請問一下小女孩現在怎麼樣了？」她結結巴巴地說。

「謝謝妳的好意，她的情況還是沒什麼改變。令堂好嗎？」波麗小姐有些疲倦地說。

「我來就是要告訴您……就是……請您轉告波麗安娜小姐，」女孩急著想把話趕快說完，所以說話時有些喘不過氣及語無倫次，「我們都……很震驚……非常地震驚……那小女孩竟然再也不能走路了；畢竟她幫了我們這麼多……幫了我母親這麼多……像教她玩那個遊戲……還為她做了好多好多事。而我們最近聽說……她再也沒辦法玩那個遊戲了，真是可憐的小東西。我也認為，現在這樣的情況，她怎麼可能還玩得下去！但當我們想起她對我們說過的話，我們認為，若她知道自己曾經幫過我們多大的忙，對她應該會有幫助……就是玩那個遊戲的事……因為她聽到後可能會覺得開心……就算只有一點點開心……」蜜莉似乎不知道該如何說下去，於是停下來等待波麗小姐開口。

波麗小姐一直很有禮貌地靜靜聆聽著對方所說的話，但她實在聽得一頭霧水。蜜莉說了那麼久，她大概只聽懂了一半。波麗小姐心想，她一直知道蜜莉．史諾有點「怪怪的」，但她萬萬沒想到這女孩講話竟是如此顛三倒四。她實在沒辦法理解那一連串雜亂無章、缺乏邏輯、語意不明的話語，到底想要表達什麼。等到女孩停了下來，她才說：

「蜜莉，我不太懂妳想表達什麼。妳到底要我轉告波麗安娜什麼？」

「是啊，這就是我來的目的。我想要請您轉告她的……」女孩興奮地說，「就是讓她知道自己幫了我們多大的忙。當然，她自己應該也看到了一些變化，畢竟她和我們一起經歷了整個過程，而她也知道我母親變得和以前不一樣了；但我想讓她知道我母親變得有多不一樣，甚至連我也變得不一樣了。我最近……也稍微開始試著玩……那個遊戲。」

波麗小姐皺起眉頭。她本來想問蜜莉口中的「那個遊戲」究竟是什麼意思，但還沒來得及問出口，蜜莉又因為太過緊張所以滔滔不絕地講了一大串。

「您也知道，我母親以前看什麼都不順眼。她總是希望事情能變得不一樣。不過在那種情況下，我們也很難責怪她。但她現在不但願意讓我幫她把房間的窗簾打開，也開始對一些事表現出興趣，比如她會問我她看起來如何，或她的睡衣好不好看這類的問題。而她也開始動手編織一些小東西，例如她會編韁繩拿到市集賣，也會為醫院編織一些嬰兒用毛毯。而且她非常享受這些樂趣，每當想到自己有能力完成這件事，她就會覺得很開心！而這所有的一切，都是波麗安娜小姐的功勞，因為她曾對我母親說，無論如何，她至少還擁有雙手和雙臂，她應該為自己有一雙健全的手而感到開心。母親聽了之後忍不住想，何不用自己的雙手來做點東西，於是她就開始做起了編織。您無法想像她現在的房間和以前有多不一樣，房間裡有紅色、藍色，以及黃色的織品，窗上還掛著波麗安娜小姐送給她的三稜鏡。現在光是走進那個房間，感覺都會比以前好很多！我以前真的很害怕走進那間昏暗陰沉的房間，況且我母親當時又是如此地不開心。

「所以，我們想要麻煩您轉告波麗安娜小姐，我們是因為她才了解這些道理。也請您一定要告訴她，我們很開心能認識她。我們覺得，如果她知道這些，或許也能讓她因為認識我們而稍微開心起來。而這……這就是我們想告訴她的。」

蜜莉說完後如釋重負地吁了口氣並急忙站起來。「您會幫我們轉告她嗎？」

「當然會。」波麗小姐低聲地回答，但她心裡想的是這整段精彩內容，她究竟能記得多少。

約翰．潘道頓和蜜莉．史諾只是眾多訪客中最先到訪的兩名，之後陸陸續續有人來拜訪，而每個訪客都有訊息希望波麗小姐能代為轉達。但這些訊息聽起來都很奇怪，波麗小姐愈聽愈困惑。

某日有一個姓班頓的年輕寡婦前來拜訪。波麗小姐雖然和她不曾相互拜訪過，但卻十分了解她的狀況。據說她總是穿著一身黑，是鎮上最悲傷的女子。今天的班頓太太雖然眼眶裡滿是淚水，不過卻在頸部打了個淡藍色的領結。在表達對意外的悲痛與震驚後，她客氣地問是否能見見波麗安娜。

波麗小姐搖搖頭。

「很抱歉，她現在還沒辦法見客，或許……再一陣子吧。」

班頓太太拭去臉上的淚水後便起身，轉身準備離去。但快走到門口時，她卻突然急忙折返。

「哈靈頓小姐，能否請您幫我……傳個話。」她吞吞吐吐地說。

「當然可以，班頓小姐，我非常樂意。」

年輕的女子還是遲疑了一下才開口。

「麻煩您告訴她……我今天帶上了這個。」她一邊說，手一邊摸了頸部的淡藍色領結。波麗小姐忍不住露出驚訝的表情，女子見狀又補充說道：「小女孩努力了好久，就是希望我能夠穿一些……顏色在身上，所以我想她若知道我開始這麼做……應該會很開心。她說如果我願意這麼做，佛瑞笛看到會很開心的。您也知道，現在佛瑞笛就是我的全部。別人什麼都有，而我卻只有……」班頓太太搖搖頭側過身去。「只要告訴波麗安娜……她會懂的。」她轉身離去之後，身後的那扇門也隨著她的離去關了起來。

同一天稍晚的時候，來了另一名寡婦——至少她身著的是寡婦的服飾。波麗小姐完全不認識這個人，因此她忍不住在心中暗想，波麗安娜到底是怎麼認識她的。這名女士自稱「塔貝爾太太」。

「對您而言，我是個陌生人。」一見到波麗小姐，她立刻表示，「但對您的外甥女波麗安娜來說，我並不陌生。我整個夏天都住在旅館裡，因為健康因素，我每天都要花很長時間散步。我就是在散步的途中認識您的外甥女，她真是個可愛的小女孩！我真希望您能了解她對我的重要性。

當我剛到這裡時，心情非常地難過沮喪，但她快樂的表情和活潑的言行舉止，總是讓我想起我那過世多年的女兒。聽到她發生意外的消息，我非常震驚；當我聽說這可憐的孩子再也無法走路，而她也因為自己沒辦法為任何事感到開心而變得很不快樂，我就知道自己一定要來拜訪您。」

「謝謝妳的好意。」波麗小姐低聲表示。

「不，應該是我要感謝您才對。」她反駁道，「因為我……我希望您幫我傳個話給她，可以嗎？」

「當然可以。」

「那麼，請您告訴她，塔貝爾太太現在很開心。是的，我知道這聽起來很奇怪，您可能無法理解。但……請原諒我沒辦法向您解釋。」她的表情突然變得很哀傷，眼神的笑意也不見了。「您的外甥女聽完後一定會明白我在說什麼，我只是覺得自己一定要告訴她。謝謝您，若我冒昧的造訪為您帶來任何困擾，也請您見諒。」她在誠心地請求對方諒解後便轉身離去。

波麗小姐現在可說是被徹底的搞糊塗了，她急忙上樓進入波麗安娜的房間。

「波麗安娜，妳認識一名塔貝爾太太嗎？」

「認識啊，我很喜歡塔貝爾太太。她身體不太好，心情也非常地低落；她就住在旅館裡，而且每天都會花很多時間散步。我們常常一起去散步，我是說……我們以前常常一起去散步。」波麗安娜愈說愈小聲，兩顆斗大的淚珠順著兩頰滑下。

波麗小姐則趕緊清了清自己的喉嚨。

「親愛的，她剛才來過，並要我幫她傳話給妳……不過她不肯告訴我是什麼意思。她只說要我告訴妳，塔貝爾太太現在很開心。」

波麗安娜輕輕地拍著手。

「她真的這麼說？噢，我真的好開心！」

「不過，波麗安娜，她的話究竟是什麼意思？」

「就是那個遊戲……」波麗安娜立刻摀住自己的嘴，不讓自己再說下去。

「什麼遊戲？」

「沒……沒什麼，波麗姨媽。只是……有些事我不能說，但若不說就沒辦法解釋清楚了。」

波麗小姐本想繼續追問，但看到小女孩臉上失落的表情，她怎麼也問不出口。

就在塔貝爾太太拜訪過後不久，波麗小姐的忍耐也到達極限。導火線是一名年輕女子的到訪。這名女子留著一頭怪異金髮，兩頰呈現不自然的粉紅色，腳下踩著一雙高跟鞋，身上則戴著一些廉價珠寶。由於她的聲名狼藉，因此波麗小姐非常清楚眼前這名女子是誰，但她怎麼也沒料到，自己竟然會在哈靈頓莊園裡見到這種女人。

波麗小姐並未主動伸手寒暄，事實上，當她進入接待客人的小房間時，她反而向後退了一步。

女子一見到波麗小姐立刻起身，她的眼睛非常地紅，就像剛哭過一樣。她口氣有些倔強地詢問波麗小姐，自己是否可以見波麗安娜一面，並強調她不會待太久。

波麗小姐直接拒絕了她。她一開始語氣非常嚴厲，但看到女子近乎哀求的眼神，她還是禮貌地向她說明，以波麗安娜現在的情況還無法見客。

女子猶豫了一會兒，突然倔強地抬起頭直接對著波麗小姐說：

「我是培森太太，也就是湯姆．培森的太太。我想妳應該有聽過我的名字，村裡大部分循規蹈矩的人應該都聽過一些我的傳聞，不過妳聽到的傳聞很多都不是事實。但這都不要緊，我是為了小女孩而來的。我聽說她發生意外，聽到這個消息，我……我的心都碎了。上星期，我甚至聽說她再也無法走路了，我……我真希望能把這兩條沒有用的腿讓給她。她用這兩條腿一小時能做的好事，比我用一百年還多。但講這些也沒用，就我的觀察，一個人有沒有腿，跟他能不能善用這兩條腿完全是兩回事。」

說到這，她先停下來清了清自己的喉嚨，不過當她再度開口時，聲音依舊沙啞。

「妳或許不知道，我常常和這個小女孩在一起。我住在潘道頓山丘大道上，她之前常經過那裡，不過她都不只是經過，還會進來我家陪孩子玩，或是跟我聊聊天。若我丈夫也在，她也會和他說說話。她似乎很享受這麼做，也很喜歡我們。我想她大概不知道，像她這樣身分的人，通常是不會來拜訪我們這種人的。哈靈頓小姐，或許像你們這樣的人能常常來拜訪，就不會有那麼多我們這種人。」她講到最後，突然酸溜溜地補上一句。

「雖然如此，但她還是來了。而她不但沒給自己帶來任何傷害，卻為我們帶來好處，非常多的好處。她不明白自己的所做所為對我們來說，是多麼地意義重大，我內心深處也希望她永遠不明白，否則她就會知道一些我不希望她知道的事。

「不過，重點在於，這一年我們一直過得很辛苦，承受著各種不同的打擊。我丈夫和我也一直很憂鬱沮喪，甚至已經做了最壞的打算。最近我們打算要離婚，並準備讓孩子……好啦，我們還不知道該怎麼處理孩子的問題。然後意外就發生了，我們聽說小女孩再也沒辦法走路，這讓我們想起她以前來我們家，都會坐在門口的臺階上，陪孩子們一起笑鬧學習，而當時她是那麼地開心。她總是能為自己找到開心的理由。有一天，她告訴我們她能如此開心，都是因為那個遊戲的緣故；她不但把那個遊戲的故事原原本本地告訴我們，還拚命想說服我們陪她一起玩。

「現在我們聽說這可憐的孩子，因為覺得自己生命中再也沒有值得開心的事可以玩那個遊戲，所以變得非常憂愁。而我今天來的目的，就是有件事要告訴她，或許我們帶來的好消息能讓她稍微開心一點。我想說的是，我們夫妻倆已經決定不離婚了，我們要繼續在一起，一起玩那個遊戲。我知道她聽到會很開心，因為她有時聽到我們夫妻倆的事，常會覺得心情低落。雖然我沒辦法有信心地說，這個遊戲對我們一定會有很大的幫助，但誰知道，搞不好真的會有用。無論如何，我們打算試試看，因為我知道她希望我們這麼做。妳可以幫我轉告她嗎？」

「好的，我會幫妳和她說。」波麗小姐淡淡地說。女子聽完一時情緒激動，突然走上前握住波麗小姐的手，但波麗小姐只簡單地回了一句：「同時也謝謝妳來看她，培森太太。」

培森太太的頭不再因倔強而抬得高高的，她的唇微微顫抖，手緊握著波麗小姐，同時口中還念念有詞地講了些沒人聽得懂的話，說完便轉身匆匆離開。

培森太太走了之後，門都還來及不關上，波麗小姐已迫不及待地衝到廚房質問南西。

「南西！」波麗小姐的口氣非常嚴厲。最近這幾天，一大堆莫名其妙的訪客，一連串令人困惑意外的到訪，再加上今天中午這段詭異到極點的經驗，已讓她的神經緊繃到接近崩潰的邊緣。自從波麗安娜出事之後，南西再也沒聽過女主人用這麼嚴厲的口吻說話。

「南西，最近整個鎮上的人都在討論某個荒謬的『遊戲』，妳能告訴我這到底是怎麼一回事？而這整件事跟我的外甥女又有什麼關係？為什麼從蜜莉・史諾到湯姆・培森的太太，每個人都留下訊息要我告訴波麗安娜他們現在也在玩那個遊戲？據我的估計，整個鎮上大概有一半的人不是戴上藍絲帶，就是停止和家人吵架，再不就是學著去喜歡自己以前從未喜歡過的事物，而這一切似乎都與波麗安娜有關。我自己曾試著問波麗安娜這件事，可是也問不出個所以然來。當然，以現在這個時間點，我也不想拿這種事去煩她。不過，就昨晚她對妳說的話來看，我敢說，妳一定也有在玩那個遊戲。現在可以請妳告訴我，整件事到底是怎麼一回事？」

這時南西卻突然大哭了起來，把波麗小姐嚇得不知該如何是好。

「這表示這孩子從去年六月開始，就一直努力地想要讓整個鎮上的人都開心起來，而他們現在所做的，就是要回報這個孩子，讓她也能稍微開心起來。」

「開心什麼？」

「沒什麼，就是單純地覺得開心，而那個遊戲就是這麼一回事。」

波麗小姐聽了忍不住跺腳。

「又來了！南西，妳這樣和其他人一樣，說了等於沒說。妳還是沒告訴我到底什麼是那個遊戲？」

南西抬起頭，直視女主人的眼睛。

「小姐，我這就告訴您。那個遊戲是波麗安娜小姐的父親教她的一個遊戲。她以前一直想要一個洋娃娃，但她從捐贈的物資中得到的卻是一副枴杖；於是她就像其他的孩子一樣，立刻放聲大哭。她父親似乎在當時就對她說，世界上的每一件事，一定都有值得開心的地方，所以她應該要為收到枴杖而開心。」

「為了……枴杖而開心？」波麗小姐想起波麗安娜無法站立的兩條腿，強忍著不讓自己哭出聲。

「是的，小姐。我當時的反應也和您一樣，而且據波麗安娜小姐自己的說法，她當初的反應也是如此。但是她父親卻告訴她，她可以為自己不需要這副枴杖而感到開心。」

「噢……」波麗小姐還是忍不住哭了出來。

「自此之後，她父親就把它變成平時玩的遊戲，要她在每件事情中找出值得開心的地方。而且波麗安娜小姐還說，這其實並不難，每個人都做得到，因為當妳為了自己不需要枴杖而開心時，就不會那麼在意自己有沒有洋娃娃了。他們都稱那個遊戲為『開心遊戲』。小姐，那個遊戲就是這麼一回事，而她從那時開始就一直在玩這個遊戲。」

「但是，怎麼會……怎麼會……」波麗小姐不知該如何問下去。

「而且小姐，您若發現這個遊戲運作的奇妙之處，您一定也會很驚訝。」南西對開心遊戲的熱情簡直不輸波麗安娜。「我真希望自己能告訴您，她為了某個家人不在身邊的母親及其他離鄉背井的人們做了多少事。她都會和我一起去拜訪他們，每個星期會去兩次。她也幫我從許多大大小小的事情當中找到值得開心的地方，改變我對很多事的想法。比如，自從她告訴我，我應該慶幸自己的名字不是『海瑟芭』，我就不會那麼介意自己叫『南西』了。還有，我以前非常討厭星期一的早晨，但受到她的影響後，星期一早晨也變成一件值得開心的事。」

「星期一……值得開心？」

南西笑了笑。「小姐，我知道這聽起來很荒謬，就讓我來解釋吧。那孩子發現我很討厭星期一的早晨，於是她有一天告訴我這段話：『南西，我覺得星期一早晨，應該要比週間的其他日子更讓妳開心才是，因為妳要等整整一個星期才會再有另一個星期一。』自此之後，我每個星期一的早晨一定都會想到這段話。小姐，這麼想真的很有幫助，而且每次想到這段話，我都會因此大笑。請不要懷疑，大笑真的是最好的良藥。」

「那為什麼她……沒有告訴我遊戲的事？」波麗小姐的聲音微微地顫抖，「為什麼當我問起的時候，她又神祕兮兮地什麼也不願意說？」

南西先是猶豫了一會兒才繼續說下去。

「小姐，這點請您要見諒。她一直沒對您說，是因為您不准她提父親的事，所以她沒辦法告訴您，畢竟這是她父親發明的遊戲。」

波麗小姐緊咬著自己的下唇。

「她一開始很想告訴您，」南西有些為難地說：「因為她想找人陪她一起玩這個遊戲，所以我才開始玩這個遊戲，這樣才有人和她做伴。」

「那……那其他人……怎麼會知道這個遊戲？」波麗小姐聲音微微地顫抖。

「我想，現在幾乎每個人都知道這個遊戲了吧。因為無論我走到哪，都會聽到有人談論它。她的確跟很多人提過這個遊戲，而這些人又告訴其他人，事情就這麼傳開了。您也知道，很多事情只要一起頭，就會逐漸蔓延開來。再加上她總是以微笑及舒服的態度對待每一個人，自己又每天開心、開心地說個不停，自然會引起大家的好奇心，想知道她在玩的到底是什麼樣的遊戲。而現在所有人都因為她受傷的事而難過不已，尤其當大家聽到她現在找不到任何值得開心的事，更是心都碎了。所以他們就天天跑來告訴她，自己現在能過得這麼開心都是她的功勞，希望能對她有些幫助。因為她總是希望每個人都能和她一起玩這個遊戲。」

「我想，現在又多了一個人可以陪她玩這個遊戲了。」波麗小姐哽咽地說完後便轉身離開廚房。她身後的南西見了她的反應，驚訝地瞪大了眼睛。

「現在我真的相信世界上沒有不可能的事了。」她喃喃自語地說，「噢，波麗小姐，現在關於您的任何事，我都不會再說不可能了。」

當天稍晚，波麗小姐來到波麗安娜的房間，護士見狀便離開房間，留給兩人獨處的空間。

「親愛的，妳今天又有另一名訪客。」波麗小姐努力維持聲音的穩定，但她說話時，還是可以明顯聽出微微顫抖的聲音。「妳還記得培森太太嗎？」

「培森太太？我記得她！她住在通往潘道頓先生家的路上，她有一個三歲的女兒和一個五歲的兒子，她的女兒是全世界最漂亮的小女孩。她和她丈夫都是非常好的人，可惜他們卻不知道彼此的好。他們有時會吵架……我的意思是，他們會意見不合。而且他們也說他們家很貧窮，甚至從來沒有拿過任何捐贈物資，因為培森先生不是神職人員。」

波麗安娜的臉頰悄悄地泛起了一陣紅暈，而姨媽就像是被感染一樣，臉頰突然紅了起來。

「雖然他們很貧窮，但她有時穿的衣服真的很漂亮。」波麗安娜緊接著說，「而且她還有好幾只鑲著鑽石、紅寶石或翡翠的美麗戒指，但她說她有一個多餘的戒指，她打算離婚，然後把它丟掉。波麗姨媽，什麼是離婚？我想它恐怕不是一件好事，因為她每次談到離婚的時候，看起來都很不開心。她也說如果他們離婚，他們就不會住在那裡了，培森先生會走得遠遠的，小孩可能也會跟他一起走。但我想，就算他們真的有很多戒指，他們還是應該要把那個戒指留下來才是。難道不是這樣嗎？還有，波麗姨媽，離婚究竟是什麼意思？」

「親愛的，他們不會離開這裡。」波麗姨媽不想回答，所以趕緊讓對話回到原本的話題。「他們會一起留在這裡。」

「是嗎？我真是太開心了！那我去探望潘道頓先生的時候，就可以順道去看……」小女孩突然意識到自己的情況，難過得沒辦法再說下去。「波麗姨媽，為什麼我就是沒辦法記住自己的腿再也不能走路的事實，所以我是不是再也沒辦法去探望潘道頓先生了？」

「好了，好了，妳別這樣。」姨媽哽咽地說，「或許之後妳可以搭車去啊。不過，我還沒把培森太太要我轉達的話告訴妳，所以現在妳要先仔細聽好！她要我告訴妳，他們……他們不但決定不分開了，還要一起玩那個遊戲，就像妳希望的那樣。」

波麗安娜喜極而泣。

「真的嗎？這是真的嗎？噢，我真的好開心！」

「是啊，她說希望妳會開心。波麗安娜，她告訴妳這些，就是希望妳聽了以後會很……開心。」

波麗安娜立刻抬起頭。

「波麗姨媽，您……您怎麼說得好像您什麼都知道了一樣。波麗姨媽，您是不是已經知道那個遊戲了？」

「是的，親愛的。」波麗小姐強顏歡笑，「是南西告訴我的。我認為那是個很棒的遊戲，我決定要陪妳一起玩。」

「噢，波麗姨媽……您願意陪我一起玩？我實在是太開心了！一直以來我最希望可以陪我一起玩的人就是妳。」

波麗小姐害怕自己會哭出來，於是深吸了一口氣；她努力想維持鎮定，但難度卻愈來愈高。

「是的，親愛的，其他還有很多人也會一起玩。波麗安娜，我想現在整個鎮上都在玩那個遊戲，甚至連牧師也不例外。我一直沒機會告訴妳，今天早上我到村子裡去，恰巧遇見福特先生，他要我轉告妳，等到妳可以見客，他要親自來告訴妳，自從妳告訴他那八百則喜樂經文之後，他一直都很開心。所以妳看，親愛的，這都是妳的功勞。現在整個鎮上都在玩那個遊戲，整個鎮都快樂的不得了——而這一切，全都是因為有一個小女孩向大家介紹了一個遊戲，並教會所有人如何玩這個遊戲。」

波麗安娜興奮地拍著手。

「噢，我真的實在太開心了。」她興奮地叫著。然後，她的臉彷彿被點亮一般散發著光采。「波麗姨媽，我終於找到一個值得開心的地方。我很開心自己曾經可以走路，不然我也沒辦法做到這一切！」

29 一扇敞開的窗戶

日子一天天過去，冬天很快就過了。但是，這個冬天對波麗安娜來說卻十分漫長。每一天，時間都過得很慢，有時還充滿痛苦。不過，每一天，波麗安娜還是堅強地用笑容面對一切。因為，既然波麗姨媽都在玩這個遊戲，難道她不該堅持玩下去嗎？而且波麗姨媽也在生活中找到許多開心的事！

有一天，波麗姨媽說了一個關於兩個窮苦流浪孩子的故事。在一個暴風雪的夜晚，他們找到了一扇被風吹掉的門，便用那扇門擋著風雪前進，儘管還是很難移動，但他們覺得，他們比其他在雪地裡沒有門遮擋風雪的人要幸運多了。此外，波麗姨媽還講了另一個故事，她聽說，有一名貧窮的老婦人，她老到只剩下兩顆牙齒了，但她還是很慶幸自己還有兩顆門牙，它們還能「碰在一起」，還能夠咬東西。

另外，波麗安娜現在也跟史諾太太一樣，也開始用五顏六色的毛線，去編織各式各樣可愛的小東西，看著色彩鮮豔的毛線彎彎曲曲地鋪在白色的床單上，心情也就跟著好起來了。而且，雖然她的雙腳沒辦法走路，但波麗安娜還是很高興自己擁有雙手跟手臂。

現在，波麗安娜偶爾會見見來探望她的人，雖然有些人她沒辦法見到，不過，他們總是會託其他人帶上祝福給她。另外，他們也帶來一些新的消息，這對波麗安娜來說非常重要，因為她需要這些新消息讓她的生活豐富起來。

她見過約翰・潘道頓先生一次，也見過吉米・賓恩兩次。約翰・潘道頓先生告訴她，現在吉米・賓恩已經變成一個聽話的乖孩子，而且他也過得很好。吉米也告訴他，現在這個家是有史以來最棒的家，而且潘道頓先生是個很好的「家人」，這一切都要感謝波麗安娜。

「您知道，其實最讓我高興的事情是，我曾經有過可以奔跑的雙腿。」波麗安娜跟波麗姨媽這樣說。

很快地，春天來了。所有照顧波麗安娜的人都十分焦急，因為他們幾乎沒看到波麗安娜的傷勢有任何進步。大家似乎不得不接受米德醫生之前要大家做的心理準備，最壞的情況就是，波麗安娜可能再也不能走路了。

整個貝爾丁斯維爾鎮的人都十分關心波麗安娜的最新情況。但是，有個人特別焦慮，他每天躺到床上後依舊翻來覆去，輾轉難眠，並設法打聽到波麗安娜的最新消息。

但是，隨著日子一天天過去，波麗安娜的傷勢絲毫沒有好轉的跡象，反而每況愈下。男人的臉上除了焦慮，又多了幾分絕望。但是，希望幫助波麗安娜重新站起來的決心，也同時出現在他的臉上。最後，想要幫助波麗安娜的決心戰勝了一切。一個週六的早晨，湯瑪斯・奇爾頓先生的突然到訪，讓約翰・潘道頓先生感到驚訝萬分。

「潘道頓先生，」醫生開口說道，「我來找你是因為，這個鎮上只有你最清楚我與波麗・哈靈頓小姐之間的關係。」

約翰・潘道頓先生頓時發覺，自己臉上一定寫滿了驚訝兩字。對於波麗・哈靈頓與湯瑪斯・奇爾頓當年的戀情，他的確略知一二，但是這件事已經至少有十五年之久沒有人提過了。

「是的。」他說，試圖讓自己的聲音聽起來充滿關心，但又不至於過度好奇。但是，他馬上就發現他的擔心是多餘的，因為醫生急著想講自己的事情，根本沒注意到他的反應。

「潘道頓先生，我必須見見那個孩子，我想要幫她做個檢查，我一定得這麼做。」

「咦，你不能去嗎？」

「我不行！潘道頓先生，你知道我已經有超過十五年沒有踏進那扇門了，或許你不知道，但讓我告訴你，那棟房子的女主人曾告訴我，如果下次她邀請我走進那棟房子，那就代表她在請求我的原諒，我們之間又可以回到從前那個樣子，也就是說，她會嫁給我。現在，我是不曉得你有沒有找到她想要邀請我的意圖，反正在我看來是沒指望了。」

「可是，難道她不邀請你，你就不能去嗎？」

醫生的眉頭糾結在一塊。

「這個——很難。你知道，我有我的尊嚴。」

「但是，如果你真的這麼著急，難道你不能放下你的尊嚴，暫時忘掉那場爭吵嗎？」

「忘掉那場爭執！」醫生憤怒地打斷潘道頓先生的話，「我說的不是那種尊嚴，如果是因為上次那場爭吵，我願意從這裡一路跪著爬到她家，只為了請求她的原諒，如果有用的話，要我倒立走過去都可以。但我現在說的是醫生的尊嚴。現在那個小女孩受傷了，如果我闖進去說，『喂，讓我來救她！』你覺得這樣像個專業的醫生嗎？」

「奇爾頓先生，你們當年是為了什麼事吵架？」潘道頓先生問。

醫生做一個不耐煩的手勢，從椅子上站了起來。

「為什麼吵架？還不就是戀人之間的爭吵？吵完之後哪會記得為什麼啊？」他怒氣沖沖地在屋裡走來走去，怒吼道：「大概是關於月亮有多大，或是河水有多深之類的事吧，雖然也有可能真的是在爭執什麼重要的事情。噢，其實我還真希望是些很有意義的事，否則，之後這幾年所付出的代價也未免太痛苦了。好了，就別管我們當年吵什麼了吧！我其實很希望我們當年根本沒吵過架。約翰．潘道頓先生，我必須見到那個孩子，這可是攸關生死的事啊。我相信，波麗安娜．惠提爾有百分之九十的機會可以重新再站起來！」

醫生這番話說得清楚明瞭，而且在他說這些話的時候，恰巧走到潘道頓先生的椅子旁邊，在那裡有一扇敞開的窗戶，他恰巧就站在窗戶前。就這樣，他說的話傳到一個正在屋外窗戶下的小男孩耳裡。

在那個星期六的早晨，吉米．賓恩正蹲在窗下的花圃除草，在聽到醫生的話之後，他全神貫注地豎起了耳朵。

「走路！波麗安娜！」約翰．潘道頓先生說，「你這話是什麼意思？」

「我是說，根據我聽到的消息，波麗安娜的情況很像我一位大學朋友遇過的病例，而這個病人才剛被治好。這麼多年以來，我的朋友一直從事這方面的專門研究，我也一直跟他保持聯繫，對這方面的病例也做過一些研究。總之，根據我聽到的情況看來，我希望能夠見那個小女孩一面。」

約翰．潘道頓先生在椅子上坐直了身子。

「你必須去看她，兄弟！難道你不能……透過華倫醫生去找她嗎？」

醫生搖了搖頭。

「恐怕不行，華倫醫生親口告訴我，當初他曾經建議找我一起為波麗安娜治病，但是被哈靈頓小姐堅決地拒絕了。所以，儘管他知道我非常想要見見那個孩子，但是他也不敢再提這件事。加上最近，他的一些老病人來找我幫他們治病，這讓我更不好意思去找他了。但是，潘道頓先生，我必須見到那個孩子，如果能成功，想想這對波麗安娜有什麼樣的意義！」

「是啊，想想看，要是你沒辦法見她，這又代表什麼！」潘道頓先生回嘴。

「但是，如果她的姨媽沒有親自邀請我，我該怎麼做呢？這樣永遠都不會成功的。」

「所以一定得讓她邀請你去！」

「怎麼做到？」

「我不知道。」

「噢，我想你也不會知道……沒有人知道該怎麼做。當年她說過，如果她邀請我去她家，就表示她在請求我的原諒，也就意味著她要嫁給我。但是，她是如此心高氣傲，又如此生我的氣，所以是絕對不會邀請我的。可是，每當我想到那個可能得痛苦一輩子的孩子，或許在我這裡可以看到一絲擺脫噩夢的希望，我就覺得難以忍受。要不是那些尊嚴啊、職業規範之類的廢話，我就……」醫生的話還沒說完，只見他把雙手插進口袋裡，轉過身，又憤怒地開始在房間裡踱步。

「但是，也許我們可以讓她來見你，讓她知道這件事的重要性。」約翰·潘道頓先生催促醫生。

「或許吧，可是誰要去勸她呢？」醫生猛的轉過身問道。

「我不知道，我不知道。」潘道頓先生煩惱地嘆了一口氣。

窗外的吉米·賓恩突然動了一下，剛剛他一直全神貫注地傾聽兩人說話，連大氣都不敢喘上一口，生怕漏掉了哪個字。

「嘿嘿，我知道！」他得意地輕聲說道，「我要去告訴波麗小姐這件事！」說著，他毫不猶豫地站起來，沿著牆壁，悄悄地溜出去，頭也不回地拔腿往潘道頓山下跑去。

30 一切包在吉米的身上

「小姐，吉米・賓恩想見您。」南西在門口向波麗小姐通報。

「我？」波麗小姐訝異地說，「妳確定他不是要見波麗安娜？如果他想見波麗安娜，可以進房探視個幾分鐘。」

「是的，小姐。我也是這麼跟他說，但他說他想見的人是您。」

「好的，我等會兒下去。」波麗小姐有些疲倦地起身。

她一進到起居室，就看到一個眼睛圓圓、臉紅紅的男孩在等她，男孩一見到她立刻搶著說話。

「女士，我想我現在要做的事以及接下來要說的話，可能會讓您很生氣，但我沒辦法不做。因為一切都是為了波麗安娜，只要是為她好，無論是要我赴湯蹈火也好、面對您也好，或做任何事都好，我都不會拒絕。我也認為，無論什麼事，只要能讓波麗安娜有機會再站起來，您都會願意做。所以我來就是告訴您，現在害波麗安娜沒辦法再走路的，其實是您的自尊，我知道如果您聽懂我的話，您一定會願意請奇爾頓醫生來到這裡。」

「你在說什麼？」波麗小姐臉上的表情從一開始的震驚，逐漸轉為屈辱生氣，最後忍無可忍地脫口而出。

吉米無助地嘆了口氣。

「好啦，我沒有要惹您生氣的意思，所以我才先說波麗安娜有機會再站起來的事；我以為您會把重點放在那裡。」

「吉米，你究竟在說什麼？」

吉米又嘆了一口氣。

「我現在正要告訴您。」

「好，那就快告訴我。但你最好按照順序從頭開始說起，而且每件事都要讓我聽得清清楚楚、明明白白。別像剛才那樣，突然從中間開始說，到最後每件事都講得不清不楚。」

吉米舔了舔自己的嘴唇，一副隨時準備開始的樣子。

「好的，整件事一開始是奇爾頓醫生跑去找潘道頓先生，他們兩人碰面之後就在書房裡談話……到目前為止聽懂了嗎？」

「有，吉米。」波麗小姐聲音有些微弱。

「當時的窗戶沒關，我又剛好在窗戶下方的花圃除草，所以就順便聽到他們的談話內容。」

「噢，吉米！順便聽到？」

「又不是我的問題，我又沒有刻意去偷聽他們講話。」吉米生氣地說。「不過，我慶幸自己有注意聽他們講話。等我說完之後，您一定也會這麼覺得。因為波麗安娜或許可以因此再站起來。」

「吉米，你說她或許可以再站起來是什麼意思？」波麗小姐急切地探身向前。

「您看，我就說吧！」吉米心滿意足地點點頭。「事情是這樣的，奇爾頓醫生認為自己認識的某個醫生可以治好波麗安娜……也就是讓她再站起來，但要等他親眼看過波麗安娜之後，他才能確定。他很想自己來看她，但他對潘道頓先生說您不會讓他來。」

波麗小姐的臉迅速漲紅。

「但是吉米，我……我不行……我做不到！反正，我不知道啦！」波麗小姐不安無助地撥弄著自己的手指。

「所以我才來告訴您啊，這麼一來您就知道了。」吉米急切地表示，「他們說因為某個原因，所以您不願意讓奇爾頓醫生來，但那原因我聽不太懂，不過您曾跟華倫醫師說過您不希望他來，所以在您沒邀請他來的情況下，因為自尊……還有什麼……職業道……不知道什麼東西的緣故，他又不能自己來。所以他們希望有人能讓您了解現在的情況，不過，他們又不知道可以找誰，而當時在窗外的我，立刻對自己說：『太好了，讓我來！』所以我就來了。現在您都了解了嗎？」

「是的。但是，吉米，那位醫生，」波麗小姐急切地追問，「你知道他的名字嗎？他的專長是哪一科？他們怎麼能確定這位醫生可以讓波麗安娜再站起來？」

「我不知道他的名字，他們沒有說。但奇爾頓醫生認識他，知道他才剛治好一個情況和波麗安娜很相似的病人。不過，他們似乎一點也不擔心這位醫生，他們擔心的是您，因為您不肯讓奇爾頓醫生來看她。您現在應該明白了吧？您會讓他來嗎？」

波麗小姐不知所措地左顧右盼，而她急促的呼吸聲乍聽之下又有點像是啜泣聲，因此吉米擔憂地望著她，心想她是不是快哭出來了。但她沒有哭。過了一會兒，她才斷斷續續地說：

「好的……我會……請奇爾頓醫生……來看她。吉米，你現在用跑的回家，要跑快一點！我得先去通知華倫醫生，他現在人應該就在樓上，幾分鐘之前，我才看到他駕馬車過來。」

過沒多久，華倫醫生在大廳裡遇到情緒激動而滿臉通紅的波麗小姐時嚇了一跳。更令他驚訝的是當他聽完這位女士所說的話，差一點停止了呼吸：

「華倫醫生，你曾問過我是否同意讓奇爾頓醫生一起進行會診，當時我……拒絕了這項提議。但我經過再三考慮，我現在非常希望你能和奇爾頓醫生一起進行會診。能麻煩你立刻詢問奇爾頓醫生的意願嗎？謝謝。」

31 新姨丈

華倫醫生再次走進波麗安娜房間時，她正躺在床上，眼睛盯著天花板上那些正閃爍著、像是在跳舞的七彩微光。跟在華倫醫生身後進來的，是一名身材高大、壯碩的男人。

「奇爾頓醫生！噢，奇爾頓醫生，見到您我真是太高興了！」波麗安娜大喊。聽到這充滿欣喜的聲音，房間裡許多人的眼淚都不禁奪眶而出。「可是，如果波麗姨媽不願意……」

「沒關係，親愛的，妳不用擔心。」波麗小姐一邊安慰波麗安娜，一邊帶著欣喜的表情快速走到床前。「今天早上，我已經跟奇爾頓醫生談過了，我願意讓他跟華倫醫生一起幫妳治療。」

「噢，所以您就讓他進來啦。」波麗安娜心滿意足地輕聲說道。

「是的，親愛的，是我請他來的，這真是……」波麗小姐突然停下來，不過一切都太晚了，因為她已經看到奇爾頓醫生眼裡難以掩飾的幸福與笑意。她紅著臉轉過身，匆匆地離開房間。

此時，華倫醫生跟護士正在窗戶的另一邊熱烈地討論著什麼，奇爾頓醫生則是向波麗安娜伸出了雙手。

「小女孩，我想，今天妳做了一件讓人超級開心的事。」他的聲音因為激動而顫抖著。

美麗的傍晚時分，波麗姨媽來到波麗安娜的小床前，她看起來十分興奮，跟平常不太一樣。

護士去吃晚餐了，此時房間裡只剩下她們兩人。

「波麗安娜，親愛的，我要告訴妳……一件非常重要的事。將來有一天，我會讓奇爾頓醫生當妳的姨丈。這一切都是妳的功勞，噢，波麗安娜，我好開心，真的好高興！親愛的！」

波麗安娜開心地拍著手，不過她的小手才剛拍了一下，就停在半空中。

「波麗姨媽，波麗姨媽，難不成，奇爾頓醫生這麼多年以來一直想要得到的，就是您勤奮的雙手，跟您真摯的愛嗎？您就是那個女人？我就知道是您！所以，他今天才跟我說，我做了一件讓他超級開心的事啊，原來就是指這個呀！我太開心了！噢，波麗姨媽，我現在實在是太開心了！開心到我現在都不會為我的腿感到難過了！」

波麗姨媽強忍著淚水。

「也許有一天，親愛的……」但是，波麗姨媽並沒有把話說完，她還不敢把這個奇爾頓醫生帶來的希望告訴她。不過，她還是決定對波麗安娜說點相關的事，而且她確定，波麗安娜聽到這個消息一定會很開心。

「波麗安娜，下週我們要去旅行。一開始，大家會讓妳躺在一張舒服的小床上，先把妳送上汽車，再讓妳搭火車，火車會帶著妳到很遠的地方，找一位非常有名的醫生。他那裡有一棟大房子，是用來專門治療跟妳有著一樣情況的病人。那位醫生是奇爾頓醫生的好朋友，我們去他那裡，看看他有沒有什麼好辦法幫妳。」

32 波麗安娜的來信

親愛的波麗姨媽和湯姆姨丈：

噢，我可以……我可以……我可以自己走路了！我今天靠著自己的力量從床邊走到窗前，總共走了六步。老天啊，能夠再走路真是太棒了。

我今天練習走路的時候，所有在旁邊觀看的醫生都帶著微笑，但他們身旁的護士卻每一個都在哭。隔壁病房有一名女士，上週第一次練習走路，也站在門口偷偷地看著我練習。另一個希望能在下個月開始練習走路的病友，則應邀來參加慶祝派對，她躺在病床上開心地拚命拍著手。甚至連洗地板的布萊克．提莉，也透過廣場的窗戶看我練習，她當時哭得唏哩嘩啦的，不過在她還沒哭得說不出話來的時候，對我喊了一聲「親愛的孩子」。

我不知道為什麼她們要哭。但我興奮得想要唱歌和大聲的喊叫「噢——噢！」你想想看，我可以走路——自己走路耶！現在我一點也不介意在這裡待了十個月，反正我也沒錯過你們的婚禮。波麗姨媽，為了讓我見證你們的婚禮而特別將婚禮辦在這裡，並在我的床邊完成結婚儀式，會這麼做的大概只有您了。而您也總是能想到一些最讓人開心的事！

他們說我很快就可以回家了。我真希望能從這裡一路走回家。相信我，我真的這麼想。

我想我這輩子無論去哪裡都不會再想要坐車了。能夠走路的感覺真的太棒了。噢，我真的好開心！每件事都讓我好開心。我現在很開心自己曾經有一段時間失去自己的雙腿，因為除非失去過雙腿，否則永遠無法體會走路是一件如此美好的事。對了，我明天要走八步。

滿滿的愛獻給每一個人

波麗安娜

第二部

33 黛拉說出心聲

這天，黛拉．威瑟比來到她姊姊那棟坐落在聯邦大道的房子。她匆匆忙忙地跑上富麗堂皇的廊前臺階，差點沒被自己給絆倒。黛拉．威瑟比是個充滿生命力的女孩，從帽尖的裝飾羽毛到穿著平底鞋的腳尖，渾身散發出一股活力，彷彿正告訴別人，她是個非常有能力、做事也十分果斷的女子。她滿心愉悅地站在門前按下電鈴，就連她跟應門女傭說話的聲音，都是那麼地有朝氣。

「早安！瑪麗。請問我姊姊在家嗎？」

「是的，小姐，卡魯夫人在裡頭。」女孩猶豫地說，「可是，她說她不要見任何人。」

「哦？她是這樣說的嗎？不過我才不是陌生人。」威瑟比小姐微笑著說，「所以，她會願意見我的，不用擔心……一切後果由我來承擔。」可是女孩的眼中流露出些許不安，看起來似乎仍想抗議些什麼，但是黛拉朝著她點點頭。「所以，她人在哪裡呢？在她的房間裡嗎？」

「是的，女士，可是……她說……」話沒說完，威瑟比小姐已經走上一半的樓梯了。女傭絕望地回頭瞥了一眼，便轉頭走開了。

上了樓，黛拉．威瑟比毫不猶豫地走向一扇半開的門，她敲了敲門。

「噢，瑪麗，」一個像在說「又怎麼了」的聲音答道，「我不是跟妳說過……噢，黛拉。」那個聲音突然變十分溫暖而且充滿驚喜，「我親愛的妹妹，妳之前去哪裡了啊？」

「對啊，是我。」年輕女子微笑著，輕快地走進房裡。「我跟兩位護士在海邊度過了整個週末，在回療養院的途中順道來看看妳。等等我還要回去，所以不能在這待太久。我過來是為了……這個。」說完，她給了卡魯夫人一個真誠的親吻。

卡魯夫人眉頭皺了起來，冷淡地往後退了一點。剛剛她臉上的那點歡樂與暖意此刻已消失無蹤，剩下的只是沮喪跟焦躁。在這間房子裡，這樣的沮喪跟焦慮是再平常也不過了。

「噢，當然！我早就知道的。」她說，「妳從來不在這裡多待。」

「對啊！」黛拉．威瑟比開心地笑了笑，舉起手，但突然，她的聲音跟語氣一變，用溫柔但沉重的眼神望著她的姊姊。「露絲，親愛的，我沒辦法……我就是沒辦法待在這裡。妳知道我不行的。」她溫和地說。

卡魯夫人焦躁地走來走去。

「我實在不知道為什麼會這樣。」她含糊地回答。

黛拉．威瑟比搖了搖頭。

「親愛的，妳是知道的。妳知道我一點都不喜歡這裡，一切都陰沉沉的，生活沒有目標，有的只是揮之不去的哀傷跟痛苦。」

「可是我本來就是這麼悲傷跟痛苦的。」

「妳不應該這樣。」

「為什麼？除了悲傷跟痛苦之外，我還能做什麼？」

黛拉．威瑟比做了一個不耐煩的手勢。

「露絲，聽著，」她反駁道，「妳才三十三歲，身體健康，我是說，只要妳好好對待自己，妳會很健康的。而且，妳有一大堆時間，還有花不完的錢。另外，我想，換作是任何人都會覺得，在這麼一個美好的清晨，應該要找點事情做才對，而不是像妳一樣，整天待在這棟像墳墓一樣的房子裡，還交代女傭說妳誰都不見。」

「可是我不想見任何人啊！」

「要是我，我就會逼自己見見別人。」

卡魯夫人疲倦地嘆了一口氣，把頭轉向另一邊。

「噢，黛拉，妳怎麼就不懂呢？我跟妳不一樣，我……忘不掉啊！」

她妹妹的臉龐閃過一抹悲傷。

「我想，妳說的是……傑米吧。我並沒有忘記。當然，我也沒辦法忘記。不過，悲傷可沒辦法幫我們找到他。」

「已經過了八年了，妳說得好像我沒試著找他一樣，可是，除了在這裡傷心之外，我還有哪些方法沒試過呢？」卡魯夫人突然激動起來，哽咽地說。

「妳當然試過了，親愛的。」她妹妹很快地安撫道，「可是我們應該繼續找下去，我們一起找，直到找到他為止。可是妳現在這個樣子，一點忙都幫不上。」

「可是，我什麼事都不想做……什麼都不想。」露絲．卡魯夫人小聲咕噥著。房間裡陷入短暫的沉默，黛拉一臉擔憂地望著姊姊。

「露絲，」黛拉終於打破沉默，帶著一絲惱怒地說，「原諒我這麼說，可是，妳真的打算一直這樣下去嗎？我得承認，妳失去了丈夫，可是你們只做了一年的夫妻，而且妳的丈夫年紀還比妳大那麼多，當年妳根本只是個孩子啊！而且，現在看起來，那短短的一年只不過是一場夢罷了。妳不該就這樣把自己的一生困在這樣的痛苦之中！」

「不，噢，不。」卡魯夫人依舊陰鬱地喃喃自語。

「妳打算一輩子都這樣子嗎？」

「大概吧，除非我找到傑米……」

「好，好，我知道。但是，露絲，親愛的。除了傑米之外，難道世界上就沒有可以讓妳開心的事嗎？」

「似乎是沒有，我想不到。」卡魯夫人無所謂地嘆了一口氣。

「露絲！」聽到這樣的回答，黛拉的血壓一下子往上衝，但是她突然開心地喊道：「噢，露絲，露絲，我應該要給妳開一劑波麗安娜。妳現在需要的就是這個！」

卡魯夫人坐直身子。

「好吧，我不知道波麗安娜是什麼東西，不過不管是什麼，我都不要。」她斷然拒絕，開始生氣起來。「記住，這裡可不是妳的什麼愛心療養院，而且我也不是妳的病人，別給我亂開什麼藥，也不要對我下指令。」

黛拉．威瑟比的眼睛閃著開心的光芒，但是她的嘴唇仍緊緊地抿成一條線。

「親愛的，波麗安娜不是什麼藥。」她一本正經地說，「但是，我曾聽別人稱她是仙丹。不管大家怎麼稱呼，其實呢，波麗安娜是個小女孩。」

「一個孩子？這我怎麼會知道呢？」卡魯夫人仍舊生氣地反駁道。「妳那邊已經有個叫『貝拉多娜』（belladonna）的藥，再來個『波麗安娜』也不奇怪。而且妳總是推薦我吃各式各樣的藥。況且，妳剛剛清清楚楚地說『一劑』，那代表是某種藥物。」

「噢，其實，波麗安娜是種藥沒錯，」黛拉微笑著回答，「況且，現在全療養院的醫生都說，她比任何藥都管用。露絲，波麗安娜是個大概十二、三歲的小女孩，去年她在療養院度過了整個夏天，幾乎整個冬天也都在那度過。可是我只跟她相處過一、兩個月，因為我到那裡不久之後，她就離開了，但是一、兩個月對我來說已經夠了。現在，即使波麗安娜離開了，整個療養院都還在討論著她，並且玩著她的遊戲。」

「遊戲？」

「是啊！」

黛拉點點頭，露出一絲神祕的微笑。「她的『開心遊戲』。我永遠不會忘記我第一次見到這個遊戲的情況。其實，在她的治療過程中，有個療程特別的不舒服，甚至會給病人帶來很大的痛苦。那個療程固定在每個星期二早上，我到了那裡之後沒多久，就輪到我負責給這個孩子實行療程。一開始，我非常擔心，因為之前我幫別的孩子做過，所以對於做了之後會發生什麼事，我心裡大概有個譜。之前那些孩子都會焦慮害怕，痛得哭出來，甚至更糟的都有。不過，讓我大吃一驚的是，在我走進她的病房後，她微笑著跟我打招呼，還說很高興見到我。而且，我知道那個治療有多痛，不過信不信由妳，整個過程中，她沒有發出任何呻吟。

「我想，我大概表現出一臉驚訝的樣子，所以，波麗安娜認真的跟我解釋：『噢，其實我以前也覺得很痛，也很害怕，不過後來我就想到，這不就跟南西的洗衣日一樣嗎？星期二可以變成我最高興的一天，因為接下來整個星期我都不用再做這種治療了。』」

「什麼？這太不可思議了！」卡魯夫人皺了皺眉，困惑地問：「可是，我還是不知道這跟遊戲有什麼關係。」

「我一開始也沒看出來。後來她跟我說，她是位西部窮牧師的孩子，媽媽很早就去世了！她是在婦女勸助會裡長大的，她所有的東西幾乎都來自教會的捐獻物資。那時候，她年紀還小，有一次，她很想要有一個洋娃娃，她滿心期待地相信沒多久洋娃娃就會出現在捐獻物資裡。可是，最後，箱子裡只出現了一副小枴杖。

「當然，那個孩子難過地哭了。不過，就是在那時候，她的爸爸開始教她玩這個遊戲。希望無論發生什麼事，她都能在這些事情中找到值得開心的理由。枴杖事件就是這個遊戲的起點。最後，小女孩因為自己不需要用到那副枴杖，而感到十分開心。從那之後，波麗安娜就一直玩著這個遊戲。她還說，值得開心的事情愈難找，遊戲就愈好玩。只是有些時候，要找到值得開心的理由實在是太難了。

「真的很不可思議，我真希望妳能夠到療養院去走走，看看這個遊戲為療養院帶來什麼樣的改變。」黛拉邊說邊點頭，像是同意自己說的話似的。「而且艾姆斯醫生告訴我，波麗安娜用這個遊戲，改變了她住的那個小鎮。艾姆斯醫生跟奇爾頓醫生很熟，奇爾頓醫生是波麗安娜的姨丈。對了，我相信，讓奇爾頓醫生跟波麗安娜的姨媽破鏡重圓，幫他們解開了多年心結的，應該就是波麗安娜了。

「大約在兩年前，波麗安娜的爸爸去世以後，她就被送到東部，跟她的姨媽一起生活。那年十月的時候，她出了車禍，當時醫生說她再也不能走路了。隔年四月，奇爾頓醫生把她送到療養院來，她在療養院待到去年三月左右，差不多一年的時間。離開前，她幾乎完全好了。妳真該見見這個孩子！聽她說，只有一件事讓她有點小不開心，那就是她沒辦法用自己的腳走回去。我聽說，波麗安娜回去的時候，整個小鎮的人拉著布條，奏著音樂，都等著她回來。

「可是，單單這樣講波麗安娜的事情，實在很難讓妳體會她到底有多好。妳應該自己見見她，這也是為什麼我說要開給妳一劑波麗安娜，她會讓妳的世界煥然一新的。」

卡魯夫人微微抬起下巴。

「這樣啊，可是我得說，我跟妳可不一樣。」她冷冷地答道，「我根本不在乎什麼煥然一新，我也沒有情人可以跟我吵架，當然也不需要別人來調解。如果一定要說有什麼事令人難以忍受的，那大概就是拉長著臉跟我說教，叫我要對生活充滿感激的小老太婆了吧！我實在受不了……」

她的話被一陣笑聲打斷。

「噢，露絲、露絲，」她妹妹笑得上氣不接下氣，「小老太婆？波麗安娜的確是！噢，真希望妳可以馬上見見她！不過，我早該想到的。但是，我也說過，光用說的，很難真正了解波麗安娜到底有多好。不過，妳現在當然沒辦法見到她。可是……小老太婆，真是一點也沒錯！」說著說著，又是一陣狂笑。不過，她馬上又嚴肅了起來，擔憂地望著她的姊姊。

「說真的，親愛的姊姊，難道沒有別的辦法了嗎？」她關心地問，「妳不該這樣浪費妳的生命。妳怎麼就不試著多去外面走走？多跟別人接觸呢？」

「既然我不喜歡，那我為什麼要這麼做呢？我不喜歡……人群。妳知道我一向不喜歡跟別人打交道。」

「那為什麼不試著做些別的事呢？例如，當慈善志工？」

卡魯夫人一臉不耐煩地揮了揮手。

「好了，黛拉，親愛的，這些我們之前都聊過了。我已經捐了很多錢，我想那應該夠了。我甚至還懷疑我是不是捐太多了，妳知道的，我對捐錢讓別人有飯吃之類的事實在不怎麼贊同。」

「可是，親愛的，如果妳能夠改變一下自己，想想看那會有多好。」黛拉小心翼翼地試探著。「要是除了自己的生活之外，妳還能找到其他讓妳感興趣的東西，那會對妳很有幫助的。而且……」

「好了，黛拉，」她姊姊不耐煩地打斷她的話，「我愛妳，妳到這來看我，我也很高興，但是我沒辦法接受妳一直對我說教。妳自己成了愛心天使，端水給別人，或是在別人受傷時幫忙包紮，這些都很好！也許妳可以用這種方式忘記傑米，但是我不行。這只會讓我更想念他。我常常在想，是不是也有人給他水喝，要是他受傷了，是不是也有人幫他包紮。而且，我也不喜歡跟各式各樣的人待在一塊，這讓我十分不自在。」

「妳試過嗎？」

「什麼？當然沒有！」卡魯夫人的聲音充滿了輕蔑跟憤怒。

「沒試過妳怎麼知道呢？」年輕的護士反問，接著她有些疲倦地站起身。「抱歉我得走了，親愛的。我約了其他護士在南車站見面，搭十二點半的火車回去療養院。要是我讓妳不高興的話，我很抱歉。」說完，黛拉給了她姊姊一個道別的吻。

「我並不是氣妳，黛拉，」卡魯夫人嘆了一口氣，「我只是希望妳能體諒我。」

一分鐘後，黛拉走過寂靜又陰暗的大廳，回到街上。跟半小時前相比，她就像換了個人似的。原本的活力跟快樂都消失殆盡了。她拖著腳步，無精打采地走過了半條街。突然，她轉頭看著她剛剛走出來的地方，深深吸了一口氣。

「要是在那間屋子待上一個禮拜，我一定會沒命的。」她打了個哆嗦，「在那個陰暗又憂鬱的地方，可能就連波麗安娜也沒辦法讓事情好轉吧！唯一值得她慶幸的，就是她現在不必住在這裡。」

雖然，黛拉．威瑟比心裡所想的，並不是真的要帶波麗安娜到這來，替卡魯夫人的房子帶來些改變。不過，這個想法似乎可以成真了。因為在她回療養院沒多久，就聽到一個天大的消息，讓她在隔天再次回到了離療養院五十英里以外的波士頓。

她走進卡魯夫人的家，那棟房子的時間彷彿停在她離開的那一刻，一切都沒有改變，而卡魯夫人好像從未站起身一樣。

卡魯夫人驚訝地看著她，而黛拉則是迫不及待地大喊，「露絲，我得再來一趟，而且這一次，妳必須聽我的，按照我說的做。聽著！我想，只要妳一點頭答應，波麗安娜就可以到這裡來。」

「可是我不願意啊！」卡魯夫人淡淡地回了一句。

不過，黛拉似乎沒聽到她的話，她繼續激動地說：

「昨天我回去之後得知，艾姆斯醫生收到了一封奇爾頓醫生寫給他的信，妳知道的，就是娶了波麗安娜姨媽的那位醫生。他在信裡說，今年冬天，他得去德國進修一門課，而他希望他的妻子跟他一起過去。不過前提是，他必須先說服他的夫人，讓波麗安娜在這段期間去寄宿學校念書。但是奇爾頓夫人並不想把波麗安娜一個人孤零零地留在學校裡，所以，奇爾頓醫生很擔心他的夫人不願意跟他一起去。露絲，這是我們的機會，我希望這個冬天，妳可以把波麗安娜接過來這裡，讓她在這附近的學校念書。」

「這太荒唐了，黛拉！我可不希望有個小孩在這裡煩我！」

「這妳不用擔心，她快十三歲了，她會是妳見過最能幹的孩子。」

「我不喜歡『能幹』的孩子。」雖然卡魯夫人嘴上仍不同意，不過她笑了。黛拉覺得姊姊的立場似乎動搖了，趕緊加把勁說服她。

或許是因為這個提議太突然，或是因為這個想法太新奇，又或者是波麗安娜的故事，不知道怎麼地打動了卡魯夫人的心，但也有可能只是因為她不忍心拒絕妹妹的苦苦哀求。無論是為什麼，半個小時後，當黛拉匆匆忙忙離開那棟房子時，卡魯夫人已經改變主意了。她終於答應暫時把波麗安娜接到這裡來住。

「可是，記住，」臨別時，卡魯夫人警告黛拉，「只要那個孩子開始對我說教，告訴我要心懷感激之類的話，我就立刻把她送回妳那裡，妳愛叫她做什麼就做什麼，我是不會把她留下來的！」

「我會放在心上的，但是我一點都不擔心。」妹妹一邊跟姊姊道別，一面點頭。走出大門，她自言自語說道：「我的任務已經完成一半了。剩下的，就是把波麗安娜接過來。她一定得過來這邊。現在，我得寫封信，請他們讓波麗安娜來這裡過冬。」

34 一些老朋友

八月的某一天，貝爾丁斯維爾鎮上的奇爾頓夫人一直等到波麗安娜就寢後，才把早上收到信的事告訴丈夫。關於這件事，反正她是無論如何都得等，因為醫生白天工作時間滿檔，再加上家裡與診所之間往返的兩趟長途車程，根本沒有時間可以開家庭會議。

醫生大約在九點半時，才進到起居室。一臉疲憊的他，一看到自己的妻子，立刻露出明亮的笑容，但他隨即又露出困惑的表情。

「波麗，親愛的，發生什麼事了？」他擔心地問。

妻子則回他一個苦笑。

「好吧，是關於一封信——不過，我並不希望你一看到我就猜到我有心事。」

「那妳就不要一副心事重重的樣子。」他笑了笑，「不過到底是什麼事？」

奇爾頓夫人噘著嘴猶豫了一下，便從身旁拿起了一封信。

「我念給你聽，」她說，「這封信的寄信人是黛拉．威瑟比小姐，她是艾姆斯醫生任職的那家療養院的同事。」

「好，念來聽聽。」男子說完，便逕自地往妻子座位旁的長形沙發一躺。不過，他的妻子卻沒馬上開始，而是先起身拿了條羊毛毯幫丈夫蓋上。現年四十二歲的奇爾頓夫人，結婚不過才一年的時間。而在這短短一年的主婦生涯中，她對奇爾頓醫生關懷備至的照顧及「寵溺」的態度，有時就好像是把二十多年孤單寂莫的生活所累積的情緒，全都化為行動獻給了他。而結婚時已經四十五歲的醫生，在經歷了這麼多年孤單寂寞的單身生活，對於這樣無微不至的「照顧」，顯然一點也不介意，甚至還相當樂在其中——不過他非常小心地克制自己，避免表現出過度熱切的態度：他發現自己的老婆大人因為當了太久的波麗小姐，要是發現自己這些行為接收到過多關注或過於熱切的回應，她可能會驚慌失措地退回到以前的樣子，甚至將自己的關愛視為一件「蠢事」。所以當她幫他蓋好羊毛毯之後，他只是滿足地輕撫她的手，接著便放她回到自己的座位上，靜待她開始朗讀信件了。

「親愛的奇爾頓夫人，」黛拉．威瑟比寫道：

這已經是我第七次提筆寫信，前六次連開頭都沒完成，就被我撕掉，所以我決定略過開場白，直截了當的告訴您我要什麼。我要波麗安娜。請問您可以答應我的請求嗎？

今年三月您和丈夫來接波麗安娜回家時，我們曾見過一面，但我想您大概不記得我了。所以我同時也請艾姆斯醫生（他非常了解我的為人）寫了封信給您的丈夫，希望這麼做能讓兩位放心地將可愛的小外甥女交給我們。

據我的了解，您將陪同先生前往德國，但波麗安娜並不會隨行；所以我想在此斗膽地請求您讓我們來照顧她。事實上，更確切的說法，應該是我懇求您，親愛的奇爾頓夫人，求求您讓我們照顧她。

現在，請先讓我說明原因何在。

卡魯夫人，也就是我的姊姊，是個孤單、心碎、對生活不滿並且非常不快樂的女人。她身處在一個陰鬱且陽光無法穿透的世界。而我相信，現在唯一能為她生命帶來陽光的，就是您的外甥女，也就是波麗安娜，您願意讓她試試看嗎？

我真希望自己能把她對這家療養院所做的貢獻都告訴您，但我想應該沒人能說得清楚。因為只有親眼目睹才會明白。我在很久之前就發現，波麗安娜是個無法以言語形容的人。一旦你試著想說明，她聽起來就像是個自以為是又愛說教的討厭鬼。但您和我都知道，她絕不是這樣的人。唯一的辦法，是把波麗安娜本人帶到現場，讓大家親眼見識她的魔力。因此，我想把她帶到我姊姊的身邊，讓她自己施展她的魔力。當然，這段時間她還是可以照常上學，不過我真的相信，她會在這段時間治好姊姊心裡的創傷。

我不知道該怎麼結束這封信，我相信結尾會比開頭更困難。我或許一點也不想結束這封信，我想一直不斷地說下去，因為我怕自己一停下來，便給了您一個開口拒絕我的機會。所以，如果您真的很想說出那個可怕的字，是否能因為我一直說個不停，一直不停地告訴您我們多想要以及多需要波麗安娜而多多考慮一下。

敬啟

黛拉・威瑟比

「你聽！」奇爾頓夫人放下信時忍不住地抱怨，「你有看過如此與眾不同的信，或聽過比這更荒謬可笑的要求嗎？」

「我不知道該怎麼回答妳，」醫生笑了笑，「但我不認為想要波麗安娜是件荒謬可笑的事。」

「可是……可是你看她怎麼說的……什麼治好姊姊心裡的創傷什麼的，怎麼會有人把小孩子比喻成某種……某種藥品。」

醫生大笑並挑著眉。

「波麗，我不知道該怎麼說，不過，她真的是。我自己也一向這麼說，希望可以把她當成藥方開給別人，或是像買一盒藥片一樣地買下她；而查理・艾姆斯醫師也說，波麗安娜待在療養院那一整年的時間，只要病人一入院，他們的首要任務就是盡快給他一劑波麗安娜。」

「一劑？還真敢說！」奇爾頓夫人不滿地說。

「所以……妳不打算讓她去？」

「讓她去？當然不行！你覺得我會讓那個孩子到一個陌生人家去住嗎？──而且還是像這樣

的陌生人！湯瑪斯，我怕等我們從德國回來的時候，她已經被護士打包進藥瓶裡，連詳細的服用方法都做成標籤貼在瓶子上。」

醫生聽完妻子的話，又忍不住仰頭大笑，不過他隨即恢復平常的樣子，並從口袋中拿出了一封信。

「我今天早上也接到艾姆斯醫生的信。」妻子聽出他聲音有些不對勁便露出一臉疑惑的表情。

「現在，不如聽聽我的信吧。」

「親愛的湯姆，」他念道：

黛拉．威瑟比小姐請我幫她和她的姊姊寫一封「推薦函」，而我也非常樂意效勞，因此便提筆寫了這封信給你。威瑟比家的女孩還在襁褓時期我就認識她們了，她們出身自一個血統優良的古老家族，而且這些女孩個個都是教養良好、舉止優雅的淑女。這一點你毋須擔心。

她們家一共有三姊妹，名字分別是桃樂絲、露絲，以及黛拉。桃樂絲不顧家裡的反對，嫁給了一個名叫約翰．肯特的男子。肯特有良好的出身，但他的出身似乎並未反應在他本人的言行舉止上。就我看來，他是個性情古怪又極難相處的人。他對威瑟比夫婦對待他的態度非常地不滿，所以兩家幾乎不太來往，一直到孩子出生後情況才改變。威瑟比夫婦非常疼愛這個小男孩，他們替小男孩取名為詹姆士，並都暱稱他為「傑米」。小男孩的母親桃樂絲在他四歲時過世了，從那時開始，威瑟比夫婦用盡一切方法想讓孩子的父親放棄孩子的監護權，於是有一天，肯特突然帶著孩子消失了。儘管威瑟比家花費所有金錢與心力四處搜尋他們的蹤跡，但自此之後，再也沒人聽過任何有關他們的消息。

孩子失蹤的重創幾乎要了兩老的命。這件事發生後沒多久，老威瑟比夫婦就相繼過世了，露絲當時則是已婚守寡的狀態。她的丈夫姓卡魯，非常的富有，但年紀也長她很多。兩人婚後約一年左右，她的丈夫就過世，留下一個年幼的孩子，但這個小男孩活不到一歲也夭折了。

自從小傑米失蹤後，露絲和黛拉的人生似乎就只剩下一個目標，就是把這個小男孩找回來。她們花費了大筆金錢並用盡一切辦法，始終一無所獲。後來黛拉開始從事看護的工作。她在工作上表現出色，性格也未受到家族悲劇的影響，最終成為一個開朗樂觀、工作能力強、心智健全的女人。不過，她並沒有忘記自己失蹤的小外甥，這些年來，她仍是拚命地尋找他，從未放棄任何一條可能找到他的線索。

但卡魯夫人的情況則完全不同。她在喪子之後，似乎把自己無處施展的母愛，全投注到這個小外甥的身上。所以你應該不難想像，當這個小男孩失蹤時，她整個人可以說是瀕臨崩潰。雖然這都已經是八年前的事，但這八年對她來說，卻是悲慘、絕望、痛苦且極為漫長的八年。只要是錢能買得到的東西，她幾乎可說是要什麼有什麼，但卻沒有一樣東西能取悅她，也沒有東西能引起她的興趣。

黛拉認為是時候了，不管用什麼方法，一定要想辦法讓她掙脫自己心裡的牢籠；而黛拉相信，尊夫人那位個性開朗的小外甥女擁有一把神奇的鑰匙，能為她姊姊開啟一扇門，讓她過著全新的生活。如果真是如此，我希望你能答應她的請求。

同時請容我再補充一句，若你能幫這個忙，我也會非常感激，因為露絲·卡魯和她的妹妹是我和妻子相識多年且極為親近的老朋友，我們對她們的經歷可以說是感同身受。

你永遠的朋友

查理

信念完後，起居室裡陷入長時間的靜默，時間久到醫生忍不住小聲地說：「呃……波麗？」但她依然沒有回應。醫生便仔細觀察了妻子臉上的表情，卻意外發現到她平時緊閉的雙唇和下巴竟止不住地顫抖著。於是，他靜靜地在旁邊等待妻子的回應。

「你覺得……她們希望她多快能過去？」她最後終於開口。

奇爾頓醫生嚇了一跳。

「妳是說……妳願意讓她去？」他大叫。

他的妻子生氣地轉過頭來。

「湯瑪斯．奇爾頓，你這是什麼問題！在看過這樣的信後，你覺得我除了讓她去還有別的選擇嗎？更何況艾姆斯醫生都親自開口了，他幫了波麗安娜這麼大的忙，你覺得我有可能拒絕他的任何請求嗎？」

「噢，親愛的！現在我只盼望艾姆斯醫生腦子裡永遠不會有任何一丁點想要……妳的念頭，我的寶貝。」新婚一年的老公臉上帶著調皮的微笑，輕聲地對著妻子說，但他的妻子只瞪了他一眼。

「你先寫封信給艾姆斯醫生，告訴他我們同意讓波麗安娜去，並請他轉告威瑟比小姐通知我們所有的相關細節。時間當然最好在下個月十號，也就是你出發之前。我在離開之前，一定要親眼看到那孩子都安頓好才行。」

「妳打算什麼時候告訴波麗安娜？」

「也許明天吧。」

「妳要怎麼跟她說？」

「我還不知道……究竟該怎麼說；當然一定要在我能控制的範圍內。湯瑪斯，無論發生什麼事，我們都不希望波麗安娜受到任何傷害。小孩子難免會覺得受傷，若他們知道自己是某種……某種……」

「標示完整服用說明的藥瓶？」醫生笑著打斷她。

「沒錯！」奇爾頓夫人嘆著氣，「況且，親愛的，你也知道，正因為她完全沒意識到自己在做什麼，才能發揮如此神奇的效果。」

「是啊，我了解。」男子點點頭。

「她當然知道你和我，甚至是鎮上半數以上的人都在陪她玩那個遊戲，而我們……我們也因為玩這個遊戲變得快樂許多。」奇爾頓夫人聲音微微地顫抖著，但她很快便鎮定下來。「不過，一旦她察覺到這點，不但會失去自己開朗樂觀的天性，也會無法自在地玩她父親教她的遊戲，她可能會變成……就像那位護士所說的——一個『討厭鬼』。所以，無論我明天怎麼對她說，我都不會讓她知道此行的目的是為了幫助卡魯夫人振作起來。」說到最後，奇爾頓夫人甚至放下手邊的工作起身表示自己的決心。

「這也是我覺得妳英明睿智的地方。」醫生贊同地說。

波麗安娜是在隔天知道這個消息，而奇爾頓夫人是這麼告訴她的。

「親愛的，」那天早上，當兩人獨處時，姨媽問她：「今年冬天去波士頓住一陣子妳覺得怎麼樣？」

「和您一起去嗎？」

「不是，我決定和妳姨丈一起去德國。不過艾姆斯醫生的一位好朋友，也就是卡魯夫人，她想邀請妳冬天時去她那裡住，我覺得應該要讓妳去。」

波麗安娜聽完，臉隨即垮了下來。

「可是波麗姨媽，波士頓那裡沒有吉米、潘道頓先生、史諾太太這些我認識的人。」

「是啊，親愛的。不過，妳剛來到這裡時也不認識他們啊！但後來還是和他們變成朋友了。」

波麗安娜立刻露出開心的微笑。

「波麗姨媽，您說得對！所以我不認識任何人就表示在波士頓也有好多個吉米、潘道頓先生和史諾太太等著我認識囉？」

「沒錯，親愛的，正是如此。」

「那我應該要開心才是。波麗姨媽，我想您現在比我還會玩那個遊戲。我從未想過在波士頓還有好多好多的人正等著我認識！我兩年前從西部來這裡的途中，曾和格雷太太見過其中的幾個。您知道嗎？我們當時在那裡待了整整兩個小時。

「車站裡有位男士人非常好，他告訴我哪裡可以喝到水。您想他現在還會在那裡嗎？我很想認識他。還有一位帶著小女孩的親切女士，您告訴我她們就住在波士頓，那個小女孩的名字叫蘇西·史密斯。或許我有機會可以認識她們。您覺得我會見到她們嗎？還有一個小男孩以及另一個帶著嬰孩的女士——只不過他們住在檀香山，所以我現在去或許沒辦法在那裡遇到他們。不過，反正那裡至少還有卡魯夫人。波麗姨媽，卡魯夫人是什麼人啊？她是我們的親戚嗎？」

「我的天啊，波麗安娜！」奇爾頓夫人好氣又好笑地驚呼。「妳怎麼能期望會有人能跟得上妳的說話速度，更別說要跟上妳的想法了，前一秒還在檀香山，下一秒竟然又回到卡魯夫人！不是的，卡魯夫人不是我們的親戚，她是黛拉．威瑟比小姐的姊姊。妳還記得療養院的威瑟比小姐嗎？」

波麗安娜開心地拍著手。

「她的姊姊？威瑟比小姐的姊姊？噢，那她人一定很好，威瑟比小姐人就很好。我好喜歡威瑟比小姐。她的眼睛和嘴角總是帶著笑意，而且她知道很多好棒、好好聽的故事。不過我只和她相處了兩個月，因為她在我出院前沒多久，才開始在療養院工作。一開始我有點難過，總想著如果我剛到療養院時，她就已經在那裡工作，那該有多好，這樣我們就有更多的時間可以相處了。但後來我還是很開心；因為您想想看，如果我們真的從一開始就相處在一起，一定會比只相處兩個月更難說再見。現在就好像我們又能在一起了，因為我會跟她姊姊在一起。」

奇爾頓夫人深吸一口氣並緊咬著嘴唇。

「可是，波麗安娜，親愛的，妳千萬別期待這兩個人會很相像。」她冒險提醒波麗安娜。

「可是，波麗姨媽，她們不是姊妹嗎？」小女孩張著大大的眼睛和姨媽爭辯：「我認為姊妹應該都很相像才是。婦女勸助會裡就有兩對姊妹，一對是雙胞胎，她們真的長得好像，讓人分不出哪一個是派克太太，哪一個是瓊斯太太，後來是瓊斯太太的鼻子上長了一顆小肉瘤，我們才分得出來，所以我們一看到她們，第一件事就是找鼻子上的肉瘤。後來有一天，瓊斯太太跟我抱怨別人常把她叫錯成派克太太，我就告訴她，只要大家像我一樣，看看鼻子上有沒有肉瘤，立刻就能判斷誰是誰了。但她聽了後非常火大……我的意思是……她很不高興，雖然我不知道原因，但我想她可能不喜歡那顆小肉瘤。我一直以為有一個可以分辨她們兩姊妹的依據，她們應該要很開心才是，尤其是瓊斯太太，因為她是婦女勸助會的主席，而且她又非常不喜歡別人不把她當主席看待——因為主席在教堂的晚餐會，通常都會安排在最好的位置、享受到最用心的出場介紹，還會受到特別殷勤地照顧——但她卻一點也不開心，事後我聽到懷特太太告訴羅森太太，瓊斯太太很想除掉那顆肉瘤，她用盡一切辦法，甚至連在鳥尾巴上撒鹽都試過了。但我不明白她這麼做到底有什麼好處。波麗姨媽，在鳥尾巴上撒鹽真的可以幫人除掉鼻子上的肉瘤嗎？」

「傻孩子，當然不行！而且波麗安娜，每次只要講到婦女勸助會的事，妳都會講個沒完沒了！」

「我真的會這樣嗎，波麗姨媽？」小女孩懊惱地問，「我這麼做您會覺得很煩嗎？我真的不是要故意惹您不開心，波麗姨媽。不過，如果婦女勸助會的事真的讓您這麼反感，而我又常常不小心提到它。您還是可以為此感到開心，因為我每次只要想到婦女勸助會，我就會為了自己不再只能當她們的小孩，而是擁有一個親姨媽而開心不已。波麗姨媽，您可以為此感到開心，不是嗎？」

「是、是，親愛的，我當然可以為此感到開心，當然可以。」奇爾頓夫人笑著起身往房門外走去，但她心裡突然感受到強烈的罪惡感，因為她意識到自己有時聽到波麗安娜老是開心、開心地說個不停時，還是會出現以前那樣不耐煩的情緒。

接下來的幾天，關於波麗安娜去波士頓過冬的信件，就這麼往返於兩地之間，而波麗安娜自己則是為了接下來的遠行，向她在貝爾丁斯維爾鎮的朋友們展開一連串的拜別行程。

現在，在佛蒙特這個小村子裡，每個人都認識波麗安娜，而且幾乎所有人都在陪她一起玩那個遊戲。少數沒在玩的人，並不是因為討厭而不玩，只是單純不知道這個遊戲而已。所以當波麗安娜挨家挨戶地大聲宣布自己即將去波士頓過冬的消息，這一路從波麗姨媽家廚房工作的南西開始，一直到住在山上大房子裡的約翰・潘道頓為止，所到之處都是眾人遺憾及不捨的聲音。

南西逢人（這些人當然不包括她的女主人）就說，她認為這趟波士頓之旅簡直愚蠢到極點，她本人願意，不，是非常樂意帶波麗安娜小姐回到自己在鄉下的家中住；那波麗小姐就可以愛去多久就去多久。

往在山上的約翰・潘道頓也說了幾乎相同的話，唯一的不同之處，他是當著奇爾頓夫人本人的面前說。至於吉米——也就是約翰・潘道頓當初為了讓波麗安娜開心而收留、但現在已成為他的養子的小男孩——聽到的反應則是非常氣憤，而他也毫不猶豫地表現出來。

「但妳才剛回來。」他用著慣常掩飾自己內心情感的語調責備著波麗安娜。

「我去年三月就回來了，況且，我又不是一去不回。冬天過完就回來了。」

「我不管。妳才剛離開這裡有整整一年的時間，再說，如果我早知道妳怎麼又要再離開，在妳從療養院來的那天，我就不會浪費時間準備那些旗幟及標語去迎接妳。」

「吉米．賓恩！」波麗安娜不敢相信吉米會說出這樣的話。於是她不甘示弱地反擊：「我可從來沒要求你拿著那些東西來接我——而且你剛才的句子裡有兩個文法錯誤。你不應該說『怎麼』又要再離開；還有從療養院『來』的那天我想也是錯的。反正聽起來就是怪怪的。」

「就算我真的說錯，誰在乎啊？」

波麗安娜張大了眼睛，一臉不可置信。

「你說過你在乎的——是你自己今年夏天時親口對我說，若是發現你說話時文法有錯誤，一定要告訴你，因為潘道頓先生正在努力試著讓你說正確的文法。」

「如果妳不是讓一群整天無所事事，只會教妳怎麼說話的老太婆帶大，而是像我一樣，完全沒人在乎地被丟在孤兒院裡自生自滅，或許妳也會犯同樣的文法錯誤，搞不好會錯得比我還離譜，波麗安娜．惠提爾！」

「吉米．賓恩！」波麗安娜生氣地大叫，「我那些婦女勸助會的人才不是老太婆——只有幾個是老人，而且也沒有真的很老。」向來認為用字遣詞必須切合事實的她，顧不得自己生氣的情緒，急忙糾正吉米，「更何況……」

「而且，我也不叫吉米．賓恩！」小男孩打斷她，並驕傲地抬起了頭。

「你不叫……吉米．賓恩……你在說什麼？」小女孩追問。

「我被正式收養了。潘道頓先生說這個想法存在他心裡很久了，只是一直沒去做。現在他完成了正式的手續，所以我的名字現在是『吉米・潘道頓』，而我也要改叫他約翰叔叔，只是我沒習慣……沒有習慣……我是說我還不習慣，所以……還沒開始……所以並不常這麼叫他。」

小男孩的口氣中仍有些生氣和委屈，但小女孩的臉上早就看不到任何不滿的情緒，她甚至還興奮的拍起手來。

「噢，實在太好了！現在你真的有親人了——而且還是真心關心你的人。你甚至不用向別人解釋你們為什麼沒有血緣關係，因為你們的姓氏是一樣的。我好開心，好開心，真的好開心！」

小男孩突然從他們坐的石墩起身，向前走了一小段距離。他的雙頰熱得發燙，眼眶滿是淚水。這一切都要感謝波麗安娜——他知道，自己能遇上這樣的好事都是波麗安娜的功勞。謝謝妳，波麗安娜，他在心中默默地對她說……他用力地踢著一顆又一顆的小石子。他覺得自己快控制不住了，眼眶中滾燙的淚水已快滿溢出來並順著雙頰落下。於是他又開始踢起了小石子，踢了兩顆之後，他撿起第三顆並用盡全身的力氣把它丟了出去。一分鐘之後，他走回到波麗安娜坐著的石墩。

「我們來打賭，我賭自己可以比妳更快抵達那棵松樹下。」他得意地說。

「我賭你不行。」波麗安娜急著從石墩上跳了下來。

這場比賽最後根本沒開始，因為波麗安娜突然想起來，快跑目前還是自己的禁止項目之一。但吉米一點也不在乎。他的雙頰不再發燙，眼眶不再滿溢著淚水。他又回到了自己平時的樣子。

35　一劑波麗安娜

隨著九月八號，也就是波麗安娜到達的日子愈來愈靠近，露絲．卡魯夫人變得愈來愈緊張，更氣自己當初竟然做出這樣的決定。從她答應要接待波麗安娜的那一刻，她就後悔了。而且她還說，這是她人生中唯一後悔的決定。不到一天的時間，卡魯夫人就寫信給她的妹妹，試圖要反悔，但是黛拉表示，現在後悔已經來不及了，因為她與艾姆斯醫生已經寫信給奇爾頓家了。

很快地，黛拉來信說，奇爾頓夫人已經答應了，並且會在這幾天到波士頓安排波麗安娜的學校以及相關事宜。所以，現在一切已經成定局了，只能順其自然。卡魯夫人自知無力扭轉局面，所以只好臭著一張臉接受事實。不過，在黛拉以及奇爾頓夫人來訪的期間，她還是表現出和氣有禮的一面。但是，當她得知奇爾頓夫人待在波士頓的時間極短，而且一直在外奔波時，她還是打從心底感到高興。

波麗安娜要八號才會到卡魯家，這或許是件好事，因為在等待的這段期間，卡魯夫人還是沒有調適好自己家中即將出現一位新成員的事實，她變得愈來愈暴躁易怒，也氣自己竟然如此荒唐地屈服於「黛拉的瘋狂計畫」。

黛拉不是不知道她姊姊的心思。表面上，黛拉雖然裝得一副信心十足的樣子，但實際上內心卻忐忑不安，也很擔心結果究竟會如何。不過，她依舊對波麗安娜深具信心。也因為她對波麗安娜信心十足，所以，她決定大膽地把這個小女孩獨自丟進這場戰鬥之中，而且不提供任何援助。因此，她讓卡魯夫人到車站迎接她們，打完招呼，互相介紹過後，她就很快地找個理由藉故離開。因此，在卡魯夫人還沒有時間好好看清楚這個小女孩之前，就赫然發現只剩下她們兩人了。

「噢，可是，黛拉、黛拉，妳不能這樣……我沒辦法……」她朝著妹妹離去的背影，焦慮地喊著。

可是黛拉沒有回頭，事實上，就算她聽到了，她也不會回頭。於是，卡魯夫人只好惱怒地將自己的注意力轉回身旁的小女孩身上。

「好可惜喔！她沒有聽到，是嗎？」波麗安娜邊用依依不捨的眼神目送著黛拉離開邊說：「我有點不希望她現在就走，不過，我還有妳，這讓我很高興。」

「噢，對，妳還有我，我也還有妳。」卡魯夫人不甚和善地回應，「來吧，走這邊。」她乾脆地說，示意波麗安娜往右走。

波麗安娜順從地轉身，小跑步跟上卡魯夫人的腳步，穿過偌大的車站。不過，她幾次焦慮地抬頭看著卡魯夫人嚴肅的臉龐，最後她猶豫地開口。

「我猜妳可能以為……我會很漂亮。」波麗安娜壯著膽子問了一句，聲音裡充滿焦慮。

「漂……漂亮？」卡魯夫人不解地重複。

「是啊，留著捲髮，妳知道的。不過，妳當然會很好奇我到底長什麼樣子，就像我對妳的樣子也很好奇一樣。只不過，因為我認識妳的妹妹，所以我早就知道妳會跟她一樣地漂亮和善。我可以憑她來想像妳的樣子，可是妳卻沒辦法這麼做。而且，因為我臉上的雀斑，我當然不漂亮了。可是，如果妳當初期待看到的是一個漂亮的小女孩，卻發現來的人是我，那妳一定很失望，而且……」

「別亂說，孩子！」卡魯夫人帶著稍嫌刺耳的語氣打斷她，「過來這裡，我們現在去拿妳的行李，拿完行李後我們就要回家了。我本來還希望我妹妹今天會跟我們一起來，不過看起來，她並不想留下來，連待一個晚上都沒辦法。」

波麗安娜笑著點點頭。

「我知道，或許她真的沒辦法留下來呢。我想一定有其他人需要她。在療養院的時候，每天都有好多人在找她。當然了，如果一直有人要找妳，對妳而言也是挺麻煩的，不是嗎？因為通常妳沒辦法抽出時間做自己的事情，不過，被人需要也是件好事，所以應該覺得開心才對，妳說是嗎？」

卡魯夫人沒有回應，這大概是她有生以來，第一次認真思考，這世界上究竟有沒有人曾經這麼地需要她。不過，她馬上生氣地對自己說，她才不希望被人需要呢！她把自己的思緒拉回現實，皺眉看著身旁的孩子。

波麗安娜沒看見卡魯夫人皺起的眉頭，她的目光完全被行色匆匆的行人給吸引住了。

「我的天哪！好多人啊！」她開心地說著，「比我上次來的時候還要多呢，不過我找了又找，都沒有看到我上次遇到的那些人。當然了，那位女士跟她的寶寶住在檀香山，所以她們應該不會出現在這。不過有個叫蘇西．史密斯的小女孩就住在波士頓，說不定妳還認識她呢！妳認識蘇西．史密斯嗎？」

「不，我不認識什麼蘇西．史密斯。」卡魯夫人冷冰冰地答道。

「妳不認識嗎？她人超級好的，而且還很漂亮——她有一頭黑色的捲髮，妳知道，等我上天堂之後，我也要留那樣的頭髮。不過，說不定我可以在這找到她，這樣妳就可以認識她了。噢！我的天呀！這輛汽車太好看啦！這是我們要坐的車嗎？」波麗安娜目瞪口呆的停下腳步，瞪著眼前的這輛豪華轎車，一名穿著制服的司機打開車門，等著她們上車。

司機忍俊不住地笑了出來。而對比波麗安娜的活力，卡魯夫人的回應卻十分無精打采，因為在她看來，「搭車」只不是一種交通方式，讓她可以從一個無聊的地方到另一個無聊的地方罷了。

「是的，這是我們要坐的車……回家，柏金斯。」接著，她對著那名畢恭畢敬的司機說。

「噢，我的天啊？這是妳的車嗎？」波麗安娜問，因為從卡魯夫人的舉止看來，她應該就是這輛車的主人。「真是太棒了！妳一定非常有錢，我是說，超級富有，妳家裡的每間房間都有地毯，而且每個週日都能吃到冰淇淋，就跟懷特家一樣，或許，妳比他們家還要富有呢。喔，懷特

夫人是婦女勸助會裡的一位阿姨。我一直以為他們家很有錢，不過我現在知道，真正的有錢，是擁有鑽石戒指和海豹皮大衣，雇了許多女傭，每天都能穿天鵝製或絲綢製的裙子，還有輛汽車。這些妳都有嗎？」

「什麼？有……有啊，這些我都有。」卡魯夫人承認，露出淺淺的微笑。

「那妳當然很富有啦。」波麗安娜聰明地點點頭，「這些東西我的波麗姨媽也都有。只不過，她的車其實是匹馬。天哪！我實在太喜歡坐車啦！」波麗安娜興奮極了，開心地在座位上蹦了一下。「妳瞧，以前我從來沒有坐過車，除了那輛撞到我的車之外。那天他們把我從車底下救出來之後，就把我抬進車裡了，不過我那時候什麼也不知道，所以當然就無法享受了。從那之後，我就沒有再坐過車了。波麗姨媽也不喜歡車。

「可是湯姆姨丈喜歡，而且他想要買一輛。他說，為了工作需要，他得買一輛車。他是個醫生，妳知道的，而且現在鎮上所有的醫生都買車了。我不知道最後會怎麼樣，因為波麗姨媽不是很高興。妳瞧，波麗姨媽希望湯姆姨丈可以得到他自己想要的東西，可是她又希望湯姆姨丈想要的是她希望他想要的東西。妳懂嗎？」

卡魯夫人突然笑了起來。

「噢，親愛的，我想我懂了。」她故作正經地回答，可是她眼中卻閃著極為少見的光芒。

「那就好，」波麗安娜滿意地嘆了一口氣，「我想妳應該懂的，雖然我剛剛講得不是很清楚。

噢，波麗姨媽還說，其實她不介意擁有一部車，真的。只要她的車是世界上獨一無二的就行，這樣就不會有人的車跟她的一模一樣了。可是……噢，我的天啊！好多房子呀！」波麗安娜又突然住口，驚喜地瞪大了眼睛看著周遭的景色。「到底有多少房子呀？不過，有這麼多人要住，當然需要這麼多房子。除了我在街上見到的那些人之外，還有車站的那些人呢。而且，人愈多的地方，我們需要知道的事情就愈多，我喜歡跟很多人相處，妳呢？」

「喜歡跟很多人相處？」

「是啊，就是很多人，我是指，任何人……所有人。」

「好吧，波麗安娜，只不過我不喜歡。」卡魯夫人冷冷地答道，她的眉頭又皺起來。卡魯夫人眼中的光芒消失了，她轉用懷疑的眼神看著波麗安娜，在心裡對自己說：「我就說吧，她快開始說教了，她會用跟黛拉一樣的方式來告訴我，我得去跟周遭的人打交道！」

「妳不喜歡嗎？噢，但是我很喜歡。」波麗安娜說，「他們人都很好，而且每個人都很不一樣，妳知道的。而且這裡一定也有很多很多不一樣的人。噢，妳一定沒辦法想像，我是多麼高興自己可以這麼早就到這來！其實，自從我知道妳是威瑟比小姐的姊姊之後，我就知道自己到波士頓的時候一定會很開心。因為我好喜歡威瑟比小姐，所以我也一定會喜歡妳的，因為妳們姊妹一定很像。即使妳們不是雙胞胎，跟瓊斯太太還有派克太太那對雙胞胎不一樣，不過，雖然她們兩個是雙胞胎，可是一點也不像，就憑那顆肉瘤。不過，我敢打賭妳不知道我在說什麼，所以讓我來告訴妳吧！」

就這樣，原本已經有心理準備要聽一大篇道德勸說的卡魯夫人，最後即驚訝又有點尷尬地發現，自己竟然聽著婦女勸助會那位瓊斯太太的故事，更精確地說，是關於她鼻子上那顆肉瘤的故事。

在豪華轎車轉進聯邦大道之前，波麗安娜已經把肉瘤的故事講完了。波麗安娜一看到車外美麗的街道，立刻驚呼：「街道兩旁都是又寬又大的院子耶！」還說，「跟剛剛那些狹小的街道比起來，這裡更美了！」

「我想，每個人都會想要住在這裡的。」她開心地下了這個結論。

「可能吧，不過我想應該是不太可能。」卡魯夫人反駁，揚了揚眉毛。不過波麗安娜誤會卡魯夫人臉上的表情了，她以為卡魯夫人之所以不高興，是因為自己的房子不在這條漂亮的大街上，所以趕緊試著補救。

「噢，當然不是啊！」波麗安娜說，「而且我不是說比較窄的街道就不好，」她趕緊解釋，「也許還更好呢，因為當妳想要到對面借個雞蛋或是汽水時，完全不用過那麼寬的馬路，這很令人開心呢，而且……噢，妳住在這裡嗎？」當車子停在卡魯家富麗堂皇的門口時，波麗安娜驚訝地打斷自己的話，「妳住在這裡嗎？卡魯夫人？」

「什麼？是啊，我住在這。」卡魯夫人略帶惱怒地回答。

「噢，能住在這麼一個漂亮的地方，妳一定很開心，開心得不得了！」小女孩興高采烈地跳上了走道，回頭急切地看著她，「難道妳不開心嗎？」

卡魯夫人沒有回答，她皺著眉，緊抿著唇，走下那輛豪華的車。

五分鐘後，波麗安娜又試圖解釋她剛剛說的話。

「當然，我指的不是那種不好的驕傲。」她一邊解釋，一邊不安地看著卡魯夫人的臉，「或許妳跟之前波麗姨媽的感覺一樣，其實我指的高興，不是因為擁有別人無法擁有的東西而高興，而是那種會讓妳忍不住想要歡呼大喊、用手拍門的那種快樂，這樣有比較清楚一點嗎？雖然大喊大叫跟用手拍門都不太好。」波麗安娜一邊蹦來蹦去一邊說。

司機匆忙轉身停車去了。卡魯夫人依然緊抿著唇，皺著眉頭，帶頭爬上那寬敞的石階。

「來吧，波麗安娜。」她乾脆地說。

五天之後，黛拉．威瑟比收到她姊姊的來信，她迫不及待地把信拆開。自從波麗安娜來到波士頓之後，這是黛拉第一次收到她姊姊的信。

卡魯夫人寫道：

我親愛的妹妹，看在上帝的分上，妳為什麼之前不告訴我，這個妳堅持要我接受的小女孩究竟是什麼樣子？我簡直快要瘋了，但是我完全沒辦法把她送走。我已經試過三次了，但是每一次當我就快要脫口而出之際，她總是打斷我，接著開始告訴我，她在這邊過得有多開心，她有多高興自己可以到這裡來，而且還誇我是個多麼好的人，願意讓她在她的波麗姨媽去德國時住到這來。天哪，這種時候，我怎麼能突然對她說「那，請妳回家，我不想要妳待在這裡」。更令人難以置信的是，我想她小小的腦袋裡，壓根沒想過我其實並不希望她待在這裡，而且我現在也沒辦法讓她這麼想。

當然，一旦她開始說教，告訴我要對一切心懷感激，我一定會把她送走。妳應該知道，我絕不允許這樣的情況發生。有兩、三次，我幾乎以為她要開始了（我是說，開始說教），但是到目前為止，她總是在講那些婦女勸助會裡的荒唐故事，所以話題就被岔開了。如果她真想要留下來，那到目前為止，她還真是幸運。

但是，黛拉，她真的是完全不可理喻。一開始，這間房子的一切都讓她興奮不已。到這裡來的第一天，她把所有房間的門都打開，還要把所有的窗簾都拉開才滿意，如此一來，她就可以「看到所有可愛漂亮的東西了」，她說，這裡的東西甚至比約翰．潘道頓先生家的還要好。我才不管他是誰，不過我猜應該是貝爾丁斯維爾鎮的某個人吧，總之我確定他不是婦女勸助會的一員。

然後，讓我一直從一個房間跑到另一個房間（好像我是私人導遊似的）還不足以滿足她，她竟然還找出一條我好幾年沒穿的白色綢緞晚禮服，苦苦哀求我穿上它。然後我就穿上了

——天哪！我沒辦法想像自己竟然會這麼做，我簡直拿她一點辦法都沒有。

這還只是開始而已，她還要求我給她看我所有的東西。另外，那些關於教會捐獻物資的故事實在是太有趣了！她說她以前還把那些捐獻箱「穿在身上」，聽到這，我都忍不住笑了，不過當我一想到這個可憐的小女孩得把那些破舊的衣服穿在身上，差點忍不住哭了。而且，在晚禮服之後，她又找到了許多珠寶，並且大驚小怪地對著兩、三只戒指驚呼，所以我愚蠢地把保險箱打開，結果一看到裡面的東西，她的眼睛都快彈了出來。黛拉，我覺得那個孩子一定是瘋了，她把所有的戒指、胸針、手鐲、項鍊都往我身上戴，而且還堅持要我戴上兩個鑲鑽的小皇冠（在她得知那是什麼東西之後），於是我就坐在那，渾身掛滿了珍珠、鑽石和綠寶石，活像印度寺廟裡的異教女神一樣。最扯的是，那個可笑的孩子竟然開始在我身旁又唱又跳地繞著，一邊拍手一邊唱：「噢，真是太漂亮了，太棒啦！漂亮到我都想把妳掛在窗戶上呢！妳一定會變成超級美麗的稜鏡！」

我才剛要問她那究竟是什麼意思，可是她竟然突然蹲在地板的中央，開始哭了起來。妳知道她為什麼哭嗎？就因為她很開心自己長有一雙眼睛，能看到這麼美麗的東西，她竟然因為這個原因高興到哭了！這下妳覺得怎麼樣呢？

當然，這一切還沒結束呢！現在只是剛開始而已。波麗安娜已經來四天了，每一天她的行程都是滿滿的。她已經把清掃工人、巡邏的員警，還有送報生都當作自己的朋友，更不用說家裡的所有僕人了。他們似乎都被她迷住了，但是千萬別以為我也一樣，我可沒有。而且，一旦當我覺得沒有必要遵守諾言，留她在這裡過冬之後，我就會立刻把她送回去妳那裡。因為，想要用她來讓我忘記失去傑米的悲傷，那是不可能的。她只會讓我更加強烈地感受到失去傑米的痛苦，因為現在在我身旁的是她而不是傑米。但是，就像我說的，我會讓她待在這裡，直到她開始說教為止。如果她一開始碎碎念說教，我就立刻把她送回妳那裡，不過，她到現在都還沒開始。

妳親愛的，但心煩意亂的

露絲

「還沒開始長篇大論說教？就是啊！」黛拉．威瑟比暗自竊笑，同時把她姊姊那封寫得密密麻麻的信紙重新摺好。「噢，露絲，露絲！妳承認妳打開了每一間房間，拉開了每扇窗簾，還用珠寶跟綢緞來打扮自己，波麗安娜到波士頓都還沒有一個禮拜呢！但是她還沒開始說教呢……是啊，還沒開始。」

36 那個遊戲與卡魯夫人

對波麗安娜而言，波士頓是個新鮮的經驗，但對於波士頓而言——尤其是對那些初次認識她的人而言——波麗安娜更是一個極為新奇的體驗。

波麗安娜說她喜歡波士頓，但她也真的希望它不要這麼大。

「妳看嘛，」波麗安娜抵達波士頓的第二天，她認真地想解釋給卡魯夫人聽：「我想看遍整個波士頓，但我實在無能為力。這就像波麗姨媽的宴客餐點一樣，明明有這麼多東西可吃——我是說，可看——但卻什麼也沒吃——我是說，什麼也沒看到，因為總是會一直猶豫不決，不知道該吃哪一道——我是說，該看什麼。」

「選擇很多當然是件開心的事，」波麗安娜深吸一口氣後繼續表示：「無論是什麼樣的東西，能有一大堆當然很好——當然，我說的是好的東西，不是像藥物或喪禮之類的東西！——但我同時也會忍不住盼望，若能把這些餐點分一些給那些沒有任何蛋糕和派可吃的日子，那該有多好！對於波士頓，我也有同樣的感覺。我希望能把一部分的波士頓帶回貝爾丁斯維爾，這麼一來，明年夏天我就可以接著玩了。不過，我當然沒辦法把它帶回家，城市又不是糖霜蛋糕。而且，就算是蛋糕，經過這麼長的時間，也不可能維持原狀。我曾試過一次，但蛋糕乾掉了，尤其是上面的糖霜。我覺得糖霜最好還是在賞味期限內吃完；所以，我希望趁自己還在波士頓時，能把波士頓完整地看過一遍。」

波麗安娜和一般人不一樣，一般人看世界喜歡從最遙遠的地方看起，但波麗安娜的「看遍波士頓」則是徹底從探索周遭環境開始做起，所以美麗的聯邦大道，也就是波麗安娜目前的住所，就成了她現在的主要觀察對象；而這項工作和學校的作業，也幾乎占據她所有的時間及注意力，長達數日之久。

這裡有好多東西可看、可學。從按一下就可以照亮整間房間的牆上小按鈕，到掛著許多鏡子及畫作的安靜宴會廳，每件事物都是既美麗又如此讓人讚嘆。除此之外，還有好多可愛的人，除了卡魯夫人以外，還有負責應門、打掃客廳並每天陪著波麗安娜上下學的瑪麗；住在廚房並負責煮飯的布莉姬；伺候用餐的珍妮，以及負責開汽車的柏金斯。這些人都好可愛——但又是如此的與眾不同！

波麗安娜抵達波士頓時是星期一，因此幾乎是過了將近一個禮拜的時間，才首次碰到星期天。她一大早下樓時，臉上就帶著喜孜孜的微笑。

「我好愛星期天。」她開心地讚嘆著。

「是嗎？」卡魯夫人就是一副她什麼日子也不愛的口氣。

「是啊，因為星期天可以上教堂和去主日學校。卡魯夫人，妳比較喜歡哪一個呢？是教堂？

還是主日學校？」

「嗯，事實上，我……」卡魯夫人甚少上教堂，也從未去過主日學校。

「實在很難抉擇，對不對？」波麗安娜忍不住插嘴，她睜著炯炯有神的雙眼，態度認真地說：「不過，因為父親的關係，我比較喜歡上教堂。妳也知道，他是一名牧師。雖然，他現在一定是在天堂和母親看著地上的我們，但很多時候，我都會試著幻想他其實就在我身邊；這在教堂，尤其是牧師布道的時候最容易做到。我會閉上眼睛，幻想他就在講壇上；這麼做真的很有幫助。我好開心我們有幻想的能力，妳說是不是啊，卡魯夫人？」

「我不是很確定，波麗安娜。」

「可是幻想總是比現實中實際發生的事好上好多倍——不過，妳的情況不同，因為妳的現實生活是如此美好。」卡魯夫人氣得想反駁，但波麗安娜卻緊接著說：「當然，我的現實生活也已經比之前好很多了。在我受傷的那段時間，我的雙腿完全沒辦法動，所以我只好整天一直幻想，拚命地幻想。當然，我現在也還是會常常幻想——幻想關於父親的事，還有一些有的沒的。所以，今天我就要幻想父親就在布道的講壇上。我們什麼時候出發？」

「出發？」

「我是說去教堂。」

「可是，波麗安娜，我不……應該說，我不想……」卡魯夫人清了清自己的喉嚨，想再次表明自己根本不打算去教堂，況且她幾乎不上教堂。但看著波麗安娜自信的小臉蛋和開心的神情，她實在說不出口。

「我想……若是要走路過去，大概十點十五分左右出發就可以了，」然後她有些生氣地說：「反正沒有很遠。」

於是，就在這個晴朗的九月早晨，卡魯夫人許久以來第一次出現在教堂中卡魯家族專屬的座位上。這間教堂的裝潢非常時尚典雅，不但是她自小開始上的教堂，也是她一直以來大力贊助的對象——不過只限於金錢上的贊助。

對波麗安娜來說，這次的主日崇拜充滿著令人驚奇以及愉快的事物。無論是穿著聖袍的唱詩班吟唱出的美妙旋律、鑲著寶石的窗戶照進來的乳白色光線、牧師布道時慷慨激昂的聲音，甚至是做禮拜時虔誠肅靜的氣氛，這一切的一切，在在都讓波麗安娜的情緒陷入狂喜狀態，甚至一度無法言語。一直到快到家，她才鬆了一口氣並熱切地說：

「噢，卡魯夫人，我剛才在想，過好每一天，是件多麼值得開心的事。」

卡魯夫人突然皺起眉頭並低頭看著波麗安娜，她現在可沒心情聽人說教。她心想，自己剛剛才被迫聽完講壇上那一連串的大道理，現在可不打算再聽這小鬼頭的諄諄教誨，更何況這種「過好每一天」的論調，正是黛拉最愛的信條。她不是常說：「露絲，妳只要好好活在當下這一分鐘，無論是再討厭的事，任何人都能撐過當下這一分鐘！」

「是嗎?」卡魯夫人淡淡地說。

「是啊。若是把昨天、今天和明天全都同時擠在一天過,光是要決定做哪些事就夠傷腦筋了,」波麗安娜嘆道,「因為美好的事物實在太多了。可是現在,我不但享受過昨天,活在今天,還可以期待即將到來的明天,甚至是下個星期天。老實說,卡魯夫人,要不是現在是星期天,我們所在的地方又是如此安靜的街道,不然我真想在這條大街上盡情地跳舞和歡呼。但今天偏偏是星期天,所以我只好先忍耐,等到回家之後再唱一首最愉悅的讚歌。不過,究竟哪一首是最愉悅的讚歌?卡魯夫人,妳知道嗎?」

「我……我不知道!」

卡魯夫人聲音很微弱,但她的表情看起來彷彿是在尋找自己失去的某樣東西。對於一個認定世上不會有好事,並一心想著別人會勸她一次只要忍受一天的女人,現在忽然聽到有人對她說,因為美好的事物太多,所以一次只過一天是件多幸運的事,的確足以讓她卸下心防。

隔天,也就是星期一的早晨,是波麗安娜第一次單獨上學。她現在對這條往返校園的路線可以說是瞭若指掌,況且學校並沒有很遠,離住處只有一小段步行的距離。波麗安娜非常享受校園生活。這是一所私立女子學校,像這樣的環境對她來說是個頗新奇的體驗,但波麗安娜向來喜歡體驗新的事物。

不過,卡魯夫人則正好相反,她向來不是一個對新事物抱持開放心態的人,而這些日子以來,她實在累積了太多新奇的體驗。對於一個凡事興趣缺缺、提不起勁的人，卻要強迫她和一個看到每樣事物都覺得新鮮並感到興奮不已的人在一起，只會讓她更加煩躁，而這已經算是比較保守的說法。事實上，卡魯夫人可不只是煩躁而已，簡直是一肚子火。但若問她生氣的原因是什麼，她能給的唯一理由竟是「因為波麗安娜實在太開心了」，這樣的答案，即使是卡魯夫人也說不出口。

但卡魯夫人的確曾在寫給黛拉的信中提到過，「開心」這兩個字真的讓她很火大，她有時會希望自己再也不用聽到那兩個字；但她也不得不承認，波麗安娜的確沒在說教，也從未試著要她玩那個遊戲。真要說這孩子做了什麼，大概就是一直理所當然地認為卡魯夫人一定過得很開心。然而，對於一個不知開心為何物的人，這點卻是最令人生氣的。

波麗安娜住進卡魯夫人家的第二個星期，卡魯夫人累積的不滿終於爆發，並演變為激烈的抗議。而導火線則是波麗安娜在講述婦女勸助會中某個成員的故事時，在結尾的部分提到了那個遊戲。

「卡魯夫人，她當時就在玩那個遊戲，不過妳應該不知道那個遊戲，我待會再告訴妳。那是個可愛的小遊戲。」

不過，卡魯夫人這時卻抬起頭來。

「不用了，波麗安娜，」她嚴肅地說：「我知道那個遊戲，我妹妹跟我說過了，而我必須要說——我對那個遊戲一點興趣也沒有。」

「喔，卡魯夫人，妳當然不需要對那個遊戲有興趣！」波麗安娜聽了趕緊向卡魯夫人致歉，「我並沒有要妳玩那個遊戲的意思，因為這個遊戲不適合妳玩。」

「不適合我玩！」卡魯夫人不敢置信地說，雖然她一點也不想玩這個愚蠢的遊戲，但也不想被人說自己沒能力玩這個遊戲。

「喔，當然，難道妳看不出來嗎？」波麗安娜笑嘻嘻地說，「這個遊戲是要在每件事中尋找值得開心的地方，而妳連找都不必找，因為妳生活中的每件事都是值得開心的事，所以這個遊戲根本不適合用在妳身上！難道妳看不出來嗎？」

卡魯夫人氣得滿臉通紅，並在盛怒之下，連她不想說的話都脫口而出。

「不，波麗安娜，我一點也看不出來，」她冷冷地說：「事實上，我找不出任何值得開心的事。」

波麗安娜聽完後先是呆了幾秒，才一臉驚訝地向後退了一步。

「卡魯夫人！」她倒吸一口氣。

「我的人生中……到底有什麼值得開心的事？」卡魯夫人一時之間把自己不想被波麗安娜「說教」的事忘得一乾二淨，並開始質問波麗安娜。

「所……所有這一切都很值得開心啊！」波麗安娜仍是有些不敢置信，她喃喃地說：「像這……這一棟美麗的房子。」

「這裡不過是吃飯睡覺的地方，而我……既不想吃飯也不想睡覺。」

「但這裡還有好多迷人的東西。」波麗安娜變得有些猶豫。

「我早就厭倦了這些東西。」

「還有汽車，可以帶妳到任何地方去的汽車。」

「我哪也不想去。」

波麗安娜深吸一口氣。

「可是，還有人啊，妳眼前的人啊，卡魯夫人。」

「我對他們一點興趣也沒有。」

再一次地，波麗安娜驚訝地瞪大雙眼，眉頭也愈皺愈緊。

「可是，卡魯夫人，我不明白，」她強調，「以前，人們都是遭遇到不好的事才會玩這個遊戲，情況愈糟，找到值得開心的地方時，遊戲就愈好玩。但現在妳的生活又沒有任何不好的事，所以連我都不知道這遊戲該怎麼玩。」

卡魯夫人沒有回應，她就是靜靜地坐在那，但眼神卻默默地望向窗外。過一會兒，她臉上生氣倔強的表情不見了，取而代之的是一臉絕望悲傷的模樣。她緩緩地轉過頭對著波麗安娜說：

「波麗安娜，我本來不打算告訴妳這件事，但現在，我決定要說出來。我要告訴妳，為什麼沒有任何事能讓我……開心。」於是她開始訴說傑米的故事。八年前，四歲的小男孩一腳踏入另一個世界，但連繫兩個世界的門卻無預警的關上了。

「從此之後，妳再也沒在任何地方看到過他？」波麗安娜聽完後哭著說。
「我再也沒見過他。」
「不過，我們會找到他的，卡魯夫人，我相信我們一定會找到他的。」
卡魯夫人難過地搖搖頭。
「可是，我到處都找遍了，甚至連國外也沒放過，但我就是找不到他。」
「但他一定在某個地方。」
「波麗安娜，他可能已經……死了。」
波麗安娜急著大喊：
「噢，不，卡魯夫人。請不要這麼說！我們可以想像他還活著啊。對，我們可以這麼做，而且這麼做絕對會有幫助的；若在我們想像之中，他是活著的，那我們也可以輕易地想像出未來找到他時的畫面。這麼想妳會好過很多的。」
「波麗安娜，但我好怕他真的已經……死了。」卡魯夫人哽咽地說。
「妳又不能肯定，對吧？」小女孩情急地反駁。
「是……是沒錯。」
「那麼，這就只是妳的想像，」波麗安娜得意地說，「如果妳可以想像他死掉了，當然也可以想像他還活著啊！況且當妳這麼做之後，情況會好很多。妳不覺得嗎？而且我敢說，妳總有一天一定會找到他的。所以卡魯夫人，妳現在就可以玩那個遊戲了！妳可以利用傑米的事來玩這個遊戲。如此一來，妳每天都會很高興，因為每過一天，距離找到他的日子又近了一天。這樣妳明白了嗎？」

但卡魯夫人並不「明白」，她沮喪地站了起來，對著波麗安娜說：「不、不，孩子，妳不懂……妳根本什麼也不懂。現在，求求妳快走開，我拜託妳，去看書或做什麼都好。我頭很痛，我要去躺一會兒。」

於是波麗安娜哭喪著臉，緩緩地離開了這個房間。

37 波麗安娜散步去

在波士頓的第二個週六，波麗安娜來了一場令人難忘的散步之旅。在那之前，除了上學跟放學之外，波麗安娜從來沒有自己去散步過，卡魯夫人也沒有想到波麗安娜竟會嘗試一個人去探索波士頓的大街小巷，所以自然也沒去阻止她。在波麗安娜剛到貝爾斯丁維爾鎮的時候，她最喜歡的娛樂就是在蜿蜒曲折的小巷子裡閒逛，找新朋友或是另一場新的冒險。

在某個星期六下午，卡魯夫人一如往常地又說：「去吧、去吧，孩子，拜託妳不要待在這，去妳想去的地方，做妳想做的事，就是不要再來問我問題了！」

其實，如果是自己一個人，波麗安娜就算不踏出門，也可以在房子裡找到許多樂子。就算那些沒生命的東西引不起她的興趣，她還有瑪麗、珍妮、布莉姬，還有柏金斯。可是今天瑪麗頭痛，珍妮忙著給帽子修邊，布莉姬正在做蘋果派，而柏金斯不知道跑到哪去了。此外，今天是個陽光特別燦爛的九月天，屋裡的任何東西都沒有屋外明亮的陽光跟溫暖的空氣來得誘人。於是，波麗安娜就出了門，在臺階上坐了下來。

有段時間，她只是靜靜地看著街上衣著光鮮亮麗的男女老少，有的匆匆忙忙地從房子前走過，有的則悠閒地在林蔭大道上漫步，而這條有著高低起伏的大道恰巧穿過聯邦大道。接著，她站起身來，跳下臺階，先往右看看，再往左瞧瞧。

波麗安娜決定，自己也要去散個步。這天可是個適合散步的美麗日子啊！而且，到目前為止，她還沒有真正地散過步呢。上學、放學那可不算是真正的散步。卡魯夫人不會介意的，而且她不是說過，只要她不再問問題，隨便她做什麼都可以嗎？現在，有一整個下午的時間夠波麗安娜來消磨，整整一下午，想想看這個下午她可以看到多少美麗的東西啊！而且今天的天氣實在是太棒了！她決定——往這邊走！波麗安娜跳起身，快樂地轉了個圈，轉過身踏著輕快的步伐往聯邦大道走去。

波麗安娜對路上每個人都投以愉快的微笑，但是，她失望地發現，沒有人對她的微笑做出回應。對此，波麗安娜並不太訝異，因為在波士頓，她已經習慣這種情況了。不過，她還是保持笑容，希望在某個時間，有某個人會笑著回應她。

卡魯夫人的宅邸離聯邦大道的起點非常近，所以，沒過多久，波麗安娜就發現自己走到了街底，正前方就是另一個與聯邦大道垂直的大路。街道的另一邊，在秋日的陽光下，坐落著波麗安娜所見過最美麗的「院子」——波士頓公共花園。

波麗安娜猶豫了一會兒，她的眼睛渴望地盯著眼前的美景。這一定是某個有錢人的私人大花園，這一點毋庸置疑。有一次，療養院的艾姆斯帶著她去拜訪一位女士，她的房子十分漂亮，四周也圍繞著跟這裡一樣的道路、樹木以及花圃。

波麗安娜很想要過馬路到對面的花園裡走走，不過她不確定自己有沒有權利在花園裡散步。她看到很多人在裡面走來走去，但他們或許是受邀的賓客。她看到兩位女士、一位男士，還有一位小女孩毫不猶豫地走進大門，踏著輕快的腳步走在小徑上，所以，波麗安娜猜想自己也可以進去。她看準時機，敏捷地穿越馬路，走進大花園裡。

走進花園後近看，這裡比剛剛從遠處看時美多了。小鳥在她頭頂啾啾地叫著，一隻松鼠蹦蹦跳跳地穿過她面前的小路，長椅上坐著許多男男女女跟小孩子；透過樹枝間的縫隙，可以看到波光粼粼的水面，還有不知道從哪裡傳來的孩子嘻鬧聲和音樂。

波麗安娜又猶豫了，所以她有些膽怯地向一位迎面走來的時髦女性打招呼。

「請問，這裡正在舉行派對嗎？」波麗安娜問。

年輕女子瞪大了眼睛，「派對？」她茫然地重複。

「是啊，我的意思是，我可不可以到這裡來？」

「妳可不可以到這裡來？怎麼這麼問呢？大家都可以來啊！」年輕女子大聲說。

「噢，那就好，幸好我來了。」波麗安娜開心地笑著說。

年輕女子沒說什麼，不過當她匆匆忙忙走開時，仍舊不時回頭用充滿疑惑的眼神看著波麗安娜。

波麗安娜心想，這片美麗花園的主人還真慷慨，舉辦了這麼棒的派對讓所有人參加。不過，波麗安娜一點都不認為這有什麼奇怪的。在小徑的轉彎處，她遇見了一位推著洋娃娃車的小女孩，於是她停下腳步開心地跟小女孩打招呼，不過，才說了幾個字，就有另一個年輕女子匆匆忙忙地走過來，語氣裡充滿了責備。她伸手拉走小女孩，嚴厲地說：

「過來，葛蕾蒂絲、葛蕾蒂絲，跟我走，難道媽媽沒跟妳說過，不可以跟陌生人說話嗎？」

「可是我不是陌生人，」波麗安娜急切地想為自己辯護，「我現在就住在波士頓，而且……」

但是那個年輕女子跟推著娃娃車的小女孩已經走遠了。波麗安娜嘆一口氣，退了回來。有那麼一會兒，她就只是靜靜地站著，徹徹底底地失望了。不過，她馬上又抬起下巴，繼續往前走。

「好吧，不管怎麼樣，我還是可以開心起來的。」她對自己點點頭，「或許在這裡，我會找到更棒的人呢！像是蘇西．史密斯，或是卡魯夫人的傑米呢。總之，我可以想像自己馬上就要找到他們了。如果找不到他們，也還是可以找到其他人！」說完，波麗安娜悵然若失地看著周遭那些沉浸在自己世界的人們。

不可否認，波麗安娜覺得很寂寞。她在美國西部的一個小鎮出生，由爸爸跟婦女勸助會的志工扶養長大，小鎮上的每一間房子都是她的家，無論男女老少都是她的朋友。十一歲時，波麗安娜搬到佛蒙特州的小鎮跟她的姨媽住在一塊，她還是認為，一切不會有什麼改變，唯一改變的，就是更多的新家還有新朋友，所以她一定會更開心，因為這一切跟以前的生活完全不一樣。而且，波麗安娜最喜歡「不同的」人事物。在她去到貝爾丁斯維爾鎮之後，最先、也是最讓她開心的，就是花很多時間在鄉間漫步，拜訪她的新朋友。所以，在波麗安娜來到波士頓之後，她自然而然地認為，這裡有更多的新東西正等著她去發掘。

但是到目前為止，波麗安娜不得不承認，從某方面來說，這裡實在是令人失望。她已經來了兩個星期了，可是竟然到現在還不認識對街的住戶，甚至連隔壁的鄰居都不認識。更讓波麗安娜難以理解的是，連卡魯夫人自己認識的人都很少，即使有認識的也不太熟悉。看起來，卡魯夫人對自己的鄰居漠不關心，這讓波麗安娜十分驚訝，但是無論她如何費盡唇舌，卡魯夫人的態度絲毫沒有軟化的意思。

「我對他們沒興趣，波麗安娜。」卡魯夫人簡短地說，而對這些人很有興趣的波麗安娜，也只能被迫安於現狀。

一開始，波麗安娜對這趟散步之旅寄予厚望，不過現在看起來，她注定要失望了。在波麗安娜的心裡，她毫不懷疑地相信，這裡的所有人都是很棒的，但前提是她得先認識他們，可是她現在一個都不認識。更糟糕的是，波麗安娜好像沒有機會去認識他們，因為很明顯地，他們並不想認識她或跟她做朋友。此外，剛剛那位媽媽叫她「陌生人」，這個聽起來很刺耳的字眼，到現在還是讓波麗安娜很難過。

「好吧，看來我只好告訴他們，我不是陌生人。」最後她這樣對自己說，然後抬起頭，自信地往前走去。

抱著這樣的想法，波麗安娜對下一個迎面而來的人露出甜甜的微笑，然後輕快地說：「今天天氣真好，對嗎？」

「啊？什麼？噢，是……是的，很好。」那位女士一邊低聲說，一邊小小地加快腳步離去。

波麗安娜又試了兩次，不過結果都同樣令人失望。走著走著沒多久，她來到原本藏在林蔭間的那個小池塘，池水在陽光下閃閃地發亮。有幾艘小船正在美麗的池塘上滑著，還不時傳來孩子的笑聲。波麗安娜看著看著，愈來愈不想孤孤單單單地自己一個人。這時候，她發現有個男子獨自坐在不遠處的長椅上，於是，波麗安娜輕手輕腳地走近，默默地在長椅的另一端坐了下來。要是之前遇到這種情況，波麗安娜一定會毫不猶豫地蹦蹦跳跳來到那個人身邊，帶著滿心愉悅與自信地向他自我介紹，而且那個人也會很歡迎她的到來。可是，前幾次的失敗經驗讓原本信心滿滿的波麗安娜躊躇不前，所以她目前只是坐在一旁，並偷偷地瞧著這個人。

他的樣子看起來並不體面，身上的衣服雖然是新的，卻是布滿灰塵，一看就知沒有用心打理，而且衣服的樣式跟風格看起來好像犯人穿的連身囚服。他的臉色蒼白，鬍子看起來已經一週沒剃了，整個帽沿蓋住了眼睛，雙手插在口袋裡，百無聊賴地盯著地面看。

整整一分鐘，波麗安娜什麼也沒說，最後她抱著希望開口：

「今天天氣真好，不是嗎？」

男子嚇了一跳，轉過頭來。

「什麼？呃……妳剛剛說什麼？」男子像是被嚇到了，他邊問邊好奇地轉頭往四周看看，確認波麗安娜是在對自己說話。

「我說，今天天氣真好。」波麗安娜連忙認真地解釋，「其實我不太在意天氣，當然我很高興今天天氣不錯，不過我只是想開個頭，現在，我很樂意跟你聊聊其他事，任何事都可以，我只是想要跟你說說話什麼都好。」

男子低聲地笑了笑。連波麗安娜都覺得這個笑聲有點奇怪，即便她不知道（不過那個男子自己很清楚）這個人已經有好幾個月沒笑過了。

「所以妳想跟我說話，對嗎？」男子有點難過地說，「這個嘛，雖然我不太明白，不過我還是得跟妳聊聊對吧。我還是覺得像妳這樣一個善良的小女孩，應該找更好的人跟妳說話，而不是找像我這樣的一個老傻瓜。」

「噢，可是我喜歡老傻瓜耶！」波麗安娜立刻開心地喊，「我是指，我喜歡老這個部分，因為我不知道傻瓜這個詞是什麼意思，所以我沒辦法不喜歡這個詞。不過，如果你是傻瓜，那麼我想我還頗喜歡傻瓜的。不管怎麼說，我很喜歡你。」說完後，波麗安娜坐在椅子上，感到心滿意足以及一種篤定。

「哼！好吧，那我還真是榮幸！」男子諷刺地笑了笑，雖然他很客氣的回話，可是表情跟語氣都充滿疑問，但是他還是稍稍坐直了點，「那麼，請問我們要聊些什麼呢？」

「這……這其實我一點也不在乎，我的意思是，我都可以。」波麗安娜露出燦爛的笑容，「波麗姨媽說，反正不管我說什麼，最後一定都會提到婦女勸助會。我猜可能是因為她們是扶養我長大的人，你覺得呢？我們或許可以聊聊這個派對，我覺得這個派對棒極了——因為現在我認識了你。」

「派……派對？」

「是啊，就是這個，今天大家都到這裡來了。這是個派對吧？不是嗎？剛剛有位女士說，大家都可以來參加，所以我就留下來了，雖然我還不知道主辦這個派對的那戶人家在哪。」

男子的嘴角抽動了一下。

「好吧，小女孩，從某種程度上來說，這的確是一場派對，」他微笑著說，「但是舉辦派對的那戶人家，就是波士頓。這裡是公共花園，也就是公共公園，妳明白嗎？大家都可以來的。」

「真的嗎？一直都可以嗎？我真的可以隨時過來嗎？噢，這真是太好了！比我預期的還棒呢！我原本還在擔心過了今天，我就永遠進不來了。不過我現在很開心，因為我原本不知道自己可以一直來這裡，所以知道後就更開心了。要是你本來一直擔心某件事不會有好結果，可是後來結果很棒，你就會加倍地開心，不是嗎？」

「也許是吧，不過那也得看最後結果是不是好的啊！」男子有點沮喪地承認。

「我想會是好的，」波麗安娜點點頭，可是她沒有注意到男子的沮喪，「不過，這裡真的很漂亮，不是嗎？」她興奮地說，「不曉得卡魯夫人知不知道這裡是每個人都可以來的。哎呀，我想應該所有人都希望能夠常常來這裡，什麼都不做，就只是四處逛逛跟瞧瞧。」

男子的表情僵硬了起來。

「但是，這個世界上有一部分的人得工作，除了來這裡閒逛以外，他們還有其他的事情在等著他們。不過，我剛好不是他們的一員。」

「你不是？那你應該因此高興，不是嗎？」波麗安娜說，她的目光正高興地追著一艘碰巧從這划過的船。

男子不悅地把嘴唇張開似乎想說什麼，不過什麼也沒說出口，而波麗安娜則繼續接著說。

「我倒是希望我什麼也不用做。可是，我得上學。噢，其實我喜歡學校，但是我還有很多其他我更喜歡做的事。不過，我還是很開心可以去上學，尤其當我想起去年冬天的那段日子，我以為自己以後再也不能走路了。你知道的，我之前曾失去過雙腿，我的意思不是那種真正的失去，可是你看，在你失去一樣東西之前，你永遠不會意識到它有多重要。眼睛也是一樣。你有沒有想過有一雙眼睛，可以讓你做多少事？我在去療養院之前一直都不了解，也從來沒這麼想過。療養院裡有位夫人，她在一年前失明了。我試著讓她開始玩那個遊戲——就是尋找可以讓自己快樂的事物，你知道吧，不過後來她說她不玩了，還說，如果我想要知道原因，就用手帕把自己的眼睛蒙起來，一個小時就夠了；於是我照著她說的話做，結果那種感覺真是糟透了。你試過嗎？」

「什麼，沒有，我沒試過。」他露出半是困惑半是惱怒的表情。

「噢，那你千萬別試，那種感覺糟透了。你什麼都做不了，任何你想做的事都沒辦法。不過我還是堅持了一個小時，一個小時過後，我覺得高興極了。有時候，當我看到像這裡一樣如此美麗的景色時，我都高興到快喜極而泣了，因為我看得到。不過，現在那位失明的夫人已經在玩這個遊戲了，是威瑟比小姐告訴我的。」

「那個……遊戲？」

「是啊，開心遊戲。我不是告訴過你嗎？就是無論發生什麼事，你都得在生活中找到值得開心的事。現在，那位夫人已經替她的眼睛找到值得開心的事了。她的丈夫是個協助制定法律的人，於是，她就請求她的丈夫制定一條可以幫助盲人的法律，而且是特別針對小孩子的。另外，她還親自去跟那些制定法律的人談話，告訴他們當盲人的感覺是什麼。最後，他們制定出那個法律。大家都說，她的貢獻比任何人都還要大，她所做的甚至比她的丈夫還多，如果不是她，根本不會有這項成果。所以，她現在覺得當一個盲人也是頗幸運的，就是因為她看不見，她才可以保護許多小孩子長大以後不要跟她一樣變成盲人。所以你瞧，她的確是在玩這個遊戲。不過我猜，你以前大概沒聽過這個遊戲，所以還是我來告訴你吧，事情是這樣的……」波麗安娜就這樣一邊欣賞風景，一邊告訴男子那個發生在許久以前，原本應該是布娃娃，最後卻變成一副小枴杖的故事。

故事說完後，男子沉默了很長的一段時間，接著，他突然站了起來。

「噢，你現在要走了嗎？」波麗安娜的聲音裡有藏不住的失望。

「是的，我要走了。」男子低頭對她露出一個有點奇怪的微笑。

「那你還會回來嗎？」

他搖搖頭，但緊接著又露出笑容。

「我希望不會，我也相信不會，小女孩。我今天有一個重大的發現，我曾經以為自己窮困潦倒，世界上再也沒有我的容身之處。不過我現在才發現，我還有兩隻眼睛、兩條手臂，還有兩條腿。現在該是好好使用它們的時候了，而且我要讓別人看看，我到底是怎麼用它們的！」

他轉眼間就不見了。

「好吧，真是個有趣的人！」波麗安娜若有所思地說，「不過，他人真好，而且還很特別呢。」說完，波麗安娜站起身，繼續往前走。

現在，波麗安娜又找回原本那個快樂的自己了。她踏著自信滿滿的步伐，絲毫沒有任何遲疑。剛剛那個男子不是說了嗎？這裡是個公共公園，她跟其他人一樣有權利到這裡來。她走到池塘附近，過了橋，來到那些小船出發的地方。有那麼一會兒，她開心地看著那些孩子，並試著尋找蘇西．史密斯那頭黑色的捲髮。波麗安娜實在很想坐上那些漂亮的小船划一下，可是牌子上寫著一次「五分錢」，她身上一分錢也沒有。接著，她抱著希望朝幾位女士露出微笑，還試著說了兩次話。但是，都沒有人回應她，她們都只是冷冷地看著她，不做任何回應。

過了一會兒，波麗安娜轉身踏上另一段小路。她在小徑上看到一個臉色蒼白、坐在輪椅上的小男孩。她本來想跟他說話，可是這會兒他正入迷地看著手上的書。波麗安娜有點不甘心地盯著他一會兒，只好無奈地轉身走開。沒過多久，她又看見一個美麗但表情哀傷的年輕女孩，獨自一個人坐著，眼神空洞，跟剛剛那個男子的樣子好像。波麗安娜發出開心的聲音，連忙走上前去。

「妳好嗎？」她露出燦爛的微笑，「我真高興自己找到妳了！我找妳找了好久。」波麗安娜肯定地說，一屁股坐到長椅的另一側。

漂亮女孩驚訝地轉過頭來，眼神裡滿是期盼。

「噢！」她叫道，但旋即失望地往後一靠，「我還以為……妳是什麼意思？」她委屈地問道，「我從沒見過妳。」

「是啊，我以前也沒見過妳。」波麗安娜笑著說，「不過沒關係，我一直在找的就是妳呢。當然，在遇到妳之前，我不知道妳就是那個人。我只是想找個看起來很寂寞、沒有人陪的人，就像我一樣。妳知道的，這裡大家都成群結隊的，不是嗎？」

「噢，我知道了。」女孩點點頭，又重新陷入剛剛無精打采的樣子，「不過，可憐的孩子，妳已經發現了……妳年紀還這麼小呀。」

「發現什麼呢？」

「發現這個世界上最寂寞的事，就是處在大都市的人群裡。」

波麗安娜皺起眉頭開始思考。

「是嗎？可是我不這樣覺得。要是有一大群人在妳身旁，妳怎麼會覺得寂寞呢？不過……」她猶豫了一下，眉頭皺得更緊了。「今天下午，我的確覺得很寂寞，那時候我身旁有一堆人，可是，他們似乎都不會……想到妳，或是注意到妳。」

漂亮女孩苦笑了一下。

「就是這樣。他們從來沒有想到妳，或是注意到妳，從來沒有。」

「可是還是有人會注意到的，我們還是可以因為這樣而開心。」波麗安娜急著說，「當我……」

「噢，是啊，有些人會，」女孩打斷波麗安娜的話，一邊顫抖地說，一邊害怕地朝波麗安娜身後的那條路望去，「可是有些人就注意得……太多了。」

波麗安娜有些氣餒地往後縮了縮。那天下午不斷被拒絕的遭遇，讓她多了幾分以前沒有的敏感。

「妳是說我嗎？」她結結巴巴地說，「妳希望我沒有注意到妳？是這樣嗎？」

「不，不是的，孩子！我是指那些跟妳很不一樣的人。那些本來就不應該注意妳的人。我很高興妳來跟我說話，只是……我一開始以為妳是我家裡的某個人。」

「噢，那妳也不住在這裡囉，跟我一樣。我的意思是，我只是暫時住在這裡。」

「噢，我在波士頓生活啊！」女孩嘆了一口氣，「如果這也叫生活的話……我是指我的工作。」

「妳做什麼工作呢？」波麗安娜好奇地問。

「做什麼？我來告訴妳我做什麼。」女孩大聲地說，聲音裡突然充滿怨恨，「每天從早到晚，我把毛茸茸的蕾絲跟漂亮的蝴蝶結賣給那些女孩們，她們彼此都認識，一起走著、笑著。然後我回到我那個位於三樓的小房間，裡面只放得下一張簡陋的小床，外加一個附了缺口水壺的臉盆架，一把搖搖晃晃的破椅子，再加上我。那裡夏天熱得像火爐，冬天則冷得像冰庫。但是，我除了那裡，沒有別的地方可去，我不工作的時候就待在那裡。但是我今天出門了。我不想要待在那個房間裡，我也不要去什麼又老又舊的圖書館看書。這是我今年最後一個半天假了，所以我決定痛快地玩一次，就這麼一次。我還年輕，我想與那些跟我買東西的女孩一樣，大聲歡笑、放肆地開玩笑。看，今天我就要這麼做。」

波麗安娜笑了起來，點頭表示贊同。

「很高興妳能有這種感覺，我也有呢。快樂的時候，一切都有趣多了，不是嗎？而且，《聖經》告訴我們要——歡喜快樂，我是說，它已經告訴我們八百次了。可能妳也知道，就是那段讀起來讓人很快樂的文字。」

漂亮女孩搖了搖頭，臉上露出奇特的表情。

「噢，不，」她尷尬地說，「我剛剛並沒想到《聖經》。」

「沒有嗎？好吧，不過妳瞧，我爸爸以前是個牧師，他……」

「是個牧師？」

「是啊，怎麼了？妳的爸爸也是嗎？」波麗安娜叫道，因為她似乎從對方的臉上看出些什麼。

「是……是的。」女孩的臉頰漸漸泛紅。

「噢，那他也跟我爸爸一樣，也跟上帝和天使在一起了嗎？」

女孩把頭轉了過去。

「沒有。他還活著……在老家。」她壓低聲音答道。

「噢，那妳該有多快樂啊！」波麗安娜羨慕地說，「有時候我會想，要是能再看看爸爸那該有多好，不過妳是能見到妳爸爸的，對嗎？」

「不太常，妳知道的，我現在在這裡。」

「可是妳可以看到他，我卻看不到。我爸爸跟媽媽還有家裡的其他人一起去天堂了。那妳也有媽媽嗎？住在人間的媽媽？」

「有……有的。」女孩不安地動了動，似乎想要起身離開。

「噢，那妳兩個都能見到啊！」波麗安娜低聲說，臉上滿是言語無法形容的憧憬，「那妳該有多開心啊！因為世界上沒有人像爸媽一樣會真正地在乎妳、關心妳。我明白的，我爸爸在我十一歲時離開我了。至於媽媽的話，我只有婦女勸助會的阿姨們陪我，直到波麗姨媽收留我。勸助會的阿姨人都很好，只不過，她們沒辦法像媽媽，或是波麗姨媽一樣好，而且……」

波麗安娜說個不停，完全在興頭上。她很喜歡說話，像現在這樣，坐在波士頓公共公園的長椅上，跟一個陌生人親密地說著自己的故事跟想法，對波麗安娜而言，這件事一點也不會奇怪、輕率，或是不合常理。在波麗安娜看來，所有的男人、女人，以及孩子都是她的朋友，不管是認識還是不認識的人都一樣。波麗安娜也發現，與不認識的朋友講話一樣開心，因為跟這些人認識的過程，總是有許多令人興奮不已的驚奇與冒險。

所以，波麗安娜毫不保留地跟身邊這個女孩說著自己的爸爸、波麗姨媽、西部老家，還有後來搬到佛蒙特州的一切。她聊到了自己的新朋友與老朋友，當然還有那個遊戲。波麗安娜幾乎跟每個人都介紹過這個遊戲了，雖然有些人比較早知道，有些則比較晚才聽到，現在這個遊戲的確已經變成波麗安娜的一部分了，所以她總是忍不住提到它。

而波麗安娜身旁的這個女孩則是很少說話，但現在，她的樣子已經不再那麼無精打采，整個人變得完全不一樣了。她泛紅的臉頰、緊鎖的眉頭、困惑的雙眼，還有因緊張而動來動去的手指，都顯示出她內心的天人交戰。她時不時的會不安地回頭朝波麗安娜身後的小徑望去，在最後一次回頭之後，她緊緊抓著小女孩的手臂。

「聽著，孩子，接下來的一分鐘，妳千萬別離開我。聽見了嗎？待在這裡別動好嗎？我知道現在有個男人要來了，不過無論他說什麼，妳都不要在意，還有，千萬別離開，我會跟妳一起待在這裡，明白嗎？」

在波麗安娜還來不及表達她的驚訝跟詫異之前，一個英俊的男人就出現在她的眼前。男子在她們倆面前停下腳步。

「噢，妳在這裡呀。」他開心地笑著，對波麗安娜身旁的女孩掀了掀帽子，「恐怕我得先道個歉，因為我遲到了。」

「沒關係，先生。」年輕女孩匆促地說，「我……我決定不去了。」

年輕男子輕輕地笑了笑。

「噢，拜託，親愛的。別因為某人的一點小遲到就懲罰他好嗎？」

「不是這樣，我是說真的，」年輕女孩說，一片紅暈迅速地染上她的臉頰，「我不去了。」

「胡說！」男子板起臉孔，尖銳地說，「妳昨天答應要去的。」

「我知道，可是現在我改變主意了，我告訴這個小朋友……要待在這陪她。」

「噢，不過如果妳真的願意跟著這位善良的年輕紳士走……」波麗安娜焦急地開口，不過當女孩對她使了個眼色之後，她便住口了。

「我告訴你我不想去，我不去了。」

「那麼，請告訴我，為什麼這麼突然？」年輕男子問，他臉上的表情讓波麗安娜突然覺得他沒有剛剛那麼英俊了。「昨天妳說……」

「我知道我答應了，」女孩焦躁地打斷他的話，「可是我那時就知道我不該去的。這樣說吧，我現在想得更清楚了。就這樣吧！」說完，她堅決地轉過身去。

不過這一切還沒結束，男子又開始說話，他先是連哄帶勸，接著冷笑一聲，露出厭惡的眼神，最後他低聲憤怒地說了些波麗安娜聽不懂的話，然後便轉身大步走開了。

女孩緊張地目送著他離去，直到再也看不到他為止。然後，她整個人放鬆了下來，把一隻手搭在波麗安娜的手臂上。

「謝謝妳，孩子！我欠妳一份人情，比妳想像中的還要多，再見了。」

「妳別現在就走嘛！」波麗安娜惋惜地說。

女孩疲倦地嘆了一口氣。

「我得走了。他可能還會再回來，下一次，我可能就沒辦法……」話還沒說完，女孩就站了起來，她猶豫了一下，接著悲傷地哽咽道：「妳瞧，他就是那種……放太多注意力在我身上的人，可是他根本不應該這樣！」說完，女孩就離開了。

「哎呀，真是個有趣的小姐！」波麗安娜一邊低聲說道，一邊戀戀不捨地望著她遠去的身影。「她人真好，不過她也很特別。」波麗安娜下了這個結論後便站起身，繼續漫無目的地沿著小徑前進。

38 傑瑞伸出援手

波麗安娜走沒多久，就走到了這座公園最外緣的地方，那是一處兩條街道交錯的街角。這個街角非常地有趣，在這裡可以同時看到汽車、馬車和行人不斷地來往穿梭於街道之間。她先是注意到藥局櫥窗中擺放的巨型紅色瓶子，接著又聽到街道的另一頭傳來手風琴的音樂聲。波麗安娜只猶豫了一會兒，便快速地穿過街角，踩著輕盈的步伐，往音樂傳來的方向走去。

波麗安娜沿途發現不少有趣的東西。商店的櫥窗裡擺放著許多令人驚嘆的物品，而當她抵達手風琴的演奏地點，竟然看到十幾個小孩子正在進行舞蹈表演，表演的內容極為精彩，讓人捨不得移開目光。波麗安娜看得入迷，甚至為了能多看一會兒那些孩子的舞蹈，便跟著手風琴的音樂聲又走了好一段距離。走著走著，她發現自己來到一條繁忙的街道，街道上站著一位身穿藍色大衣的高大男子，正在協助行人過馬路。她全神貫注地看著男子的一舉一動，看了一會兒後，才回過神來害羞地穿越馬路。

這是一個很奇特的經驗。身著藍色大衣的高大男子一看到她，立刻用手勢示意她通行，他甚至還走過來護送她。於是，她開始穿越眼前這條極為寬敞的馬路，通行時，街道的左右兩側還停著等得不耐煩的馬匹，以及冒著煙等待通行的汽車。她毫髮無傷地走到對面後，發覺這種感覺實在太奇妙、太有趣了，所以過了一分鐘之後，她又往回走。然後，隔一小段時間，她又再過一次馬路，就這麼一來一回地又走了兩次。她陶醉地踩著那高大男子一舉手便神奇地淨空的路面前進，不過，最後一次，那男人終於把她帶到路邊，一臉疑惑地看著她。

「看著我，小女孩，妳不是一分鐘前才穿過這條馬路嗎？」他問道：「更早之前是不是還有一次？」

「是的，先生。」波麗安娜笑嘻嘻地說：「我總共走了四次！」

「很好！」警察先生正打算要開口罵人，但波麗安娜還沒講完。

「而且每走一次，感覺都比前一次更好！」

「喔？愈走……感覺愈好是嗎？」高大的男子先是口中念念有詞，接著突然口沫橫飛地咆哮：「妳以為我在這裡是幹什麼的……來來回回護送妳一人嗎？」

「噢，不是的，先生，」波麗安娜笑了笑，「當然不是只為了我！你是為這裡所有的人服務。我知道你是什麼人。你是一位警察。我現在住在卡魯夫人家，她家那裡也有一位警察，只不過他是在人行道上走的那一種警察。我以前看到你們身上的金鈕釦還有頭上的藍帽子，都以為你們是軍人，但我現在知道你們不是。不過，我覺得你們就像是戰士，因為你們好勇敢，能像這樣站在這麼多汽車與馬車的中間，幫助人們過馬路。」

「噢，這樣啊！」高大的男子聽完後，臉紅得像是個害羞的小男生一樣地仰頭大笑，「呵呵！

只是看起來像而已……」他不好意思地舉起手來示意她別再說下去。過沒多久，他又護送了一位身材嬌小、幾乎嚇破膽的老婆婆過馬路。他挺起胸膛，踩著自信的步伐一路往前走去，這大概是他下意識地想對身後對他投以注目禮的小女孩表示些敬意吧。護送完老婆婆之後，他驕傲地對等得不耐煩的司機揮了揮手，示意他們通行後，就走回到波麗安娜的身邊。

「噢，這實在太精彩了！」波麗安娜眼睛閃閃發亮地對著他說：「我好愛看你這麼做。這過程就好像摩西帶領著以色列的子民穿越紅海，而你就像是為了讓他們順利通過，而幫他們阻擋浪潮。能做這樣的工作，你一定每天都很開心！我一直覺得當醫生是最開心的工作，但我現在認為，當警察畢竟還是比醫生開心，因為能幫助像老婆婆那樣擔心受怕的人。而且……」波麗安娜話還沒說完，就被高大男子「呵呵」的尷尬笑聲給打斷，他笑完後便隨即回到街道中繼續他的工作，把波麗安娜一人獨自留在路邊的人行道上。

波麗安娜繼續看著眼前這片迷人的「紅海」，看了大約一分鐘，便依依不捨地望了最後一眼並轉身離去。

「我最好還是趕快回家，」她心想，「吃晚飯的時間鐵定快到了。」她迅速沿著原路往回走去。可是在經過數個不知道該怎麼走的轉角，並轉錯了兩個彎之後，波麗安娜才驚覺「回家」好像沒有她想像中的那麼簡單，而且直到她走到一棟完全陌生的建築物之前，她才意識到自己迷了路。

她現在所在的位置是一個髒亂、狹窄、路面坑坑巴巴的街道，附近全是灰濛濛、甚至看起來有些髒兮兮的公寓大樓，街道兩旁還有幾家不起眼的店鋪；身旁的男男女女全都嘰嘰喳喳地講個不停，但重點是波麗安娜一個字也聽不懂。而且她意識到這些人都用一種好奇的眼光不斷地打量著她，彷彿一看就知道她不是本地人。

她問了好幾次路，但都問不出結果。這裡似乎沒有人知道卡魯夫人住在哪裡；波麗安娜在最後兩次問路的過程中，從路人說話的方式、回答時的動作，以及一些零碎的話語，做出了一個結論——這些人一定是「荷蘭人」，因為他們跟海格曼家，也就是貝爾丁斯維爾鎮唯一的外國家庭，使用的是同一種語言。

波麗安娜拖著沉重的步伐走過一條又一條的街道，現在她真的是徹底嚇壞了！她不但又累又餓，雙腿又痠又痛，還得強忍著不讓眼淚掉下來。更糟的是，天色似乎愈來愈暗了。

「好了，無論如何，」她哽咽地對著自己說：「我要很開心自己迷了路，因為當我找到路時，我就會覺得一切都太美好了。我可以為這點感到開心。」

當她走到兩條大馬路交錯的一個嘈雜的街角，她終於沮喪地停下腳步，而她的淚水終於再也止不住地流了下來。在沒帶手帕的情況下，她只能用兩手手背拭去臉上的淚水。

「哈囉，小妹妹，為什麼要哭？」一個開朗明亮的聲音問道：「發生了什麼事？」

波麗安娜一聽，頓時鬆了一口氣，一轉頭，映入眼簾的是一個小男孩，男孩的腋下還夾了一疊報紙。

「噢，能遇到你我真是太開心了！」她驚呼，「我沿路一直在想，好希望能遇到一個不是說荷蘭文的人！」

小男孩一聽立刻笑了出來。

「荷蘭妳個頭！」他嘲笑地說，「我敢打賭妳遇見的那些人一定是拉丁佬。」

波麗安娜微微地皺起眉頭。

「喔，是嗎？反正、反正……他們說的不是英文就是了。」她有些搞不清楚狀況地說。「而且我問他們問題，他們都答不出來。不過，或許你能回答我。你知道卡魯夫人住在哪裡嗎？」

「不知道！不相信你可以來搜。」

「什……什麼？」波麗安娜還是一頭霧水。

小男孩笑得更開心了。

「我是說她不在我這裡。我想我大概不認識這位女士。」

「難道都沒有人知道嗎？」波麗安娜近乎哀求地說：「我只是出門散散步，沒想到卻迷了路。我找了好久好久，但一直找不到那棟房子。現在都已經是晚飯的時間了，而且天色也愈來愈暗。我好想回家。我非回去不可！」

「天啊！真教人擔心啊！」男孩狀似同情地說。

「是啊，我想卡魯夫人恐怕也會很擔心。」波麗嘆了口氣。

「天啊！妳真的很誇張。」這個年輕人突然笑了出來，「不過，妳聽好！妳知道那條街的名字嗎？」

「我只知道好像叫什麼……什麼大道的。」波麗安娜沮喪地說。

「某條大道是嗎？所以現在可以確定是有錢人家住的地方！嗯，有點進展了。那棟房子是幾號？你知道嗎？快點抓抓妳的頭！」

「抓……頭？」波麗安娜一臉疑惑地伸出自己的手，不太確定的摸了摸自己的頭髮。

男孩受不了地白了她一眼。

「吼！別再裝了！妳不是真的那麼笨吧？我是說妳知不知道那棟房子的門牌號碼？」

「我……不知道，只知道數字裡有個七。」波麗安娜仍抱著一點點的希望。

「聽聽看妳自己說的是什麼話？」年輕人諷刺地說，「數字裡有個七耶！妳竟然期望我光憑這點就能找出那棟房子！」

「噢，如果我看到那棟房子，一定一眼就能認出來，」波麗安娜急切地說，「而且我想我應該也可以認得出那條街，因為那條街的正中央有一個很漂亮、很長的庭院。」

這次換男孩皺起了眉頭。

「庭院？」他問道，「在街的正中央？」

「對啊，有草、有樹，中間還有一條步道，也有椅子，還有……」但這時男孩忽然開心地歡呼大叫。

「啊！是聯邦大道，妳一定是住在聯邦大道！我終於找到能讓妳平靜的羊了吧！」[1]

「噢，你知道……你真的知道？」波麗安娜急得快要哭了，「聽名字好像是耶！只不過我不明白你為什麼要提到羊？那裡沒有羊，我想他們不會允許……」

「羊妳個頭！」男孩受不了地說，「不過，妳儘管放心，我知道在哪裡！我可是幾乎每天都會護送詹姆士爵士到那座花園去呢，所以我當然也可以護送妳回去。不過，妳要先在這裡等一下，等我把報紙賣完，我會以迅雷不及掩耳的速度把妳送回聯邦大道。」

「所以你的意思……你要送我回家？」波麗安娜對男孩說的話仍是半信半疑。

「當然！小菜一碟，如果妳能認得出那棟房子的話。」

「噢，可以的，我可以認出那棟房子。」波麗安娜還是聽不太懂，所以就不安地按照字面上的意思回答：「但我不知道那裡有沒有……小菜。如果沒有，你可不可以……」

但男孩只白了她一眼就很快地回到擁擠的人群中。不一會兒，波麗安娜聽到男孩大聲地喊著：「報紙、報紙！先鋒報、全球報，先生，需要報紙嗎？」

波麗安娜如釋重負地吁口氣，就退到街道旁的門簷下靜靜地等待。她雖然很累卻很開心，即便她心裡仍存在著各種疑問，但她信任這個男孩，她非常有信心男孩可以平安地把她送到家。

「他是個好人，我喜歡他。」她一邊看著男孩靈活的身影，一邊自言自語地說，「而且他說話也很風趣，不過雖然他說的話聽起來是英文沒錯，但他話裡有些字跟整句話連在一起似乎說不通。但無論如何，我還是很開心自己能遇見他。」她說完便心滿意足地吁一口氣。

不久之後，男孩雙手空空地回來了。

「來吧，小妹妹，上車囉！」他開心地大喊，「我們現在即將前往聯邦大道。如果我是有錢人，我會駕著豪華汽車送妳回家；不過我沒錢，所以我們只好用走的。」

在這趟返家的路程中，大部分的時間兩人都很安靜。這是波麗安娜有生以來第一次累到沒辦法說話，她甚至完全沒提到任何婦女勸助會的事；男孩則是一心想以最短的距離到達聯邦大道。但兩人一抵達公共花園，波麗安娜立刻開心地大叫：

「噢，我快到家了！我記得這個地方！我今天中午在這裡度過了一段美好的時光。我家就在不遠的地方。」

「這就對了！所以現在我們快到了。」男孩得意的說，「我剛才是怎麼跟妳說的？我們只要穿過這個公園抵達聯邦大道，接下來就要靠妳來找到那棟房子了。」

「嗯，我可以找到那棟房子。」波麗安娜興奮地說。她一回到熟悉的地方，自信似乎全回來了。

1 Get your goat是英文俗語。羊（goat）是冷靜、鎮定的象徵，當羊在的時候，意味人就會心情平和；羊不在或被偷時，人就會生氣或心情煩躁。

當波麗安娜帶著男孩走上卡魯家門前寬廣的臺階時，天色幾乎完全暗了下來。男孩按了門鈴後，立刻有人來應門，波麗安娜發現來應門的不只是瑪麗，還有卡魯夫人、布莉姬和珍妮。這四個女人個個臉色蒼白並神色焦急地看著她。

「孩子，孩子，妳到底跑到哪去了？」卡魯夫人立刻上前問道。

「我……我只是去散散步，」波麗安娜說道：「後來就迷路了，然後這個男孩……」

「你是在哪裡找到她的？」卡魯夫人打斷她，態度傲慢地望向波麗安娜身邊的男孩。男孩此時正以羨慕的目光凝視著眼前燈火通明又美輪美奐的門廳。

「年輕人，你是在哪裡找到她的？」她口氣嚴厲地又問了一次。

男孩則毫不退縮地迎上她的目光，並短暫地與她四目相接。他的眼睛看起來閃閃發亮，但他的聲音聽起來卻異常嚴肅。

「我是在波多恩廣場附近發現她的，但我想她之前應該到過北區，只不過她聽不懂拉丁佬說的話，所以應該沒什麼人主動靠近她，夫人。」

「北區！這孩子一個人！波麗安娜！」卡魯夫人氣得發抖。

「噢，我不是一個人，卡魯夫人。」波麗安娜反駁：「那邊有好多好多人，對吧？」

但男孩笑嘻嘻地做了個鬼臉便消失在門外。

接下來的半個小時，波麗安娜學了好多事。她學到一個好女孩在陌生城市不能單獨散步太久，也不會坐在公園的椅子上和陌生人聊天。她還學到自己愚蠢的行為可能會導致許多可怕的後果，而她之所以能倖免於難並安然返回家中，絕對可以說是一件「不可思議的奇蹟」。她也學到了波士頓和貝爾丁斯維爾不同，絕對不能把兩者等而視之。

「可是，卡魯夫人，」她最後沮喪地表示，「我人都已經平安到家了，也沒有繼續迷路。我覺得自己應該要為這件事開心才對，而不是一直想著這段期間可能會發生什麼不好的事。」

「是，是，孩子，我想妳說得沒錯，的確如此。」卡魯夫人嘆了口氣，「不過妳今天嚇死我了，我要妳保證絕對、絕對不會再做出同樣的行為。現在快來吃飯吧，親愛的，妳一定餓壞了。」

當晚快進入夢鄉之際，波麗安娜雖然昏昏欲睡卻還是喃喃自語地說：

「我今天最後悔的事，就是沒有問那個男孩的名字，還有他住在哪裡。現在我再也沒辦法親自向他道謝了！」

39 一位新朋友

自從上回那次散步歷險之後，波麗安娜的一舉一動都受到嚴密的監控，除了上學之外，她不能自個兒踏出房子一步，除非由瑪麗或是卡魯夫人親自陪伴。這對波麗安娜而言其實沒什麼關係，因為她很喜歡卡魯夫人跟瑪麗，有她們作伴她真的很開心。一開始，她們都很願意花時間陪伴波麗安娜，甚至連卡魯夫人都是。因為，每次卡魯夫人只要一想起那天自己擔心波麗安娜可能發生什麼意外的恐懼心情，再想到她平安歸來自己如釋重負時，她就很願意多花點時間陪伴這個孩子玩耍。

於是，接下來的一段時間，波麗安娜、瑪麗，以及卡魯夫人一起去參加演奏會跟白天的音樂會，也參觀了波士頓公共圖書館和藝術博物館。此外，波麗安娜與瑪麗也來了好幾場美好的「波士頓觀光」之旅，去了州議會大廈以及老南教堂。

有一天，卡魯夫人驚訝地發現，雖然波麗安娜很喜歡坐汽車，但是她更喜歡搭電車。

「我們今天搭電車出門嗎？」波麗安娜急切地問。

「不是，柏金斯會載我們去。」卡魯夫人回答。接著，她看到波麗安娜臉上藏也藏不住的失望，便驚訝地問：「怎麼了？我以為妳很喜歡坐汽車呢！孩子！」

「噢，我很喜歡啊！」波麗安娜連忙回應，「再說，我知道坐汽車比搭電車便宜，而且……」

「比搭電車便宜！」卡魯夫人驚訝地說道，打斷了波麗安娜的話。

「啊，對啊！」波麗安娜瞪大眼睛解釋，「搭電車每個人要付五分錢，妳知道的，坐汽車就不用錢，因為車子是自己的。不過，我當然是喜歡坐汽車的，」趕在卡魯夫人開口之前，波麗安娜又緊接著講下去，「因為如果坐汽車，就只有我們三個人，但是如果去搭電車，就可以遇到很多人，觀察他們多有意思啊！妳不覺得嗎？」

「哎，不會，波麗安娜，我不這麼覺得。」卡魯夫人冷淡地回答，轉身走開了。

過了兩天，在一個偶然的機會下，卡魯夫人從瑪麗口中聽到更多關於波麗安娜與電車的事情。

「我覺得這太奇怪了，夫人！」瑪麗嚴肅地向自己的女主人解釋，「真的很奇怪，波麗安娜小姐竟然能夠影響在身旁的每一個人，而且絲毫不費吹灰之力。並不是因為她做了什麼特別的事，實際上，她什麼也沒做。我猜，其實就只是因為她看起來那麼快樂。我跟她一起搭過電車，我們一起走進一節氣氛不是很好的車廂，裡面都是怒氣沖沖的男人跟女人，還有哭哭啼啼的孩子，可是五分鐘之後，一切都不一樣了。大人們緊皺的眉頭放鬆了，小孩子也忘記之前為什麼哭了。

「有的時候，其實只是因為大家聽見波麗安娜小姐對我說的話，或是，別人堅持讓座給我們的時候，波麗安娜小姐說了『謝謝』，而且總是有人這麼做——我是說，讓座給我們。另外，有時候是因為她對一個小嬰兒或是小狗露出笑容，而且每隻狗都會對著她搖尾巴，所有的嬰兒都會對著她笑，朝她伸出手。如果我們被塞在路上，對波麗安娜小姐來說，這只是一個有趣的玩笑。如果我們搭錯車，那就變成世界上最有趣的事情了。無論發生什麼事都是這個樣子。跟波麗安娜小姐在一起，要生氣根本是不可能的事，即便對電車上一個完全不認識她的人來說，也是這樣。」

「嗯……很可能是這樣。」卡魯夫人低聲回答，隨後便走開了。

那年的十月比往年同一時期更加溫暖宜人。隨著日子一天天過去，大家發現，要跟上波麗安娜急切的腳步，已經變成需要耗費大量時間跟耐心的艱難任務了。雖然卡魯夫人有很多時間，不過她不是一個有耐心的人，而且，先不管瑪麗有沒有耐心，卡魯夫人不願意讓瑪麗在波麗安娜身上耗費太多時間，陪波麗安娜去實行她那些異想天開的怪念頭。

但是，要在這些風和日麗的十月天下午把波麗安娜關在家裡，根本是不可能的事。所以，沒過多久，波麗安娜又獨自來到了那個「美麗的大院子」——波士頓公共花園。看起來，波麗安娜跟之前一樣自由，但實際上，她被各式各樣的規則所堆砌起來的高牆包圍著。

她不可以跟陌生的男人或女人說話，也不可以跟不認識的孩子玩，而且，無論如何，她都不可以踏出公園，當然，回家除外。另外，帶她去公園的瑪麗得百分之百確定她認得回家的路，確保她知道，從聯邦大道穿過公園往下走，就是阿靈頓街。而且，波麗安娜必須在教堂的鐘指到四點半時回家。

從那時候起，波麗安娜就很常去公園走走。有時候會跟學校的女同學們一起去，但通常她都獨自一人。儘管有那麼多令人討厭的規定，波麗安娜還是玩得很開心。雖然不能跟陌生人說話，但波麗安娜可以在一旁觀察他們，而且她還可以跟那些貪吃的松鼠、鴿子，還有麻雀說話呢。所以沒過多久，她就知道要帶些堅果或是穀粒去餵牠們。

波麗安娜也常常在找她第一次來這裡時遇見的朋友，那個因為自己有眼睛、腿、手臂而高興的男子，以及那個拒絕跟英俊男子一塊走的年輕女孩，可是她再也沒見過他們，倒是常常看見那個坐輪椅的男孩。波麗安娜很想跟他說話。男孩也會餵小鳥和松鼠，那些小動物在他身邊既溫和又可愛，鴿子會停在他的頭頂或是肩膀上，小松鼠則會鑽進他的口袋裡找堅果。波麗安娜總是從遠處觀察他，同時也注意到一件奇怪的事。雖然那個男孩總是高興地想請這些可愛的小東西飽餐一頓，但是每一次，食物都很快就被吃完了。當小松鼠因為沒在口袋裡找到堅果而失望時，男孩也會跟著露出失望的表情，但是他不會在隔天多帶一點食物。這在波麗安娜看來，實在有點缺乏遠見。

當男孩沒在跟小鳥或松鼠玩的時候，都是在看書。他的輪椅上通常會有兩、三本舊書，有時候會有一、兩本雜誌。而且他似乎總是待在同一個地方，波麗安娜原本還很好奇，他究竟是怎麼到那裡的。後來，在某個難忘的日子裡，她找到了答案。那天是學校的假日，波麗安娜一早就來到公園，沒過多久，她就看見一個塌鼻子、有著沙棕色頭髮的男孩推著那位坐在輪椅上的男孩，順著小徑往這裡走來。她仔細看了那位棕髮男孩的臉之後，開心地一邊喊一邊朝他奔去。

「噢，是你、是你！雖然我不知道你的名字，但是我認識你。上次是你找到我的！你不記得了嗎？噢，見到你真開心，我一直都想謝謝你呢！」

「哎呀，這不是之前在大街上迷路的小公主嗎？」男孩笑著說，「哈！也太巧了！妳又迷路了嗎？」

「噢，沒有！」波麗安娜一邊開心地喊，一邊踮著腳尖跳來跳去。「我不會再迷路了，因為現在我得待在這。而且我還不可以跟別人說話，你知道的。不過，我可以跟你說話，因為我認識你，而且，在你介紹他給我認識之後，我也可以跟他說話了。」她說完後，笑容滿面地看著坐在輪椅上的男孩，滿懷期待。

棕髮男孩咯咯地笑了起來，輕輕拍了拍另一個男孩的肩。

「你聽聽，她還來真的啊？你等著瞧，看我如何介紹你！」他隨即擺出高高在上的姿態，「女士，跟您隆重介紹，這是我的朋友，詹姆士男爵，墨菲小巷的領主，而且還是……」他正要繼續說下去，輪椅上的男孩就打斷了他。

「傑瑞，別亂講！」他有點惱怒地說，隨即友善地轉向波麗安娜，「我在這裡看過妳很多次了。我也看見妳在餵那些小鳥跟松鼠，而且妳每次都帶很多東西來給牠們吃！另外，我想妳最喜歡的應該也是藍斯洛爵士，當然還有羅維娜夫人，不過牠昨天對桂妮薇兒太凶了，牠怎麼能就這樣把別人的晚餐搶走呢？」

波麗安娜眨了眨眼，皺起眉，一臉疑惑地看著這兩個男孩。傑瑞又笑了起來，接著，他使勁推了最後一把，把輪椅推到老地方，轉身往另一個方向去了。走到一半，他回頭對波麗安娜喊道：

「嘿！我告訴妳吧，這個傢伙沒有醉也沒有瘋，知道嗎？那些是他給這些小朋友取的名字。」他朝著那些正從四面八方奔來的毛絨絨小傢伙們揮了揮手，「而且它們也不是路人的名字，只是書裡的人名，懂吧？另外，每次他都寧願自己餓肚子，也要把東西留給牠們吃，還真體貼呀！再見啦，詹姆士爵士。」他對著輪椅上的男孩坐了個鬼臉，「打起精神來！待會見啦！」他回過頭加了一句後就跑掉了。

輪椅上的男孩笑著轉過頭來，可是波麗安娜還是皺著眉，不停地眨眼。

「別介意，傑瑞就是這樣。可是他可以為了我把右手切下來，我知道他會的，不過他就是這麼喜歡開玩笑。妳之前在哪見到他的呀？他認識妳嗎？他還沒告訴我妳的名字呢！」

「我是波麗安娜．惠提爾。上次我迷了路，是他看到我，把我送回家的。」雖然波麗安娜仍然有點困惑，不過還是回答了男孩的問題。

「我知道了，這的確是傑瑞會做的事。」男孩點點頭，「他不是每天都把我推到這裡來嗎？」

波麗安娜的眼中流露出同情。

「你還能走路嗎？呃……詹……詹姆士男爵？」

男孩笑得很開心。

「『詹姆士男爵』？真是的！那是傑瑞亂取的。我可不是什麼『男爵』。」

波麗安娜看上去失望極了。

「你不是嗎？難道你真的不是？」

「當然不是。」

「噢，我倒希望你是呢！你知道，就像小公子那樣，」波麗安娜回答，「而且……」

但是男孩迫不及待地打斷她的話：

「妳也知道小公子？那妳知道藍斯洛爵士、聖杯、亞瑟王與圓桌武士，以及羅維納夫人還有艾凡赫嗎？妳知道嗎？」

波麗安娜不確定地搖搖頭。

「這個嘛，我恐怕不是每個都認識，」她承認，「他們都是……書裡的人嗎？」

男孩點點頭。

「我這裡有……幾本書，」他說，「我喜歡一本書讀好幾次。因為每次讀都有新發現，再說，反正我也沒有別的書了，這些都是爸爸留給我的。嘿！你這個搗蛋鬼，快下來！」他突然停下來，笑著對那隻有著毛茸茸大尾巴的松鼠說，因為牠已經跳上男孩的膝蓋，把頭湊進口袋裡開始東聞西嗅。「哎呀，我想我們最好趕快餵牠們吃晚餐，不然牠們就要把我們當晚餐啦！」男孩笑著說，「這就是藍斯洛爵士，妳看，牠總是第一名。」

男孩不知從哪裡變出一個紙做的小盒子，小心地打開盒蓋。他一邊開，一邊小心防範來自四面八方的小眼睛，每雙亮晶晶的眼睛都注意著他的一舉一動。沒過多久，他周圍就全是鼓動翅膀的啪啪聲，鴿子的咕咕聲，還有麻雀嘰嘰喳喳的啾啾聲。藍斯洛爵士敏捷地霸占扶手的一邊，而另一隻也有著毛茸茸大尾巴的小東西則是比較膽小一點，只敢站在五英尺以外的地方，第三隻小松鼠則是待在旁邊的一根樹枝上，吱吱地叫著。

男孩從盒子裡面拿出一些堅果，一個小捲餅，還有一個甜甜圈。他有點猶豫地看著甜甜圈，似乎很想吃的樣子。

「妳有……帶任何東西嗎？」他問。

「有啊，很多呢！都在這呢。」波麗安娜點點頭，拍了拍她帶來的紙袋。

「噢，那或許我今天可以吃這個甜甜圈了。」男孩鬆了一口氣，把甜甜圈放回盒子裡，波麗安娜不太明白，不過她把手伸進自己的袋子，於是宴會就這樣開始了。

他們一起度過了美好的一小時。對波麗安娜而言，某種程度上，這是她有生以來最棒的一個小時了，因為她終於找到一個比她多話、講話比她快的人了。這個奇特的男孩似乎總有講不完的精彩故事，故事裡有勇敢的騎士、美麗的姑娘、競技場，還有戰場。雖然在現實中，波麗安娜眼中所見的，只不過是在陽光下閃閃發光的草地、拍著翅膀的麻雀與鴿子，還有一群跳來跳去的小松鼠。但是，男孩的故事講得真是生動極了，生動到波麗安娜幾乎能親眼目睹那些值得歌頌的英

雄事蹟、身穿盔甲的騎士，還有長髮飄逸、衣飾華貴的美麗姑娘。

她完全把婦女勸助會給拋在腦後了。甚至連開心遊戲也是。波麗安娜聽故事聽得臉色泛紅，眼睛閃閃發亮，她就這樣跟著小男孩的浪漫故事，回到了那些黃金年代。而這個小男孩則試圖在這個短短的一個小時內，跟這位他好不容易遇到的知音暢所欲言，用來彌補過去他無數個孤單、做著夢的日子，儘管波麗安娜並不曉得。

直到中午的鐘聲響起，波麗安娜匆匆趕回家時，她才想起自己根本不知道男孩的名字。

「我只知道他不叫『詹姆士男爵』。」她嘆了口氣，煩惱地皺起眉頭。「不過沒關係，我可以明天再問他。」

40 傑米

波麗安娜「明天」並沒有見到那個男孩，因為天下起了雨，所以她沒辦法去那座花園。隔天也一樣是雨天，甚至是第三天，她還是沒見到他，雖然這天太陽探出頭來，可說是個晴朗溫暖的好天氣，而波麗安娜也一到中午就跑到那座花園等了好一段時間，不過他最後並沒有出現。但到了第四天，波麗安娜終於在他常出現的地方看到他，她急忙上前開心地和他打招乎。

「噢，我真的很開心，很開心可以看到你！不過，你都到哪裡去了？你昨天根本沒到公園來。」

「我沒辦法來！我昨天痛到沒辦法出門。」男孩臉色蒼白地表示。

「痛到沒辦法來！是身體的……疼痛嗎？」波麗安娜立刻同情地問道。

「噢，是啊，一直都是如此。」男孩開心地點點頭，他的態度就好像是在描述一件和自己無關的事：「除非是像昨天一樣痛到受不了，不然大多數的時候，我都還能忍受並像往常一樣來到這裡。」

「但像這樣一直痛……你怎麼受得了？」波麗安娜屏息問道。

「我沒得選擇，」男孩睜著大大的眼睛回答：「事情是怎樣就是怎樣，既然不可能改變，老是想著如果沒有生病該有多好又有什麼用？況且今天痛得愈厲害，明天疼痛減輕了就會覺得愈開心。」

「我明白！這就像那個遊戲……」波麗安娜話還沒講完，又被男孩打斷。

「妳今天有帶很多來嗎？」他焦急地問，「噢，我希望妳有，因為我今天沒辦法帶任何吃的給牠們。傑瑞今天早上沒有多餘的錢可以幫牠們買花生，況且今天中午便當裡的東西，連我自己都不夠吃。」

波麗安娜一臉震驚。

「你是說……你連自己的午餐……都不夠吃？」

「對啊！」男孩笑著說：「不過，妳不用擔心，這又不是第一次，也不會是最後一次。我已經習慣了。嗨，妳看那裡！藍斯洛爵士大駕光臨了。」

但波麗安娜現在沒心情想松鼠的事。

「你家裡難道也沒有東西可吃嗎？」

「噢，沒有耶，在我家，吃的東西不可能會剩下來，」男孩笑著說，「嬤嬤的工作是幫人打掃樓梯和洗衣服，所以她可以在工作的地方吃飯，而傑瑞是能在哪吃就在哪吃，只有早晚除外。如果我們有食物，他會和我們一起吃。」

波麗安娜聽完後仍是一臉不可置信的表情。

「可是沒有東西吃時，你們要怎麼辦？」

「當然是餓肚子啊！」

「可是，我從未聽過有人是完全沒有東西可吃的！」波麗安娜驚訝地說，「父親和我雖然也很窮，無論我們再怎麼想吃火雞肉，也只有豆子和魚丸可吃，可是我們至少有東西可吃。你們為什麼不跟別人說，跟住在那些大房子裡的人說？」

「說了有什麼用？」

「當然是讓他們給你們一些食物啊！」

男孩又笑了，但這次卻是苦笑。

「妳看看，小傻瓜，妳又來了。就我所知，沒有人會因為別人向你要，就把自己的烤牛肉和糖霜蛋糕送人。況且，人若不偶爾餓一下肚子，就不會知道馬鈴薯和牛奶有多好吃，也不會有這麼多的素材可以寫進樂之書。」

「寫進什麼？」

男孩的臉突然漲紅了起來並露出不好意思的微笑。

「算了，別管它！我一時不小心，把妳當作嬤嬤或傑瑞了。」

「不過到底什麼是樂之書？」波麗安娜懇求地說，「求求你告訴我。書裡面有騎士、貴族及淑女嗎？」

男孩搖搖頭。他眼中的笑意不見了，變得晦暗深邃。

「沒有，如果可以，我也希望裡面有。」他若有所思地嘆了口氣，「但是當你……當你連走路都沒辦法走，就不可能爭戰沙場贏得戰利品，也不會有美女為你遞劍，更不會有人賜與你黃金做為報酬。」男孩昂起頭，目光如炬，彷彿正在回應遠方號角的召喚。然後，突然之間，男孩眼中的烈焰熄滅了，然後又回到平常無精打采的樣子。

「基本上就是什麼也不能做！」沉默了一會兒，他繼續說道：「只能坐在那不停地思考；這種時候，連思考都變成一種毒藥。總之，我就是如此。我曾想過，我想要去學校學習新的東西——學到比嬤嬤所能教導的更多的東西；我也曾想過，我想要和別的男孩一起奔跑打球；我曾想過，我想要和傑瑞一起出門賣報紙；我也曾想過，我不想要自己一輩子都麻煩別人照顧。」

「噢，我懂，我懂你的心情。」波麗安娜眼中閃著淚光，「我有沒有說過，有段時間我也曾失去自己的雙腿？」

「真的嗎？那麼妳的確比一般人更能體會。可是妳的腿後來康復了，我卻沒有。」男孩的目光似乎又更深沉了些。

「不過，你還沒告訴我樂之書的事。」波麗安娜安靜了一會兒，又再度追問。

男孩坐立難安地露出靦腆的微笑。

「這本書對我很重要，但對一般人來說，其實不算什麼。妳就算看了，應該也看不出什麼來。我是從一年前開始寫的。我當時心情非常不好，看什麼都不順眼。那一段時間，我一直有股想發脾氣的衝動，但都只是想想；後來我隨便拿起一本父親的書並試著讀那本書。當我一翻開書，就看到這段話，我是後來才充分理解這段話的意思，所以我現在才能把它說給妳聽。

樂趣往往深藏在看似無趣之處；
飄落在地面上的葉子，無論有聲或無聲，
沒有一片不承載些許的喜悅。[1]

「我看完之後非常火大。我真希望能讓寫這段文字的傢伙親身體驗一下我的處境，看看他能從我的『葉子』上發現什麼喜悅。我快氣瘋了，所以我下定決心要證明這傢伙根本不知道自己在說什麼，於是我就開始尋找它們——尋找我的『葉子』上究竟承載了什麼喜悅。我拿了傑瑞給我的空白小筆記本，並對自己說，我要把它們都記錄下來。只要遇到的每件事情中有任何我喜歡的地方，我就會把它們寫進筆記本裡，這麼一來就能證明我到底有多少『喜悅』了。」

「對，就是這樣！」波麗安娜聽得入神，小男孩才剛停下來喘口氣，她立刻興奮地表達自己的認同。

「我並不期盼能找到許多，但是……妳知道嗎？我找到好多。幾乎每一件事情中，至少都有一點點我喜歡的地方，所以非記下來不可。我用來記錄的小筆記本，就是我寫進去的第一筆記錄。

後來有人送我一個小花盆栽，傑瑞在地鐵上發現一本好書，我都把它一一寫進去。自此之後，挖掘喜悅變成一件有趣的事，我有時還會在一些奇怪的地方找到它們。後來有一天，傑瑞拿到這本小筆記本，發現我在做的事，於是他就幫它取了『樂之書』這個名字，然後……然後，沒了，就這樣。」

「這一切……所有一切！」波麗安娜又驚又喜地大叫了起來：「這就是那個遊戲！你一直在自己不知道的情況下玩著開心遊戲——只是你玩得比我好太多了！如果我沒有足夠的東西可吃，也沒辦法走路，我恐怕根本無法玩這個遊戲。」她哽咽地說。

「遊戲？什麼遊戲？我對所有的遊戲都一無所知。」男孩皺起眉頭困惑地說。

波麗安娜拍了一下手。

「我知道，我知道你不知道遊戲的事，所以一切才會如此美好，如此令人讚嘆！但現在請你先聽我說，我要告訴你關於遊戲的事。」

於是她把一切都告訴了他。

「哇！」男孩聽完後驚訝地到抽一口氣，「那妳現在怎麼想呢？」

「你在這裡玩著我的遊戲，而且比我見過的任何一個人玩得都要好，但我到現在竟然連你的

1　出自拉曼・布蘭察德（Laman Blanchard, 1804-45）的詩作〈隱藏的喜悅〉（Hidden Joys）。

名字都不知道，也不知道任何關於你的事！」波麗安娜用一種近乎崇拜的語氣說道，「不過，我想知道關於你的每件事。」

「也沒什麼可說的，」男孩聳聳肩，「而且，妳看，可憐的藍斯洛爵士還有其他的同伴們正在等牠們的晚餐呢。」

「天呀！你說得沒錯！」波麗安娜先是焦急地看了身旁那些正在吱吱喳喳、鼓動翅膀的小傢伙一眼，接著她便粗魯地將袋子裡的東西沿著四周倒了出來。「好啦，現在都解決了，我們可以繼續聊天了。」她開心地說，「而且我還有好多想知道的事。首先，請問你的名字叫什麼？我只知道你不叫『詹姆士爵士。』」

男孩笑了出來。

「對啊，那不是我的名字，但傑瑞老是這麼叫我；嬤嬤和其他人都叫我『傑米』。」

「傑米！」波麗安娜驚訝地深吸了一口氣。她的心中出現一絲近乎奢求的希望，但隨即又被害怕失望的情緒所取代。

「嬤嬤就是……媽媽的意思嗎？」

「是啊！」

波麗安娜頓時鬆了一口氣，但她的表情又有些悵然若失。如果這個傑米有母親，那他當然不可能是卡魯夫人在找的傑米，那個傑米的母親早在多年前就去世了。不過，就算他不是那個傑米，他仍是位非常有趣的人。

「你住在哪裡啊？」她急切地追問：「除了媽媽和傑瑞，你家還有些什麼人？你每天都會來這裡嗎？你的樂之書在哪裡？可以讓我看看嗎？醫生有沒有說你何時可以再走路？你之前說這是從哪來的啊？——我是指這張輪椅。」

男孩輕輕地笑了。

「妳期望我一次能回答多少問題？總之，我從最後一個問題開始往前回答好了。如果我還記得的話，我是一年前得到這張輪椅的。傑瑞認識一個為報社寫稿的人，他把關於我的一些事像是我為什麼不能走路，還有樂之書之類的事寫成文章。我一開始並不知道，直到有一天一大堆的男男女女搬著這張輪椅到我家，告訴我輪椅是要給我的，我才知道的。他們說他們讀了我的故事，所以希望我能收下輪椅並記得他們。」

「天啊！你當時一定很開心！」

「是啊。光是記錄這個輪椅的故事，就占去樂之書一整頁的篇幅。」

「但你真的再也沒辦法走路了嗎？」波麗安娜眼眶泛淚地說。

「大概不太可能了。醫生都說我沒辦法再走路了。」

「不過，醫生當初也是這麼說我的，後來他們把我送到艾姆斯醫生那裡，我在那裡待了將近一年的時間；是他把我醫好的，或許他也能醫好你！」

男孩搖了搖頭。

「不可能！因為我根本不可能去他那裡。實在太花錢了，還不如就當作我永遠無法再走路。不過沒關係，」男孩立刻抬起頭，「我會試著不要去想它。妳也知道一想下去，就沒完沒了了。」

「沒錯，沒錯，的確是這樣——而我現在竟然還在你面前一直說個不停！」波麗安娜懊惱地說，「所以我才說你現在比我更懂得如何玩這個遊戲。好了，快繼續吧。我的問題你還答不到一半呢。你住在哪裡？只有傑瑞這一個兄弟姊妹嗎？」

一聽到傑瑞，男孩臉上的陰霾頓時一掃而空，目光也變得閃閃發亮。

「是的……不過他跟我並不是親兄弟。他其實跟我沒有任何血緣關係，我跟嬤嬤也沒有。所以妳想想看，他們對我有多好！」

「你說什麼？」波麗安娜立刻機警地問道：「那位……嬤嬤難道不是你的媽媽？」

「不是啊！所以才……」

「所以你根本沒有母親囉？」波麗安娜興奮地打斷他。

「沒有，在我的記憶中，我沒有母親，父親則是在六年前過世的。」

「你今年幾歲？」

「我不知道，我當時還太小。嬤嬤說她收留我的時侯，猜我當時大概六歲。」

「而你又叫傑米？」波麗安娜屏息靜氣地等待他的回應。

「是啊，我跟妳說過了。」

「你有其他的名字嗎？」波麗安娜既期待又怕受傷害地問道。

「我不知道。」

「你不知道？」

「我不記得了，我想大概是年紀太小了吧。連墨菲一家人也不知道，他們只知道我叫傑米。」

波麗安娜聽完後一臉失望，但她腦中突然閃過一個想法，立刻將失望之情一掃而空。

「那麼，也就是說，若你不知道自己姓什麼，那你也不知道自己是不是姓肯特！」她驚呼。

「肯特？」男孩一頭霧水。

「是啊！」波麗安娜興奮地說：「有一個名叫傑米．肯特的小男孩……」她突然咬住自己的嘴唇，不讓自己再說下去。因為波麗安娜突然意識到，先別讓這小男孩知道他可能是失蹤的傑米，對他或許會比較好。在她沒確定任何事之前，最好不要給他過高的期待，以免期望落空為他帶來更多的失望。她還記得當初自己必須告訴吉米．賓恩婦女勸助會不願意收留他時，他有多失望。而潘道頓先生一開始不願收留他，他又失望了一次。同樣的錯誤，她絕對不會再犯第三次。所以她很快地想到自己可以假裝這是無關緊要的事，先避開這個危險的話題，於是她說：

「先別管傑米．肯特。告訴我關係你的事。我好想知道！」

「沒有什麼好說的。我想不到什麼好事可說，」男孩先是遲疑了一會兒，然後接著說：「他們說父親是個……是個怪人，而且他幾乎都不說話，所以沒人知道他叫什麼名字，只知道大家都叫他『教授』。嬤嬤說他們還住在洛威爾的時候，父親和我住在他們家公寓頂樓後方的小房間裡。他們當時就很窮，但沒現在那麼窮；當時傑瑞的父親還活著，也有一份工作。」

「好的、好的，快繼續說下去。」波麗安催促著。

「嬤嬤說因為我父親常生病，而且性格愈變愈古怪，所以他們經常把我帶下樓和他們一起生活。我當時還可以走路，但我的腿從那個時候開始就有些不對勁。我平時都和傑瑞以及一個後來也過世了的小女孩一起玩。父親死的時候，沒人願意收留我，有些人想把我送到孤兒院，但嬤嬤說她會負責照顧我，傑瑞也會一起照顧我，於是他們就收留了我。那陣子那個小女孩才剛過世，他們說我可以代替她成為他們的小孩。自此之後，我們就一直生活在一起了。後來我跌倒了，情況變得更糟糕，再加上傑瑞的父親也過世了，所以他們現在更是窮到不行，可是他們一直對我不離不棄。妳說他們是不是對我很好？」

「是啊，當然是啊！」波麗安娜喊道，「不過，他們會得到應有的獎賞……我相信他們一定會！」波麗安娜現在興奮得不停地顫抖，最後的疑慮也排除了。她找到失蹤的傑米了。雖然她已經很確定，可是還不能說，首先要讓卡魯夫人先見到他，然後……然後……即使是想像力豐富的波麗安娜，也想像不到卡魯夫人和傑米開心團圓的場景會是什麼樣子。

她起身時還輕輕地跳了一下，完全無視回到她大腿上探頭探腦找堅果吃的藍斯洛爵士。

「我現在必須要走了，但我明天會再來，或許會帶一位女士一起來，你一定會想認識她的。你明天也會來吧？」她焦急地問道。

「當然，如果天氣好的話。傑瑞幾乎每天早上都會帶我來這裡，鄰居會把輪椅固定好，方便他推我過來這裡。我會一直待到下午四點，把帶來的晚餐吃完後，傑瑞才帶我回家。傑瑞真的對我好好喔！」

「我知道、我知道！」波麗安娜點頭如搗蒜，「或許你會遇見其他同樣對你很好的人哦。」她帶著耀眼的笑容，故作神祕地說完這一句話就離開了。

41 精心策畫

在回家的路上，波麗安娜一直開心地擬定各種計畫。無論如何，明天都得說服卡魯夫人跟她一起到公園散步。只不過，波麗安娜還不知道要怎麼說服她，不過這件事是一定要成功的。

而且，波麗安娜不能開門見山地跟卡魯夫人說，自己已經找到傑米了，並且要帶她去見他。因為，要是他不是卡魯夫人要找的那個傑米呢？雖然這個機率微乎其微，不過還是存在的。一旦卡魯夫人燃起的希望又破滅，那後果一定會非常嚴重。波麗安娜曾聽瑪麗說過，卡魯夫人之前兩次循著很有希望的線索去找，結果最後找到的卻根本不是她已故姊姊的兒子，回來之後還因此而大病了兩場。所以，波麗安娜不能告訴卡魯夫人自己想叫她去公園散步的真正原因。不過，這一切總是會有辦法的。波麗安娜一邊對自己說，一邊興奮地快步走回家。

但是，老天爺卻偏偏在這時候用暴風雨阻撓了波麗安娜的計畫。第二天早上，波麗安娜連看都不用看，就知道今天的公園大概是去不成了。更糟糕的是，接下來的第三天跟第四天，天空還是灰濛濛的一片。連續三天下午，波麗安娜一直在窗前走來走去，不時抬頭向外張望，焦慮地詢問每個人：「你不覺得好像開始放晴了嗎？」

由於這樣的行為對於一個原本快樂的小女孩來說，實在太不尋常了，再加上她那些宛如疲勞轟炸般的惱人問題，最後，卡魯夫人終於失去耐性。

「看在老天爺的分上，孩子，妳到底怎麼了？」她喊道，「我從沒見過妳因為天氣而愁眉苦臉，妳那個神奇的開心遊戲今天跑到哪裡去啦？」

波麗安娜尷尬地漲紅了臉。

「唉呀，我想這次我可能真的忘了玩開心遊戲了，」她承認，「不過，只要我去找的話，還是有些事可以讓我高興的。例如，天空總會放晴的，因為上帝已經說『祂是不會再一次降下洪水的』。不過，我實在太希望今天是晴天了。」

「為什麼是今天呢？」

「噢，我只是很想去波士頓花園散步。」波麗安娜試著讓自己的話聽起來一派輕鬆，「我想，或許妳願意跟我一起去？」表面上她仍然裝得一副無關緊要的樣子，可是心裡面卻激動又緊張地發抖了。

「我去公共花園散步？」卡魯夫人疑惑地問，微微揚起了眉毛，「噢，謝謝妳，我想還是算了。」她微笑地說。

「噢，可是妳……妳不能拒絕啊！」波麗安娜慌張到講話都結結巴巴了。

「我已經拒絕了。」

波麗安娜拚命克制自己別說出那些祕密，導致臉色一片慘白。

「但是，卡魯夫人，拜託，等天氣好的時候，拜託別拒絕呀！」她懇求，「我有一個很特殊的原因希望妳過去，一次就好。」

卡魯夫人皺起眉頭，她張開嘴準備再一次堅定地拒絕，但是波麗安娜懇求的眼神讓她實在說不出口，所以，最後卡魯夫人只好心不甘情不願地答應了。

「好吧、好吧，孩子，聽妳的吧。但是，如果我答應妳的話，妳得答應我一個小時之內不要再靠近窗戶，而且不要再來問我今天到底會不會放晴了。」

「好的，我會……我是說，我不會再問了。」波麗安娜的心怦怦直跳。此時，一道光線透過窗戶射了進來，她開心地喊著：「妳不覺得天氣就要……噢！」她慌張地住口，趕緊跑出房間。

不過一直到隔天，天氣才真正地完全放晴。可是雖然太陽出來了，空氣中還是有股寒意。到了下午，波麗安娜放學回來時還刮起了寒風。波麗安娜不顧卡魯夫人的反對，堅持今天是一個不可多得的好天氣，如果卡魯夫人不去公園散步，她一定會難過到發狂的。所以，抱怨歸抱怨，卡魯夫人只好去了。

但是，果然不出所料，她們無功而返。一個沒耐心的女人跟一個焦急的小女孩在公園裡凍得發抖，快步從這條小徑走到另一條小徑（波麗安娜因為沒在老地方找到那個男孩，所以瘋狂地找遍公園的每個角落。她好不容易把卡魯夫人帶來這裡，卻找不到傑米，她似乎不太能接受這個結果，而且她什麼也還都不能跟卡魯夫人說）。最後，卡魯夫人凍得全身發抖再也無法忍受，堅持她們得回家，至此，波麗安娜只好失望地離開。

波麗安娜又過了幾天難熬的日子，這對她而言就像是第二次大洪水一樣了，不過，卡魯夫人說這只是「正常的秋雨」。連著幾天的陰雨讓波士頓成了陰暗的城市，到處都很潮濕、寒冷，還霧濛濛的；天氣要不是下著灰濛濛的細雨，就是更糟的傾盆大雨。這段期間，只要天氣偶爾放晴的時候，波麗安娜就會去公園，可是傑米一直沒有出現，所以波麗安娜每次都無功而返。

到了十一月中，公園呈現一片蕭瑟的景象。樹枝光禿禿的，長椅也空蕩蕩的，池塘上也沒有人泛舟。雖然松鼠和鴿子都還在，麻雀也跟以前一樣精神抖擻，可是現在去餵這些小東西已經是悲傷多於快樂了，因為每當藍斯洛揮動著牠那毛茸茸的尾巴時，波麗安娜就會想起為牠取名字的那個人，可是他現在已經不在這裡了。噢，天哪、天哪，他是傑米，我知道他就是！不在這裡了。「我居然沒有問他住在哪裡！」隨著日子一天天過去，波麗安娜難過地對自己說了一遍又一遍，「他是傑米，我知道他就是傑米。現在我只要等到春天，當天氣回暖的季節，他一定又會回到這裡來。可是到時候我可能已經不在這裡了。噢，天哪，天哪，他是傑米，我知道他就是！」

後來，在一個百無聊賴的下午，意料之外的事情發生了。波麗安娜走過二樓走廊時，聽到樓下大廳傳來憤怒的聲音，她認出其中一個是瑪麗的，但是另一個……另一個……另一個聲音正在說：

「妳休想！我可不是來乞討的。妳聽到了嗎？我要見一個叫波麗安娜的女孩，我有消息要帶給她，是詹姆士男爵要我傳話的。妳走開，讓我見那個女孩，如果妳不介意的話。」

波麗安娜開心地叫了一聲，連忙往樓下飛奔而去。

「噢，我在這裡，我在這裡，我在這裡！」她踉蹌地衝向大門，氣喘吁吁地問，「怎麼了？是傑米叫你來的嗎？」

波麗安娜超級興奮的，她張開手臂差點跟那個男孩撞在一起，幸虧瑪麗趕緊伸手一把拉住她。

「波麗安娜小姐、波麗安娜小姐，妳認識這個乞丐男孩嗎？」

男孩生氣地漲紅臉，不過在他還沒開口說話之前，波麗安娜帶著彷彿勝利者的口吻插嘴。

「他不是乞丐，他是我最好的朋友，而且上次我迷路的時候，就是他把我帶回家的。」接著，她轉頭焦躁地問男孩。

「到底怎麼了？是傑米叫你來的？」

「是的！一個月前他上床睡覺之後就再也沒有下過床。」

「他……什麼？」波麗安娜沒聽懂。

「就是……上床睡覺。我是說，他生病了。而且他想要見妳，妳可以來嗎？」

「生病了？噢，真糟糕！」波麗安娜傷心地說，「我當然會去。我現在就去拿我的帽子跟外套。」

「波麗安娜小姐！」瑪麗大聲反對，「妳覺得卡魯夫人會……答應妳跟一個陌生的男孩走嗎？」

「他不是陌生的男孩，」波麗安娜反駁，「我認識他很久了，我得去。我……」

「這到底是怎麼回事？」卡魯夫人冷冰冰的聲音從後方傳來，「波麗安娜，這個男孩是誰？這到底是怎麼回事？」

波麗安娜倏地轉過身，喊道：「噢，卡魯夫人，妳會讓我去吧？」

「去哪？」

「去看我的哥哥，女士。」男孩快速地插嘴，並且努力地表現出禮貌的樣子，「他最近狀況很不好，如果我沒有帶她去，他不會讓我有好日子過的。」他邊說邊指著波麗安娜，「他真的很想見她。」

「我可以去吧？可以吧？」波麗安娜懇求。

卡魯夫人皺起眉頭。

「跟這個男孩一起去？就妳一個人？當然不可以！波麗安娜！妳怎麼會有這種想法呢？」

「噢，可是，我希望妳能跟我一起去。」波麗安娜說。

「我？真是太荒唐了！孩子！這是不可能的事。如果妳想要的話，妳可以給這個男孩一些錢，但是……」

「真感謝妳啊！女士，可是我不是來要錢的。」男孩生氣地說，雙眼閃著憤怒的光芒，「我是來找她的。」

「是啊！卡魯夫人，這是傑瑞，傑瑞・墨菲。上次我迷路的時候，是他把我送回家的。」波麗安娜繼續求著，「求求妳，讓我去吧？」

卡魯夫人搖搖頭。

「不可能，波麗安娜。」

「可是他說，另一個男孩生病了，而且很想見我！」

「這我也沒辦法。」

「而且我很了解他，卡魯夫人。真的，他很喜歡看很多關於騎士、貴族、皇后與公主的可愛故事。他還餵小鳥跟松鼠，也給牠們取名字。還有，他也沒辦法走路，而且很多時候他都沒有足夠的食物可以吃。」波麗安娜喘著氣說，「可是，他早在遇到我的一年前就在玩開心遊戲了，他是自己開始玩的，甚至玩的比我還好呢！這些日子以來，我一直在找的人就是他。這是真的！卡魯夫人，我真的得去看他，」波麗安娜說著說著都快哭出來了，「我不能再失去他了！」

卡魯夫人的臉上浮現憤怒的紅潮。

「波麗安娜！這完全是胡說八道。我太震驚了，妳竟然一直堅持要做我不允許的事情。我絕不會讓妳跟這個男孩一起去，所以不要再讓我聽到這件事了。」

此時波麗安娜臉上忽然浮現一抹新的神情，半是害怕，半是興奮。她抬起下巴，直視卡魯夫人，以一種顫抖卻堅定地口吻說：

「那麼，我現在只好告訴妳實話了，我本來不想這麼早說的，除非我很確定他是，所以才打算讓妳先見見他，但現在我不得不說了。我不能再失去他，卡魯夫人，他是……傑米。」

「傑米？……我的傑米！」卡魯夫人的臉色瞬間轉為蒼白。

「是的。」

「不可能。」

「我知道，可是，他的名字是傑米，雖然他不知道他姓什麼。他的爸爸在他六歲的時候就過世了，而且他對他的媽媽沒有印象。他認為他現在應該十二歲了，人們在他爸爸過世的時候把他帶走。他的爸爸是個怪胎，從不告訴人們他到底叫什麼，而且……」

此時卡魯夫人做出了一個不要再講下去的手勢。卡魯夫人的臉色變得比之前更加蒼白了，可是眼中卻閃爍著光芒。

「我們馬上出發！」她說，「瑪麗，告訴柏金斯趕快把車子準備好。波麗安娜，去拿妳的帽子跟外套。小男孩，請在這裡等著，我們準備好立刻就跟你一起去。」話一說完，她就匆匆上樓了。

男孩站在門廳，深深地吸了一口氣。

「我的天啊！」他輕聲地喃喃自語，「我們要坐豪華小轎車啦！真是太高級了，天啊！詹姆士男爵會怎麼說呢？」

42 墨菲家的巷子

伴隨著豪華轎車特有的低頻引擎聲，卡魯夫人的車從聯邦大道轉入阿靈頓街，最後來到查爾斯街。轎車靠裡面的位置，坐著一個眼睛閃閃發亮的小女孩，以及一位臉色蒼白、神情緊張的女子。轎車最外側的位置，則是坐著得意洋洋、比手畫腳地為司機引路的傑瑞．墨菲，司機雖一臉不認同，但礙於只有他認得路，只好乖乖聽話。

轎車駛入一條骯髒、狹小的巷子之後，在一個破舊的門口前停了下來。男孩跳下車，誇張地模仿著有錢人的司機常見的動作，用力拉開車門，站在一旁靜候著女士們下車。

波麗安娜立刻跳下車，詫異地睜著大大的眼睛，難以置信地看著周遭的環境。接著，卡魯夫人也走下車來，當她的視線掃過四周骯髒汙穢的環境，並看著一群衣衫襤褸的孩子從附近街道蜂擁而上，並圍在車子旁邊竊竊私語及鬼吼鬼叫時，她的身體明顯地顫抖起來。

傑瑞生氣地揮舞自己的雙臂。

「嘿，你們，快走開！」他對著雜亂的人群大吼：「這可不是免費的電影！別在這裡吵死人，快點走。動作快一點，馬上走！我們要過去。傑米的朋友來看他了。」

卡魯夫人見狀，嚇得伸出顫抖的手放在傑瑞的肩膀上。

「不會是……這裡吧！」她有些退縮。

但男孩沒聽見她說的話。他奮力地推開那些弓手握拳不斷向前推擠的人群，硬是為兩位客人開了一條路；卡魯夫人還來不及搞清楚狀況，自己跟男孩還有波麗安娜已經穿過一條陰暗並散發著惡臭的小巷，來到一座搖搖欲墜的樓梯前。

她再次伸出顫抖的手。

「等一下，」她嘶啞地說，「你們千萬別先讓他知道……他可能是我在找的男孩。我必須先見到他，並且……問他一些問題。」

「當然啦！」波麗安娜表示贊同。

「沒問題！我可以做到。」男孩點點頭，「反正我會盡快離開，不會打擾到你們。上樓時小心一點，樓梯上到處都有洞，有時還會有一、兩個小孩窩在角落裡睡覺。喔，還有，今天電梯壞了，」他一臉不懷好意地笑說，「所以我們要一路爬上頂樓！」

卡魯夫人發現了所謂的「洞」，就是她顫抖的腳下那些木板破裂的痕跡，踩上去還會聽到木板因彎曲而吱吱作響的恐怖聲音。她也在第二層樓梯上發現了一個「小孩」——是一個兩歲大的幼兒，手中還拿著一個串著細繩的空鐵罐，不斷地上下甩動，製造出乒乒乓乓的聲響，玩得不亦樂乎。樓梯兩旁的門幾乎全部大開，只是每扇房門的後面，不是有個蓬頭亂髮的婦人偷偷摸摸地探頭探腦地張望，就是有個臉上髒兮兮的小孩明目張膽地不斷向外窺視。沿途有時還會聽到嬰兒的哭聲，或是男子的咒罵聲，而且無論走到何處，都會聞到像是酸掉的威士忌、腐敗的高麗菜，或是好幾天沒洗澡之類的人體惡臭味。到了第三層，也就是最後一段的樓梯，男孩在一扇緊閉的門前停了下來。

「我在想，詹姆士爵士發現我帶來的禮物，不知會有什麼樣的反應？」他低聲地說：「我知道嬤嬤會有什麼反應，她看到傑米這麼開心，一定會立刻喜極而泣。」說著說著他便把門打開，開心地大喊：「我們回來了──還是坐汽車回來的喔！是不是很了不起，詹姆士爵士？」

那是一個冷清、陰鬱、家徒四壁卻打掃得非常乾淨整齊的小房間。這裡沒有蓬頭亂髮、探頭探腦的婦人，沒有向外窺視的小孩，也沒有威士忌、高麗菜等食物腐敗的味道，更沒有不洗澡的人身上累積的汗臭味。房裡擺放著兩張床、三張爛椅子、一個存放乾貨的箱子充當的桌子，還有一個小火爐，但從小火爐微弱的光暈就已說明，那一點火根本就不足以讓這個小房間暖和起來。其中一張床，床上躺了個臉色紅潤、目光如炬的少年，在他旁邊則坐了一位臉色蒼白、身材削瘦、身形因為風濕而變形的駝背婦人。

卡魯夫人進入房間後，彷彿是為了要讓自己鎮定下來，先讓自己背靠著牆壁站了好一會兒。波麗安娜則是趕緊衝上前打招呼，但她正準備開口，就聽到傑瑞抱歉地說：

「我現在必須先走了，再見！」他說完便一溜煙地消失在房門口。

「噢，傑米，我好開心終於找到你了！」波麗安娜大喊，「你不知道我每天找了又找，就是找不到你。不過聽到你生病的消息，我好難過。」

傑米露出燦爛的微笑並伸出蒼白削瘦的手。

「我不難過，我反而很開心，」他刻意強調開心這兩個字，「因為我生病，妳才會來看我啊！況且，我現在已經好多了。嬤嬤，這位就是告訴我開心遊戲的那個小女孩……嬤嬤現在也在玩這個遊戲。」他得意洋洋地對波麗安娜說。「嬤嬤本來因為背痛不能工作而大哭了一場，不過後來看到我病情惡化，她又很開心自己今天沒辦法工作，因為這樣她就可以留下來照顧我了。」

就在這個時候，卡魯夫人突然走上前，她有些害怕又有些期待地看著床上這名少年的臉孔。

「傑米，這位是卡魯夫人。我今天特別帶她來看你。」波麗安娜介紹時，聲音還不停地顫抖。床邊這位身體佝僂變形的女子，這次則努力地掙扎起身，並緊張地讓出自己的座位。卡魯夫人接受了她的好意，卻連看都沒看她一眼，她的目光仍緊緊盯著床上的男孩。

「你的名字是……傑米？」她問的時候顯然有些難以啟齒。

「是的，夫人。」男孩直視她的目光。

「你有其他的名字嗎？」

「我不知道。」

「他不是妳的兒子？」卡魯夫人首次看向站在床邊的婦人。

「不是的，夫人。」

「而妳也不知道他是否有其他的名字？」

「不，夫人，我打從一開始就不知道。」

卡魯夫人失望地扭頭回去繼續詢問男孩。

「你試著想想看，仔細地想想看——除了傑米以外，你對自己是否有其他的名字真的一點印象都沒有嗎？」

男孩一臉疑惑地搖搖頭。

「沒有耶，一點印象都沒有。」

「你身邊有沒有任何屬於你父親的東西，上面可能會有他的名字？」

「他的遺物除了書本之外，沒什麼值得留下來的，」墨菲太太突然插嘴，「他的東西在那裡，也許您會想看一看。」她指著房間另一頭的書架上，那一整排破破爛爛的書，然後她終於忍不住地問道：「夫人，您覺得您認識他？」

「我不知道。」卡魯夫人低聲說完，便起身走到房間另一頭的書架前方。

書架上並沒有很多書——大概只有十到十二本左右，其中包含一本莎士比亞的劇本，一本《劫後英雄傳》，一本翻閱過很多次的《湖上美人》，一本雜詩集，一本沒有書皮的《丁尼生集》，一本快散掉的《小公子》，以及二到三本的上古及中古史。不過，雖然卡魯夫人小心仔細地瀏覽每一本書，卻完全沒發現書上有任何書寫的筆跡。她失望地嘆了一口氣，但當她轉身回頭望向男孩和婦人，卻對上兩人詫異及疑惑的目光。

「我希望你們兩位……能分別把你們所知道的一切……全都告訴我。」她斷斷續續地說完後，整個人跌坐在床邊的椅子上。

於是他們把事情的始末都告訴了她。但內容和傑米在公共花園告訴波麗安娜的沒什麼差別。沒有什麼新的線索，除了卡魯夫人幾個試探性的問題，其他都是一些無關緊要的細節。最後傑米急切地看著卡魯夫人。

「您覺得……您認識……我父親嗎？」他近乎懇求地問道。

卡魯夫人閉上眼睛，手按著太陽穴。

「我……我不知道，」她回答，「但我想……我應該不認識。」

波麗安娜聽到後，立刻失望地哀叫了一聲，但在卡魯夫人警告性地瞪了她一眼後，她很快地壓抑住自己失望的情緒，卻開始不安地打量著這個小房間。

傑米則是一臉疑惑地把目光從卡魯夫人的身上移開，這時他突然意識到自己忘記了身為主人的待客之道。

「謝謝妳今天來看我！」他感激地對著波麗安娜說，「藍斯洛爵士最近好嗎？妳有去餵牠嗎？」

不過，波麗安娜並未馬上回答，這時他剛好看到窗戶旁一個瓶頸破掉的花瓶，瓶子裡有一株粉紅色的小花，於是他緊接著說：「妳有看到我的花嗎？那是傑瑞發現的，有人把它丟掉，傑瑞就把它撿了起來。是不是很漂亮？而且聞起來還有一點淡淡的香味。」

不過，波麗安娜卻好像完全沒聽到，她仍睜著大大的眼睛打量整個房間，握拳的雙手隨著心情起伏，一下握緊一下鬆開。

「傑米，我不明白住在這樣的地方，你怎麼還能玩那個遊戲？」她顫抖地說著：「我想世界上大概找不到比這裡更糟的居住環境了。」

「呵！」傑米毫不退縮地反駁：「妳應該去看看樓下的派克家。他們家可是比這裡慘上好幾倍。妳不知道這個房間其實有很多優點。出太陽時，每天最多可以享受兩小時從那扇窗戶照進來的陽光；如果妳緊貼著那扇窗戶，還可以看到一大片天空。如果我們能繼續住在這裡，不知道該有多好！可是，恐怕我們得被迫離開這裡了。這才是我們最擔心的。」

「離開？」

「是啊，我們欠繳房租！嬤嬤因為最近病得很嚴重沒辦法工作，所以沒錢繳房租。」傑米的臉上雖然帶著勇敢愉快的笑容，但他的聲音卻微微地顫抖，「住在樓下為我保管輪椅的多蘭小姐，幫我們墊了這星期的房租，可是她沒辦法一直幫下去，所以如果傑瑞沒辦法突然賺到一大筆錢，我們就得被迫搬家了。」

「噢，我們難道不能……」波麗安娜才剛開口。

卡魯夫人卻突然起身對著她說：「好了，波麗安娜，我們該回去了。」然後她轉過頭去，口氣相當疲憊地對著婦人說：「你們不需要搬。我會立刻把錢和食物送來，並把你們的情況告訴一個我參與贊助的慈善機構，他們會……」

這時站在她對面的駝背婦人突然挺直自己嬌小的身軀，讓她驚訝地停了下來。

墨菲太太滿臉通紅、眼底蘊藏著些許怒火。

「謝謝您，卡魯夫人，不過我們不能接受您的好意，」她的聲音雖然在顫抖，卻聽得出來她的驕傲，「我們雖然窮，但我們不接受施捨。」

「胡扯！」卡魯夫人怒氣沖沖地說：「妳不也接受了樓下婦人的幫助，這個男孩剛才是這麼說的吧。」

「我知道，但那不是施捨。」婦人語氣雖堅定，但聲音有些微顫抖，「多蘭太太是我的朋友，她知道我會盡快地回報她……以前我也幫助過她。朋友間的幫助不是施捨，那是關心；所以兩者不能相提並論。我們過去的情況雖然不算好，但也並非一直像現在這麼糟糕，而您這麼做對我們只會造成更大的傷害。謝謝您的好意，但您的錢……我們不能收。」

卡魯夫人愈聽愈生氣。她才剛經歷最失望、心碎、心力交瘁的一小時，而她本來就不是個有耐心的人，所以現在她除了筋疲力竭之外，只剩下滿腔的怒火。

「很好，隨妳高興！」她無情地說，但她還是有些不耐煩地補了幾句：「妳為什麼不去找屋主，要求他在你們居住期間至少要維持一個舒適的環境？就像窗戶破了，你們絕對有權要求他修理，而不是塞一些破布和報紙就算了！還有我剛才走上來的樓梯再不整修，遲早會出事的。」

墨菲太太沮喪地嘆了一口氣，她扭曲變形的身軀又回到了以往絕望的老樣子。

「我們努力過，但一點用也沒有。當然，我們從沒見過屋主，只見過管理人，但他說房租實在太低，所以屋主不願意花錢進行修繕工作。」

「鬼扯！」卡魯夫人生氣地說。她的語氣非常嚴厲，彷彿終於可以為自己一直緊張不安和心煩意亂的情緒找到發洩的出口，「真是太可惡了！更何況這已經違法了——那個樓梯鐵定不合法！這件事我來處理，我一定要他負責到底。告訴我管理人的名字，還有這棟外觀其實不差的建築物的屋主到底是誰？」

「夫人，我不知道屋主的名字，只知道管理人是道奇先生。」

「道奇！」卡魯夫人突然轉過頭來，臉上帶著奇怪的表情，「該不會是亨利・道奇吧？」

「是的，夫人。我想他的名字是亨利。」

卡魯夫人的臉瞬間漲得緋紅，但消退之後，她的臉色看起來卻比以往更加蒼白。

「很好，我……我會處理好的。」她低聲說完，便轉過身去，「來，波麗安娜，我們現在必須走了。」

波麗安娜聽了，走到床邊哭著和傑米說再見。

「不過我會再來的，我很快就會再來的。」她一邊開心地向傑米保證，一邊快步地跟著卡魯夫人走出房門。

他們兩人先是小心翼翼地一步步走下那危險的三層樓梯，接著再穿過圍在轎車旁那些嘰嘰喳喳、指指點點的人群，來到怒氣沖沖的柏金斯面前，這一路上波麗安娜都沒說一句話，她罕見地等到憤怒的司機關上車門後才懇求地說：

「親愛的卡魯夫人，求求妳，求求妳說那就是傑米！噢，如果他是傑米就太好了。」

「但他不是傑米！」

「噢，天啊！妳確定？」

卡魯夫人先是愣了一會兒，然後雙手掩面地說：

「不，我不確定，而這也是我最害怕的事。」她悲不自勝地低聲說道，「我認為他不是！我幾乎可以確定他不是。可是，當然，還是有那麼一點可能性，而就是這麼一點可能性，快把我折磨死了。」

「妳難道不能認為他是，」波麗安娜懇求著說：「並把他當作傑米嗎？這麼一來，妳就可以帶他回家，並且……」但卡魯夫人突然憤怒地轉過頭來。

「帶一個不是傑米的男孩回家？絕對不可能，我做不到，波麗安娜。」

「妳這麼做，就算無法幫到真正的傑米，但能幫到像他這樣的孩子，妳應該還是會很開心。」

波麗安娜拚命想說服她。

「如果妳的傑米也像這個傑米一樣貧病交加，難道妳不希望有人能帶他回家，提供他舒適的生活，況且……」

「別說了……別再說了，波麗安娜！」難過到快崩潰的卡魯夫人別過頭去，「只要我一想到我的傑米會不會在某個地方也像這樣……」卡魯夫人已經泣不成聲，無法再說下去。

「這就是我要說的……這就是我要說的！」波麗安娜興奮地說，「妳難道不明白嗎？如果他是妳的傑米，妳當然應該要帶他回去；但如果他不是，把他帶回家對真正的傑米不但沒有任何壞處，妳還算做了一件好事，這個傑米會因為妳而變得很開心、很快樂！若妳不久之後找到真的傑米，妳也沒什麼損失，而且妳不只讓一個小孩開心，而是讓兩個小孩都很開心；再加上……」卡魯夫人又再一次打斷她。

「別說了，波麗安娜，別再說了！我要再想想……我還要再想想。」

淚流滿面的波麗安娜回到自己的座位，很努力地安靜了一分鐘，然後又忍不住脫口而出：

「不過，那個地方真是遭糕透頂了！我真希望那個屋主能自己親自去住看看，看看他能不能找到值得開心的地方！」

卡魯夫人忽然坐直身子，表情也不知怎麼地突然改變了，然後她伸出手抓住波麗安娜，幾乎像是要為自己辯護一樣地說：

「不！」她叫道，「也許……她根本不知道，波麗安娜，也許她根本不知道。我敢肯定她一定不知道自己有一棟這樣的房子。不過，她會馬上改善這樣的情況……一定會。」

「她！那棟房子的屋主是女人？而且妳認識她？妳也認識那位管理人嗎？」

「是的。」卡魯夫人咬著自己的嘴唇，「我認識她，也認識那位管理人。」

「噢，我好開心，」波麗安娜鬆了一口氣，「那就沒問題啦。」

「那裡的情況絕對會……變好的。」卡魯夫人信誓旦旦地說著，而車子也在她家門口前停了下來。

從卡魯夫人的反應，似乎透露出她知道了什麼內幕。或許，她真的隱藏了一些事情不願意讓波麗安娜知道，但可以確定的是，卡魯夫人在就寢前寄出了一封信給亨利．道奇，信中要求他立刻召開會議商討那棟建築物的修繕事宜。信中她也毫不留情面地用了像是「破布補的窗戶」及「搖搖欲墜的樓梯」等措詞，把亨利．道奇氣得吹鬍子瞪眼睛的，甚至還偷偷地咬牙切齒地咒罵了幾句——但同時，他似乎也被嚇得臉色發白。

43 卡魯夫人大感驚訝

房子的裝修很有效率地完成了。卡魯夫人告訴自己，自己的義務已經做到了，所以這件事就到此結束。她要把這一切都忘了。那個男孩不是傑米，他不可能是。那個無知、病懨懨的跛腳男孩是她過世姊姊的兒子？不可能！她要徹底地把這個想法趕出腦海。

但是，卡魯夫人發現自己無法克服自己內心的障礙，因為這件事始終如此頑固地停留在她的腦海裡，讓她無法跨越。她眼前不斷出現那個簡陋到不行的小屋以及男孩期待的臉龐，耳邊也不斷響起同樣的聲音：「如果他真的是傑米怎麼辦？」當然，還有波麗安娜，即便卡魯夫人可以叫那個小女孩閉嘴（她也真的這麼要求），不要再向她苦苦哀求、問東問西，但是卡魯夫人卻無法避開小女孩懇求與不解的眼光。

無可奈何之下，卡魯夫人又去探望那個男孩兩次，每一次她都告訴自己，只要再去一次，她就能說服自己那個男孩不是她要找的。但是，即便與男孩面對面的時候，卡魯夫人能這樣說服自己，但是只要一轉身，原本那個老問題又回到了她的腦海裡。最後，她實在走投無路了，只好寫信把全部的事情都告訴她的妹妹。

等她把所有事情全數交代完畢後，她繼續寫道：

其實我本來不想告訴妳的；我不想讓妳因此苦惱，或有任何不切實際的希望。我很確定那不是他，但是，我也很清楚，我其實並不確定，甚至在我寫下這句話時也一樣。所以，我希望妳能過來一趟，妳一定得過來，我得讓妳見見他。

我在想，噢，不知道妳會說什麼！當然，傑米四歲以後我們就沒有再見過他了。他現在也應該十二歲了。我猜，那個男孩也差不多是這個年紀（他不知道自己的年紀），他的眼睛跟頭髮顏色也很像傑米，雖然他是跛腳，但這是六年前他跌倒所造成的。近四年來，情況愈來愈糟了。

我沒辦法得知他父親的具體長相，我所知道的，實在不足以證明他就是可憐桃樂絲的丈夫。人們叫他教授，說他很古怪，除了幾本書之外什麼都沒有留下；這或許可以說明什麼，但也可能不行。約翰．肯特是很古怪沒錯，而且品味也與眾不同。不過，我不記得他到底喜不喜歡看書了，妳記得嗎？當然「教授」可能是他自己取的，也可能是別人隨便叫叫的。至於那個男孩……我不知道，我不知道，但我希望妳能看出來！

妳心煩意亂的姊姊
露絲

黛拉立刻趕來，也馬上去見了那個男孩，但是跟她姊姊一樣，黛拉也無法確定。她說，她覺得這不是她們的傑米，可是又有可能是。但是，黛拉跟波麗安娜一樣，認為有個好辦法可以解決眼下的難題。

「妳怎麼不把他帶回來呢？親愛的？」黛拉向姊姊提議，「為什麼不收養他呢？這對他而言是很大的幫助呢，可憐的小傢伙……還有……」沒等她把話說完，卡魯夫人就開始顫抖。

「不行，不行，我不能，我沒辦法！」她悲傷地說，「我想要我的傑米，我自己的傑米，其他人我都不要。」黛拉嘆了一口氣，放棄勸說卡魯夫人改變心意的念頭，回療養院去了。

但是，如果卡魯夫人以為事情就這樣結束，那就大錯特錯了。因為，她白天依舊心神不寧，夜晚要不是睡不著，就是夢見自己被所謂的「可能是」與「可能不是」給蒙蔽了雙眼。另外，這陣子她跟波麗安娜也處得不太好。

波麗安娜充滿困惑，有很多疑問以及不安。這是波麗安娜有生以來第一次跟貧窮面對面。當她知道有人吃不飽、穿不暖，還住在黑暗、骯髒、狹小的屋子裡時，第一個反應就是要「幫忙」。她跟著卡魯夫人去看了傑米兩次，自從那位「叫道奇的男人」開始「關心」之後，波麗安娜很高興看到那裡的生活條件得到改善。可是，這對波麗安娜來說，這樣的改善遠遠不夠。因為，街上還有那麼多看起來病懨懨的男人、憂鬱的女人，還有許多穿著破爛衣服的孩子。他們都是傑米的鄰居。於是，波麗安娜又信心滿滿請卡魯夫人幫忙。

「真是的！」卡魯夫人知道波麗安娜的要求後，大聲說，「妳是希望整條街的房子都能有新的壁紙、樓梯，還有新修的電梯是嗎？我的天，妳還有什麼要求？」

「噢，有的，還有好多呢！」波麗安娜興奮地說，「妳知道的，他們需要的東西太多啦！每個人都是！讓他們得到這些東西是多有趣的事啊！我真希望我也這麼富有，這樣就可以幫助他們了。但是沒關係，如果妳幫助他們，我也會很開心的。」

卡魯夫人大口喘氣，簡直不敢相信自己剛剛所聽到的。已經有點失去耐心的她立刻開始跟波麗安娜解釋，表示自己再也不想為「墨菲小巷」做任何事了，而且也沒有這麼做的理由。況且，沒有人會期望她這麼做的。她該盡的義務都已經盡了，任何人都會認為，她幫助改善傑米與墨菲家生活條件的行為十分慷慨（不過，她認為沒有必要說出自己就是那棟出租住宅屋主的事）。她詳細地跟波麗安娜解釋說，社會上有一些幫助窮人的慈善機構，數量也不少，行動也很有效率，而且她還常常捐出大筆善款給這些機構。

即使這樣，還是沒有說服波麗安娜。

「可是我不懂，」波麗安娜反駁，「一群人聚在一起，去做每個人都願意做的事，這樣有比較好嗎？我寧願自己送一個……一本有趣的書給傑米，也不會讓其他人來替我送。而且我知道，如果是由我送給他，傑米也會比較開心。」

「是很有可能！」卡魯夫人疲倦地回答，聲音聽起來有些惱怒，「但是，如果是由其他人來送書給傑米，可能也有些好處，因為他們知道該選什麼樣的書。」

接著，卡魯夫人又說了好多波麗安娜完全不懂的事，像是「救濟窮人」、「無分別施捨的壞處」，還有「率性而為的施捨的壞處」。

「而且，」看著波麗安娜那張仍舊寫滿焦急與困惑的小臉，她又接著說，「即使我要幫助這些人，他們也不一定會接受。妳也記得一開始，墨菲太太就拒絕我送食物跟衣服給他們，但是他們似乎毫不猶豫地接受鄰居的幫助。」

「是啊，我知道。」波麗安娜嘆了口氣，轉身走開，「我也不太明白這究竟是怎麼一回事，可是我們擁有這麼多的好東西，他們卻幾乎什麼都沒有，這好像不太對啊。」

隨著日子一天天過去，波麗安娜這種罪惡感非但沒有減輕，反而愈發強烈。而且她提出的問題和意見都沒有替卡魯夫人帶來任何安慰。在這樣的情況下，波麗安娜甚至覺得連開心遊戲都不管用了，因為就像她自己說的：

「在面對貧窮的時候，我實在找不出有什麼值得開心的部分。當然，我們也是可以因為自己不像他們那麼窮而感到高興，但是，每次我因為這樣而感到高興時，我就會為他們感到難過，然後就沒辦法繼續開心下去了。當然，因為世界上有窮人，所以我們可以幫助他們，這樣也是值得高興的。可是，如果我們不幫助他們，我們的快樂要從哪兒來呢？」可是波麗安娜找不到誰可以針對這個問題，給她一個滿意的答案。

她特別拿這個問題去問卡魯夫人，而卡魯夫人卻還陷在傑米究竟是不是傑米的困惑之中。她變得愈來愈焦慮，愈來愈苦惱，也愈來愈絕望，就連即將來臨的聖誕節也沒能讓她好受一點。五彩繽紛的聖誕樹與亮晶晶的燈飾隨處可見，可是卻只替她帶來痛苦。聖誕節只會讓她聯想到孩子們的聖誕襪，而空空如也、裡面什麼禮物都沒有的那只襪子可能就是傑米的。

最後，在聖誕節即將來臨的前一週，她決定這場天人交戰該做個了結。她態度堅決地簡單交代瑪麗幾件事，並把波麗安娜叫來，只是，卡魯夫人的臉上沒有任何笑容。

「波麗安娜，」卡魯夫人板著臉說道，「我決定把傑米接過來，車子馬上就到了，我現在就要去帶他回家，如果妳想的話就一起去吧。」

波麗安娜臉上立刻散發出光彩的表情。

「噢，我太高興了！」她歡呼了起來，「天哪，我太高興了！我快哭了！卡魯夫人，為什麼特別高興的時候，反而會讓人想要哭呢？」

「我不知道，也許吧，波麗安娜。」卡魯夫人心不在焉的回答，臉上依舊見不到絲毫笑容。

到了墨菲家那間簡陋的小房間後，很快就說明自己來意的卡魯夫人，簡單地用短短幾句話就把傑米失蹤的事情交代完畢，而且表示一開始，自己滿懷希望地覺得這個傑米就是她要找的傑米，但同時，她也沒有隱瞞自己的懷疑。但是，她也說自己已經決定要帶他回家，給他最好的一切。最後，她疲倦地把今後自己對傑米的安排簡單說了一下。

墨菲太太站在床腳，一邊聽一邊啜泣。房間的另一頭，傑瑞．墨菲瞪大了眼睛，時不時地發出低聲的讚嘆，「天哪！真想不到啊！」而傑米則是躺在床上，一開始，他覺得一扇通往天堂的門，就這樣突然在他面前打開了，那可是他朝思暮想的。但是，卡魯夫人說得愈多，傑米的表情漸漸變了，他慢慢閉上眼睛，轉過頭去。

卡魯夫人說完之後，小房間裡陷入一段很長的沉默，接著傑米轉過頭來。大家看見他的臉色蒼白，眼中噙滿淚水。

「謝謝妳，卡魯夫人，但是，我不能去。」他直接明瞭地說。

「你不能……什麼？」卡魯夫人大喊，覺得自己大概是聽錯了。

「傑米！」波麗安娜倒抽了一口氣。

「噢，拜託，你怎麼啦？」傑瑞皺起眉頭，快步走向前，「你難道不知道這件事有多棒嗎？」

「我知道，可是……我不能去。」跛腳男孩又說了一遍。

「可是，傑米、傑米、傑米，想想這對你來說有多重要！」站在床腳的墨菲太太語氣顫抖地說。

「我在想……」傑米抽抽噎噎地說，「妳以為我會不知道我放棄了什麼嗎？」他淚眼汪汪地轉向卡魯夫人。「我不行去，」他斷斷續續地說，「我不能讓妳為我這麼做。如果妳……真的在乎我，那情況就不一樣了；但是妳不是真的……在乎我。妳想要的……不是我，妳要的是真正的傑米，而我不是。妳認為我不是，妳的臉上就是這麼寫著。」

「我知道，可是……可是……」卡魯夫人無助地開口。

「而且，我跟其他男孩不一樣，我不能走路，」跛腳男孩焦慮不安地打斷卡魯夫人的話，「沒過多久，妳就會開始對我感到厭煩的，我可以看到這一天的到來，我受不了……自己成為那樣的累贅。當然，如果妳在乎我……像媽咪一樣在乎……」他揮揮手，忍住哭泣，又把頭轉開了。「我不是妳要找的傑米，我……不能……去！」他說，只見男孩那雙放在床上那條破舊大披巾上的瘦小雙手緊緊交握著，用力到指節都泛白了。

房裡又陷入一片沉默，彷彿所有人都停止了呼吸。卡魯夫人站起身，儘管她的臉上毫無血色，但也足夠讓波麗安娜到嘴邊的啜泣給收了回去。

「走吧，波麗安娜。」卡魯夫人只說了這麼一句。

「噢，你這個傻瓜！」當門在她們倆身後關上時，傑瑞．墨菲不解地對著床上的男孩嘀咕。

但是，床上的男孩哭的好傷心，彷彿剛剛關上的那扇門，就是通往天堂的門，而它永遠不會再為他開啟了。

44 專櫃後的故事

卡魯夫人非常地生氣。她好不容易做好心理準備要帶這個不良於行的孩子回家，沒想到卻被這個男孩冷靜地拒絕了，這簡直讓她無法忍受。她一點也不習慣自己的邀請不受重視，更不習慣自己的好意被別人踐踏。更糟的是，在她確定男孩不願意和她回家之後，她突然感受到一種強烈的恐懼，深怕他就是真正的傑米。她知道自己願意帶他回家真正的原因，並不是因為她在乎這男孩，甚至不是因為她想要幫助他、讓他快樂，而是她希望藉由帶他回家，能減輕自己的心理負擔，並永遠平息心中那永無止境的可怕疑問：「萬一他真的是傑米怎麼辦？」

而男孩察覺到自己的心態，並以「不在乎」為由拒絕她的好意，顯然對整件事一點幫助也沒有。當然，卡魯夫人現在可以驕傲地對自己說，她的確是「一點也不在乎」，而這男孩也不是姊姊的小孩，她會把整件事「忘得一乾二淨」。

但她並沒有忘得一乾二淨。相反地，她愈是想否認她與男孩之間的責任與關係，這些責任與關係就愈是讓懷疑的恐慌死纏著她不放；無論她下了多大的決心，多想要把心思轉移到其他的事情上，那貧窮小房間裡男孩渴望的眼神，卻始終在她的腦海中揮之不去。

然後，還有波麗安娜的問題。波麗安娜這陣子簡直像變了一個人似的，她像是遊魂一樣，整天悶悶不樂地在房子裡閒晃，對什麼都興趣缺缺，一點也不像平時的波麗安娜。

只要碰到有人提出詢問或告誡，她就會回答：「噢，沒有，我沒生病。」

「那妳到底怎麼了？」

「我沒事。我……我只是想到傑米——為什麼他沒辦法擁有地毯、畫作和窗簾這些美麗的東西。」

吃東西時也一樣。波麗安娜一點胃口也沒有，但她同樣強調自己沒有生病。

「噢，沒有，」她難過地嘆了口氣，「我就是不覺得餓。而且只要我開始吃東西，我就會想起傑米，想到除了放了很久的甜甜圈和乾掉的麵包，他沒別的東西可吃，我……我就也不想吃了。」

卡魯夫人不知為什麼，但她內心就是隱約有種感覺不斷地驅使著她，讓她決定不計一切代價，只為能改善波麗安娜目前的情況。於是她訂了一棵聖誕樹、兩打花圈、大量的冬青葉及聖誕裝飾品。多年來，這間房子第一次展現出如此濃厚的聖誕氣氛，房子裡不但布滿了深紅色的花朵與布幔，還妝點了無數金光閃閃的亮片。卡魯夫人甚至還打算在這間房子裡舉辦一場聖誕派對，為此，她特別要波麗安娜邀請六位要好的女同學在聖誕夜當晚來家裡一起過節。

但即便如此，卡魯夫人仍是失望了。雖然波麗安娜對於這一切總是心存感激，有時也會展現出興致勃勃甚至開心興奮的模樣，但大多時候，她那張小小的臉蛋仍是一副心事重重的樣子。而這場聖誕派對最終也是憂傷多於快樂。因為波麗安娜一看到閃閃發光的聖誕樹就立刻大哭起來。

「波麗安娜！」卡魯夫人大驚，「到底發生了什麼事？」

「沒……沒事，」波麗安娜拭去臉上的淚水，「我會哭是因為這一切實在太美了，美到我沒辦法不哭。我在想若傑米能看到該有多好。」

就在這時候，卡魯夫人徹底地失去耐心。

「傑米、傑米、傑米！」她失控地大叫，「波麗安娜，妳能不能別再提他？妳明明知道他不來又不是我的錯；我都已經邀請他來這裡住了。再說，妳不是有個開心遊戲嗎？妳正好可以利用傑米的事來玩那個遊戲。」

「我有啊！」波麗安娜顫抖地說，「所以我才不明白。我從不知道這個遊戲竟是如此地奇怪。我以前在玩這個遊戲時，我都會發自內心地覺得快樂滿足。但現在，我很開心自己擁有了地毯和畫作、能吃到好吃的東西、可以走、可以跑、可以去上學，但每當想到傑米，我愈為自己感到開心，就愈為傑米感到難過。我從不知道這遊戲竟然如此的奇怪，我不知道怎麼會變成這樣，妳能告訴我為什麼嗎？」

但卡魯夫人聽完後，只是不發一語並垂頭喪氣地轉身離去。

聖誕節隔天，發生了一件令波麗安娜非常開心的事，開心到甚至讓她暫時把傑米的事拋諸腦後。那天卡魯夫人帶著她去購物，正當卡魯夫人為該選公爵蕾絲還是針繡蕾絲的領飾而猶豫不決時，波麗安娜在另一個專櫃發現了一張似曾相識的面孔，她皺著眉凝視了一會兒，就突然大叫一聲並衝到那個專櫃前。

「是妳……沒錯，就是妳！」她對著一位正要把一個盛放著紅色蝴蝶結的托盤放入展示櫃的女孩開心地大叫，「能再看到妳，我實在太開心了！」

專櫃後的女子抬起頭一臉驚嚇地望著波麗安娜，但她幾乎立刻就認出了波麗安娜，而她陰鬱的臉龐也隨即綻放出開心的笑容。

「妳不是我在公共花園遇到的那位小妹妹嗎？」她大喊。

「沒錯，我好開心妳還記得我。」波麗安娜笑著說，「不過妳再也沒出現過，我找了妳好幾次。」

「我沒辦法去，我必須工作。那次是我最後一個半天假期……那一個是五十分錢，夫人。」她突然停止了與波麗安娜的對話，轉而去回答一位神情愉悅的老婦人的提問，她問的是專櫃上一個黑白相間的蝴蝶結飾品的價錢。

「五十分錢？噢！」老婦人將蝴蝶結拿在手上並用手指輕觸著它，但她猶豫了一會兒，便嘆口氣地把東西放下，「嗯，是啊，親愛的，這個蝴蝶結真的很漂亮。」她說完便轉身離去。

不一會兒，她的身後出現了兩個笑容滿面的女孩，兩人挑選時還不斷嘻嘻哈哈地互開玩笑。她們兩人最後挑走一個鑲了寶石的絲絨飾品，和一個粉紅色花苞搭配薄紗的腕花。等到兩人吱吱喳喳地轉身離開後，波麗安娜興奮地深吸了一口氣。

「這就是妳每天的工作嗎？天啊，選擇做這樣的工作，妳一定很開心！」

「開心！」

「是啊，這個工作一定很有趣……能接觸這麼多的人，而且是形形色色的人。最重要的是妳還可以和他們交談。應該說妳非跟他們交談不可——因為這就是妳的工作。我應該也會喜歡這樣的工作。我想等我長大後，也要做這樣的工作。看人們買東西一定很有趣。」

「有趣？開心？」專櫃後的女孩生氣地說，「小妹妹，我想若妳知道一半的……小姐，那一個是一塊錢。」她話才說了一半，便急忙地轉身回答年輕女子針對展示櫃中某個華麗飾品的詢價，那是一個以珠飾點綴的絲質黃色蝴蝶結。

「是啊，我想妳也是時候該回答我的問題，」年輕女子生氣地說，「竟然還要我問第二次。」

專櫃後的女孩緊咬著自己的嘴唇。

「小姐，我剛才沒聽到。」

「這與我無關！妳的工作就是要聽清楚我的問題，不然花錢請妳來做什麼？那個黑色的多少錢？」

「五十分錢。」

「那個藍色的呢？」

「一塊錢。」

「小姐，妳的態度怎麼這麼差！妳再這麼不耐煩，我就去投訴妳。把那個放了粉紅色蝴蝶結的托盤拿過來我看看。」

女售貨員想開口解釋，但隨即閉上嘴並乖乖依照客人的指示，把手伸進展示櫃中，拿出那個盛放著粉紅色蝴蝶結的托盤。她的眼中閃著淚光，雙手微微顫抖地把托盤放置在專櫃上。年輕女子從托盤中拿了五個蝴蝶結，並問了其中四個的價錢後便轉身離去，臨走時還簡短地留下了一句：「我沒看到什麼中意的。」

「好了，」櫃檯後的女孩對睜著大大雙眼的波麗安娜顫抖著說：「現在，妳對我的工作有什麼看法？有任何值得開心的事嗎？」

波麗安娜像是歇斯底里般地笑了起來。

「天啊！妳說她的脾氣是不是很壞啊？不過，妳不覺得她還滿有意思的嗎？無論如何，並不是所有的客人都像她一樣，至少妳還是可以為這點感到開心，不是嗎？」

「我想也是。」女孩淡淡地笑說，「不過，小妹妹，我現在就可以告訴妳，妳在公共花園教我的遊戲或許很適合妳，但是……」兩人的對話又再次被打斷，女孩轉過身去疲倦地對著專櫃另一頭的女子說：「那一個是五十分錢，小姐。」

「妳還是一直覺得寂寞嗎？」女孩一有空，波麗安娜便急切地問道。

「我也不知道該怎麼說。自從上次見過妳之後，我才去了不到五場的派對，最多也不超過七場吧。」波麗安娜聽得出女孩的口氣帶著幾分酸楚的無奈。

「這樣啊，那妳聖誕節總該過得不錯吧？」

「噢，沒錯，我那天雙腳累到不行，所以穿了一雙破襪子在床上躺了一天，也看了四份報紙和一份雜誌。到了晚上，我一跛一跛地找了家餐廳，花了三十分，也就是比平常貴了十分的價錢吃了一個雞肉派。」

「妳的腳怎麼了？」

「站了一整天所以長水泡……都是拜聖誕購物潮所賜。」

「喔！」波麗安娜一臉同情，「所以妳沒有布置聖誕樹，也沒參加派對之類的活動？」她既震驚又心疼地說。

「是啊，幾乎沒有！」

「噢，親愛的！我好希望妳有看到我的聖誕樹！」小女孩嘆道，「它真的很美，而且……噢，我有一個好主意！」她興奮地大叫，「妳可以來看，反正那棵樹還擺在那裡。既然如此，妳今晚或是明晚可以……」

「波麗安娜！」卡魯夫人冷冷地打斷她，「這到底是怎麼一回事？妳這段時間跑到哪裡去了？我到處找妳，甚至還走回女裝部去找妳。」

波麗安娜轉身開心地大叫。

「噢，卡魯夫人，看到妳真是太好了，」她欣喜地說，「這位是……嗯……我還不知道她叫什

麼名字，但我認識她，所以沒關係。我跟她是很久以前就在公共花園認識的，她很寂寞也不認識任何人。她的父親和我父親一樣都是牧師，不過她父親還活著。而且她竟然沒有自己的聖誕樹，只有長水泡的雙腳及雞肉派陪她度過聖誕節，所以我希望能讓她看看我的聖誕樹。」波麗安娜一股腦地說個不停，「我剛才邀請她今晚或明晚來看我的聖誕樹，妳會讓我把燈全都點亮對不對？」

「噢，是這樣嗎？波麗安娜！」卡魯夫人不認同地說，但專櫃後頭的女孩則是以更冷淡的語氣回應。

「這位女士，請您不必擔心，我完全沒打算要去。」

「噢，求求妳，」波麗安娜懇求地說，「妳不知道我多希望妳能來，再說……」

「我看得出這位女士一點也不打算邀請我。」女售貨員意有所指地說。

卡魯夫人氣得滿臉通紅並轉身作勢離去，不過波麗安娜卻一邊抓住她的手臂不放，一邊拚命地想說服女孩。

「她會邀請妳的，一定會的！」波麗安娜不停地說著，「她很希望妳來……我知道她心裡是這麼想的。妳不知道她是一個多好的人，捐了多少的錢給慈善機構。」

「波麗安娜！」卡魯夫人不准她再說下去。她再度轉身準備離去，但這次女售貨員低沉嚴肅的聲調及不以為然的態度吸引了她的注意力。

「是啊，我知道！很多人都是這樣，他們會捐錢或物資給慈善機構。對於誤入歧途的人，總是有很多人會伸出援手。這些都無所謂，我也認同這樣的行為。只是我有時候會想，為什麼沒有人在那些女孩走錯路之前就拉她們一把呢？為什麼他們不願意幫助這些好女孩，提供她們書、畫作、音樂、柔軟的地毯，並好好地陪在她們身邊關心她們呢？若是如此或許也不會有這麼多人……天啊，我在說什麼？」她低聲說完，便再度疲倦地回到工作中，服務眼前正在挑選藍色蝴蝶結的年輕女子。

「小姐，那一個是五十分錢。」卡魯夫人一邊聽著女孩說的話，一邊催促著波麗安娜離開。

45 等待與勝利

這是一個完美的計畫。波麗安娜在五分鐘之內就把這一切都想好了。接著，她把她的計畫告訴了卡魯夫人，但是卡魯夫人卻明確地表示，她不認為這是個好主意。

「噢，可是我確定他們會喜歡的。」聽見卡魯夫人的反對，波麗安娜提出反駁，「而且想想看，這對我們來說真的很容易！聖誕樹還在，只不過沒有禮物，不過我們可以再多買一點。新年就快到了，要是她能來的話，她會有多開心啊！如果今天換作是妳，在聖誕節時什麼東西都沒有，只有長水泡的腳跟雞肉派，妳不會不開心嗎？」

「天哪，天哪！妳真是個不可思議的孩子！」卡魯夫人皺起眉頭，「但是，妳有沒有想到，我們甚至連她的名字都不知道呢！」

「是啊，我們不知道，不過這樣才有意思啊！我覺得我很了解她呢！」波麗安娜微笑著說，「妳看，我們倆當初在公園聊了那麼多，她告訴我自己有多寂寞，而她覺得世界上最孤單的地方，就是在都市的人群裡，因為人們壓根不會想到或注意到別人。

「噢，不過有一個人倒是很注意她，但她說這個人卻注意的太多了，那個人根本不該這樣在乎她。仔細想想，這還挺有趣的，不是嗎？總之，那個人去公園找那個女孩，要帶她去一個地方，但是她不願意。而且他還頗英俊呢！不過，最後他生起氣來就沒那麼好看了。

「人們一生氣，就變得不好看了，不是嗎？今天有個女士在看蝴蝶結，她說……她說了很多不好聽的話，妳也知道。她開始講難聽話之後，也變得不好看了。但是話說回來，小年夜的時候，妳會答應讓我把聖誕樹點亮吧，卡魯夫人？並且邀請那個賣蝴蝶結的女孩還有傑米？妳知道，他現在比之前好多了，可以過來了。當然，傑瑞必須用輪椅推著他，反正我們本來就希望傑瑞一起過來。」

「噢，當然了，傑瑞！」卡魯夫人用嘲諷的語氣說著，「怎麼可以只請傑瑞呢？我相信傑瑞的那群朋友一定也都想來，還有……」

「噢，卡魯夫人，可以嗎？」波麗安娜已經控制不住自己的興奮了，「噢，妳人真是太太太太好了！我一直都想……」但是卡魯夫人卻驚訝地大口大口喘氣。

「不，不，波麗安娜，我……」她抗議地說道，但是波麗安娜完全會錯意了。她繼續激動地誇讚：「妳真是太好了！好到不能再好了，這妳是沒辦法否認的。看來，我想我要辦一場派對了！要請湯米．多蘭還有他的姊姊珍妮、兩個麥克唐納家的孩子，還有住在墨菲家樓下的三個孩子，雖然我不知道他們的名字。如果我們的地方夠大的話，還要邀請好多好多人。想想看，他們知道的時候會有多高興啊！噢，卡魯夫人，對我來說，好像之前還沒有這麼棒的事情發生在我身上呢！這都得謝謝妳！現在我就開始去邀請他們，讓他們知道有什麼好事情要發生了！可以嗎？」

卡魯夫人簡直不敢相信這一切，只聽見自己咕噥了一句「可以」，這就表示在小年夜，她得為墨菲小巷的一幫孩子，還有那個她不知道名字的女店員，舉辦一個聖誕樹派對。

或許，卡魯夫人還在想著年輕女孩說的那句「我有時候會想，為什麼沒有人在那些女孩走錯路之前就拉她們一把呢？」，也或許，她耳邊好像還能清楚聽到波麗安娜講的那個故事。那個女孩覺得世界上最孤單的就是待在城市人群中，但是她卻不願意跟一個「在乎太多」的男人一起走。又或許，卡魯夫人心裡也模模糊糊地希望，這樣她可以找到自己期盼已久的平靜。不過，也許這三個都是原因吧。另外，再加上波麗安娜竟然把她原本諷刺的話解讀成熱情好客的歡迎，這她也實在沒輒。無論如何，這件事已成定局。接著，卡魯夫人就發現，自己被一堆計畫給包圍，這一切都是為了波麗安娜，還有即將到來的派對。

卡魯夫人心煩意亂地寫了封信給她的妹妹，將整件事告訴她，信的結尾寫著：

我不知道該怎麼辦，不過我猜我應該會繼續做下去，因為，也沒有別的辦法了。當然，如果波麗安娜開始說教，我就立刻把她送去妳那裡，我之前說得很清楚了，但是她現在還沒開始說教，所以我不能這麼做。

黛拉讀到信的結尾，在療養院裡大笑了起來。

「『還沒開始說教』，是啊！」她哈哈大笑，「真是個好孩子！而且，露絲．卡魯，妳承認妳在一週內就有兩次聖誕派對，而妳那間原本死氣沉沉的陰暗房子，現在竟然閃著紅色與綠色的燈光。而且，波麗安娜還沒開始說教呢！噢，她還沒開始說教！」

派對非常地成功，連卡魯夫人都不得不承認這點。坐在輪椅上的傑米，講話很誇張但生動的傑瑞，還有那個女孩（後來大家知道她叫珊蒂．迪恩）爭相去招待比較害羞的客人。令大家訝異的是，連珊蒂．迪恩自己都沒想到，她竟然帶著大家一起玩了幾個有趣的遊戲。有了這些遊戲，再加上傑米的故事還有傑瑞的玩笑話，大家全都樂得開懷、笑個不停。晚飯後，大家拿到了原本掛在聖誕樹上的禮物，各自拖著有點疲憊的身軀，心滿意足地回家了。

沒有人注意到，傑米（他和傑瑞最後才離開）有些留戀地望著四周。卡魯夫人在與他說晚安時，有點急切又有點尷尬地在他耳邊問：

「那麼，傑米，你有沒有改變你的心意……打算搬過來住呢？」

男孩猶豫了一下，臉色微微泛紅。他轉過頭，用悵然若失的眼神搜尋卡魯夫人的臉。接著，他緩緩地搖了搖頭。

「如果每天都可以……像今晚一樣，我……可能會答應。但是，這是不可能的。還有明天、下禮拜、下個月，還有明年，不用到一個禮拜，我就會後悔搬過來了。」

要是卡魯夫人認為，辦完新年派對，就可以讓波麗安娜不再幫珊蒂．迪恩的忙，那她可就失望了。因為就在第二天一早，波麗安娜又提到她了。

「我好高興找到她了，」她帶著滿足的口氣閒聊，「即便我沒辦法幫妳找到真正的傑米，但我找到其他妳可以愛的人了，而且當然，妳可以去愛她，因為這是愛傑米的另一種方式啊！」

卡魯夫人倒吸一口氣，接著有點惱怒地吐出來。波麗安娜一直堅信她心地善良並且毫不懷疑她這種願意「幫助每個人」的渴望，但是這讓卡魯夫人十分不安，甚至有時候覺得波麗安娜這樣的行為有點惹人討厭。但同時，要否認波麗安娜的想法又十分困難，尤其是當她臉上出現快樂而且信心滿滿的表情。

「但是，波麗安娜，」她最後無力地反駁道，感覺自己像在跟看不見的線纏鬥，「我……妳……那個女孩不是傑米，妳知道的。」

「我知道她不是！」波麗安娜很快地接話，「我也很難過她不是傑米，但是她是別人的傑米，我是說，沒有任何人在乎她、愛她，妳知道的。所以每當妳想起傑米時，而妳眼前剛好有人需要幫助，而妳沒有幫忙，妳不會快樂的。而且，無論傑米在哪，妳也希望有人幫助他吧。」

卡魯夫人抖了一下，輕輕地嘆了一口氣。

「可是我想要我的傑米。」她悲傷地說。

波麗安娜理解地點點頭。

「我知道……就是『孩子的存在』。潘道頓先生告訴過我，不過妳已經有『女人的手』了。」

「女人的手？」

「是啊，這樣才能叫做家，妳知道的。他說，要有一雙女人的手再加上一個孩子，這才能叫做家。這是為什麼當時他想要收養我，而我幫他找到吉米，後來潘道頓先生就收養他了。」

「吉米？」卡魯夫人抬起頭，眼裡透露著驚訝，每當有人提到跟傑米相近的名字時，她總會露出這種眼神。

「是啊，吉米．賓恩。」

「噢，賓恩啊！」卡魯夫人鬆了一口氣。

「是啊，他從孤兒院跑出來，後來我找到他。他說他想要一個不一樣的家，一個有媽媽而不是孤兒院阿姨的家。我沒辦法找一個媽媽給他，但是我找到潘道頓先生，他收養了吉米，所以，他現在叫做吉米．潘道頓。」

「但是，他原本叫賓恩？」

「是啊，原本叫賓恩。」

「噢！」卡魯夫人嘆了長長的一口氣。

自從上次的派對之後，卡魯夫人就經常看見珊蒂．迪恩，也經常看到傑米。波麗安娜總是想盡辦法讓他們常常到家裡來玩，而卡魯夫人又氣又惱地發現，自己竟然沒辦法阻止，她自己也想不通為什麼會這樣。她的默許以及開心都被波麗安娜視為理所當然。所以，她實在沒辦法讓波麗安娜相信，其實自己根本不贊同也不喜歡這樣。

但是，不管卡魯夫人自己有沒有注意到，她都不能否認自己對新事物多了許多了解。這是過去那個總是把自己關在房間、告訴瑪麗自己誰也不見的女人根本不可能了解的東西。她現在知道，一個年輕女孩獨自在大城市裡生活，凡事只能靠自己又沒人關心，當然不包括那些不是關心太多或太少的人究竟是什麼滋味。

「妳那天是什麼意思？」一天晚上，卡魯夫人好奇地問珊蒂．迪恩，「那天妳在店裡說的，關於幫助那些女孩的事，是什麼意思？」

珊蒂．迪恩尷尬難過地漲紅了臉

「我想我太無禮了。」她道歉。

「沒關係，告訴我妳的意思是什麼，我已經想了很久了。」

女孩沉默了一下，接著有點悲傷地說：

「我當時想起自己以前認識的一個女孩。我們來自同一個小鎮，她人很好也很漂亮，可是身體不太好。我們一起努力工作，住在同一間屋子裡，用同一個煤氣爐煮雞蛋，到同一家便宜的餐廳吃碎肉馬鈴薯跟魚丸。晚上，因為我們沒有別的事情可做，所以都會去公園散步，如果有多餘的閒錢，就會去看場電影，有的時候，我們就待在房間裡。其實，我們住的房間並不舒適，那裡冬冷夏熱，煤氣燈的光不是很穩定，總是忽明忽暗的。所以，假如我們沒有工作到筋疲力竭，雖然這種情況實在很少，我們也不能做裁縫或是讀點書。而且，我們樓上的鄰居常常把木板震地喀滋喀滋響，而樓下那個人在學吹短號，妳有認識吹短號的人嗎？」

「不……我想應該沒有。」卡魯夫人低聲說。

「噢，那妳錯過的可多了。」女孩平靜地說，過了一會兒，她又繼續說著自己的故事。

「有時候，特別是聖誕節或其他節日時，我們會走到聯邦大道，或是別的大街上，尋找沒有拉上窗簾的人家，接著往裡面看。妳知道，在那種特別的節日裡，我們太孤單了。所以我們覺得，或許多看看那些人家，瞧瞧他們餐桌上的燈，再看看玩遊戲的孩子，我們心裡可能會好受一點。但其實我們都知道，這樣只會讓我們覺得更孤獨、更糟糕而已。因為，我們完全沒有辦法擺脫自己的生活。而且再看到那些年輕人開著汽車、笑著聊天，心裡的感覺真是糟糕透了。妳瞧，我們也很年輕，我也希望自己能笑著聊天，我們也想要過好日子。不久，我朋友的日子開始變得好過了。

「長話短說好了。有一天，我們倆的友情結束了，她走她的陽關道，我過我的獨木橋，因為我說我不喜歡她身邊的人，但是她又離不開他們，所以我們倆就分道揚鑣了。在那之後，我有將近兩年的時間都沒有看到她。後來，我收到她的便條，就去找她了；這只是上個月的事。她住在妓女收容所裡，那個地方相當不錯，有柔軟的地毯、精美的圖畫、美麗的植物、花朵和書，另外還有一架鋼琴，還有漂亮的房間，她在那裡要什麼有什麼。富有的女人會開著車，或坐著馬車過來接她去聽音樂會或看電影。她以前——有學速記，他們之後會幫她找到一份工作。她跟我說，那裡的每個人都對她很好，都盡心盡力地在幫助她。

「她說：『珊蒂，要是他們可以在我還是原本那個誠實、自重、工作勤奮又想家的女孩時，就讓我知道其實有人在關心我、願意幫助我，那我就不會變成現在這個樣子了。』我永遠不會忘記她說的話。就是這樣。我不是反對大家做善事，畢竟這是好事，也是對的。我只是在想，如果他們能早一點注意到，這樣或許大家就不會這麼辛苦了。」

「但是，我知道……有一些妓女收容所，還有……一些社福機構都有在努力。」卡魯夫人結結巴巴地說，聲音奇怪到可能連她那些少得可憐的朋友都認不出來。

「他們是有啊，妳去裡面看過嗎？」

「什麼？沒有……不過，我都有捐款給他們。」此時卡魯夫人的語氣幾乎像是在為自己辯護似的。

珊蒂．迪恩古怪地笑了笑。

「我知道，很多好心的女人會捐款給他們，但是卻從來沒有進去看過。千萬別認為我在說那些機構的壞話。我沒有，他們真的很好。他們或許是唯一可以幫上忙的人了，不過，對於真正需要幫助的人而言，這些機構所能做的實在太有限了。我進去過一次，那裡面的氣氛讓我覺得……唉，不過又有什麼用呢？或許是我錯了，不是每個機構都跟我去的那個一樣。就算我跟妳說，妳也不會懂的，因為妳得住在裡面才能體會，而妳甚至沒有去看過裡面究竟長什麼樣子。但是我總是在想，為什麼這些好心又富有的女人不能真正關心和重視這個問題，來減輕這些機構的負擔呢？噢，我本來沒有想說這麼多的！但是……是妳問我的。」

「是啊，是我問妳的。」卡魯夫人一邊壓著嗓子說，一邊轉身離開了。

除了珊蒂．迪恩之外，卡魯夫人還從傑米身上發現許多不同的事。

傑米現在已經是卡魯家的常客了。波麗安娜很喜歡他過來，而傑米也很喜歡拜訪。當然，一開始，他有點猶豫，但他很快就把自己的疑惑拋到腦後，改而順從自己的心意。他告訴自己（還有波麗安娜），作客跟「住下來」是不一樣的。

卡魯夫人常常發現波麗安娜跟男孩把輪椅擺在一旁，兩個人一起坐在書房的窗戶旁邊。有時候，他們會一起看一本書（有一天，卡魯夫人還聽見男孩對波麗安娜說，如果他可以跟卡魯夫人一樣擁有這麼多書，那他就不會在意自己的跛腳了。還說，如果他有書又有健康的腳，那他一定會開心到飛起來）。而有時候，男孩會講故事給波麗安娜聽，而波麗安娜總是睜大眼睛，聚精會神地聽著。

看到波麗安娜聽得如此入神，卡魯夫人實在有點疑惑。所以，有一天，她也佇足聽了一會兒後，她的疑慮不僅完全不見，她還繼續聽了好一會兒。雖然男孩常講錯某些句子，可是這絲毫不減他把故事說的活靈活現，彷彿一切都歷歷在目。卡魯夫人發現，自己跟波麗安娜好像跟著這個眼神明亮的男孩，一同體驗故事裡的黃金年代。

同時，卡魯夫人也慢慢發現，這個在現實生活中依靠輪椅行動的小男孩，他的內心就像故事中經歷許多冒險的英雄們一樣，那麼英勇無懼。但是，卡魯夫人沒有發現，眼前這個跛腳男孩已經漸漸走進她的生活了。她沒有發現他的存在開始變得理所當然，也沒有發現她自己現在會開始找一些新奇的東西來給傑米看，她更沒有發現，隨著日子一天天過去，她愈來愈覺得他就是那個失蹤的傑米，她去世姊姊的孩子。

二、三、四月很快就過去了，當五月到來時，就意味著波麗安娜回家的日子也快到了。這時，卡魯夫人才突然發現，波麗安娜的離開代表了什麼。

卡魯夫人震驚極了。一直以來，她以為自己會為波麗安娜的離開感到高興。她說過，等波麗安娜走了之後，這裡又可以恢復往日的寧靜；她又可以把陽光擋在屋外，回到原本清淨的日子，把自己跟外面那個無趣又煩人的世界隔絕開來；她又可以沉溺在自己哀傷的回憶裡，思念那個失蹤的男孩，那個很久以前就不知去向的男孩。她一直認為，等波麗安娜離開之後，一切就該是這個樣子。

但是，卡魯夫人心知肚明，波麗安娜不在之後，這個房子就會變得空蕩蕩的。而沒有那個孩子——傑米，情況只會更糟。自尊上，卡魯夫人實在不想承認，但是在她心裡，這實在是令人難受的折磨，畢竟這個男孩已經拒絕她兩次了。最後，在波麗安娜臨走前的最後幾天，雖然卡魯夫人的自尊心仍舊不允許自己拉下臉來，但是她的內心愈來愈掙扎。接著，當傑米最後一次拜訪時，卡魯夫人內心的聲音終於戰勝了一切，她詢問傑米願不願意住到這裡來，希望他能當那個失蹤的傑米。

卡魯夫人已經不記得自己到底說了什麼，但是她永遠不會忘記那個男孩說的話。其實，他總共只說了短短的十個字。

男孩的眼睛緊盯著卡魯夫人的臉，盯了很長的一段時間，最後他的臉龐散發出光彩，他說：

「噢，好！因為，妳現在在乎了！」

46 吉米與嫉妒

這一次波麗安娜返家，貝爾丁斯維爾鎮並未像上次那樣大張旗鼓地迎接她——或許是因為鎮上只有少數幾個人知道她即將返家的消息。但從她和波麗姨媽與奇爾頓醫生踏出車站的那一刻，眾人欣喜的寒暄仍是絡繹不絕。波麗安娜也不浪費任何一點時間，立刻馬不停蹄地四處拜訪自己的那些老朋友們。事實上，接下來的幾天，據南西表示：

「我沒辦法明確地告訴你她在哪，因為等你到了我告訴你的地點，她大概已經前往下個地方了。」

而無論走到哪裡，波麗安娜都會被問到一個問題：「妳喜歡波士頓嗎？」但只有潘道頓先生聽到她最完整的答案。當潘道頓先生問她這個問題時，她就像往常一樣，彷彿遇到什麼難題般地皺起眉頭。

「我喜歡波士頓……真的很喜歡……它的某些地方。」

「不是全部都喜歡？」潘道頓先生笑說。

「某些地方不是很喜歡……噢，不過我很開心能到那裡去，」她急忙解釋。「我在那裡度過一段非常美好的時光，好多新奇獨特的事物——比如說他們最重要的一餐是晚上吃，而不是像我們一樣在中午吃。不過每個人都對我很好，我看到很棒的美景與事物，像是邦克山、公共花園、波士頓的汽車，還有數不盡的畫作、雕像、櫥窗和四通八達的街道。而且還有好多人，我從未見過這麼多的人。」

「是啊，我相信……不過我以為妳很喜歡人群。」男子說道。

「我是很喜歡啊！」波麗安娜皺著眉頭若有所思的說：「可是若無法認識這些人，人再多又有什麼用？卡魯夫人不准我去認識他們，她自己也不認識這些人。她說波士頓的人大都互不相識。」

她停下來嘆了口氣又繼續說道：

「我想這大概是我最不喜歡波士頓的地方——就是人與人之間都互不相識。如果這些人都能彼此熟識那該有多好！潘道頓先生，您想想看，那裡有這麼多的人住在既骯髒又狹窄的街道，過的是連豆子和魚丸都沒得吃的生活，穿的甚至比從教會拿到的救濟物資還不如。然後卻有像是卡魯夫人這樣的另一群人，住在極為美麗的大房子裡，有著吃穿不盡的食物及衣服。如果這些人能認識那一些人……」波麗安娜話才說到一半，就被潘道頓先生的笑聲打斷。

「親愛的孩子，妳難道都沒想過他們搞不好根本不想認識彼此？」他笑問。

「可是的確有些人想啊！」波麗安娜急切地捍衛自己的想法，「有一位名叫珊蒂·迪恩的女孩，她在一家大型商店裡工作，賣的是美麗可愛的蝴蝶結飾品，她就想要認識別人。我介紹她給卡魯夫人認識，並邀請她到卡魯夫人家，除了她，我們還請了傑米及許多人。她就很開心能認識他們！

所以我才在想，若許多像卡魯夫人這樣的人能認識另外的那一些人……不過，我當然沒辦法幫他們介紹，因為連我自己也沒認識多少人。反正無論如何，若他們能彼此認識，有錢人就能分一些錢給貧窮的人……」

但再一次地，波麗安娜又被潘道頓先生的笑聲打斷。

「喔，波麗安娜、波麗安娜，」他笑著說：「妳不要愈陷愈深。妳可能在不知不覺中變成一個小小社會主義狂熱分子。」

「一個……什麼？」小女孩問道，「我……我不知道什麼是社會主義者（socialist），是友善（sociable）的意思嗎？我喜歡友善的人。如果社會主義者都是友善的人，我一點也不介意當個社會主義者。」

「這我倒是一點也不懷疑，波麗安娜。」男子笑著說，「但要做到如此大規模的財富分配，妳會面臨許多難以解決的問題。」

波麗安娜長長地嘆了一口氣。

「我知道，」她點點頭，「卡魯夫人也是這麼說。她說我不懂，說這麼做會讓她一貧如洗，還說我不知輕重，會禍患無窮，還有……嗯，大概就是這類的話。」男子聽完後突然大笑了起來，小女孩則是既委曲又忿忿不平地抬起頭，「反正，我就是不懂，為什麼有些人可以擁有這麼多東西，有些人卻是什麼也沒有；而我一點也不喜歡這樣。要是我能擁有這麼多的東西，我一定會分一些給那些一無所有的人，就算會讓我一貧如洗或者禍患無窮我也不介意，再說……」男子愈笑愈大聲，波麗安娜在心中掙扎了一會兒，但還是忍不住跟著笑了起來。

「無論如何，」好不容易鎮定下來後，她重申：「反正我還是不明白。」

「是啊，親愛的，我想妳是不會明白的。」男子突然以異常嚴肅的態度以及溫柔的眼神說：「關於這個問題，我們大概永遠也不會明白。不過，現在先告訴我，」不一會兒，他突然說道：「妳從一進門開始就不斷提到的傑米是誰？」

於是波麗安娜就把整件事告訴了他。

在講述傑米的過程中，波麗安娜臉上不再有憂心不解的神色。她喜歡談論傑米，因為這是她了解熟悉的人，也不須使用任何令人望而生畏的艱深字眼。再加上，她知道潘道頓先生一定會對卡魯夫人收養傑米的事特別感興趣，畢竟有誰比他更能了解孩子存在的重要性？

自此之後，波麗安娜遇到每個人都會提到傑米。她認定每個人都會像自己一樣對傑米的事感興趣，而大多數的情況也真是如此。可是某一天，某個人的反應卻出乎她的意料。而這個人就是吉米・潘道頓。

「我拜託妳好不好，」某日下午他不耐煩地說道：「波士頓除了陰魂不散的傑米以外，難道就沒有別人了嗎？」

「吉米・賓恩，你說這話是什麼意思？」波麗安娜生氣地說。

男孩稍稍抬起頭並挺起胸膛。

「我不叫吉米．賓恩，我叫吉米．潘道頓。我的意思是，從妳的話中聽來，波士頓除了有一個將鳥兒及松鼠取名為『藍斯洛小姐』的瘋子，以及他做的一大堆蠢事之外，就沒別人了。」

「吉米．賓……潘道頓！」波麗安娜氣得大吼。恢復鎮定之後她急忙說道：「傑米才不是瘋子！他是個非常好的男生，而且他讀過好多的書……還知道好多的故事！他甚至還會自己編故事！而且，才不是什麼『藍斯洛小姐』，而是『藍斯洛爵士』。如果你懂的東西有他一半，就不會搞混了！」她睜著大大的眼睛得意洋洋地說。

吉米．潘道頓羞紅了臉。他雖然看起來可憐兮兮的，但心中嫉妒的情緒卻有增無減，因此他怎麼也不願讓步。

「不管妳怎麼說，」他語帶嘲弄地說：「他有個很爛的名字。『傑米』！哼！像女孩子一樣！我認識一個人，他也這麼說。」

「誰啊？」

男孩沒回答。

「到底是誰？」波麗安娜繼續逼問。

「是我爸爸。」男孩陰鬱地說。

「你的……爸爸？」波麗安娜詫異地說：「他怎麼會認識傑米？」

「他不認識。他說的不是那個傑米，他說的是我。」男孩別開視線，但他陰沉的聲音卻又帶著一種奇特的柔和感。每當男孩提到自己的父親，他的語氣都會不由自主地變得柔和。

「你！」

「是的，那是他過世不久之前發生的事。當時我們在一個農夫家借住了將近一個星期的時間，期間爸爸會幫忙割草，而我有時也會幫點忙。農夫的太太非常疼愛我，很快地，她就開始叫我『傑米』。我不知道她為什麼這樣叫我，反正她就是這麼叫了。有一天爸爸聽到了，他非常地生氣，氣到讓我永遠忘不了他當時所說的話。他說『傑米』不是男孩子該用的名字，他絕不容許別人叫自己的兒子傑米；他說這個名子很娘娘腔，他痛恨這個名字。我從沒見過他發這麼大的脾氣。他甚至不願意繼續住到把工作做完再走，當天晚上他就帶著我離開那裡。我覺得有點難過，因為我很喜歡她——我是說農夫的太太，因為她真的對我很好。」

波麗安娜點了點頭，心裡既是同情又非常好奇。吉米很少提起自己那段神祕的過去，也就是兩人相識之前發生的事。

「然後呢？」波麗安娜急著追問。她幾乎完全忘記兩人一開始其實是在爭執「傑米」這名字「娘娘腔」的事。

男孩嘆了口氣。

「我們就是繼續找，直到找到下一個住所，而爸爸就是在那裡過世的，於是他們就把我送到孤兒院。」

「接著你就從孤兒院逃出來，而當天我就在史諾太太家附近遇見你，」波麗安娜輕輕地笑說：

「然後我就認識你了。」

「是啊，然後妳就認識我了。」吉米重複說道，不過口氣卻和之前大不相同——吉米又變回平時的吉米，回到平時憤世嫉俗的口吻。「所以妳現在知道我不叫『傑米』！」他不屑地說完後，就態度高傲地轉身離去，留下既心疼又滿腹疑問的波麗安娜。

「好啦，至少我可以為他並不總是這副德性而感到開心。」小女孩嘆了口氣，憂傷地目送著眼前這個身強體壯又略帶孩子氣的身影，以討人厭但又信心十足的姿態大搖大擺的離去。

47 波麗姨媽的驚覺

波麗安娜回到家的一個星期後，奇爾頓夫人收到一封黛拉．威瑟比的信，信中寫道：

我真希望您能看看您的小外甥女為我的姊姊做了什麼，可惜我做不到，因為您不知道她以前是什麼樣子。當然，您見過她，或許也看出多年來一直糾纏她的孤獨與憂鬱。但是，您很難了解她內心的痛苦，之前她的生活毫無目標也毫無樂趣，每天只是陷溺在那沒完沒了的哀怨裡。然後，波麗安娜來了。我之前沒有告訴過您，我姊姊在答應讓那個孩子來住的一分鐘之後，她就後悔了。此外，她還訂下嚴格的規則，只要波麗安娜一開始說教，她就要把她送回到我這裡。不過，波麗安娜沒有說教，至少我姊姊是這麼說的，而且這應該是真的。但是，讓我來告訴您，昨天我去探望她的情況吧。或許，只有這個可以向您證明，您的波麗安娜帶來多美好的改變。

當我一踏進她家時，我看到以前都拉緊緊的窗簾現在幾乎全都被拉開了。而且，我一走進大廳，就聽到了音樂聲——〈帕西法爾〉。每個房間的門都是敞開的，空氣裡還飄著淡淡的玫瑰花香。

「卡魯夫人跟傑米少爺在音樂室裡。」女傭說。於是我在那裡找到了我的姊姊，還有那個被她收養的男孩。他們正聽著音樂，從一臺新奇、精巧的機器裡演奏出來的音樂。那臺機器裡好像藏著一整座歌劇院，甚至還包括了管弦樂隊。

男孩坐在輪椅上，他的臉色雖然蒼白，卻是個快樂的小天使。我姊姊看起來比之前年輕了十歲，過去沒有血色的臉龐現在泛著健康的粉紅色，雙眼炯炯有神。等我跟那個男孩說完話之後，便跟姊姊上樓來到她的房間，她跟我說關於傑米的故事。這次，她不再像過去淚眼汪汪、無助地唉聲嘆氣、思念著那個失蹤的傑米。現在，她談論的是這個新的傑米，沒有嘆息，也沒有眼淚。相反的，她表現得十分熱情，充滿興致。

她說：「黛拉，他真是棒極了！他對音樂、藝術以及文學都十分有熱情，簡直令人驚訝，不過，當然，他還需要接受訓練。這也是我準備幫他做的事。明天家庭教師就會到了。當然，他現在講話錯誤百出，可是他讀過很多很棒的書，詞藻非常驚人。而且，妳真該聽聽他講故事，實在太棒了！當然，他現在可能還追不上普通教育的程度，不過他非常好學，所以這個問題非常好解決。他很喜愛音樂，所以，他想學哪種，我就讓他學哪種。

「我已經買了很多張唱片，那些都是經過精挑細選的。我真該讓妳看看，他第一次聽到〈聖杯〉時候的表情，而且他對亞瑟王以及圓桌武士的故事全都瞭若指掌，當他提到那些騎士、爵士，還有貴婦的時候，就好像在談起自己的家人一樣。雖然有時候我不知道他所說的藍斯洛爵士是指那位古代的騎士，還是公共花園裡的那隻松鼠。還有，黛拉，我相信他一定還能走，總之，我打算讓艾姆斯醫生來看看他，而且……」

她愈說愈起勁，我就在一旁目瞪口呆地聽著，但是，我實在是太開心了！親愛的奇爾頓夫人，我告訴您這些，是想讓您知道，現在她過得有多麼開心，多麼希望可以看著這個男孩成長，而且，她的人生態度也將會因此而轉變。她為這位男孩做了這麼多事，她自己也會因此慢慢改變的。無論如何，她都不會再像以前一樣那麼冷漠、憂鬱了。這一切都是波麗安娜的功勞。

說到波麗安娜，這個孩子奇妙的地方在於，她根本沒有意識到這一切的改變。我覺得，甚至連我姊姊都沒有意識到她的心與人生正在改變，所以，波麗安娜就更不會知道了。而且，她也不知道自己究竟在這一切的改變中扮演多麼重要的角色。

現在，親愛的奇爾頓夫人，我該怎麼感謝您呢？我知道我可能無法為您做什麼，所以我只好放棄了。不過，我相信您心裡一定明白，我是多麼感謝您與波麗安娜！

黛拉．威瑟比

「看起來治療有效了。」等妻子念完信，奇爾頓醫生笑著說。

但是，出乎意料地，他的妻子迅速做出一個不敢苟同的手勢。

「湯瑪斯，拜託，別這麼說！」她懇求著。

「為什麼？波麗？怎麼了？藥有效了，妳難道不高興？」

奇爾頓夫人絕望地倒在椅子上。

「又來了，湯瑪斯。」她嘆了一口氣，「當然，我很高興能看到一個走錯路的女人，拋掉過去的錯誤，發現自己對別人來說有多重要。我也很開心波麗安娜促成這一切。我只是不喜歡這個孩子被說成……一種藥或『治療』，你懂嗎？」

「亂說！這樣有什麼不好？從我認識波麗安娜的第一天起，我就說她是仙丹妙藥了。」

「拜託！湯瑪斯，那個孩子一天天長大，難道你想毀了她嗎？她根本沒有意識到自己那種神奇的力量，這也是她之所以成功的祕密。但是，只要她開始有意識地去改變其他人，你我都知道，這會讓她變得令人難以忍受。總之，不能讓她覺得自己是某種仙丹妙藥，可以幫助那些窮人、病人跟受苦的人們。」

「少來！我才不會擔心呢。」醫生笑著說。

「可是我很擔心，湯瑪斯。」

「但是波麗，想想看她帶來的改變吧。」醫生反駁道，「想想史諾太太、約翰．潘道頓，還有其他人。他們都不再是過去那個樣子了，再看看卡魯夫人。這都是波麗安娜的功勞，上帝保佑她！」

「我知道這都是因為她，」波麗．奇爾頓夫人用力點點頭，「但是，我不想讓波麗安娜知道自己究竟做了什麼！噢，從某方面來說，她當然知道。因為是她帶著他們玩開心遊戲，而且最後大家都很快樂。這沒關係，這只是個遊戲——波麗安娜的遊戲，他們只是一起玩而已」。我們都承認，波麗安娜的說教，比任何傳道的道理都還要有效。但是，一旦讓她知道……不行，我不想讓她知道，就這麼簡單。而且，我已經決定這個秋天要跟你一起去德國，雖然一開始我以為我不會跟你一起去，是因為我不想留下波麗安娜一個人……當然，現在我也不會離開她，所以我要帶著她跟你一起去。」

「帶她跟我們一起去？好主意！」

「我得這麼做，就這麼決定了。另外，跟你之前說的一樣，我希望能在那多待上幾年。我想把波麗安娜帶走，讓她離開貝爾斯丁維爾鎮一陣子。讓她可以保有她的單純與快樂。我會盡我所能，不讓那些愚蠢的想法進入波麗安娜的腦袋？湯瑪斯，難道我們希望那個孩子變成令人難以忍受的說教小老太婆嗎？」

「我們當然不希望，」醫生笑著說，「但是，我相信不會有任何事或任何人讓她變成那樣的。不過，一起去德國的想法正合我意。妳知道，要不是為了波麗安娜，我當初根本不想那麼早回來，所以我們愈早動身，我會愈開心。我也想留在那裡，一邊執業，一邊做點研究。」

「那就這麼說定了。」波麗姨媽心滿意足地嘆了口氣。

48 期盼波麗安娜的歸來

貝爾丁斯維爾全鎮上下都高興到了極點。自從波麗安娜·惠提爾終於能夠再走路、並從療養院返家後，就再也沒有什麼事能夠掀起街頭巷尾議論紛紛的熱潮了。而今，話題的中心仍舊是波麗安娜——波麗安娜終於要回來了！但這次卻是完全不同的波麗安娜，也是截然不同的返鄉之行。

波麗安娜已經二十歲了。過去的六年間，她每年冬天都待在德國，夏天則是隨著奇爾頓夫婦一起悠閒地四處旅行，只有在四年前的夏天，她曾經返回貝爾丁斯維爾過十六歲生日，但那次也只待了短短四週的時間。可是據說這次，她將會和波麗姨媽兩人一起回到貝爾丁斯維爾鎮定居。

醫生不會陪著她們回來。六個月前，小鎮接到醫生驟逝的消息，鎮上的人都非常地震驚與難過。當時貝爾丁斯維爾鎮上的人們還以為奇爾頓夫人和波麗安娜會立刻返回老家，卻遲遲沒有盼到她們的歸來。只聽聞兩人會在海外再待上一段時間，當時據說是奇爾頓夫人想透過換個新環境的方式來轉移注意力，並藉此從喪夫之痛走出來。

然而，很快地，鎮上開始流傳著奇爾頓夫人財務狀況不佳的傳言，這些傳言有點語焉不詳，卻又有些可信度。傳聞中，某些哈靈頓家族長期以來高度關注的鐵路股票，一開始只是股價有些不穩，之後卻跌至谷底變成一張張的廢紙；而其他的投資，據說也曝露在極高的風險之下。至於醫生的財產，更是沒有什麼好期待的。他本來就不是什麼有錢人，過去六年的開銷更是一筆龐大的花費，因此醫生過世不到六個月，就傳來奇爾頓夫人和波麗安娜返家的消息，貝爾丁斯維爾鎮的人可一點也不意外。

古老的哈靈頓莊園在關閉沉寂這麼多年之後，終於又再度開啟窗戶並打開大門。而現在已經嫁給提摩西·德金的南西，也再次重操舊業，裡裡外外將這棟老房子打掃得窗明几淨、一塵不染，才滿意地結束清掃的工作。

「沒有！我並沒有接到任何打掃工作指示。沒有，我沒有。」南西向那些因好奇而徘徊在莊園前、甚至直接上前至宅邸門口詢問的朋友及鄰居們解釋著：「因為德金的媽媽會固定來打開門窗通風，並順便看看房子裡的情況，所以她有鑰匙。奇爾頓夫人在信中說到她和波麗安娜小姐會在本週五回到這裡，所以拜託我們先過來讓房間和被單保持乾爽、通風，再把鑰匙放在側門的踏墊底下。真是的，竟然要我把鑰匙放在踏墊底下就好！她們兩人已經夠可憐了，我怎麼可能讓她們自己孤伶伶地回到一個像是廢墟的地方，而我卻像個貴婦一樣安坐在家中享福，這麼沒良心的事我怎麼可能做得出來！況且這兩人受的苦難道還不夠嗎？不但要回到這個醫生再也不會回來的家中——願老天保佑這個好心人——現在連錢都沒了。你有聽到傳聞嗎？真是可憐，實在太可憐了！你想想看，波麗小姐——我是說奇爾頓夫人——變成窮人了！天啊，我的老天爺啊！我沒辦法想像，真的沒辦法想像！」

在這些人之中，南西聊得最開心的是一位身材高大、長相英俊的年輕人，他不但有著真誠的目光，還有非常迷人的笑容。星期四的上午十點，他騎乘一匹精神抖擻的名種馬，小跑步地來到哈靈頓大宅的側門。南西對他說話時異常的緊張，她從來沒有遇過這樣的情形，光是稱呼就出了好幾次糗。她結結巴巴地說：「吉米少爺……呃……賓恩先生……我是說，潘道頓先生……吉米少爺！」吉米看到她這麼緊張也忍不住放聲大笑。

「沒關係，南西！按照妳習慣的叫法就可以了。」他笑說，「我想，我找到我要的答案了：奇爾頓夫人和她的外甥女真的會在明天回到這裡來。」

「是的，先生。她們預計明天回來。」南西極為恭敬地說，「不過，這實在太讓人難過了！能看到她們回來我當然開心，但一想到她們是以這樣的方式回來……我就……」

「是啊，我知道妳的意思，我懂。」青年沉重地點了點頭並看了看眼前這棟美麗的老房子，「我想，那些事我們就算想幫也幫不了，不過我很高興妳為她們做的這些事，光是這些就已經幫了她們很大的忙了。」他帶著燦爛的笑容說完後，便騎著他的馬火速地朝著山下奔馳而去。

站在階梯上的南西彷彿早已預知一切地搖了搖頭。

「吉米少爺，我一點也不意外！」她一邊看著騎著馬的男子帥氣的身影，一邊大聲地說，「我一點也不意外你會迫不及待地前來詢問波麗安娜小姐的消息。我很久以前就說過，遲早會有這一天的！一定會有這一天的……你現在變得如此高大又英俊。我希望一切都會成真；我希望，真的希望。那就會像書中的情節一樣，她遇見了你，帶著你走進潘道頓先生的生活和他那富麗堂皇的房子。但是，天啊！看看現在的你，有誰會認出你就是當年那個吉米‧賓恩！我從沒見過一個人能有如此大的轉變……沒有，從來沒有！」她一邊喃喃自語，一邊目送漸行漸遠的身影消失在路的盡頭。

同日稍晚，同樣的想法也出現在約翰‧潘道頓的腦中。因為此時的他，正在潘道頓山丘那灰色大宅的陽臺上，看著同一個人騎著同一匹馬快速地朝著宅邸方向奔來；而不久前出現在南西‧德金太太眼中的情緒，也出現在他的眼神中。看著這疾速奔馳的身影，他也不由得讚嘆，「天啊！好帥氣的一對搭檔。」

五分鐘之後，青年來到大宅的轉角處，緩緩地順著階梯登上了陽臺。

「孩子，是真的嗎？她們真的要回來了嗎？」男子急切地問道。

「是的。」

「什麼時候？」

「明天。」青年在椅子上坐了下來。

聽到青年異常簡潔的回答，約翰‧潘道頓忍不住皺起眉頭，他看了一眼青年臉上的神情，先是猶豫了一兒會便突然問道：

「孩子，你怎麼了？發生了什麼事？」

「什麼事？我沒事，叔叔。」

「胡說！我太了解你了。你一個小時前出門時那迫不及待的樣子，彷彿千軍萬馬也留不住你，但你現在坐在椅子上，那意志消沉的模樣，卻又好像千軍萬馬也拉不動你，若不是我這麼了解你，我還以為你不高興她們回來呢。」

男子刻意停了下來，但青年卻沒有任何回應。

「吉米，她們回來難道你不開心嗎？」

青年笑了笑並不安地調整了一下自己的姿勢。

「開心，我當然開心。」

「哼！那你怎麼會是這個反應。」

青年紅著臉露出孩子氣的害羞微笑。

「嗯，我只是想到……波麗安娜。」

「波麗安娜！哼，好傢伙，打從你從波士頓回來後，唯一做的事就是到處和別人打探波麗安娜的近況，以及她何時返家的消息，我看你想見她想的要死。」

青年異常專注地傾身向前。

「就是這樣！你發現了嗎？你一分鐘前才說過的，一小時前就算派上千軍萬馬也無法阻止我去見波麗安娜；但此時此刻，知道她要回來後，就算有千軍萬馬也休想拖我去見她。」

「吉米！」

看到約翰．潘道頓不可置信的表情，青年又不好意思地笑著靠回到椅背上。

「是啊，我知道。我知道這聽起來很奇怪，我不敢奢望你會了解。但不知怎麼地，在我內心深處——我希望波麗安娜永遠不要長大。她當時是那樣地自然不做作，那樣地討人喜歡。我希望她能永遠像我上次看到她一樣，她那認真的模樣、她那長著雀斑的小臉蛋、她那黃色的小辮子，還有她哭著說：『是啊，我很開心我要離去了，但我想，等我回來的時候應該會更開心一點吧。』而那也是我最後一次見到她。你也知道，她四年前回到這裡的時候，我們人在埃及。」

「嗯。我能理解你的想法。我想我也和你有同樣的感覺……直到我去年冬天在羅馬見到她，我才知道自己多慮了。」

青年立刻轉過頭來。

「真的？你見過她了！快把她的事告訴我？」

約翰．潘道頓眼中閃過一絲狡黠的笑意。

「噢，我還以為你不想知道波麗安娜長大後的事哩。」

青年做了個鬼臉。

「她漂亮嗎？」

「嘿，你們這些年輕人！」約翰．潘道頓聳了聳肩並刻意做出失望的表情，「怎麼每次第一個問題就是問她漂不漂亮？」

「她漂亮嗎？」青年不放棄地繼續追問。

「這點我讓你自己判斷。若你……算了，仔細想想，我還是別這麼做了，以免你太過失望。就一般對於美女的標準——也就是五官、捲髮和酒窩這幾點來看，波麗安娜並不漂亮。事實上，就我所知，波麗安娜人生到目前為止對自己最不滿意的地方，就是她知道自己並不漂亮。她在很久以前曾對我說過，黑色的捲髮是她上天堂後最想實現的願望。去年在羅馬她也說了一些事，雖然她說得不多，但我能察覺到她內心的想法。她說她很希望有一天會有人能以直髮、鼻頭長雀斑的女生為主角來寫小說；但她又覺得自己應該要為書中的女主角不是長這個樣子而開心。」

「聽起來很像以前的波麗安娜會說的話。」

「噢，你還是會發現她仍是以前的波麗安娜。」男子笑說。

「而且我覺得她很漂亮。她的眼睛很迷人，形象很健康，整個人散發著源源不絕的青春活力與快樂氣息。再加上她說話的時候，臉上會出現一種奇妙的光彩，讓人忘記她的外表是否符合世俗的標準。」

「她還會……玩那個遊戲嗎？」

約翰．潘道頓的臉上浮現一抹溫柔的微笑。

「我想她現在還是會玩那個遊戲，只不過不再把它常常掛在嘴上，至少在我們這兩、三次見面時，她並沒有提到那個遊戲。」

青年先是沉默了一會兒，才緩緩地說：

「我想，那也是讓我擔心的其中一個原因。那個遊戲對很多人來說有著非常重大的意義。而且幾乎整個鎮上都在玩那個遊戲！我無法忍受她放棄或從此不再玩它。但我同時也無法想像長大的波麗安娜，一直不斷地告誡別人要為某些事而開心。我不知道為什麼……但就像我之前所說的，不管怎麼樣，我……我都希望波麗安娜不要長大。」

「這我倒是不擔心。」老潘道頓聳聳肩，臉上出現一抹奇特的微笑。

「你知道的，只要有波麗安娜在，就算下著雨，也會很快放晴的。我想你會發現她現在依然遵循著同樣的原則——只不過或許和以前有些許的不同。可憐的孩子，恐怕至少在目前她會需要某種遊戲讓生活變得好過些。」

「你是說奇爾頓夫人投資失利的事嗎？她們真的變窮了嗎？」

「我想是的。事實上，據我所知，她們的財務狀況真的非常糟糕。奇爾頓夫人本身的資產大幅地縮水，至於可憐的湯姆，他的財產本來就不多，還有一大堆無法回收的呆帳——這些當初幫人看病沒拿到的錢，以後也不可能收得回來。湯姆對於別人的求援向來是來者不拒，鎮上那些到處欠錢不還的無賴知道後，更是變本加厲地在他身上騙吃騙喝；再加上他近年來的開銷又很大，而他對自己在德國那項特殊的研究也十分地寄予厚望。況且，他一直認為光是有哈靈頓家的財產，妻子與波麗安娜便能生活無虞，所以也從未擔心過這方面的事。」

「嗯，我懂了，我現在懂了。太糟了，這實在太糟糕了！」

「還不只如此。湯姆過世後的兩個月，我曾在羅馬見過奇爾頓夫人和波麗安娜，當時奇爾頓夫人整個人的狀況非常地糟糕。除了走不出喪夫之痛外，她還開始意識到自己的財務問題，讓她幾乎瀕臨崩潰。她拒絕回到這裡，甚至還說自己再也不想看到貝爾丁斯維爾，也不想見到鎮上的任何人。你也知道，她一直就是個自尊心很強的人，而她強烈的自尊心更是以各種奇特的方式影響著她的思考及行為模式。波麗安娜說自己的姨媽似乎一直抱持著一個想法，認為當初她在自己這個年紀時，貝爾丁斯維爾的人就很反對她嫁給奇爾頓醫生；現在，醫生走了，她覺得鎮上的人才不會同情她。而更讓她痛恨的是，現在鎮上的人一定都知道自己既沒錢又守寡的事。簡而言之，她現在已經把自己逼到病態、不成人形、不可理喻的境地。可憐的小波麗安娜！我真訝異她竟然能承受得住。若是奇爾頓夫人的情況持續惡化下去，那孩子會崩潰的。所以我才說若有人需要某種遊戲讓生活好過些，波麗安娜絕對是其中之一。」

「這樣的事竟然會發生在波麗安娜身上。實在太可憐了！」青年說話的聲音有些顫抖。

「是啊，而你也可以看出她們回來的方式有些不對勁——如此靜悄悄地，幾乎沒有通知任何人。我敢保證，這一定是波麗．奇爾頓的主意。她不想被人看見，所以沒通知任何人，只寫了封信給老湯姆的妻子，也就是負責保管鑰匙的德金太太。」

「沒錯，南西也是這麼告訴我的——她真是一個好人！她把房子的門窗都打開了，還非常努力地讓整棟房子看起來煥然一新且充滿生氣，而不是一個絕望與無趣的墓園。當然啦，房子外頭因為一直有老湯姆負責打理，所以看起來也相當不錯。不過這整件事還是讓人心痛。」

兩人沉默了許久，約翰．潘道頓突然提議：「應該要有人去接她們。」

「會有人去接她們的。」

「你要去車站接她們嗎？」

「是的。」

「所以你知道她們搭幾點的火車。」

「噢，我不知道，連南西也不知道。」

「那你怎麼接？」

「我打算一大早就去車站，從第一班車開始等，直到她們出來為止。」青年有些不安地笑著說，「我也會叫提摩西駕著他們家的馬車一起去。畢竟，你也知道她們能搭的車也沒幾班。」

「嗯……是啊！」約翰．潘道頓說：「吉米，我讚賞你的勇氣，但你的判斷能力卻讓我不敢恭維。不過，我很高興你是跟隨著你的勇氣而不是你的判斷能力去做，但無論如何，我都祝你好運。」

「謝謝你，叔叔。」青年苦笑著說，「我正需要你的祝福，就像南西所說的——沒事的，一切都會沒事的。」

49 波麗安娜回來了

火車接近貝爾丁斯維爾鎮時，波麗安娜不安地看著姨媽。一整天下來，奇爾頓夫人變得愈來愈焦躁，愈來愈憂鬱。隨著火車愈接近那個熟悉的車站，波麗安娜也變得愈來愈害怕。

波麗安娜看向姨媽，覺得自己的整顆心都揪在一起了。她無法相信，短短六個月的時間，波麗姨媽竟然變得這麼多、變得這麼老。奇爾頓夫人的眼神黯淡無光，蒼白的雙頰凹陷。額頭上爬滿一條條皺紋。她的嘴角下垂，頭髮嚴整地盤在後頭，那個老氣的造形就跟波麗安娜多年前初次見到她時一模一樣。婚姻帶給她的溫柔與甜蜜已經像件斗篷般地從她身上滑落，露出昔日波麗・哈靈頓小姐時期的尖刻與冷漠，沒有愛心，也無法惹人憐愛。

「波麗安娜！」奇爾頓夫人的聲音十分尖銳。

波麗安娜的罪惡感瞬間湧了上來。她有種不太舒服的感覺，似乎她的阿姨會讀心術，而且可以知道她的腦袋中正在想著些什麼。

「是的，姨媽。」

「那個黑色的袋子在哪呀？那個小的？」

「在這裡呢。」

「還有，我希望妳把我那條黑色的面紗找出來。我們快到了。」

「可是，那樣很熱啊，姨媽！」

「波麗安娜，我要我那個黑色的面紗。如果妳能行行好，學會在我要求妳時，不要廢話連篇，那對我來說就是莫大的恩惠了。我要那個面紗。難道妳認為我會讓整個貝爾丁斯維爾鎮的人有機會來看看我『撐不撐得住』嗎？」

「噢，姨媽，他們絕對不會那樣想的！」波麗安娜一邊抗議，一邊把手快速地伸進袋子裡，找到那個黑色的面紗。「而且，不會有人在那裡等我們的。我們沒有跟任何人說我們今天會到，這您知道的。」

「是啊，我知道。我們沒叫任何人來接我們。但是我們交代德金太太把房門打開通風一下，還要她把鑰匙放在門墊底下，妳覺得瑪麗・德金會這麼守口如瓶嗎？不可能吧！現在，半個鎮的人都知道我們今天要回來了，或許我們等等下車時，就會『巧遇』十幾個人呢。我太了解他們了。他們想要看看波麗・哈靈頓窮困潦倒的樣子。他們……」

「噢，姨媽、姨媽！」波麗安娜哭著懇求。

「如果我不是孤孤單單的。如果，醫生在這，還有……」話還沒說完，波麗姨媽就顫抖著雙唇，把頭扭到一邊去。「那個……面紗在哪？」她啞著嗓子哽咽著說。

「噢，親愛的姨媽，在這裡……這邊。」波麗安娜輕聲安慰道，現在她唯一能想到的，就是趕快把面紗交到姨媽手上，「我們就快到了，噢，姨媽，我多希望您讓老湯姆或是提摩西來接我們！」

「然後再一本正經地坐馬車回家，好像我們真的還負擔得起似的？接著隔天我們就得把馬車給賣掉了？不要，我謝謝妳了，波麗安娜。在這種情況下，我寧願坐大眾馬車。」

「我知道，可是……」火車發出尖銳的聲響，顛簸地停了下來。波麗安娜憂心忡忡地把還沒說完的話給吞了回去。

她們兩人下了車走上月臺。帶著黑面紗的奇爾頓夫人目不斜視、兩眼直直地盯著前方，而眼泛淚光的波麗安娜，則是走不到二十幾步就已經跟十幾個人微笑打招呼了。

突然，她在人群中看見一張熟悉、但是又陌生的臉龐。

「什麼，那個不是……噢，是吉米！」她興奮地笑了，友善地伸出手，「噢，我想我現在應該叫你『潘道頓先生』了吧。」波麗安娜更正自己的話，臉上害羞的笑容分明就是在說：「看看你現在長得這麼高、這麼帥了！」

「那妳就試試看啊！」年輕小伙子俏皮地回應，同時挑釁地微微抬起下巴，這完全就是吉米的標準動作。接著，吉米轉頭試圖跟奇爾頓夫人問好，但是這位女士只是轉頭迴避著吉米的問候，匆匆忙忙地往前走去。

吉米困惑地轉向波麗安娜，眼中充滿同情。

「請往這邊走，兩位。」他催促著，「提摩西駕著馬車來接妳們了。」

「噢，他人真是太好了。」波麗安娜喊道，但是同時她很不安地看著面紗後面那張陰沉的臉。她輕輕用手肘頂了頂姨媽的手臂。「姨媽，親愛的。提摩西來了。他駕著馬車來接我們了，就在那邊。還有，這是吉米．賓恩。您記得吉米．賓恩吧！」

波麗安娜實在太緊張不安了，她完全沒注意到自己叫的是年輕人小時候的名字。

但是，奇爾頓夫人注意到了。她不情願地轉過身，微微點了點頭。

「我知道，潘道頓先生十分友好，但是，這樣實在太麻煩他跟提摩西了。」她冷冷地說。

「不麻煩，一點都不麻煩，我跟您保證。」年輕人笑著說，試圖緩和一下這裡的尷尬氣氛，「好了，把妳們的行李條給我吧，我去幫妳們拿行李。」

「謝謝你。」奇爾頓夫人開口了，「但是我想我們可以……」

但是波麗安娜卻鬆了一口氣似地把行李條遞了出去，「謝謝！」她說。所以，出於自尊，奇爾頓夫人也不再多說什麼了。

回家的路上，大家都十分沉默，奇爾頓夫人只說句：「好吧、好吧，孩子，隨妳的便吧，看來我們只能坐這個回家了！」之後，她的臉又變回原來那陰鬱的樣子。受到過去女主人這樣冷漠的對待，提摩西心裡有點難過。他整個人直挺挺地坐在駕駛座上，

緊抿著嘴唇。而波麗安娜既不嚴肅，也不緊張，更不憂鬱，她激動地眼泛淚光，一路上跟每

一個她深愛的人事物問候。她只說了一句話：

「吉米很棒吧！他都長這麼大了。他的雙眼和笑容多迷人啊！」

她滿懷希望地等待，不過都沒有人回應她，所以她只好安慰自己，「好吧，至少我是這麼認為的。」

提摩西一路上真的太焦慮也太害怕了，所以他完全不敢告訴奇爾頓夫人家裡變成什麼樣子。也因為如此，當奇爾頓夫人與波麗安娜看到家中那些大開的門窗、被鮮花裝飾的房間，以及站在門口行禮的南西時，兩人都徹底驚呆了。

「噢，南西，這簡直太美了！」波麗安娜輕快地跳下馬車，大聲喊道，「姨媽！南西在歡迎我們回家呢！您看看她把這裡弄得多美呀！」

儘管波麗安娜的聲音充滿了雀躍，但還是聽得出來她在顫抖。這次沒能跟她最愛的醫生一起回來，對她而言實在很不容易。而且，如果她心裡都這麼難受，那波麗姨媽心中的哀痛就可想而知了。她也知道，姨媽現在最害怕的，就是在南西面前崩潰痛哭，對波麗姨媽來說，沒有什麼比這更糟糕的了。現在，被藏在黑色面紗後頭的雙眼早已噙滿淚水，姨媽的嘴唇更是顫抖到不行。波麗安娜也知道，為了掩蓋這些事實，等會她的姨媽一定會找機會加以嘲諷，用憤怒來掩飾她的心碎。所以，波麗安娜一點也不驚訝姨媽冷冷地跟南西打過招呼後，就立刻尖刻地說道：「這實在很好，南西，但是我還是覺得妳什麼都不做會比較好。」

南西臉上的笑容消失了，她看起來既受傷又吃驚，「噢，可是波麗小姐……我是說，奇爾頓夫人，」她求道，「我總不能讓您……」

「好了，好了，就這樣吧，南西。」奇爾頓夫人打斷她，「我不想再談這些事了。」接著，她驕傲地抬起頭，迅速地走出去。一分鐘後，樓上就傳來了她關房門的聲音。

南西沮喪地轉過身來。

「噢，波麗安娜小姐，為什麼會這樣？我做錯什麼了嗎？我以為她會很喜歡的。我不是故意的！」

「妳當然做得很好，」波麗安娜哭著說，同時在包包裡翻找她的手帕，「妳為我們做的這一切真是太棒了！」

「可是她不喜歡！」

「噢，她很喜歡的，只是她不願意表現出她的喜歡，她怕自己一旦表現出來，她就沒辦法控制自己其他的情緒了。噢，南西、南西，我覺得能哭出來真的是太好了！」波麗安娜抽抽噎噎地趴在南西的肩膀上。

「好了、好了，親愛的，隨她吧，隨她吧。」南西輕聲安慰，一邊伸手輕拍著波麗安娜顫抖的肩膀，一邊試著伸手拉起圍裙的一角來擦自己的眼淚。

「妳知道，我不可以在……她面前哭，」波麗安娜斷斷續續地說，「這真的好難……回到這裡……第一次，妳知道的，這一切都不容易，我可以體會波麗姨媽的感受。」

「當然、當然，可憐的小羊，」南西輕聲說道，「而且一想到我做的第一件事就惹她生氣，還有……」

「噢，她不是氣這個，」波麗安娜激動地否認，「她一直都是這樣子，妳是知道的，南西。她不想要……把失去醫生的痛苦表現出來。她害怕一不小心顯露出來……所以，她才找了各式各樣的理由，來分散她的注意力。她對我也是這樣，一樣的。所以我了解，這樣妳知道了吧？」

「噢，我懂、我懂。」南西的唇緊緊地抿成一條線，她同情地拍了拍波麗安娜，動作更加憐惜。「可憐的小羊！無論如何，我很高興我來了，為了妳。」

「是啊，我也很高興看到妳過來。」波麗安娜吸了一口氣，一邊擦眼淚，一邊慢慢地抬起頭來。「好了，我覺得好多了。真的很謝謝妳，南西，我很感激。現在我不能再叫妳留下來，妳得趕快回家了。」

「啊？我還想再多待一陣子呢！」南西吸了吸鼻子。

「待在這裡！為什麼？南西，我以為妳已經結婚了。妳不是提摩西的妻子了嗎？」

「是啊！不過，他不會介意……我為了妳留下來的。他會希望我留下來陪妳。」

「噢，可是，南西，我們不能讓妳這麼做，」波麗安娜嚴肅地說，「我們現在不能留下任何人，妳知道的。我接下來會做所有的工作，波麗姨媽說，在我們真正了解情況之前，都得省吃儉用過日子。」

「啊？說得好像我會拿妳們的錢……」南西生氣地開口，但是當她看到波麗安娜臉上的表情，就閉嘴了。她喃喃地發著牢騷，快步走出房間，回去燉在爐子上的奶油雞肉了。

等到吃完晚餐，把一切都收拾妥當，提摩西．德金太太才和她的丈夫一起駕車離開。即便如此，她還是走得不太情願，更一直懇求波麗安娜隨時讓她過來「幫點小忙」。

南西離開後，波麗安娜走進客廳，奇爾頓夫人獨自坐在那裡，用手捂著臉。

「噢，親愛的姨媽，我可以開燈嗎？」波麗安娜輕快地問。

「噢，開吧。」

「南西真是太好了，幫我們把一切都整理好了，不是嗎？」

沒有回應。

「我真不知道她是從哪弄來這麼多的花呢！樓下每個房間都有花，甚至連廁所都有。」

還是沒有回應。

波麗安娜暗自嘆了一口氣，擔憂地看著姨媽別過去的那張臉。過了一會兒，她又滿懷希望地開口。

「我在花園裡看見老湯姆了。可憐的傢伙，他的風濕病比以前還要嚴重了，現在他幾乎沒辦法直起腰來。他特別問到您，還說……」

奇爾頓夫人突然轉過身來，打斷波麗安娜的話，「波麗安娜，我們該怎麼辦？」

「怎麼辦？做我們可以做的，親愛的姨媽。」

奇爾頓夫人不耐煩地揮了揮手。

「拜託、拜託，波麗安娜，妳可不可以認真一次。很快妳就會發現事情有多嚴重了。我們該怎麼辦？妳也知道，我們幾乎沒有收入了。當然，有些東西還是可以賣錢的。但哈特先生說了，現在這些東西根本賣不到什麼好價錢，我們在銀行裡還有點積蓄，還是有一點點收入。再來就是這棟房子，但是，這棟房子有什麼用呢？沒辦法吃，沒辦法穿。就我們現在的狀況而言，這間房子對兩個人來說太大了。就算賣掉，也賣不到它原有價值的一半，除非我們剛好碰到一個很想要買的人。」

「賣掉它？噢，姨媽，您不能……這麼漂亮的房子！」

「恐怕只能這樣了，波麗安娜，很遺憾……我們得填飽肚子。」

「我知道，我的肚子也一直很餓，」波麗安娜憂傷地說，同時苦笑了一下，「不過，我應該高興，這代表我的胃口很好。」

「噢，沒錯，妳找到值得高興的事，當然了。但是，我們該怎麼辦呢？孩子，我真希望妳能認真一點，哪怕一分鐘也好。」

波麗安娜突然換上了另一種表情。

「我是認真的，波麗姨媽。我一直在想，我希望……我能夠去賺錢。」

「噢，孩子，聽聽看妳自己在說什麼吧！」波麗小姐呻吟道，「哈靈頓家的女孩竟然得自己去賺錢！」

「噢，別這麼想，姨媽，」波麗安娜笑著說，「您應該覺得高興，因為哈靈頓家的女孩如此有能力，可以自己賺錢！這沒什麼好丟臉的，波麗姨媽。」

「或許吧，但這已經損及我們的自尊了。畢竟我們家過去在貝爾丁斯維爾鎮的地位很高啊，波麗安娜。」

波麗安娜似乎沒有聽見，她若有所思地看著別的地方。

「要是我有一技之長多好！要是有一件事，我能夠做得比世界上任何人都好，那該有多好！」最後，她嘆著氣說，「我會唱唱歌、演演戲、繡繡花，也會縫縫補補，但是我做得還不夠好，沒有好到可以用這個賺錢。」

「我想，我還是最喜歡做飯了。」沉默了一分鐘之後，波麗安娜又說，「還有做家事。您知道的，在德國冬天的時候，格樂琴總是不按照時間來，這給我們帶來很多困擾呢，那時候，我就喜歡在家裡做做飯，但是我不太喜歡在別人家的廚房裡做這些。」

「說得好像我已經答應妳去工作似的，波麗安娜！」奇爾頓夫人在發抖。

「當然了，在我們自己家的廚房做飯一點用也沒有，」波麗安娜嘆了口氣……也賺不到錢，我是說，現在我們需要的就是錢了。」

「是啊！」波麗姨媽也跟著嘆了一口氣。

兩人又陷入一段很長的沉默，最後波麗安娜開口。

「一想到您為我做的一切，姨媽……現在想想，我如果可以，我多希望有機會可以讓我幫您！可是……我做不到。噢，為什麼我沒有可以賺錢的天賦呢？」

「好了，好了，孩子，別這樣，別這樣！當然，如果醫生……」話還沒說完，波麗姨媽就哽咽了。

波麗安娜快速地抬起頭，跳起身來。

「親愛的、親愛的，我們不應該再這樣下去了！」她用全然不同的態度喊著，「別擔心，姨媽，難不成您敢打賭，我永遠都無法有一個非常棒的才能嗎？而且，我……一想到就很興奮，因為有太多的不確定了。等待這些有趣的事情，然後看著這些有趣的事情一件件到來，不是很有意思嗎？要是單單只是生活，知道妳可以擁有每一件妳想要的東西，這樣實在太無趣了，您知道的。」波麗安娜一口氣說完後，愉快地笑了笑。

但是，奇爾頓夫人沒有跟著笑，她嘆了一口氣，接著說：「我的天，波麗安娜，妳真是個奇怪的孩子！」

50 調適問題

剛回到貝爾丁斯維爾鎮的那幾天，無論是對奇爾頓夫人或是波麗安娜來說，都不好過。這是一段調適期，而調適期很少是輕鬆愉快的。

對於長期旅行在外、情緒處於亢奮狀態的人，本來就不容易把心思放在奶油價格和肉販是否偷斤減兩這類瑣事上。而對於時間一向能自由運用的人，更難適應工作應接不暇的情況，更何況還有親朋好友及左鄰右舍不時地前來拜訪。雖然波麗安娜總是開心並熱誠地接待他們，但奇爾頓夫人卻是能閃則閃、能避就避，總是悻悻然地對著波麗安娜說：「這些人八成是出於好奇，想看看波麗．哈靈頓變窮是什麼樣子。」

奇爾頓夫人很少提起醫生的事，但波麗安娜心裡非常清楚，她一天也沒忘記過他。而她的沉默寡言，大多時候只是為了掩蓋她深藏在心中，那些不願為人所知的情緒。

剛回來的頭一個月，波麗安娜就已和吉米．潘道頓見過數次。他第一次是和約翰．潘道頓一同前來，但那次他卻顯得有些拘謹客氣，不過他並不是一開始就這樣，而是波麗姨媽出現後才變得如此。不知為何，波麗姨媽並未藉故缺席兩人那次的拜訪。但在那次之後，吉米都是自行前來，一次是帶花來探望，一次是來送書給波麗姨媽，另外兩次則根本沒有任何理由。而波麗安娜總是打從心底開心地接待他，波麗姨媽則是除了第一次以外，就再也沒見過吉米。

對大多數的朋友及熟人，波麗安娜很少提到自己家境改變的事，但對吉米，她則是可以暢所欲言，而她也總是喊著：「如果我能做些什麼賺點錢就好囉！」

「我就快變成一個唯利是圖的小怪物了。」她苦笑，「我現在幾乎做每件事，腦袋裡想到的都只有錢，甚至已經到了錙銖必較的地步。你看，波麗姨媽對錢的焦慮已經把我逼成這副德性了！」

「真是太可憐了！」吉米忿忿不平地說。

「是啊。不過，老實說，我覺得她有點反應過度了，可是她就是沒辦法不去想，而我也真的希望自己能幫點忙！」

吉米低頭看著那閃閃發亮的眼睛以及她渴望、熱切的臉龐，他的目光也變得柔和起來。

「如果可以，妳想做些什麼？」他問道。

「我想要煮飯和打掃房子。」波麗安娜笑嘆著說：「我就是喜歡把蛋和糖打發，或是聽到汽水加在優酪乳裡發出『啵啵啵』的聲響。如果能有一天的時間，讓我在廚房烘烘烤烤忙上一整天，我會很開心。不過，除非到別人家的廚房工作，不然做這些根本賺不到錢，但我對烘焙好像又沒有喜歡到那個程度。」

「當然不行啦！」年輕男子情急地脫口而出。

再一次地，他低頭看了看那張表情豐富的臉龐，不過這次他的表情卻變得有些不自然，於是他抿了抿嘴唇，臉有些泛紅地說道：

「妳可以……結婚啊！妳有沒有想過這一點呢，波麗安娜小姐？」

波麗安娜聽聞後隨即放聲大笑。從她的聲音及態度，一看就知道她對愛情無動於衷的程度，即便是威力無遠弗屆的愛神丘比特所射出去的愛之箭也沒射中她。

「噢，當然沒有，我大概一輩子也不會結婚。」她毫不在意地說，「首先，我不夠漂亮，這點你也知道的；再說，我要和波麗姨媽住在一起，才能照顧她。」

「不漂亮？」潘道頓詫異地笑說：「波麗安娜，妳……妳難道從來沒想過……或許別人會有不同的看法嗎？」

波麗安娜搖了搖頭。

「怎麼可能？我又不是沒照過鏡子！」她一邊反駁，一邊投以愉快的眼神。這聽起來簡直就像是在撒嬌。若是其他女孩，潘道頓一定會認為對方故意賣弄風情，可是看著眼前這張臉，他知道她沒這個意思。他也突然意識到，為什麼波麗安娜和他認識的其他女孩是如此地不一樣。她從以前到現在，就一直是這麼地表裡如一。

「妳為什麼覺得自己不漂亮？」他問道。

即便是如此了解波麗安娜的性格，潘道頓提出這個問題之後，還是忍不住為自己的魯莽倒抽一口氣。他忍不住想到，其他女孩若是聽到這種間接承認自己不漂亮的問題，鐵定當下立刻翻臉，但從波麗安娜的反應來看，潘道頓知道自己的顧慮是多餘的。

「因為我就是不漂亮啊！」她無奈地笑道，「我天生就不是美女。你可能不記得了，但很久以前，在我還很小的時候，我一直認為上天堂最大的好處之一，就是我可以擁有一頭黑色的捲髮。」

「妳現在還是這麼想嗎？」

「我……想，應該不會了吧。」波麗安娜有些遲疑，「不過，我想我還是很喜歡那樣的髮型。再說，我的睫毛不夠長，鼻子既不是希臘或羅馬人的那種鼻子，也不是任何一種討人喜歡或人人稱羨的類型。它不過就是個普通的鼻子。還有我的臉也太長……呃，還是太短，我忘了是哪一個了。我曾照著『美女標準測驗』量過一次，反正長度就是不對。而且那個測驗還說，臉的寬度應相當於眼睛的五倍寬，而眼睛的寬度又要等於……等於什麼啊？我也不記得了，反正我的比例就是不符合美女的標準。」

「也太慘了吧！」潘道頓大笑，不過他隨即又以讚賞的眼光，注視著女孩生動的表情跟會說話的大眼睛，然後他問道：「波麗安娜，妳有沒有在自己說話時照過鏡子？」

「沒有，當然沒有！」

「那妳最好找個機會試試。」

「這真是個有趣的想法！你想像一下，要是我真的這麼做，」女孩笑著說，「我該對鏡子裡的自己說些什麼？像這樣嗎？『嘿，波麗安娜，就算妳的睫毛不夠長，鼻子很普通那又怎樣，妳應該開心自己至少還有睫毛跟鼻子啊！』」

說完兩人笑成一團，不過隨後潘道頓卻收起了臉上的笑容。

「所以，妳現在仍在玩……那個遊戲？」他不太確定地說。

波麗安娜用溫柔疑惑的眼神望向他。

「當然啦！吉米，若是沒有這個美妙的遊戲，過去這六個月，我大概沒辦法撐得下去。」她顫抖地說。

「不過，我現在很少聽妳提起它。」他表示。

她臉色變得柔和。

「我知道，我想我是害怕自己會對外人說太多。你也知道，很多人一點也不在乎這個遊戲，而我今年也已經二十歲了，二十歲的我描述這個遊戲，聽起來就是和十歲的我不一樣，這點我當然知道。況且，人們也不喜歡聽別人說教。」她苦笑地說。

「我懂，」年輕男子嚴肅地點了點頭，「但我有時也很好奇，波麗安娜，妳是否真的了解這個遊戲對妳或是對其他同樣在玩這個遊戲的人，有著什麼樣的意義。」

「我……我知道這個遊戲對我的意義。」她別開目光低聲地說道。

「所以啦，只要願意玩這個遊戲，它是真的有幫助的。」他沉默了一會兒，便把自己心裡的想法告訴她：「以前曾有人說過，若真的每個人都願意玩這個遊戲，將徹底改變這個世界。我相信此言不假！」

「是沒錯，但有些人並不想要被徹底改變。」波麗安娜笑著說，「我去年就曾在德國遇到一個人，他不但賠光了所有的家產，運氣也一直很不好。唉，說他有多沮喪就有多沮喪！有一天，有個人希望他振作起來，於是當著我的面告訴他，『好啦，別這樣了，事情可能會更糟！』天啊，你真該聽聽他當時是怎麼說的！

「『若說這個世界真有什麼事會讓我火冒三丈，』他咆哮著說，『那就是有人告訴我事情可能會更糟，並要我珍惜感激自己目前僅存的東西。這些人永遠帶著一張笑臉，到處歌頌著他們感激自己可以呼吸、吃飯、走路和睡覺，但這些東西對我一點也不重要。要是我一直過著像現在這樣的生活，我才不想呼吸、吃飯、走路和睡覺。每當聽到有人對我說，我應該要感激之類的鬼話，我就恨不得衝過去一槍打死他！』你想想看，要是我介紹那個人玩開心遊戲，我會有什麼下場！」波麗安娜笑著說。

「我才不管！他真的需要那個遊戲。」吉米回答。

「他是需要那個遊戲沒錯，但他可不會感激我教他那個遊戲。」

「我想也是。不過，妳聽我說！按照他目前的生存哲學及生活方式，只會讓自己及其他人活在不幸當中，不是嗎？但妳想想看，若他願意玩那個遊戲，並試著在每件事情中尋找值得開心的地方，他就沒有時間抱怨或咆哮事情有多糟，而這麼做也能帶來許多的好處。首先，他會變得比較容易相處，這無論對他自己或是他的朋友都是一件好事。再者，光是想甜甜圈而不要去想它中間有個洞，不但不會讓他的處境變得更糟，搞不好還能變好呢。至少他不會因為悶悶不樂而感到腸胃不適，消化吸收能力自然就會比較好。我告訴妳，麻煩就像是長了很多刺的刺蝟，死抱著不放，只會讓自己遍體鱗傷。」

波麗安娜對他報以感激的一笑。

「這讓我想起自己曾對一位可憐的老婦人說過的話。她是我在西部老家婦女勸助會的一員，她就是那種喜歡沉溺在自己不幸的狀態，並且不斷告訴別人自己有多悲慘的人。當時我大概十歲，還試圖教她玩那個遊戲。現在想想，我那次並不算成功，而且顯然我當時也已約略知道原因何在，因為我得意洋洋地對她說：『無論如何，至少妳可以為自己有這麼多事讓自己悲傷而感到開心，因為妳是那麼地喜歡悲傷啊！』」

「對她來說，這真是個很值得開心的理由。」吉米笑道。

波麗安娜挑了挑眉。

「如果我當時告訴那個德國男子同樣的事，他們兩人的反應恐怕相去不遠。」

「但應該要有人告訴他們，所以妳應該……」潘道頓突然停了下來，由於他的表情非常地古怪，因此波麗安娜吃驚地望著他：

「吉米，你怎麼了？」

「沒什麼。我只是在想，」他噘著嘴回答：「我現在一直鼓吹的，其實是我在見到妳之前一直擔心妳會做的事。也就是說，在見到妳之前，我一直擔心……擔心……」

他漲紅著臉不知道該怎麼說下去。

「吉米．潘道頓，」女孩生氣地大吼：「這位先生，你別以為你可以把話只說一半，你快說，你到底想說什麼？」

「噢，沒……沒什麼。」

「我還在等你說完呢。」波麗安娜低聲地說，聲音及態度都相當地鎮定並充滿自信，但眼中卻閃著促狹的笑意。

年輕男子看著她的笑臉猶豫了一會兒便舉雙手投降。

「好啦，我說就是了。」他聳聳肩，「我只是……有一點擔心……妳會像以前一樣，一直提那個遊戲，而……」一陣開心的大笑聲打斷了他。

「你瞧，我剛才是怎麼說的？看來連你都在擔心我長到二十歲，還跟十歲時一樣呢。」

「不……不是的，我不是那個意思……老實說，波麗安娜，我以為……當然，我知道……」

但波麗安娜不聽他解釋，她就只是摀住自己的耳朵並放聲大笑。

51 兩封信

六月底，波麗安娜收到來自黛拉．威瑟比的信。

「我想麻煩妳幫我一個忙，」威瑟比小姐在信中寫道：

我希望妳能告訴我，貝爾丁斯維爾鎮上有沒有比較安靜低調的家庭，願意在這個夏天接待我的姊姊。他們一共有三個人，卡魯夫人、她的助手，還有她收養的兒子——傑米（我想妳一定記得傑米吧？）。他們不想住在一般的飯店或是找短期租賃的房子。我姊姊最近十分疲勞，所以醫生建議她到鄉下走走，並推薦她到佛蒙特州或是新罕布夏州，好好休息跟調養。

我們馬上就想到了貝爾丁斯維爾鎮和妳，不知道妳能不能推薦一個適合的住宿地點？我告訴露絲我會寫信給妳。他們馬上就可以動身了，七月初就可以出發。要是妳知道有這麼一個地方，如果方便，能否麻煩妳盡快通知我們呢？實在是麻煩妳了。回信請照著這個地址寄回來就好。我的姊姊現在正跟我一起在療養院，她得接受幾個禮拜的治療。

期待妳的回覆

黛拉．威瑟比

讀完信後，波麗安娜呆坐了幾分鐘，緊皺眉頭思考著，究竟在貝爾丁斯維爾鎮有沒有適合給她的老朋友們居住的地方。突然，她腦中閃過一個念頭，她興奮地大叫了一聲，然後匆匆忙忙地跑進客廳找她的姨媽。

「姨媽，姨媽，」她喘著氣說，「我想到一個很棒的主意。我告訴過您，一定會有好事發生，說不定有天我就會培養出很棒的才能。好了，現在好事發生了。聽著！我收到一封威瑟比小姐寄來的信，她是卡魯夫人的妹妹，上次我去波士頓就是待在卡魯夫人家，您知道的。他們今年夏天要到鄉下度過，所以威瑟比小姐寫信給我，問我知不知道我們鎮上是否有適合他們住的地方。他們不想去住飯店或是短期租賃的房子。一開始，我想不到哪裡適合給他們住，但是我現在想到了，我想到了，波麗姨媽！您猜猜看是哪裡？」

「我的天啊，孩子，」奇爾頓夫人大聲說，「看看妳在說什麼啊！我應該把妳當做一個十二歲的孩子，而不是一個已經長大了的小姐。現在，妳到底在說什麼啊？」

「我在說，卡魯夫人跟傑米這個夏天要住的地方我已經找到了。」波麗安娜嘰哩呱啦地說個不停。

「是喔！所以呢，那又怎麼樣呢？跟我又有什麼關係，孩子？」奇爾頓夫人無精打采地低聲說。

「因為就是這裡！我要讓他們到這裡來住，姨媽。」

「波麗安娜！」奇爾頓夫人驚恐地坐直身子。

「噢，姨媽，千萬別拒絕呀，拜託不要！」波麗安娜急切地請求，「您難道還不知道嗎？這是我的機會呀，我等這個等好久了。現在這個機會就擺在我的眼前了。我們可以接待他們。我們有這麼多房間，而且您知道我可以做飯跟打掃房子。這樣就可以賺到錢了，我知道他們會付錢的，而且他們也會很樂意來，我很確定。他們總共有三個人，包括一個助理。」

「但是，波麗安娜，不行！把這棟房子變成一間出租公寓？把堂堂的哈靈頓大宅變成一棟普通的出租公寓？噢，波麗安娜，我不要，我不要！」

「但是親愛的，這不是一間普通的出租公寓呀，它很不一樣。而且，他們是我的老朋友。這就好像老朋友來探望我們一樣，只是他們是會付錢的好朋友，也是客人，所以我們同時也可以賺到錢。姨媽，我們需要錢。」她特別強調最後一句。

波麗·奇爾頓夫人的臉部一陣扭曲，覺得自尊心受創。她低低地呻吟了一聲，癱坐在椅子上。

「但是妳要怎麼做呢？」最後，奇爾頓夫人無力地問道，「妳不可能一個人做這麼多事啊，孩子！」

「噢，不行，當然不會！」波麗安娜歡樂地說（波麗安娜現在穩穩地占了上風，她知道自己贏了），「但是我可以做飯，還可以幫忙監督，而且我很確定我可以讓南西的妹妹來幫忙處理其他的事，德金太太只要繼續洗衣服就行了。」

「可是，波麗安娜，我的狀況不太好……妳知道我不能……我沒辦法做很多事。」

「當然不用，您不需要做任何事的。」波麗安娜一臉驕傲地說得理所當然，「噢，姨媽，這是不是很棒？這一切好不真實喔，錢就要這樣送到我的手上來了！」

「送到妳手上？真是的！妳要學的事情還可多著呢！波麗安娜。其中一個，就是別指望夏天的寄宿者會帶來多少錢，除非妳滿足他們所有的要求。當妳忙得不可開交，一次次地扛著麵包、釀酒、烹飪，累到腰都直不起來，還得照顧各種大小事，連新下的雞蛋跟天氣妳都得顧好，讓妳累到恨不得殺了自己，到時候妳就會相信我說的話了。」

「好啦，我記住了。」波麗安娜笑著說，「但是我現在一點也不擔心，我得趕快去寫封信給威瑟比太太，這樣我才可以讓吉米·賓恩在這個下午把信寄出去。」

奇爾頓夫人不安地動了動。

「波麗安娜，可不可以拜託妳用那個年輕人真正的名字叫他。那個『賓恩』聽起來不太舒服，他現在就叫『潘道頓』。」

「是啊！」波麗安娜同意，「但我總是忘記。我甚至還當著他的面這樣叫他呢，這的確不太好，因為他現在已經被收養了。但是，您知道，我只是太興奮了。」波麗安娜說完，蹦蹦跳跳地跑出房間。

下午四點，吉米到的時候，波麗安娜已經把信寫好了。她仍然十分激動，迫不及待地想要把這一切都告訴這位訪客。

「噢，而且我太想見他們了。」波麗安娜說起她的計畫時，如此喊著。「那年冬天後，我就再也沒有見過他們了。我告訴過你，我沒告訴過你嗎？關於傑米的事。」

「噢，有啊，妳跟我說過。」年輕人的回答聽起來不太自然。

「要是他們能夠過來，是不是很棒？」

「這個嘛，我不確定我是不是會用『很棒』來形容。」他故意迴避波麗安娜的問題。

「這麼久以來，我終於有機會可以幫上波麗姨媽的忙了，這還不棒嗎？吉米，這簡直太棒了。」

「噢，我覺得這對妳來說……太困難了。」吉米有點生氣地回答，語氣中帶著點不耐。

「是啊，當然，從某些地方來說真的是這樣。但是，能賺錢我就很高興啦，你看，我現在滿腦子都在想著賺錢。」波麗安娜嘆了一口氣，「我還真是愛錢啊，吉米。」

波麗安娜說完後，有一分鐘之久，年輕人都沒有說話，接著，他有些突然地開口：「那……那個傑米今年幾歲啊？」

波麗安娜帶著愉快的笑容抬起頭。

「噢，我記得……你一直都不喜歡他的名字『傑米』。」她眨了眨眼睛，「不過沒關係，他現在被合法收養了，所以現在姓卡魯，你可以這麼叫他。」

「可是妳還沒告訴我他年紀多大呢。」吉米一本正經地提醒。

「我猜，沒有人知道他實際的年齡。你知道，他自己也不太清楚，不過我猜應該跟你一樣大。

不知道他現在怎麼樣，不過，我在信裡都問了。」

「噢，妳問了啊！」小潘道頓低頭看著手裡的那封信，憤恨不平地用手指彈彈它。他很想把這封信撕掉、隨便給某個人，或直接丟掉，就是不要寄出去。吉米很清楚地知道自己在嫉妒，他一直很嫉妒這個跟他有相近的名字、卻跟自己完全不同的年輕人。他很有把握地告訴自己，他並沒有愛上波麗安娜。當然沒有，怎麼會呢？他只是不希望這個有著娘娘腔名字的陌生年輕人到貝爾丁斯維爾鎮上來，而且還住在這裡破壞他們倆的好時光。他差點就要把這些都告訴波麗安娜了，但是話到嘴邊又吞了回去。沒過多久，吉米就帶著信離開哈靈頓家了。

不過，顯然吉米並沒有把信撕掉、隨便給某個人，或直接扔掉，因為幾天後，波麗安娜就收到，威瑟比小姐興奮的回信。吉米來訪的時候，波麗安娜就把信念給吉米聽，不過只有一部分，因為在念信之前，波麗安娜就說：

「當然，信的第一部分就是他們很高興能過來什麼的，我就不念出來了。但是接下來的部分，你應該會想聽，因為你已經聽我說過好多他們的事了。當然，沒過多久，你也可以親自認識他們。我還指望你幫大忙呢，吉米，幫我好好招待他們。」

「噢，妳還真的指望我呀！」

「講話別這麼挖苦人，吉米，就只是因為你不喜歡傑米這個名字。」波麗安娜故作正經地責備，「一旦你認識他，你就會喜歡他的，我很確定，而且你也會很喜歡卡魯夫人。」

「會嗎？我會嗎？」吉米氣呼呼地反駁，「這可是一件嚴肅的事啊！讓我們來看看，如果我喜歡他們的話，我想那位夫人也一樣會喜歡我。」

「當然了！」波麗安娜笑了，露出甜甜的小酒窩，「現在聽我念吧，這封信裡面有講到關於她的事，這封信是她的妹妹，黛拉……威瑟比小姐寄來的，你知道，就是療養院的那位護士。」

「好吧，妳念吧！」吉米說，試圖表現出有禮又有興趣的樣子。波麗安娜頑皮地笑了笑，開始念起信來。

妳要我把所有的事情都告訴妳，這可是件大工程啊！不過，我還是盡量試試看吧。首先，我想妳會發現我的姊姊改變了很多。過去六年來，她對很多新事物都很有興趣，這些新事物也替她帶來很大的改變。雖然她現在因為工作過度，身體有點疲憊，也有點消瘦，不過，只要好好休息一下就沒有大礙了。妳也會看到，她變得多麼年輕、多麼有活力、多麼快樂。請注意我說的是快樂。當然了，這件事對妳來說，可能不是非常重要，但是對我來說真的非常重要。那年冬天，妳到波士頓第一次見到她的時候，妳年紀還太小，感受不到當時的她到底有多不快樂。那時候，她的生活盡是憂傷與絕望，但是現在全是趣味與歡樂。

她先是有了傑米，等妳見到他們倆的時候，妳就會知道傑米對她來說有多重要了。不過，我們的確無法知道他究竟是不是真的傑米，但是我姊姊就像愛自己的兒子一樣愛他，而且也收養他了，這妳應該已經知道了。

後來她又有了那些女孩，妳還記得那個叫珊蒂．迪恩的女店員嗎？一開始，我姊姊對她的事十分感興趣，接著就開始幫助她，讓她生活變得比較快樂。我姊姊一點一點地在努力，到現在，在幾十位女孩的心目中，她就是她們最特別、最棒的天使。她按照新的模式創立了一個女工之家，也跟十幾位富有又具影響力的人們合作，由她自己擔任負責人。另外，她也全心全意地對待每一位女孩，所以妳可以想像，這是多麼大的精神壓力。而那個在背後支持她、成為她得力助手的那個人，就是珊蒂．迪恩。妳會發現她也有些改變，不過，她還是原本那個珊蒂。

至於傑米，可憐的他！他一輩子最大的遺憾，就是再也無法正常走路了。

曾經我們懷抱著希望，讓他在艾姆斯醫生的療養院接受一年的治療，他的進步也非常大。現在，他可以用枴杖支撐著走路。但是，他永遠都是個殘障人士了，但這只是指他的腳，可不包含其他方面。不知道怎麼回事，在認識傑米以後，妳很少會想到他其實是個殘障人士，因為他的靈魂實在非常自由。我沒辦法解釋給妳聽，但是等妳看到他的時候，妳就會明白我的意思了，而且令人驚訝的是，他還保有那種孩子氣的熱情與對生命的熱愛。只有一件事……我想也是唯一的一件事，會熄滅傑米的樂觀，讓他陷入無盡的絕望，那就是，在未來的某一天，他突然發現自己不是我們要找的外甥，傑米．肯特。他一直很執著在這件事上，也渴望自己就是傑米，而他現在已經相信自己就是真正的傑米。但是，如果他不是，我希望他永遠也不會知道。

「好了，這就是信的內容了。」波麗安娜一邊說，一邊把手上那封寫得密密麻麻的信給摺好，「是不是很有意思？」

「是啊，真有意思！」現在吉米的聲音聽起來真誠多了。他突然想到自己還有一雙健康的腳，也想到這代表的意義是什麼。他甚至希望，波麗安娜能把一部分的注意力跟思緒放到那個可憐的跛腳年輕人身上，只要他不要太誇張，占去他們太多時間就行。

「哎呀，這對那個可憐的小伙子來說，實在是太不容易了。」

「太不容易？你不知道那到底是什麼樣的感覺，吉米．賓恩！」波麗安娜抽抽噎噎地說，「但是……我知道，我也曾經沒辦法走路。我懂！」

「是的，當然、當然。」年輕人皺起眉頭，在椅子上不安地動了動。吉米看著波麗安娜同情的表情，加上閃著淚光的雙眼，他突然又不確定自己究竟是不是歡迎傑米到鎮上來了，想想看，他竟然可以把波麗安娜變成這個樣子！

52 付費的客人

波麗姨媽口中「那些可怕的人」也就是波麗安娜的付費客人到訪前的那幾天，波麗安娜可說是忙得不可開交，但她同時也忙得不亦樂乎，因為波麗安娜已下定決心，無論每天會碰到什麼樣的困難，她都不允許自己有任何不耐、沮喪或驚慌的情緒。

在找了南西和她的妹妹貝蒂來幫忙後，波麗安娜非常有系統地將房間一間一間地做好妥善的安排，力求讓即將進住的客人享有最舒適、便利的環境。奇爾頓夫人則很少幫忙，一方面是她人不太舒服，另一方面是從她對這整件事的心態來看，她不但不可能主動幫忙，更不會給予波麗安娜任何精神上的安慰，因為就她的立場而言，哈靈頓這個名字及家族的自尊永遠是她的首要考量，而她嘴上也總是不停地抱怨著：

「噢，波麗安娜，波麗安娜，沒想到哈靈頓莊園會淪落到這個地步！」

「親愛的姨媽，不是這樣的，」波麗安娜最後只好笑著安慰她，「卡魯夫人是來拜訪哈靈頓莊園。」

但奇爾頓夫人可沒那麼容易被說服，她只是不以為然地看了波麗安娜一眼並長嘆了一口氣，波麗安娜在無計可施的情況下，只好任由她繼續鑽牛角尖。

一行人預定抵達的那一天，波麗安娜和提摩西（他現在是哈靈頓莊園所有馬匹的新主人）中午過後便前往車站接人。截至目前為止，波麗安娜心中一直是充滿著自信及興奮期待之情。可是當火車汽笛聲響起，波麗安娜卻突然開始自我懷疑，並感受到害羞、恐懼等慌亂的情緒。她突然意識到，自己幾乎得孤立無援地面對接下來的挑戰。她想起了卡魯夫人的財富、身分地位，以及難以取悅的個性；而她同時也驚覺到今天到來的傑米，將會是一個高大、陌生的青年，而不是她當年所認識的傑米了。

在這一刻，她只想逃……逃到某個地方去……逃到哪裡都好。

「提摩西，我……我覺得想吐，我不太舒服。你……你去告訴他們別來了。」她結結巴巴，一副想要臨陣脫逃的模樣。

「小姐！」提摩西吃驚地大叫。但一看到提摩西吃驚的表情，波麗安娜卻又立刻鎮定下來。她機警地笑了笑並立刻抬頭挺胸。

「提摩西，沒事的。別放在心上！我當然不是認真的。快！快看！他們要下車了。」她氣喘吁吁地說完，便快步地走上前去，彷彿又變回了原本的波麗安娜。

她一眼便認出他們，況且就算她心中有任何的疑慮，那位高大、有著褐色眼睛的青年手中持有的枴杖，也能立刻指引她找到目標。

在經過短短數分鐘熱情的握手寒暄和此起彼落的驚嘆聲後，波麗安娜發現自己竟在不知不覺中坐上了馬車。她身旁坐著的是卡魯夫人，傑米和珊蒂．迪恩則是坐在她的對面。這時，她才第一次有機會好好地端詳她的朋友們在過去六年來的變化。

對於卡魯夫人，她的第一個感覺是驚訝。她都忘記了卡魯夫人是如此的美麗動人，她的睫毛是那麼的長，而被睫毛遮蓋的眼睛又是那麼樣的漂亮。波麗安娜甚至發現自己有些嫉妒地想，那張完美的臉龐在那張嚴格的美女標準測驗表中能得到幾分。不過她最高興的，莫過於在過去那段陰鬱痛苦的日子裡，卡魯夫人臉上常出現的那種煩躁不安的表情，已不復存在。

接著她轉頭望向傑米。再一次地，她幾乎又為了相同的理由而大吃一驚。傑米竟然變得如此英俊瀟灑！波麗安娜忍不住在心中暗自讚嘆傑米出眾的外表；她認為傑米深色的眼睛、白皙的臉龐，以及濃密的捲髮是他最吸引人之處。緊接著她看到了他身旁的枴杖，心頭不由得揪了一下，喉頭也一緊，於是她趕緊將目光從傑米轉向珊蒂．迪恩。

單就外貌而言，眼前的珊蒂與波麗安娜初次在公共花園見到她時並沒有太大的不同，但波麗安娜不須再看第二眼也知道，無論是她的髮形、穿著打扮、談吐、脾氣及性格都有了非常大的改變。

就在這時傑米說話了。

「妳願意接待我們真是太好了，」他對波麗安娜說，「妳知道當妳來信表示願意接待我們時，我想到了什麼嗎？」

「噢……不……不知道，當然不知道。」波麗安娜結結巴巴地說，她的目光仍不自覺地盯著傑米身旁的枴杖，而喉嚨也仍然因為心疼緊繃的關係而有些難以言語。

「我想到的是，那個拿著一袋花生米到公共花園去餵藍斯洛爵士和桂妮薇兒小姐的小女孩。我知道妳把我們當作牠們了，因為如果妳有一袋花生米，而我們剛好又沒東西可吃，妳要是不分一些給我們，妳是不會開心的。」

「一袋花生米，你還真是會比喻！」波麗安娜笑著說。

「當然是啊！只是套用到現實中，妳的那袋花生米剛好是空氣清新的鄉間大房子、母牛身上擠出來的牛奶和從真正的母雞窩裡拿出來的真正雞蛋，」傑米異想天開地回她，「不過本質上是一樣的。而且我或許最好事先提醒妳一下——妳還記得藍斯洛爵士有多貪吃吧？所以……妳知道啦……」他刻意地停了下來。

「好啦，我願意冒這個險。」波麗安娜雖然面帶微笑，但她心想，幸好波麗姨媽不在現場，不然她這麼快就聽到自己最害怕的事情即將成真，不知她心裡做何感想。

「可憐的藍斯洛爵士！我在想，不知道現在是不是還有人會餵牠吃東西，不知道牠是否還在那裡？」

「只要那隻松鼠還在那裡，絕對不會餓肚子的！」卡魯夫人興高采烈地加入對話，「妳知道這孩子有多誇張，他到現在一週至少還是會找一天跑到那裡去，去的時候，口袋裡還會裝著滿滿的花生米，還有一些不知道是什麼的東西。他都會沿途留下一些小穀物或是米粒之類的東西，妳只要跟著這些東西走，就能找到他。而且每次我想吃穀片時，大多數的時候都吃不到，因為總是會聽到下人說，『夫人，傑米少爺把穀片拿去餵鴿子了！』」

「是啊，不過我跟妳說……」傑米興致勃勃地述說著他想像編織的故事。接下來的時間，波麗安娜發現自己就像從前一樣，著迷地聽著這對松鼠夫婦在陽光普照的公園裡發生的各種趣事。後來她更是親眼見證了黛拉．威瑟比在信中所說的話，因為就在馬車抵達宅邸門口之際，她驚訝地看著傑米拿起了他的枴杖，並在枴杖的幫助之下，一拐一拐地走下馬車。這時她才意識到，就在這短短十分鐘的時間，傑米已經讓她忘記他不良於行的事。

對於波麗安娜來說，最讓她擔心的莫過於波麗姨媽與卡魯夫人一行人的初次會面，但過程卻比她想像的來得順利，她所害怕的事一件也沒發生，這著實讓她大大地鬆了一口氣。由於這些貴賓們個個都是發自真心地喜歡這棟老房子及房子裡的每一件事物，讓身為女主人及屋主的波麗姨媽，也無法繼續刻意用冷淡的態度來排斥他們的到訪。再加上，才不過一小時的時間，波麗姨媽不信任的盔甲就被傑米的個人的魅力及吸引力給攻破了。波麗安娜知道自己一直最擔心害怕的眾多問題中，至少這一個已不再是問題，因為波麗姨媽已經開始以優雅、從容的態度及得體的應對，扮演起女主人的角色。

儘管姨媽態度的轉變讓波麗安娜鬆了一口氣，但她也發現仍有許多事並不如她預期中順利。

首先，她有大量的工作必須完成，而南西的妹妹貝蒂雖然人很好，也很願意幫忙，但波麗安娜很快就發現，貝蒂畢竟不是南西，她還有待訓練，而訓練卻需要時間；此外，波麗安娜也幾乎是無時無刻不在擔心著自己是不是有哪些事做得不夠好。在那段日子裡，對波麗安娜來說，若是椅子上沾到灰塵沒擦乾淨就是犯了大罪，若是有塊蛋糕掉到地上那簡直就是悲劇。

然而，在經過卡魯夫人及傑米不斷地抗議及請求，波麗安娜漸漸地比較能輕鬆看待自己的工作，並且知道在她朋友的眼中，最大的罪行及悲劇既不是沾了灰塵的椅子，也不是掉在地上的蛋糕，而是她眉頭深鎖、焦慮擔心的模樣。

「妳願意接待我們就已經夠好了，」傑米表示，「真的不需要為了幫我們張羅食物而把自己折磨成這個樣子。」

「而且，我們還是別吃太多比較好，」卡魯夫人笑著說，「否則我們可能就會像我們那裡的其中一位女孩，她在吃壞肚子時常說的，要去好好的『消化』一下。」

而這三位家庭新成員也以非常驚人的速度，輕鬆地融入了哈靈頓莊園的日常生活。來到這裡才不到二十四小時，卡魯夫人就成功地引起奇爾頓夫人的興趣，詢問了許多與新成立的女工之家有關的有趣問題，而珊蒂·迪恩和傑米更是為了剝豆子或摘花的工作該由誰幫忙而爭搶不休。

卡魯夫人一行人住進哈靈頓莊園將近一週的時間，約翰·潘道頓才在某天傍晚帶著吉米前來拜訪。波麗安娜一直盼望他們能早點來；事實上，她早在卡魯夫人一行人還沒抵達之前，就已經不斷催促了。而她現在正非常自豪地介紹著兩方人馬認識。

「你們都是我最好的朋友，我希望大家能相互認識，並一起成為好朋友。」她解釋著。

卡魯夫人的美貌及魅力讓吉米和潘道頓先生印象深刻，波麗安娜一點也不意外；但卡魯夫人看到吉米時，她臉上的表情倒是讓波麗安娜嚇了一大跳。她的表情彷彿她早就認識吉米一樣。

「潘道頓先生，我們見過面嗎？」卡魯夫人問道。

吉米真誠又充滿讚賞的眼神，直接迎上了卡魯夫人凝視的雙眸。

「應該沒有，」他笑著對她說，「我可以肯定我們從來沒見過，因為如果我見過您，我是絕對不可能不記得的。」他說著說著還向她行了個紳士禮。

在場的人聽出他話中的意思，都忍不住地笑了，約翰·潘道頓甚至笑嘻嘻地說：

「孩子，幹得好，這麼年輕，竟然就這麼會說話，我還不及你的一半呢。」

臉有些泛紅的卡魯夫人聽了也跟著笑了起來。

「不過，我是認真的，」她進一步強調，「我真的覺得你很眼熟，若我們沒正式見過面，我想我一定在某個地方看過你。」

「或許妳真的見過他，」波麗安娜喊道，「可能是在波士頓，因為吉米每年冬天都會到波士頓去上工學院的課。他將來不但要造橋，還要築水壩——不過，那是他長大之後的事。」她說完還刻意笑了笑地看著那位身長六英尺、站在卡魯夫人面前的男子一眼。

在場的人再次放聲大笑，應該說在場的除了傑米之外，每個人都笑了。只有珊蒂．迪恩注意到傑米不但沒笑，還緊閉著雙眼，彷彿看到什麼令人心痛的景象。只有珊蒂．迪恩知道話題怎麼突然以及為什麼改變了，因為轉變話題的正是她本人。

珊蒂看準時機，便把握住機會把話題帶到書本、花兒、動物及鳥兒這些傑米熟悉並且了解的事物上，而不再將話題圍繞在造橋、築水壩那些（就珊蒂所知）傑米永遠也做不到的事。然而，珊蒂所做的一切，在場卻沒有任何人發覺，尤其是關鍵人物——傑米。

當拜訪結束，潘道頓父子離去後，卡魯夫人再次提起自己對小潘道頓那種似曾相識的奇妙感覺。

「我知道，我一定在哪裡見過他。」她努力地回想，「當然，的確有可能是在波士頓，可是……」她沒再繼續說下去，但過了一會兒，她又補充說道：「他是個很好的青年，總之，我很喜歡他。」

「我好開心唷！因為我也很喜歡他。」波麗安娜點頭如搗蒜，「我一直都很喜歡吉米。」

「你們認識很久了嗎？」傑米有些羨慕地問道。

「噢，對啊！很多年了，當我還是小女孩時我們就認識了，那時他還叫吉米．賓恩。」

「吉米．賓恩！他不是潘道頓先生的兒子嗎？」卡魯夫人驚訝地問道。

「不，他是領養的。」

「領養！」傑米驚叫，「那他也和我一樣不是親生的囉！」他的聲音聽起來有一種莫名地、甚至近乎喜悅的情緒。

「是啊，他不是親生的。潘道頓先生從未結過婚，也沒有任何小孩。他……他本來要結的，但最後……沒有結成。」波麗安娜紅著臉不好意思地說。她從未忘記過，自己的母親曾在多年前拒絕過約翰．潘道頓，因此該為他多年寂寞單身生活負責的，正是自己的母親。

然而，卡魯夫人和傑米並不知道這件事，他們只看到波麗安娜臉頰泛紅、不好意思的模樣，當下立刻做出了相同的結論。

「這有可能嗎？」他們在心裡問著自己，「像約翰．潘道頓這樣的一個男人，真的有可能跟像波麗安娜這樣的一個小女孩有過一段戀情嗎？」

這個問題，他們當然不可能開口問，自然也不會有任何的答案。而這樣的念頭雖然沒說出來，但也不可能被遺忘，只是藏在心中的某個角落，留待日後若有需要的時候，做為參考的依據。

53 夏日時光

在卡魯夫人他們一行人到來之前，波麗安娜就告訴過吉米，自己很需要他一起來幫忙招待客人。當時，吉米並沒有表現出非常想來的樣子，也沒有答應波麗安娜。但是卡魯夫人他們還來不到兩個星期，吉米就變得非常願意，甚至急切地想要幫忙。他來的次數變得很頻繁，一來訪就待上好長一段時間，除此之外，他還大方出借潘道頓家的馬車與汽車。

很快地，卡魯夫人與吉米之間產生了一種特別的強烈吸引力，他們倆的友情也迅速升溫。他們一起散步、聊天，甚至為女工之家擬定了各式各樣的計畫，準備在吉米今年冬天去波士頓的時候實行。他們也沒有忘了讓傑米與珊蒂·迪恩兩人參與；看起來，卡魯夫人已經把珊蒂當成家裡的一分子了，要是有什麼好吃、好玩的，卡魯夫人都會算上珊蒂一份。

後來，吉米就不是一個人來訪了，約翰·潘道頓也愈來愈常跟著他一起過來。他們策畫了許多次的出遊，像是騎單車、開車與野餐，也一同在哈靈頓家的陽臺度過許多個美好的下午，一起看看書或是做做裁縫。

波麗安娜的心情很好，不只是因為她讓客人們感到賓至如歸，完全沒有無聊的機會，更是因為她的好朋友們，也就是卡魯夫人一行人跟潘道頓一家相處得十分愉快。波麗安娜自己就像是帶著一窩小雞的母雞，照料著陽臺下午茶聚會的一切，盡力讓每個人都開開心心的。

但是，無論是卡魯夫人他們幾位，或是大小潘道頓兩位，都不希望波麗安娜在他們玩耍放鬆時，在旁邊當個旁觀者。所以他們常常盛情地催促她一起加入，而且她不同意就不罷休。因此，波麗安娜發現，這樣的情節一直重複上演。

「妳這樣子就好像是我們逼妳，在這充滿熱氣的廚房做糖霜蛋糕似的！」這天，傑米闖進了波麗安娜的管轄地，用著責備的語氣說，「今天早上的天氣實在太完美了，我們要帶著午餐去峽谷那邊玩，而妳得跟我們一起去。」

「可是，傑米，我不行，我真的走不開。」波麗安娜拒絕。

「為什麼不行？妳又不用做晚餐給我們吃，反正我們不會在家裡吃。」

「可是，還要準備給你們帶走的午餐啊！」

「又錯啦！我們會把午餐一起帶出去，所以妳沒辦法待在家裡準備。那麼，現在妳要找什麼理由呢？」

「可是，傑米，我……我不行，我還得給蛋糕撒上糖霜呢。」

「不想吃糖霜。」

「還要清灰塵……」

「我喜歡灰塵。」

「還要買明天你們要吃的東西。」

「給我們牛奶跟餅乾就行了。我們要的是妳，所以餅乾跟牛奶就可以了，我們不需要什麼火雞大餐的。」

「可是，我還沒告訴你，我今天有多少事情得做呢。」

「妳想都別想！」傑米愉快地反駁，「別再跟我東扯西扯了，來吧，帶上妳的帽子，我看到貝蒂在餐廳裡，她說她會幫我們準備午餐，好了，妳快一點吧。」

「噢，傑米，你真是的，我真的不能去。」波麗安娜笑著說，無力地抽著被傑米用力拉著的袖子，「真的，我沒辦法跟你們去野餐。」

不過，最後她還是去了，而且這不是唯一的一次，之後她又跟大夥兒一起去了好幾趟。她簡直拿他們沒辦法，因為不只是傑米，吉米、潘道頓先生、卡魯夫人還有珊蒂．迪恩，都希望她能加入大夥兒，甚至連波麗姨媽都反對她留在家裡。

「我當然很想去啊！」每當大家不顧波麗安娜本人的反對，硬是把她手上的工作搶下來時，她總是這樣快樂的感嘆，「可是，說真的，我還沒見過像你們一樣的客人，只要吃餅乾、牛奶，還有冷食就可以了。而且應該也沒有像我一樣的女主人，每天在鄉間玩耍的！」

這樣的情況終於達到了顛峰。一天，約翰．潘道頓（而且正因為是約翰．潘道頓，波麗姨媽才會念個不停）建議大家來個為期兩星期的露營，地點在貝爾丁斯維爾鎮四十英里外的小湖泊，小湖泊的四周有群山環繞。

除了波麗姨媽以外，這個提議獲得大家熱烈的迴響。波麗姨媽私下對波麗安娜說，約翰．潘道頓能擺脫過去多年的臭脾氣與孤僻實在是很棒，也讓他變得很有吸引力，但是，要是他老是表現得像是個二十幾歲的年輕人，那就沒有必要了。而且就她來看，這正是他現在正在做的事！不過，當著大家的面，波麗姨媽只是說她不可能去參加什麼可笑的露營，還以「好玩」之名睡在潮濕、爬滿蜘蛛與蟲子的地上。而且她還說，很明顯地，超過四十歲的人都不會這麼做。

不知道約翰．潘道頓有沒有被波麗姨媽這些尖酸刻薄的話刺傷，反正他完全沒有表現出來，相反的，他的興致跟熱情一點都沒有減退，而露營的計畫也很快就訂好了。

大家一致同意，就算波麗姨媽不去，其他人也沒有理由跟著取消行程。

「反正我們只要有卡魯夫人一位夫人就夠了。」吉米一派輕鬆地說道。

接下來的一個禮拜，大家開口閉口都是帳篷、食物、相機、釣魚用具，為接下來的露營做好萬全的準備。

「我們要來一次真正的露營。」吉米熱切地說，「是的，連奇爾頓夫人說的蜘蛛還有蟲子也都是真的！」他加上一句，衝著奇爾頓夫人開心地一笑，而後者則是擺著一張不贊同的臉。「我們不要住在那種度假小木屋！我們要有營火，還要把馬鈴薯放在灰燼裡烘熟，接下來再圍成一圈，一邊講故事，一邊吃烤玉米。」

「還有啊，我們要去游泳、划船、釣魚，」波麗安娜插嘴，「還有……」她突然停了下來，向傑米望去。「當然啦，」她趕緊更正，「我們不會一直想要從事這類的活動，我們還有很多靜態的活動要做呢，像是看書或聊天，你知道的。」

傑米的眼神黯淡了下來，臉色變得有點蒼白，他張開嘴，但是還沒等他出聲，珊蒂·迪恩就開口了。

「噢，可是說到露營跟野餐，你知道，我們一定得從事戶外活動啊！」珊蒂興奮地插嘴，「我很確定大家都會很期待的，去年夏天我們去緬因州旅遊，你真該看看卡魯先生抓的魚，那真的是……你來告訴他們吧。」她轉向傑米懇求。

傑米笑著搖了搖頭。

「他們不會相信的，」傑米不願意說，「誰會相信釣魚會發生那種事！」

「那你倒是說說看啊！」波麗安娜不服氣地說。

傑米還是搖頭，不過他的臉色已經恢復正常了，眼神也不再憂鬱。波麗安娜不解地看著珊蒂·迪恩，因為她突然像是鬆了一口氣般坐回椅子上。

終於，出發的日子到了，大家坐上約翰·潘道頓先生的新休旅車，吉米負責開車。汽車引擎轟隆隆地響起，大家與波麗姨媽互相揮手道別後，吉米調皮地按了一下喇叭，旅程便正式開始了。

之後的日子裡，波麗安娜常常想起他們露營的第一個夜晚，因為那實在是太新奇、太美好了。

當他們開完四十英里到達營地時，已經是下午四點了。從三點半開始，他們的大車就開始沿著一條老伐木道，顛顛簸簸地前進，那條林道當然不是造給六缸的汽車開的。所以，對開車的人還有汽車來說，這條路都極度費力。但是，車裡頭興奮的乘客們完全不在意路上的坑洞跟泥巴。當汽車穿過一個由樹蔭組成的綠色拱門時，窗外的風景也讓他們的好心情直線上升，低垂的樹枝之間都迴盪著他們的笑聲。

約翰．潘道頓好幾年前就知道這個露營地點，所以當大家抵達時，他表現得一派輕鬆自在。

「噢，這裡實在太美啦！」其他人異口同聲地讚嘆。

「你們喜歡就好！我就知道這裡最適合了。」約翰．潘道頓點點頭，「其實，我本來有一點點擔心，畢竟，這些地方常常在改變，有時會讓你完全認不出來。例如，這裡的灌木叢又比以前更密了些，不過還是不難清理。」

每個人都開始動了起來，著手清理地面，搭起兩個小帳棚，把車上的東西卸下來，升起營火，並開始準備「廚房跟儲藏室」。

大家開始動工之後，波麗安娜特別留心傑米，替他擔心了起來。她突然意識到，對拄著枴杖的傑米來說，凹凹凸凸的地面，還有由松樹落葉堆成的小丘，完全不像鋪著地毯的地面那樣一般好走。傑米也發現了。波麗安娜還看到，雖然傑米的腳不太方便，他還是試圖負責一些工作，這樣的畫面讓波麗安娜心疼了起來。她兩次匆忙地趕上去攔住他，搶下他手上的物品。

「嘿，讓我拿吧。」她懇求傑米，「你做得夠多了。」第二次她還補了一句：

「去那邊坐下休息吧，傑米，你看起來累壞了。」

如果波麗安娜看仔細一點，就會發現傑米的額頭倏地泛紅，可是她沒有發現。出乎她的意料，過了一會兒，珊蒂·迪恩匆匆忙忙地走過來，手上搬著一堆盒子喊著：

「噢，卡魯先生，拜託，你可以幫我搬一下這些嗎？」

下一刻，原本還在跟枴杖與一大堆盒子奮戰的傑米，就急忙趕上去搬著那些盒子，快速地往帳篷走去。

波麗安娜轉向珊蒂·迪恩準備要出聲抗議，但是她還沒說出口，就見珊蒂匆匆忙忙地走向她，把手放在嘴唇上，示意她不要說話。

「我知道妳不同意，」當她走到波麗安娜面前時，她壓低聲音說，「可是，妳沒看到嗎？如果妳不讓他跟其他人一樣做事的話，反而會傷到他。妳看！他現在多開心啊！」

波麗安娜看著傑米，他現在把身體的重量放到其中一根枴杖上，靈巧而敏捷地移動，接著把手上的東西放到地上。她看見傑米臉上閃著喜悅的光彩，也聽見他若無其事地說：「這些是迪恩小姐的東西，她叫我幫她搬過來的。」

「噢，是啊，我看到了。」波麗安娜對著珊蒂說，可是她已經走掉了。

波麗安娜又盯著傑米看了好一會兒，但是她很小心，不讓傑米發現她正盯著他瞧。看著看著，波麗安娜愈來愈覺得心疼。傑米失敗了兩次，一次是因為盒子太重了，所以他搬不動，另一次是因為折疊桌太笨重了，撐著枴杖的他根本沒辦法搬。這兩次，波麗安娜都發現傑米迅速地往四周看了一下，看看是否有人注意到他。她也發現傑米真的累了，他雖然笑得很開心，可是臉色卻愈來愈蒼白憔悴，看起來很痛苦。

「我們應該再設想得周全一點的。」波麗安娜很生自己的氣，眼中滿是淚水，「我們不應該帶他來這種地方。拄著枴杖露營！我們怎麼一開始都沒想到這點呢？」

一個小時之後，吃過晚餐的大家全都圍著營火，波麗安娜找到答案了。她坐在明亮的火光前，鼻中聞著專屬於夜晚的味道，整個人又再一次被傑米故事裡的魔力給迷住，也忘記了枴杖的存在。

54 夥伴

他們是快樂的一群人，也是六個意氣相投的好夥伴。每一天，似乎都有源源不絕的新鮮事發生，而像這樣彼此相互陪伴的樂趣，更成為他們新生活中不可或缺的一部分。正如同某天晚上，當大夥圍在營火旁時傑米所說的：

「你們看，我們在樹林裡相處這一週的時間，對彼此的了解似乎比在鎮上相處一年還多。」

「我也這麼覺得。我在想到底是為什麼呢？」卡魯夫人目光迷濛地看著跳躍的火光。

「我想是空氣中的某種東西吧！」波麗安娜開心地讚嘆著，「天空、森林、湖泊都有某種……很棒、很棒的東西，真的有……我想一定是這個原因。」

「我想妳的意思是，因為我們處在與世隔絕的狀態吧。」珊蒂．迪恩的聲音聽起來有些啞（她在聽完波麗安娜講的那一連串不知所云的結論之後，並沒有加入眾人大笑的行列），「在這裡，所有的一切是那麼的真切與實在，而我們，也可以回歸到真實的自我——不是這個世界因我們富裕、貧窮、偉大或謙卑而定義的我們，而是我們本來的樣子，也就是我們真實的自己。」

「嘿！」吉米漫不經心地笑著說：「這些聽起來都很有道理。不過，最符合常理的原因，是因為這裡沒有湯姆太太、狄克太太和哈瑞太太坐在門廊邊，每次只要我們有任何動靜就在那議論紛紛，想著我們要去哪裡、去做什麼、要待多久！」

「噢，吉米，怎麼所有事被你一說，就變得一點詩意也沒有！」波麗安娜笑著責備他。

「可是這就是我擅長的事啊！」吉米立刻回嘴，「如果我看到瀑布就只會想到詩，那我要怎麼造橋、建水壩？」

「的確不行，潘道頓！反正世界上只有造橋最重要。」傑米的口氣讓現場陷入一片靜默，但這樣的氣氛只持續不到幾秒，就立刻被珊蒂．迪恩的妙語如珠給化解了：

「哼！我倒希望每次看到瀑布的時候，附近最好都不要有任何一座橋——真是有夠殺風景的！」

在場的人都笑了，而現場緊繃的情緒彷彿也在瞬間完全釋放開來。這時，卡魯夫人站了起來。

「好了，好了，孩子們，時候不早了，該上床睡覺囉！」於是營火晚會就在眾人開心地互道晚安聲中正式結束。

日子就這樣一天天地過去了。對波麗安娜來說，這是段非常美好的日子，而其中最美好的部分，就是親密夥伴之間彼此相互陪伴的樂趣——這種夥伴關係雖說在各別私下相處時會有些許不同，但整體而言是非常愉快的。

她會和珊蒂．迪恩聊新成立的女工之家，以及卡魯夫人為了成立這個機構做了哪些了不起的貢獻；她們偶爾也會聊到過去，也就是珊蒂在賣蝴蝶結飾品的那段日子，以及卡魯夫人對她提供哪些幫助；波麗安娜有時也會聽到珊蒂提到家鄉年邁的父母，以及她的新工作為父母的人生帶來多大的樂趣。

「而這一切都是因為妳才開始的。」有一天她這麼對著波麗安娜說，但波麗安娜卻只是搖了搖頭並強調：「胡說！這都是卡魯夫人的功勞。」

波麗安娜和卡魯夫人相處時，也會聊到女工之家，並談到卡魯夫人為這些女孩們構思了哪些計畫。在某一次的黃昏散步之行，天地一片寂靜之際，卡魯夫人談到自己的人生以及人生觀的轉變，她也和珊蒂．迪恩說了同樣的話：「這一切都是因為妳才開始的，波麗安娜。」但波麗安娜的反應仍和面對珊蒂時一樣，一點也不居功，並立刻把話題轉到傑米身上。

「傑米真是個好孩子，」卡魯夫人疼愛有加地說，「我愛他就像愛我自己的孩子。就算他真的是我姊姊的孩子，我也不可能比現在更疼愛他。」

「所以，妳覺得他不是嗎？」

「我不知道。我們一直沒有找到確切的證據。有時候我很確定他是，但有時候我又會開始懷疑。不過，我想他真的相信自己是——他真是個善良的好孩子！不過，有一件事可以確定：傑米一定出身於某個血統優良的家族。像他這樣有天分的孩子，絕不可能是普通的流浪兒，這點從他在學習與訓練上的反應能力就可以看得出來。」

「當然！」波麗安娜點頭如搗蒜，「而且既然妳這麼愛他，那他到底是不是真的傑米也不是那麼重要了吧？」

卡魯夫人遲遲沒有回答，但她的臉上又再次出現過去那憂鬱心痛的神情。

「問題不在他身上，」她最終嘆了口氣，「只是我有時不免會想，如果他不是我要找的傑米，那真正的傑米．肯特到底在哪裡？他過得好嗎？他快不快樂？是不是有人愛他？我只要一想到這些，我就快瘋了！波麗安娜，我多麼希望他是，我甚至願意放棄我所擁有的一切，只要讓我確定，他就是我要找的傑米．肯特。」

自此之後，每當波麗安娜與傑米聊天，她就會想到這段對話。傑米是如此深信自己就是那個孩子。

「我也不知道為什麼，但我就是覺得我是。」傑米有次這麼告訴波麗安娜，「我相信自己就是傑米．肯特。我已經這麼相信了好一段時間。我真怕自己相信了太久，結果有一天……有一天發現自己根本不是，我怕我會承受不住。卡魯夫人為我付出了這麼多，妳想想看，要是……要是最後事實證明我根本只是個陌生人！」

「但她……她是愛你的，傑米。」

「我知道她愛我，但那只會帶來更大的傷害，妳難道不明白嗎？因為她同樣會深受打擊。她希望我是真的傑米，這點我非常清楚。所以我現在多麼希望自己能做些什麼……讓她能以我為榮！如果我能像個男子漢一樣，做些什麼來養活自己就好了。但帶著這個……我又能做些什麼？」

他既痛苦又不甘心地輕撫著身旁的枴杖。

波麗安娜既震驚又心疼。這是她從孩提時期以來，第一次聽到傑米談到自己的殘疾，她拚命地想在腦海中尋找適合的安慰話語，可是她連想都還沒想到，傑米卻已經恢復成平時的模樣。

「好啦，妳別把它放在心上！我本來沒打算說這些的。」他笑著說，「而且這些話對那個遊戲而言，幾乎可以算是異端邪說了吧？我當然很開心自己能擁有這對枴杖。拐杖比輪椅好太多了。」

「還有樂之書……你還留著它嗎？」波麗安娜的聲音有些顫抖。

「當然啦！我的樂之書現在已經集結成套了。」他答道，「除了第一本外，全都是暗紅色的書皮。第一本還是傑瑞給我的那一本舊的小筆記本。」

「傑瑞！我還一直想著要問問他的近況呢。」波麗安娜大喊，「他現在人在哪裡？」

「他在波士頓，講話的時候還是像以前那樣地生動有趣，只不過很多時候他得收斂一點。傑瑞現在還是一樣替報社工作，只不過不是賣報紙，而是採訪新聞。妳知道的，就是報導的工作。而我也終於有機會能幫到他和嬤嬤，妳不知道我有多開心！嬤嬤現在住進療養院治療她的風濕病。」

「那她現在有比較好了嗎？」

「好多了。她很快就可以出院了，到時就可以照顧傑瑞的生活起居。傑瑞過去這些年一直在彌補自己過去失學的課業，他願意讓我出錢幫他——不過只能算是借款，他堅持錢一定要還。」

「這是一定的。」波麗安娜贊同地點點頭，「我相信這是他想要的；換做是我，我也會選擇同樣的方式。畢竟，該付錢卻付不出來的滋味並不好受。我知道這種感覺，所以我才希望能幫波麗姨媽一點忙，畢竟她為了我付出那麼多！」

「妳這個夏天不就是在幫她的忙嗎？」

波麗挑了挑眉。

「是啊，我現在就是在經營夏日民宿，我看起來不像老闆嗎？」她以誇張的手勢問道，「當然啦，民宿女老闆的工作絕不可能像我這麼輕鬆！你真應該聽聽波麗姨媽對民宿的可怕想像。」她笑到停不下來。

「她說了什麼？」

波麗安娜堅決地搖搖頭。

「我怎麼可能告訴你！這個祕密絕不能讓任何人知道。不過……」她先是停下來嘆口氣，然後若有所思地說：「你知道，這畢竟不是長久之計。夏日民宿不可能一直開下去，冬天就得找別的事情來做。我最近一直在想……我想……我可以寫些故事。」

傑米聽了嚇得轉過頭來。

「妳要……做什麼？」他追問。

「寫故事賣錢啊！你幹麼這麼驚訝？很多人都這麼做的。我在德國認識的兩個女孩就是如此。」

「妳試過了嗎？」傑米仍帶著些許質疑的口吻。

「沒……沒有，還沒有。」波麗安娜老實地承認，但在看到傑米臉上的表情後，她不服氣地說：「我不是剛剛才跟你說，我現在在經營夏日民宿，我沒辦法同時兼顧兩份工作。」

「這是當然的啦！」

她責備地看了他一眼。

「你該不會是認為我做不到吧？」

「我又沒那麼說。」

「你嘴上沒說，但你的表情看起來明明就是這麼想。我不明白為什麼我不行。這又不像唱歌，用不著具備一副好歌喉；也不像是演奏樂器，還得先學會怎麼彈。」

「我想寫作……跟演奏樂器……多少有點像。」傑米刻意別開目光低聲說道。

「怎麼會？傑米，你在說什麼？寫作只要有紙和筆就可以寫了，所以……所以跟彈鋼琴或拉小提琴根本不一樣。」

傑米沉默了好一會兒，才害羞地低聲回應，但他的目光仍然刻意地避開波麗安娜。

「波麗安娜，妳的樂器就是一顆能洞悉世界的心；對我而言，這是最棒的樂器，也是我最想學習演奏的一種樂器。若妳有良好的寫作技巧，在妳的筆觸之下，一定能勾勒出許多笑中帶淚的

故事。」

波麗安娜深吸一口氣，眼泛淚光地說：

「噢，傑米，你總是能把每件事都形容得好美！我從沒這樣想過。不過也真的是如此，不是嗎？我真希望自己能做得到！或許我沒辦法做到……那樣的程度，但我在雜誌上讀過非常多的故事，我覺得自己至少可以寫一些類似的故事。我好喜歡說故事。我總是不斷地把你說的那些故事重複說給別人聽，而每次說著說著，我也會變得又哭又笑，就像當初聽你說故事時一樣。」

傑米迅速地轉過頭來。

「波麗安娜，那些故事真的讓你又哭又笑嗎？」他好奇地追問。

「當然是真的啊！傑米，你自己明明也知道的啊！很多年前，在公共花園的時候，我不就是聽得又哭又笑的嗎？傑米，你真的很會說故事，沒人能像你一樣把故事說得如此精彩。真要說的話，你才是應該寫故事的人，而不是我。嘿，傑米，你何不試著寫些故事呢？我知道，你一定可以寫得很好的。」

傑米沒回答。他顯然沒有聽到波麗安娜說的話，當時有隻花栗鼠正在附近竄來竄去，或許他的注意力剛好被吸引了過去。

像這樣愉快的聊天散步，並不是專屬於傑米、卡魯夫人和珊蒂．迪恩的相處模式，波麗安娜和吉米或是約翰．潘道頓相處時也是如此。

波麗安娜現在可以很肯定地說，她從未真正地認識過約翰・潘道頓。自從來到營地後，過去那個沉默寡言、個性陰沉、脾氣暴躁的約翰・潘道頓似乎完全消失無蹤。他划船、游泳、釣魚、健行，幾乎是和吉米一樣地熱情參與所有的活動，有時候甚至比吉米還要有活力。到了夜晚，當眾人圍在營火旁聽故事時，唯一能和傑米相匹敵的，就是他既好笑又驚險刺激的異鄉落難記。

「就是那個……老是被南西說成『沙拉沙漠』的撒哈拉沙漠裡的那個故事。」某個晚上，波麗安娜還跟著眾人起鬨要他講故事。

然而，在波麗安娜心中，她認為跟約翰・潘道頓相處最棒的經驗，莫過於兩人在獨處時，他談到他所認識及深愛的母親時的那段時光。波麗安娜對於他這麼做當然感到很開心，但她同時也感到非常的訝異。因為在過去，約翰・潘道頓從未像現在這樣如此坦然地談起那個讓他愛到無可救藥的女孩。這點甚至連約翰・潘道頓自己都感到有些驚訝，因為有一次他不可置信地對著波麗安娜說：

「我不知道我為什麼會跟妳說這些。」

「可是我喜歡聽你說。」波麗安娜輕聲地說。

「是啊，我知道，但我從未想過自己會這麼做。一定是因為妳跟她實在太像了，太像我認識的她。親愛的，妳和妳的母親真的非常相像。」

「噢，我一直以為我的母親很漂亮呢！」波麗毫不掩飾心中的失望之情。

約翰・潘道頓哭笑不得地看著她。

「親愛的，她的確很漂亮。」

波麗安娜更是一臉不可置信的樣子。

「那我不明白我怎麼可能像她！」

男子放聲大笑。

「波麗安娜，要是別的女孩這麼說，我……算了，別管我剛才說什麼。妳是個小巫婆！波麗安娜是個可憐又其貌不揚的小巫婆，這樣可以了嗎？」

波麗安娜受傷哀怨地看著這個眼中充滿笑意的男子。

「求求你，潘道頓先生，別這樣，別拿這點開我玩笑。雖然聽起來很蠢，但我也好希望自己很漂亮，而且我還有鏡子呢。」

「那我建議妳……妳應該在說話時照照鏡子，看看自己說話時的樣子。」男子意有所指地說。

波麗安娜一聽，頓時睜大了雙眼。

「吉米也是這麼說！」她大喊。

「他真的這麼說……這個小渾蛋！」約翰・潘道頓狀似認真地說。然後，他卻突然以不同於往常的態度低聲地對著波麗安娜說：「波麗安娜，妳有著和妳母親一樣的雙眼和微笑，在我眼中，妳很……漂亮。」

波麗安娜聽完頓時熱淚盈眶，一句話也說不出來。

雖然和潘道頓先生的對話是如此地親密與深刻，然而對波麗安娜而言，還是比不上與吉米之間的相處。原因在於，她和吉米在一起，不需要藉由說話來讓彼此開心。和吉米相處本來就是件舒服安心的事，所以說不說話根本不是重點。很多事即使她不說，吉米也會懂。和吉米在一起，她不會因同情而感到心疼——吉米是個高大、強壯、快樂並懂得逗人開心的大男孩。他不會因為失蹤的外甥而傷心難過，也沒有年少時期讓他難以忘懷的舊愛，更不需要痛苦地拄著枴杖一拐一拐地走著——而這些令人難過的事，都是和吉米相處時不會看到、想到跟聽到的。和吉米在一起，她可以單純享受到開心、快樂，以及自由自在的感覺。吉米是如此的討人喜歡！而他也總是精力充沛，表現出非常吉米的樣子。

55 綁在兩根棍子上

事情是在露營的最後一天發生的。波麗安娜一直覺得，發生這樣的事情實在是太令人遺憾了，在她的心裡，這整趟旅程因為這件事而蒙上了陰影，她也為此事不停地嘆息，只是已經無濟於事了。

「我真希望我們前一天就回家了，那事情就不會發生了。」

但是，他們沒有在「前一天」就回家，所以事情當然還是發生了，故事是這樣的。

在最後一天的早晨，他們一早就準備出發前往兩英里外的「小湖泊區」。吉米提議，「在離開之前，我們要再來吃一頓魚肉大餐。」大家都高興地同意了。

於是，他們帶著午餐跟釣魚用具，一大早就出發了。一路上，他們一邊開心地說說笑笑，一邊跟著熟門熟路的吉米，走在林中的一條小徑上。

一開始，波麗安娜緊跟在吉米身後，但是慢慢地她放慢腳步，落到了最後頭跟傑米走在一塊。因為她注意到傑米的表情不太對勁，通常只有在他身體快要撐不住、但是他本人卻逞強的時候才會這樣。波麗安娜知道，如果她表現出自己注意到傑米的狀態，只會傷到傑米的心。同時，她也知道，如果偶爾在路上遇到一些障礙，像是倒下的樹幹或石頭，傑米會比較願意接受她的幫助。

所以，一有機會波麗安娜就放慢腳步，慢慢退到傑米身旁。傑米馬上露出開心的表情，而且當他在小路上被一根倒下的樹幹擋住時，他信心滿滿地跨過去了，還在波麗安娜精心的安排下，「幫波麗安娜跨了過去」。一走出樹林，他們又沿著一排老石牆走了一陣子，牆的兩旁是一望無際的山丘牧場，陽光就這樣撒下，遠處的一排排農舍更是美得像一幅畫。在附近的牧場上，波麗安娜看到了一朵美麗的黃花，整個人都被吸引住了。

「傑米，等一下！我要去把那朵花摘過來。」她迫不及待地說，「如果放在野餐的餐桌上一定好看極了！」說著，她就敏捷地翻過石牆到另一頭去了。

那朵黃花實在太美、太令人著迷了，可是波麗安娜走近後，又看見一朵黃花，一朵又一朵，而且一株比一株美。她一邊興奮地採花，同時回頭對著在一旁等待的傑米開心地喊著，穿著紅色衣服的波麗安娜看起來特別顯眼，她一邊在花叢裡蹦蹦跳跳，手上的花也愈來愈多。當她兩手都捧滿花時，背後突然傳來公牛憤怒的咆哮聲，還有傑米恐懼的驚叫聲，牛蹄奔跑的聲音傳遍了整個小山丘。波麗安娜記不太清楚接下來發生了什麼事，她只知道自己丟下黃花，用從來沒有過的速度拔腿就跑，朝著石牆跟傑米衝去，速度快到她自己都嚇了一跳。她知道背後的牛蹄聲愈來愈近、愈來愈快。她模模糊糊地看到傑米驚恐的表情，聽見他嘶啞的叫聲。

然後，不知道從哪又傳來另一個聲音，是吉米，是吉米的聲音在為她加油打氣。

波麗安娜繼續不顧一切地跑著，身後咚咚咚地牛蹄聲愈來愈近。她不小心絆了一下差點跌倒，頭暈目眩的她趕快找回平衡，繼續拚命地往前跑。她突然聽到了吉米的鼓勵聲音，這次的距離很近，而她的力氣幾乎都要用完了。下一分鐘，她感覺自己被抱了起來，貼近某個不停跳動的東西，恍恍惚惚之中，她知道那是吉米的心跳。

所有的叫喊、急促灼熱的氣息，還有身後緊追不捨的牛蹄聲，都像是最恐怖的噩夢。當波麗安娜覺得那些蹄子就快要碰到她的時候，她感覺到自己被轉到另外一邊，吉米的手臂仍然抱著她。但是在吉米奔跑的時候，波麗安娜還是可以感覺到那頭瘋狂的動物就在自己身邊，呼出熱騰騰的氣息。突然間，她發現自己已經躺在石牆的另一側了，吉米彎下腰來，拜託波麗安娜告訴他，她還活著。波麗安娜控制不住地又哭又笑，她掙脫吉米的懷抱，自己站了起來。

「死？當然沒有！這都是託你的福，吉米。我沒事，我沒事，噢，當我聽到你的聲音時，實在是太⋯⋯太高興了！噢，你簡直棒極了，你怎麼做到的？」她喘著氣問。

「噗！那沒什麼，我只是⋯⋯」一聲含糊不清的嗚咽從身後傳來，打斷了吉米的話，他轉過身，發現傑米在不遠處，趴在地上臉孔朝下；波麗安娜已經快步朝他走去。

「傑米、傑米，怎麼了？」她喊道，「你跌倒了嗎？受傷了嗎？」

傑米沒有回答。

「怎麼啦？老兄？你受傷了嗎？」吉米追問。

傑米還是沒有回答。突然，傑米撐起身子別過臉去，他們看見他的表情，都吃驚地退了幾步。

「受傷？我受傷了嗎？」他一邊用因哭泣而沙啞的聲音說，一邊攤開雙臂，「你不覺得眼睜睜地看著整件事情發生，卻什麼事都做不了的無助感很傷人嗎？我就這樣被這兩根棍子困住，完全無能為力。世界上沒有什麼事比這個更令人受傷的了！」

「可是……可是……傑米，」波麗安娜結結巴巴地說。

「什麼都別說了！」傑米有點粗魯地打斷波麗安娜，他掙扎地站了起來，「什麼都別說了。我不是……有意要這樣的……」他斷斷續續地說完，轉身撐著枴杖，一跛一跛地沿著小徑往營地的方向走去。

整整一分鐘，他們兩人就這樣目瞪口呆地望著傑米的背影。

「噢，天啊！」吉米嘆了一口氣，聲音有些顫抖，「這對他來說實在……很不容易啊！」

「噢，我到底在想什麼，竟然在他面前那樣稱讚你。」波麗安娜抽抽噎噎地說，「還有他的手……你有看到嗎？他的手在流血，指甲都卡進肉裡面了。」說完，波麗安娜轉身跌跌撞撞地向前跑去。

「可是，波麗安娜，妳要去哪裡？」吉米大喊。

「當然是去找傑米啊！難不成你覺得我會拋下他一個人這樣嗎？快點，我們得把他找回來。」

吉米一邊嘆氣一邊跟了上去，不過嘆氣倒不完全是因為傑米。

56 吉米的醒悟

這次的露營之行表面上辦得非常成功，但在眾人的內心實際的感覺卻是……

波麗安娜有時不免疑惑，這究竟是她個人的問題，還是他們每個人其實都感覺到彼此之間存在一種奇特、難以言喻的不自在感。她本人確實感受到了，而她也看到了一些跡象，顯示其他人也有同樣的感覺。至於原因……她毫不猶豫地將其歸咎於露營最後一天那個不幸的湖泊之行。

她和吉米雖然很輕易地追上傑米，並好說歹說地勸他和他們一起回頭前往小湖泊區。不過，雖然每個人都盡力想表現出若無其事的樣子，但沒人真正成功地做到。或許是因為波麗安娜、傑米和吉米實在太刻意想表現出開心的模樣，所以其他人即便不知道究竟發生了什麼事，可是也都明顯地感受到有些不對勁，只不過大家仍是很盡力地想隱藏那分感覺，不想讓別人知道自己已經察覺到的事實。在這種情況下，不要說寧靜快樂的氣氛了，就連期待已久的鮮魚大餐也變得索然無味。於是中午過後，眾人便啟程返回營地。

波麗安娜原本期望眾人回到家之後，便能將憤怒公牛事件那段不愉快的插曲忘得一乾二淨。但她自己卻忘不了，因此她也沒資格要求別人。她現在只要看到傑米，就會想起那次的事件；她腦中會浮現當時他臉上痛苦的表情，以及他手掌上鮮紅色的血跡。

她為他感到心痛，就因為實在太痛了，所以就連看到他都是一種折磨。她雖然感到非常抱歉，但也不得不承認，她現在既不喜歡和傑米相處，也不喜歡和他聊天。但這並不表示她就真的不常和他在一起，事實上，他們相處的頻率反而更高了；一方面是出於愧疚，另一方面是她非常害怕傑米會察覺到自己心中的想法。因此只要他伸出友誼的雙手，她幾乎不會放過任何機會，一定會給予他正面的回應。有時候她也會刻意地找他聊天，不過最近她比較不用費心這麼做，因為這些日子以來，她發現傑米似乎愈來愈常尋求她的陪伴。

波麗安娜認為，原因和那次公牛事件脫不了關係。雖然傑米本人並未直接談起那次事件——他絕不可能這麼做——他甚至為了證明自己沒事，還刻意表現出比平常更開心的樣子。可是波麗安娜卻隱約察覺到他開心的外表之下，其實深藏著以前沒有的心酸苦楚。她有時候也會不由自主地注意到，他好像會故意避開其他人，甚至當他意識到自己單獨跟她在一起時，還會如釋重負地鬆一口氣。後來在某次跟傑米聊過天之後，波麗安娜大概明白原因何在了。那天他們兩人正在看其他人打網球，他卻突然對她說：

「波麗安娜，妳看，其他人終究還是不可能像妳一樣這麼了解我。」

「了解你？」波麗安娜一開始還搞不清楚他在說什麼，因為當時他們正在看球，所以有長達五分鐘的時間，兩人是一句話也沒說。

「是啊！因為妳自己……也曾經歷過……不能走路的情況。」

「噢，是啊！我懂。」波麗安娜顫抖地說，而她也知道自己臉上現在一定是非常難過的表情，所以傑米才會笑了笑便故作輕鬆地說：「來嘛、來嘛，波麗安娜，妳怎麼不叫我玩那個遊戲。如果我是妳，一定會這麼做的。拜託妳，把我剛才說的話忘了吧。不然我會覺得自己很混蛋，把妳搞成這副可憐兮兮的模樣。」

波麗安娜笑著否認：「不……不是這樣的，真的不是！」但她並沒有「忘了」，她實在沒辦法忘掉。而這一切的一切，反而讓她更急切地想待在傑米的身邊，並盡她所能地幫助他。

「我現在更要讓他知道，能和他相處是我最開心的事！」這是即將換她上場打球時，她心中唯一的念頭。

然而，波麗安娜並不是這群人之中，唯一感覺到尷尬及不自在的人。吉米·潘道頓也感受到了，雖然他也試著盡量不要表現出來。

吉米這陣子並不開心。他本來是一個無憂無慮的年輕人，在他的眼中，既沒有蓋不起來的橋，也沒有不可逾越的鴻溝。但他現在的眼中卻充滿焦慮，整天擔心自己心愛的女孩會被人搶走。

吉米現在非常清楚地知道自己愛上了波麗安娜。關於這點，他其實已經懷疑了好一段時間了。可是當他發現時，也只能震驚無助地呆站在原地，眼睜睜地看著一切發生。現在他已經明白，即使是他最愛的橋梁也比不過這女孩的一顰一笑、口中的一字一句；而他也認知到，現在對他來說，能幫助他跨過橫越在自己與波麗安娜之間那道恐懼及疑惑的深淵，才算得上是世界上最棒的橋梁——疑惑是因為波麗安娜，而恐懼卻是因為傑米。

一直到在草原上目睹波麗安娜身處險境的那一天，他才意識到世界——他的世界——若是沒有波麗安娜，將會是多麼的空虛；一直到抱著波麗安娜瘋狂地奔跑求生的那一刻，他才明白到波麗安娜對他有多重要。事實上，在他環抱著波麗安娜，而她也緊緊地摟住他脖子的那短短數秒鐘的時間，他是真真切切地感受到她是屬於自己的。即使在這般危急的片刻，他都能感受到一種幸福到極點的快樂；可是沒過多久，他卻看到傑米臉上的表情和手上的血跡。對他而言，這可能意謂著一件事：傑米也愛上了波麗安娜，可是他卻只能無助地站在一旁正如同他自己所說的「綁在兩根棍子上」看著一切發生。吉米相信，若自己只能像是「綁在兩根棍子上」一樣地站在一旁，眼睜睜地看著別人救走自己心愛的女孩，他的臉上也會有相同的表情。

吉米當天帶著恐懼與不滿的混亂情緒回到營地。他想知道波麗安娜是否也喜歡傑米——而這正是他恐懼的原因。不過，就算她對傑米真的有一點點的好感，難道他就只能軟弱地退到一旁，眼睜睜地看著傑米不費任何吹灰之力地讓波麗安娜更喜歡他？——而這正是他不滿的原因。事實上，不，吉米下定決心，他絕不退縮，他們之間應該要有一場公平的競爭。

然後，吉米自己一個人愈想愈激動，甚至激動到整張臉都紅了起來。真的會是一場「公平」的競爭嗎？他和傑米之間真的有任何「公平」競爭的可能嗎？吉米突然想起少年時期的往事。當時的他，為了一顆蘋果和一個新來的孩子打架，但卻在揮出第一拳之後，才發現那個孩子有一隻手是殘缺不全的。於是，他理所當然的故意輸掉那場架，讓那個有殘疾的孩子贏得勝利。而當時那個不舒服的感覺，現在彷彿又再次回到他的身上。但這次，他非常認真地告訴自己，這次情況不同。這次爭的不是一顆蘋果，而是自己一生的幸福，甚至還關係到波麗安娜一生的幸福。或許她一點都不喜歡傑米，而是喜歡自己的老朋友呢。吉米心想，若有機會能向波麗安娜表白，他一定會把握機會的，一定會……

吉米想著想著又熱血沸騰了起來，但他同時也生氣地皺起眉頭。他心想，要是自己能夠忘記傑米苦苦呻吟時的表情就好了。要是……但這又有什麼用？他知道，這根本不是公平競爭。而他在那當下，其實也已經知道自己會做出什麼樣的決定：他會先靜觀其變，並且給傑米他應有的機會。若波麗安娜表現出她喜歡傑米，那他會退出並從此遠離他們的生活。而他們兩人，無論是傑米還是波麗安娜，永遠也不會知道自己承受了多大的苦痛。他會回去努力實踐自己那建造橋梁的夢想——現在對他而言，無論是什麼樣的橋，即便是通往月球的橋，也比不上能跟波麗安娜多相處一秒鐘。但他會這麼做的。他一定會！

這個決定不但相當地理想，也非常具有英雄氣概，而吉米也很為自己感到驕傲，他甚至在夜晚進入夢鄉之際，還有一種飄飄然近乎滿足的感覺。但正如同那些從古至今立志殉教的人所發現的，理論上的殉教和實際去執行完全是兩回事。自己私下暗自決定要給傑米機會時，都還不覺得這麼難受，但等到要真正付諸行動，也就是一看到傑米及波麗安娜在一起就得自動迴避，就完全是另外一回事。再加上，波麗安娜對跛腳青年表現出來的態度，也讓吉米非常擔心。吉米覺得，波麗安娜看起來好像真的對傑米有意思。她非常留意他舒適與否，顯然也很渴望待在他的身邊。然後，某一天，彷彿是為了消除吉米心中的疑慮一般，珊蒂．迪恩突然談起這個話題。

當時其他人都在網球場上。吉米則走向獨自坐在一旁的珊蒂。

「妳下一場是和波麗安娜打嗎？」他問道。

她搖了搖頭。

「波麗安娜今天早上都不會再打了。」

「不打了？」吉米皺著眉頭說，他還一直想著要和波麗安娜打一場，「為什麼不打？」

珊蒂．迪恩先是沉默了一會兒，才有些難以啟齒地說：「波麗安娜昨天告訴我，她覺得我們打網球的頻率太高了，這對卡魯先生很殘忍，因為他沒辦法打。」

「我知道，可是……」吉米不知道該怎麼說下去，但他的眉頭卻愈皺愈緊，抬頭紋也隨著緊皺的眉頭而愈來愈深。不過，下一秒，他卻被珊蒂．迪恩焦慮的口吻嚇了一大跳，她說：

「但傑米不會希望她這麼做。他不希望我們對他有任何差別待遇，這對他來說才是最傷人的。她不懂這一點，她一點都不懂！但我懂。可是她卻以為自己懂！」

珊蒂的態度以及她話中透露出的某些訊息，讓吉米突然感到一陣心痛。他一臉嚴肅地看著她，並差點將心中的疑問脫口而出，但他忍住了，而且為了掩飾心中的焦急，他還刻意以戲謔的口吻笑著問她：

「迪恩小姐，妳想說的該不會是……他們兩人對彼此……有意思？」

她沒好氣地瞪了他一眼。

「你眼睛長哪去了？她是崇拜他！我的意思是……他們彼此崇拜。」她急忙更正。

吉米聽完，突然脫口說出一句沒人聽懂的話，便立刻轉身離去。他害怕自己再待下去不知道會做出什麼事。這個時候，他沒有心情再和珊蒂．迪恩聊下去。事實上，正因為他轉身轉得太過突然，以至於他完全沒有注意到珊蒂．迪恩也同樣突然轉過頭去，並不斷地低頭看著自己腳邊的草地，彷彿掉了什麼東西一般。那一刻，珊蒂．迪恩顯然也不想再多聊任何一句話。

吉米．潘道頓告訴自己這一切都不是真的，這不過就是珊蒂．迪恩在胡說八道。

但無論是真是假，他都無法將它拋到腦後。自此之後，這些話就不斷地纏繞在他的腦海中，甚至只要看到波麗安娜和傑米在一起，當時對話時的情景就會立刻浮現眼前。他常常暗中觀察他們的表情，聆聽他們說話時的語調。然後，有一天，他突然開始相信這一切都是真的：他們真的是彼此崇拜。

在認清這個事實後，他的一顆心整個沉了下去。為了遵守自己的諾言，他毅然決然地轉身離去。他告訴自己，這已是既成的事實——波麗安娜不可能屬於他。

接下來的日子，吉米整個人可以說是焦躁得不得了。他不敢徹底地遠離哈靈頓莊園，深怕其他人會察覺到自己心中的祕密；但現在和波麗安娜相處，對他來說根本就是一種折磨。他甚至也不喜歡和珊蒂·迪恩在一起，因為正是珊蒂·迪恩讓他睜開雙眼認清了事實。而在這樣的情況下，傑米當然也不會是理想的避難所，所以就只剩下卡魯夫人。然而，對吉米來說，卡魯夫人可說是一人勝過十人，而他同時也發現到，這些日子以來，只有和她相處時自己是最舒服的。無論他的心情是開心還是沉重，她總是能找到符合他心情的相處方式；而且最棒的是，卡魯夫人還知道好多與橋梁有關的知識，尤其是吉米想建造的那一種橋。她不但智慧過人，也非常有同情心，總是能恰如其分的掌握說話的時機與分寸。有一天，吉米甚至差點把「小包裹」的事情告訴她；不過就在關鍵時刻，約翰·潘道頓剛好很不巧地出現了，所以最後他沒機會和卡魯夫人說那個故事。吉米有時候會生氣地想，約翰·潘道頓還真是不會挑時間，總是在不該出現的時候出現。但事後，當他想起約翰·潘道頓為他所做的一切，自己又覺得很慚愧。

「小包裹」的事可以追溯到吉米的孩提時期。除了約翰·潘道頓外，吉米從來沒把這件事告訴過任何人，即使是約翰·潘道頓，他也只在收養時向他提過一次。

小包裹其實是個白色的大信封袋，由於年代久遠，所以外表看起來相當地破舊。但從其略為膨漲的袋身，再加上背後蓋了個大大的紅色封蠟章，似乎隱約地透露出裡頭藏了些不為人知的祕密。這是吉米的父親給他的，上面還留有父親親筆寫的指示：

給我的兒子，吉米。除非在他生死攸關之際，得以立即拆封，否則在他三十歲生日之前不得拆封。

吉米有時會猜想裡頭到底裝了些什麼，但有時卻又會完全忘記它的存在。以前還在孤兒院的時候，他最害怕的就是別人會發現並拿走這封信。所以那段時間，他都會把信藏在外套的內襯裡。後來，則是在約翰．潘道頓的建議下，把它放在潘道頓家的保險箱裡保存。

「因為我們無從得知裡頭是否藏著價值不菲的東西。」約翰．潘道頓笑著說，「而且，無論如何，你的父親顯然希望你能保有它，我們還是不要冒險，免得把它弄丟了。」

「我當然不想把它弄丟，」吉米面帶微笑但口氣卻有些嚴肅地說，「不過……叔叔，我不覺得裡面會有貴重的物品。就我記憶所及，我可憐的父親並沒有什麼貴重的物品。」

這就是那天約翰．潘道頓意外現身，吉米沒機會和卡魯夫人說的故事。

「或許這件事還是沒對她說的好。」事後吉米在回家的途中，他心裡這麼想著，「不然她可能會以為父親活著的時候做了什麼……不好的事。我可不希望卡魯夫人這麼想。」

57 波麗安娜與開心遊戲

還沒到九月中，卡魯夫人與珊蒂一行人就回波士頓去了。雖然波麗安娜知道自己一定會想念他們，但是看著他們的火車駛出貝爾丁斯維爾車站的時候，她還是大大地鬆了一口氣。不過，波麗安娜不會對任何人承認自己有鬆一口氣的感覺，就連她自己都覺得有些慚愧。

「這並不太代表我不喜歡他們，我喜歡他們每一個人。」她嘆了一口氣，望著鐵軌上蜿蜒前進的火車漸行漸遠，「只是……我常常為可憐的傑米感到難過，還有……我覺得累了，我應該要開心起來，回到原本安安靜靜的日子，跟吉米待在一起就好。」

但是，波麗安娜也沒能跟吉米回到原本安安靜靜的日子。卡魯夫人他們走後，日子的確變得很安靜，但是波麗安娜也沒有跟吉米一起度過。吉米現在很少到哈靈頓家走動，就算來了，他也不再是那個波麗安娜記憶中的吉米。現在的吉米要不是鬱鬱寡歡、焦躁不安，就是興奮地說個不行，一副緊張兮兮的樣子，讓人摸不著頭緒，而且還十分惱人。不久之後，吉米也去波士頓了，所以波麗安娜也沒辦法見到他。

吉米離開後，波麗安娜很訝異自己竟然這麼想念他。如果吉米在鎮上，還可能會偶爾過來晃晃，這樣都比現在這種孤單又空虛的日子要好得多了。即使吉米的喜怒無常令人費解，但是波麗安娜還是覺得，吉米在的時候比現在這種冷冷清清的日子來得好。

有一天，波麗安娜突然又羞又怒地責備起自己。

「噢，波麗安娜．惠提爾，」她生氣地數落自己，「人家還以為妳愛上吉米．賓恩．潘道頓呢！妳難道就不能不想他嗎？」

於是，波麗安娜立刻打起精神，變得快樂活潑起來，把吉米．賓恩．潘道頓給拋到九霄雲外去了。波麗姨媽也剛好幫了她一把，讓她不去想著吉米。

卡魯夫人一夥人走後，他們主要的經濟來源就沒了，所以波麗姨媽又開始擔心起他們的經濟情況。

「波麗安娜，我真不知道，我們接下來會怎麼樣？」她常常這樣發牢騷，「當然，我們這個夏天賺了一點錢，銀行裡面的存款也在累積當中，可是不知道什麼時候就會沒了，要是我們能夠賺點錢，那該有多好啊！」

有一天，在聽完波麗姨媽的抱怨之後，波麗安娜無意間瞄到一則寫故事比賽的啟事，啟事看上去十分吸引人，獎項也十分豐富。尤其是上頭的參賽條件更是讓人躍躍欲試。如果稍微讀一下，可能每個人都會覺得得獎應該是世界上最簡單的事情了，而且其中一個條件根本就是為了波麗安娜量身打造的。

這是為你辦的比賽，沒錯，就是現在正在看著這張徵文比賽的你。你可能會想，自己從來沒有寫過故事，那該怎麼辦？可是不試試看，你怎麼知道你沒辦法寫故事呢？動手試試吧！只要試一試就好。難道你不想贏走三千塊美金嗎？兩千塊呢？一千呢？五百、甚至一百塊也不想嗎？如果想，那你還在猶豫什麼呢？

「就是這個！」波麗安娜開心地拍手歡呼，「幸好我看到了！上面說每個人都能寫故事，我也這麼覺得，只要試一試就可以了。我要去告訴波麗姨媽，這樣她就不用再擔心了。」

快走到波麗姨媽房門口時，波麗安娜突然想到了什麼，停下了腳步。

「我還是先不要告訴她好了，到時候再給她一個驚喜，而且我會得到第一名的！」

晚上就寢時，波麗安娜滿腦子都在想著，有那三千塊究竟可以做多少事情。

隔天，波麗安娜開始寫故事，她慎重地拿出一張紙，把六、七枝鉛筆削尖，在客廳的哈靈頓家老式書桌前正襟危坐，看起來真的好像有那麼一回事。不過，在波麗安娜焦慮地咬壞了兩枝鉛筆之後，她面前那張空白的紙上只有三個字。她嘆了長長的一口氣，把咬壞的第二枝鉛筆放到一旁，又抓起另一枝削的很漂亮的細長綠色鉛筆，皺著眉盯著筆尖思考。

「噢，天啊！我真不知道他們的標題是從哪裡來的？」波麗安娜絕望地說，「或許，我應該先把故事想好，再來決定標題。總之，我一定能寫出來的。」接著她在紙上畫一條線，把剛剛那三個字隔開，準備重新開始。

但是，波麗安娜還是沒有寫出開頭，就算寫了一點東西，也不是她想要的，半小時後，那張紙上除了一些畫來畫去的黑線，還有零星的幾個字外，其他什麼也沒有。

就在這個時候，波麗姨媽走進客廳，疲倦地朝自己的外甥女看去。

「噢，波麗安娜，妳這是在做什麼呢？」她問。

波麗安娜不好意思地笑了起來，臉也紅了。

「沒什麼，姨媽，總之，現在看起來還什麼都沒有。」她笑了笑，有點難過地承認，「不過，這是一個祕密，所以我現在還不能告訴您。」

「好吧，妳開心就好。」波麗姨媽嘆了口氣，「不過我可以告訴妳，如果妳想在哈特先生留下的抵押契約中找到什麼新東西，那妳就不用白費工夫，因為我已經看了兩遍了。」

「不是的，親愛的，這不是契約，這疊紙可是比任何的契約都還要有用呢！」波麗安娜得意地說，又埋首奮鬥去了。一想到自己可能獲得三千美元，她眼中的光芒就變得愈發熾熱。

又過了半小時，波麗安娜不是在紙上塗塗改改，就是咬著筆頭。她的雄心壯志漸漸消退，不過還沒有被這一個小時的挫折給摧毀。她把紙張跟筆收好，走出客廳。

「我猜，如果關在我自己的房間寫，可能會比較好吧。」她一邊想，一邊匆匆穿過走廊，「我本來以為，應該要坐在桌子前寫作會比較好，畢竟是文學嘛！不過，今天早上這樣看起來，這似乎不是個好方法。下一次，我要待在房間，坐在窗戶旁的椅子上試試。」

不過看來，坐在窗戶旁並沒有激發波麗安娜的靈感，看看那些被畫得亂七八糟、被扔得四處都是的紙就知道了。又過了半小時，波麗安娜突然發現，晚餐時間已經到了。

「好吧，我很高興已經是吃飯時間了。」她對自己嘆了一口氣，「我寧可趕快去吃晚餐！這當然不是說我不想寫故事，只是我沒想到會這麼困難，不過只是一個故事嘛！」

接下來的一個月，波麗安娜努力不懈地寫著，不過她很快就發現，要把所謂的「只是一個故事」寫出來，還真是不容易。但是，波麗安娜也不是那種三分鐘熱度的人，而且還有那三千塊的獎金啊！就算不是第一名，也還有其他的獎項呢！連一百塊的獎金都好啊！所以她日復一日地寫了又改、改了又寫，終於把故事寫完了。雖然波麗安娜內心有點忐忑不安，可是她還是拿著手稿去了史諾太太家，讓他們幫她打出來。

「看起來還可以。好吧，起碼可以讀得懂！」波麗安娜匆忙地趕往史諾太太家的小屋，一路上她沒什麼信心地咕噥著，「這真的是一個美好的故事，主角是一個快樂的小女孩，不過我總覺得還少了一點什麼，心裡有點怕怕的。總之，我還是別對得第一名抱太大的希望，這樣如果我得到其他的小獎，就不會太失望了。」

每次在去史諾太太家的路上，波麗安娜總會想起吉米，因為當年波麗安娜就是在小屋附近的路上，遇見剛從孤兒院溜出來、孤苦無依的吉米。今天，波麗安娜又想起吉米，頓時有些哽咽，所以她趕快驕傲地抬起頭，以免眼淚流了出來。每次一想到吉米，她總是會這麼做，接著她快步走上史諾家的臺階，按響了門鈴。

一如往常，史諾太太用最熱情的態度來歡迎波麗安娜。很快地，她們又聊起了開心遊戲。放眼整個貝爾丁斯維爾鎮，就屬史諾一家最熱衷玩開心遊戲了。

「你們過得好嗎？」辦完正事之後，波麗安娜開口問道。

「好極了！」蜜莉．史諾開心地笑著說，「這已經是我這星期的第三筆生意囉！噢，波麗安娜小姐，這都得謝謝妳，因為妳請我打字，我才能夠在家工作，這都是託妳的福！」

「才不是呢！」波麗安娜不是很贊同蜜莉的話，不過臉上卻帶著開心的笑容。

「是的，一開始，要不是妳的遊戲，我根本做不到這麼多。自從媽媽開始玩這個遊戲後，整個人狀況好很多！妳知道，這樣我才有了屬於自己的時間。然後，妳先是建議我學打字，又幫我買了這臺打字機，如果不是妳，這一切根本不會發生呢！」

波麗安娜還是極力否認這是自己的功勞，不過這一次，史諾太太推著輪椅從窗戶旁的門進來打斷了她，而且史諾太太說的這番話，實在是太誠懇、太認真了，所以波麗安娜不知不覺就聽完了。

「聽著，孩子，我想妳應該不知道自己做了什麼事，但是，我希望妳能夠了解！親愛的，妳眼睛裡的憂傷就說明了一切，可是我不希望妳變成這樣。我知道，最近妳要擔心的事太多了，這些煩惱折磨著妳。先是妳的姨丈去世，而妳的姨媽又變成這個樣子……我就不再多說了。但是，親愛的，有些事我還是想說，而且妳得讓我說完，我不想再看到妳眼裡那種悲傷的神色，我想幫妳。所以，我要告訴妳，妳對我而言，對整個小鎮而言，還有許許多多的人們而言，究竟有多重要。」

「史諾太太！」波麗安娜帶著憂傷的神色不安地說。

「噢，我是認真的，我也知道我自己接下來要說什麼。」史諾太太帶著彷彿勝利者的口吻說，「首先，看看我吧！妳難道沒有發現，以前我是個滿腹牢騷、不快樂到極點，而且總是想要一些自己沒有的東西的人嗎？而當初那位帶來三樣食物給我，讓我不得不擁有我想要的東西，並讓我如夢初醒的人不正是妳嗎？」

「噢，史諾太太，我以前真的有這麼……無禮嗎？」波麗安娜囁嚅地問，臉也尷尬地轉紅了。

「這不是無禮，」史諾太太堅定地否認波麗安娜的想法，「妳不是有意要這樣的，而且就因為妳不是有意的，所以才讓這一切如此不同。妳也沒有長篇大論地說教。

「親愛的，如果妳說教的話，那妳永遠都不可能讓我開始玩這個遊戲，其他人也不會。可是，妳成功地讓我開始玩開心遊戲，而且妳瞧，它替我跟蜜莉帶來多大的改變啊！

「我現在已經好多了，還可以坐著輪椅四處走動。我可以把自己照顧得不錯，也給我身邊的人一個喘息的空間，那個人就是蜜莉。醫生說，這都是開心遊戲的功勞。而且，我常常聽到很多、很多人因為開心遊戲而變得快樂起來。妮爾．馬尼奧不小心摔斷手腕，可是她一點都不難過，她覺得只要不是摔斷腳，摔斷手腕沒什麼大不了的。老蒂比斯太太聾了，可是她還是很快樂，因為她還能看得見。妳記不記得那個有鬥雞眼、被大家叫做『愛生氣』的喬？因為他的脾氣實在是太糟糕了，完全沒有人想要接近他，就跟沒有人想要接近我一樣。不過，後來有人教他玩開心遊戲，人們都說他變成一個完全不一樣的人了。而且，親愛的，不只是我們這個小鎮，其他地方也是一樣。昨天我收到我表姊的一封信，她住在麻薩諸塞州，她把湯姆．培森太太的事情都告訴我了。他們以前住在這裡，妳記得他們嗎？他們就住在潘道頓山上。」

「噢，是的，我記得他們。」波麗安娜大喊。

「他們在妳去療養院的那個冬天，就搬到麻薩諸塞州去了，我的姊姊也住在那裡，跟他們的交情也很好。培森太太跟她說起關於妳的事，要不是妳的開心遊戲，他們夫妻早就離婚了。現在，不只是他們在玩這個遊戲，很多人都跟著他們一起玩，而且愈來愈多人加入這個遊戲的行列。所以，親愛的，妳那個開心遊戲的風潮，應該是停不下來了。我希望妳知道這些，這應該可以幫到妳，讓妳有時候自己也玩一玩這個遊戲。別以為我不知道，有時候，要妳玩妳自己的遊戲，其實還挺難的。」

波麗安娜微笑地站了起來，眼裡閃著淚光，揮手跟他們道別。

「謝謝妳，史諾太太。」她的聲音有些哽咽，「有時候，確實很困難，或許我真的需要一點幫忙，才能把我的遊戲玩好。但是，現在……」波麗安娜眼中又重新閃耀著那種愉快的光芒，「就算我自己玩得不好，我也會記得有人比我玩得更好，這樣讓我很高興呢！」

那天下午，波麗安娜神情嚴肅地走在回家的路上。雖然史諾太太的話讓她很感動，不過她心裡還是有點難過。她想到了波麗姨媽……現在波麗姨媽幾乎不玩這個遊戲了，她也不知道自己究竟還有沒有在玩這個遊戲。

「也許我還不夠細心，沒有從波麗姨媽的話裡聽出快樂的一面。」她自責地想著，「或許，如果我可以玩得更好一些，波麗姨媽也會跟著玩。總之，我得試試看，這是我的遊戲呢！如果我再不加油，大家都要超越我啦！」

58 約翰・潘道頓

聖誕節的前一週，波麗安娜將自己的故事（已整理成整齊的打字稿）寄出去參賽。雜誌上的徵文啟事寫明，得獎作品要到四月才會公布，所以波麗安娜為自己做好充足的心理準備，將會以自己獨特的耐心且達觀的智慧度過這漫長的等待。

「我不知道為什麼要等這麼久，但我無論如何還是很開心。」她對自己說，「這麼一來，整個冬天我都可以享受到想像自己贏得首獎而不是其他小獎的樂趣。我最好還是想著自己能得獎，那麼要是我真的得獎，等待的過程就不會有任何的不開心。而且就算我沒有贏得首獎，得獎名單公布前，我不但不會有任何的不開心，到時也還是可以為自己得了一個較小的獎而開心啊！」對於可能任何獎都得不到，波麗安娜則是連想都沒想過。對她來說，這個故事經過蜜莉・史諾繕打之後，感覺就像已經印刷出版了一樣。

那年的聖誕節，儘管波麗安娜費盡心思想營造出過節的氣氛，可是哈靈頓莊園卻仍是一點也不快樂。波麗姨媽嚴格禁止舉辦任何形式的慶祝活動，再加上她擺明不過節的態度，讓波麗安娜就連最簡單的禮物也沒辦法送。

聖誕節當晚，約翰・潘道頓登門拜訪。不過，奇爾頓夫人卻刻意缺席，反而是波麗安娜，雖然和姨媽相處了一整天已讓她累得精疲力盡，但她仍舊是開開心心的接待他。但很快地，波麗安娜就發現自己連最後一點過節的心情也消失了。因為約翰．潘道頓帶來了一封吉米寫給他的信，而信中寫的全是他和卡魯夫人為了幫女工之家舉辦盛大的聖誕慶祝活動所擬定的計畫。波麗安娜對於自己有這樣的想法雖然感到很慚愧，但她不得不承認，她現在實在沒有心情聽別人的聖誕慶祝活動，特別是吉米的。

然而約翰．潘道頓雖然已經把信念完，但他可不打算改變話題。

「他們的計畫真的做的很好！」他一邊把信摺好一邊讚嘆著。

「是啊，的確是，這份計畫真的做的很好！」波麗安娜輕聲地說，試圖表現出應有的熱情。

「而且不就是今天晚上嗎？我真想立刻衝去加入他們。」

「是啊！」波麗安娜喃喃地說，一邊說還一邊留意自己是否表現得夠熱情。

「我想，卡魯夫人在找吉米幫忙之前，腦中應該就已經有構想了吧。」男子笑著說，「不過我真的很好奇，吉米對於要在五十位年輕女孩的面前打扮成聖誕老人不知做何感想？」

「他當然會覺得很開心啊！」波麗安娜下巴微微地仰起。

「或許吧。但妳必須要承認，這和學習建造橋梁還是有些不同。」

「噢，這麼說也沒錯。」

「但我對吉米有信心，我敢打賭吉米一定能讓這些女孩享受到從未體驗過的美好時光。」

「是……是啊，當然。」波麗安娜有些結巴，她一方面試著壓抑住自己聲音中那令人討厭的顫抖，另一方面則是拚命地強迫自己不要拿自己在貝爾丁斯維爾鎮這個只剩約翰・潘道頓作陪的無聊夜晚，和遠在波士頓那個能和吉米共度的耶誕夜做比較。

約翰・潘道頓並未立即回應，他此時此刻正目光迷濛地看著壁爐中舞動的火光。

「卡魯夫人真是個非常棒的女子。」他最後終於開口。

「是的，的確如此！」這次波麗安娜的熱情則是百分之百發自內心的。

「吉米以前的來信中，就曾提到一些卡魯夫人為那些女孩所做的事。」男子繼續說著，但他的目光仍緊盯著壁爐中的火光，「而前一封信，更是提到非常多的相關細節，以及卡魯夫人的許多事。他說自己以前就很欣賞她，但在了解真正的她之後，他對她的欣賞與喜愛更是有增無減。」

「卡魯夫人真的是個很好的人，」波麗安娜熱切的表示，「而且各方面都是如此，我好愛她。」

約翰・潘道頓突然換了個姿勢。他轉過頭來，眼神怪異地看著波麗安娜。

「親愛的，我知道妳很愛她。所以，或許還有其他人……也同樣愛著她。」

波麗安娜的心猛然地跳了一下。她先是被嚇得腦中一片空白，接著突然閃過一個念頭——吉米！約翰・潘道頓的意思是指吉米對卡魯夫人……難道是那種喜歡？

「您的意思是……？」她顫抖地說。

約翰・潘道頓整個人不安地抽動了一下便立刻起身。

「我指的……當然是那些女孩啊！」他臉上仍帶著不自然的微笑，故作輕鬆地說：「妳難道不覺得那五十位女孩一定愛死她了嗎？」

波麗安娜說：「是啊，那當然啦。」她之後雖然又中規中矩地回應了約翰．潘道頓所說的話，可是腦海中卻是一團混亂，在接下來的整個晚上，她幾乎是讓對方一個人唱獨角戲。

約翰．潘道頓對此似乎也並不反感。他先是焦躁不安地在客廳裡走來走去，接著又坐回原來的位置。當他再次開口，談的還是同樣的話題——卡魯夫人。

「傑米的事還真奇怪呢，妳說是不是？我好奇他是否真的是她的外甥。」

波麗安娜沒回答，但男子見她沒反應，仍是繼續說下去。

「不過，他是個好孩子，我很喜歡他。他人很優秀，又非常真誠。無論他是不是卡魯夫人的親外甥，她顯然是投注很多心力在他的身上。」

然後又是……一陣靜默。於是約翰．潘道頓稍微換個口氣繼續說道：

「不過，還有件事也很奇怪，卡魯夫人竟然沒有……再婚。她現在絕對可說是一個……很漂亮的女人，妳不覺得嗎？」

「是……是啊，她的確是，」波麗安娜趕緊接話，「她的確是一個……很漂亮的女人。」

波麗安娜說到最後，語氣有些停頓。因為她當時剛好從對面的鏡子中看到自己的臉，然而對於波麗安娜來說，鏡中的這名女子從來不是一個「漂亮的女人」。

約翰・潘道頓一邊注視著火光，一邊帶著若有所思的滿足表情在客廳裡來回踱步。無論波麗安娜有沒有回話，他似乎一點也不介意，他甚至不知道是否有人在聽他講話。他顯然只是想說自己想說的話，不過，最後他還是得心不甘情不願地起身告別。

在先前那令人煩悶的半小時裡，波麗安娜一心期盼著約翰・潘道頓能盡早離開，好讓她自己靜一靜，但他一走，波麗安娜又希望他能回來。她突然發現她並不想跟自己的思緒獨處。

對波麗安娜來說，現在事實已經擺明在眼前。毫無疑問地，吉米喜歡卡魯夫人。所以在卡魯夫人離開後，他才會這麼的悶悶不樂與焦躁不安，所以他才會這麼少來看自己的老朋友——波麗安娜。所以……

過去這個夏天無數回憶的小片段，頓時湧入波麗安娜的腦海中，而她只能默默地見證那無可否認的事實。

他怎麼可能不喜歡她呢？卡魯夫人的確是既美麗又迷人。沒錯，雖然她的年紀是比吉米大，可是年紀輕的男子娶比卡魯夫人更年長的也是大有人在，況且若是他們彼此相愛……

那晚，波麗安娜哭著入眠。

隔天一大早，波麗安娜試著勇敢地面對事實，她甚至一邊哭還一邊強顏歡笑地想用這件事來測試開心遊戲。她想起南西多年前曾說過的話，「若要說世界上有任何一種人不適合玩開心遊戲，那就是『吵架中的情侶』。」

「既然我們沒有『吵架』，也不是『情侶』，」波麗安娜羞紅了臉，「所以我還是可以因為吉米和卡魯夫人很高興而開心啊，只是……」就算只是在心中默想，波麗安娜還是沒辦法畫上句點。

如今波麗安娜對吉米和卡魯夫人相互愛慕的事是如此深信不疑，以至於她現在對於能加深這個信念的每一件事情都格外敏感；她認為只要小心留意，就會發現事實果真和自己想像的一樣。她注意到的第一件事，便是卡魯夫人的來信。

「我常和妳的朋友，也就是小潘道頓碰面，」有一天卡魯夫人寫道，「我發現自己愈來愈喜歡他。雖然只是出於好奇，但我真的很希望能找出原因，為什麼我老是覺得自己曾在某處見過他。」

自此之後，她常不經意地提到吉米，但對波麗安娜而言，信中這些不經意的言詞，字字句句都是最尖銳的針。因為這些言詞在在證明，對卡魯夫人而言，吉米以及吉米的存在是件理所當然的事。除此之外，波麗安娜也從各種管道找到許多為自己的想像力加油添醋的線索。就像約翰·潘道頓三天兩頭就會帶著吉米的故事或是近況「順道來拜訪」，而且每次來都一定會提到卡魯夫人，頻率之高讓可憐的波麗安娜有時不禁想問約翰·潘道頓，除了卡魯夫人和吉米之外，難道沒有別的事情可說了嗎？有必要一直把他們掛在嘴上嗎？

珊蒂·迪恩的來信也是一樣，信中常提到吉米以及他如何幫助卡魯夫人。甚至連偶爾才來信的傑米也在不知不覺中火上加油，起因是他在信中描述了某個夜晚發生的事：

「現在是十點，我獨自在家裡等著卡魯夫人回來。她和潘道頓為了女工之家，一起去參加一個社交活動。」

至於吉米本人則很少寫信給波麗安娜。對於這一點，她傷心地對自己說，她還是可以為此感到開心。

「要是他的信中除了卡魯夫人和那些女孩之外就沒別的可寫，那我很開心他不常來信！」她感嘆地這麼想。

59 波麗安娜沒有玩遊戲的一天

冬天的日子一天一天過去了，一月跟二月就在風雪中悄悄地溜走了。到了三月，大風咆哮著，吹得整棟老房子發出吱吱嘎嘎的聲音，鬆鬆垮垮的百葉窗被吹得晃來晃去，關不緊的大門也發出喀滋喀滋的聲響，這讓人原本就已經緊繃的神經更加耗弱。

波麗安娜發現，玩遊戲不再是一件簡單的事，但是她還是堅持不懈地玩下去。

波麗姨媽根本沒有在玩，這對波麗安娜玩遊戲的情況而言更是雪上加霜。波麗姨媽非常的憂鬱沮喪，她的日子實在不好過，整個人都深陷在無止境的絕望裡。

波麗安娜還是對寫作比賽抱持著得獎的希望。不過，她已經不期望自己能得到第一名了，只盼望至少還能得到其他小獎。在寫完第一篇故事之後，波麗安娜又寫了更多故事，但是這些故事常常被雜誌社編輯退回來，這讓她原本想要成為一名成功作家的決心開始動搖。

「噢，好吧，我很高興波麗姨媽不知道這件事。」波麗安娜一邊勇敢地安慰自己，一邊把手上那張「感謝函」繞在手指上，這次寫的故事又失敗了。「她不會為這件事擔憂，因為她根本就不知道。」

現在，波麗安娜的生活全都圍繞著波麗姨媽打轉，波麗姨媽或許沒意識到自己變得多麼地苛刻，也沒有注意到自己的外甥女已經放棄自己的人生在遷就她。

在某個特別灰暗的三月天，事情演變到糟得不能再糟的地步。那天，波麗安娜起床時看了看外頭之後，就嘆了一口氣。波麗姨媽在這種陰天的時候最難應付了。但是，波麗安娜還是勉強自己哼了一首快樂的小曲，接著下樓到廚房，開始準備早餐。

「我今天想做玉米鬆餅，」她充滿信心地對著烤箱說，「這樣或許可以讓波麗姨媽不要那麼在意……其他煩心的事。」

半小時之後，波麗安娜輕輕地敲了敲姨媽的房門。

「這麼早就起床啦？噢，好棒喔！您還自己把頭髮整理好了。」

「我睡不著，所以就起來了。」波麗姨媽疲倦地嘆了一口氣，「因為妳不在，所以我只好自己梳頭了。」

「噢，我沒想到您這麼早就起床等我了，姨媽。」波麗安娜趕緊解釋，「不過沒關係，如果您知道我剛剛做了什麼，就會很高興我剛剛沒有來幫您了。」

「噢，我應該不會這麼覺得……至少今天早上不會。」波麗姨媽皺了皺眉頭，固執地說，「今天早上這種天氣，沒人心情會好的。看看這雨！都已經下三天了還沒有停。」

「是沒錯……可是，雖然一連下了那麼多天的雨，可是等到天氣終於放晴的時候，太陽看起來真的是特別地可愛呢。」波麗安娜微笑著說，同時熟練地在她姨媽的脖子上繫上蕾絲和緞帶，

「來吧，早餐做好囉！您等一下，看看我為您做了什麼好吃的。」

但是那天早上，就連玉米鬆餅也沒能轉移波麗姨媽的注意力，在她的眼中，每件事都不對勁，一切都讓她難以忍受。一頓飯都還沒吃完，波麗安娜就覺得自己的耐心已經受到極大的挑戰。更糟的是，她們發現東側閣樓窗戶上方的屋頂在漏雨，接著又收到一封令人不快的信。一向遵守原則的波麗安娜只是笑著說，雖然漏雨，但是有屋頂可以擋雨她就很高興了。至於那封信，因為她已經等了一個星期，整個心都懸在半空中，現在收到了，反而覺得如釋重負，至少她不用再提心吊膽地等待了，因為這封信只會收到一次，不會再有第二次。除了這些事之外，還有很多雜七雜八的鳥事來攪局，把許多原本就該在早上完成的事，一直拖到了下午。這讓原本井井有條的波麗姨媽感到十分焦躁，她實在恨不得可以把事情按照既定的時間表完成。

「波麗安娜，現在已經三點半了，妳知道嗎？」波麗姨媽終於不耐煩地開口，「妳都還沒有鋪床呢！」

「還沒，親愛的，不過我會做的，不用擔心。」

「可是，妳沒聽見我說的話嗎？看看時間，孩子，都已經三點多了！」

「是啊，可是不用擔心，波麗姨媽，因為現在還沒有四點呢！我們應該覺得高興。」

波麗姨媽不置可否地用鼻子哼了一聲。

「我看是只有妳很高興吧。」她尖酸刻薄地說。

波麗安娜笑了起來。

「噢，可是姨媽，如果您想一想就會發現，只要您不去特別注意，時鐘這種東西其實很隨和呢！很久以前我在療養院的時候發現，當我正在做我喜歡的事情時，我不希望時間走得太快，於是我就看時針，因為它走得特別慢，所以我就覺得自己還擁有很多時間。可是，其他時候，像是當我必須忍受一個小時的疼痛時，我就會看那根細細的秒針，那樣我就會覺得時間老人也在努力地全速前進，盡全力幫我趕快結束痛苦。今天，我看的就是時針，因為我不希望時間走太快，這樣您明白嗎？」說完，波麗安娜頑皮地眨下眼睛，還沒等波麗姨媽再次開口，她就趕快離開房間了。

毫無疑問，那天真是難熬極了。到了晚上，波麗安娜的臉色看上去十分蒼白，整個人疲憊不堪。看到她這個樣子，波麗姨媽也擔心起來。

「我的天哪，孩子，妳看起來累壞了！」她氣沖沖地說，「我不知道我們到底該怎麼做？我想妳病了！」

「才不呢，姨媽！我沒有生病。」波麗安娜嘆息著，一屁股坐到沙發上，「不過我真的累了！我的天啊！這沙發好舒服喔！我真高興我這麼累，因為能夠在這麼累的時候休息，實在是太棒了。」

波麗姨媽不耐煩地揮了揮手，轉過身來。

「高興！高興！高興！妳當然高興了，波麗安娜，妳每天都有很多事情可以高興，我從沒見過像妳這樣的女孩。噢，我知道這都是因為那個遊戲。」看到波麗安娜的表情後，波麗姨媽繼續解釋，「這是個很好的遊戲，可是妳不覺得妳玩得太過頭了嗎？波麗安娜，說真的，妳那種『事情還可能更糟』的樂觀原則簡直沒完沒了，如果妳可以不要覺得每件事都值得高興，我可能會覺得好過一點。」

「噢，姨媽！」波麗安娜坐直身子。

「噢，我覺得我的感覺會好一點，如果妳有時候不要這麼開心。」

「但是，姨媽，我……」波麗安娜突然停了下來，用一種不一樣的眼神看著她的姨媽，嘴邊慢慢浮現一抹神祕的微笑。奇爾頓夫人又轉身回去忙她自己的事情，所以沒有注意到波麗安娜臉上表情的變化。一分鐘後，波麗安娜還是沒有把剛剛的話說完，她坐回沙發上，臉上依然掛著神祕的微笑。

隔天早晨，依舊是個陰雨綿綿的天氣，而且東北風一直從煙囪灌下來。倚著窗邊的波麗安娜不由自主地嘆一口氣，不過下一秒她的表情馬上變了。

「噢，我很開心……」她用手啪地一聲摀住嘴，「哎呀，」她輕輕地笑了起來，眼神像在跳舞似的，「我忘了……我就知道我會忘記，可是我絕對不能破壞這麼好的計畫！今天我得記住，不能因為任何事情而感到開心，就今天，任何事都不行。」

那天早上，波麗安娜沒有做玉米鬆餅，她隨便弄點東西，就拿到她姨媽的房間。奇爾頓夫人還沒下床。

「還是一樣，今天又下雨了。」波麗姨媽一邊看窗外，一邊跟波麗安娜打招呼。

「對啊，真是糟糕……糟糕透了！」波麗安娜跟著抱怨，「這週每天都下雨，我最討厭這種天氣了。」

波麗姨媽有點吃驚地轉過頭來，但是波麗安娜的眼神正看著另外一邊。

「您現在準備要起床了嗎？」她無精打采地問道。

「什麼？是……是啊！」波麗姨媽低聲回答，眼神還是有點驚訝，「怎麼啦？波麗安娜，妳今天是不是特別累？」

「是啊，我今天早上很累，昨晚也沒睡好。我討厭睡不好覺的時候，半夜一直醒來，簡直就是一場大災難。」

「這我懂。」波麗姨媽煩躁地說，「我也是，兩點以後，我就沒什麼睡了。還有那個屋頂！天哪！要是雨繼續下個不停，我們要怎麼修理呢？妳有沒有把鍋裡的水倒掉呢？」

「噢，倒了啊！而且我又拿了兩個上去，又有一個新的地方在漏水了。」

「又一個？天啊！要是全部都在漏水那還得了！」

波麗安娜張開嘴巴差點就要說：「噢，我們還是可以高興呀，因為這樣我們就可以一次把所有漏水的地方都修好了。」不過她突然想起什麼，於是換上另一種疲憊的語氣說：「真的很有可能會變成這樣，姨媽。看樣子，很快就會整個屋頂都在漏水，而且要照顧好整片屋頂實在很不輕鬆，我真是受夠了！」說完後，波麗安娜小心翼翼地把臉轉向另一邊，接著無精打采地拖著腳步走出房間。

「這實在太詭異了，而且好困難，我好擔心我會把它搞砸啊！」她一邊不安地自言自語，一邊匆匆忙忙地下樓回到廚房。

在她身後，待在房間裡的波麗姨媽，一臉困惑地看著波麗安娜離去的背影。

到了晚上六點時，波麗姨媽已經不知道到底多少次，用既驚訝又疑惑的眼神看著波麗安娜，因為她整個人都不太對勁。早上今天家裡的狀況依舊不太好，先是火一直生不起來，再來是大風把同一片百葉窗吹落了三次，接著，她們在屋頂上又發現第三個漏雨的地方。而波麗安娜收到另一封信之後就哭了起來（無論波麗姨媽怎麼問，她都不肯把原因說出來），就連午餐，波麗安娜也食不知味，下午又發生了好多事，氣得她們不斷地說喪氣話。

到了下午的時候，波麗姨媽突然懷疑起來，原本困惑的眼神也變得精明。不過，即便波麗安娜看在眼裡，她還是什麼都不說破，而且絲毫沒有減少自己煩躁跟不滿的情緒。快到晚上六點的時候，波麗姨媽眼裡的懷疑已經消失了，取而代之的是一種篤定，完全沒有任何困惑。除了篤定之外，又有一種饒富興味的好奇在。

最後，在波麗安娜發出一聲特別消極的抱怨之後，波麗姨媽就像投降似地攤開雙手，露出哭笑不得的表情。

「夠了、夠了，孩子！我投降了！我承認，這一次我輸了，如果妳要的話，妳可以開心了。」波麗姨媽嚴肅地說完最後一句話。

「可是，姨媽您說過……」波麗安娜故作正經地回答。

「是啊、是啊，我是說過，」波麗姨媽大聲地打斷，「天哪，今天真的是有夠糟糕的！我不想再過這樣的日子了，一天也不想。」她猶豫一下，臉稍微紅了起來，然後艱難地繼續說，「還有，我……我希望妳知道……我自己知道這段時間以來，我都沒有試著讓自己去……玩這個遊戲。但是今天以後，我會……我會試試看……我的手帕到哪裡去啦？」她突然停了下來，在裙子的口袋裡四處摸索。

波麗安娜跳了起來，迅速走到姨媽的身邊。

「噢，波麗姨媽，我不是有意的……這只是個……只是個玩笑。」她難過地說，連聲音都在發抖，「我真的沒想到您會那樣想。」

「妳當然沒想到啦！」波麗姨媽突然情緒激動地厲聲打斷。這些日子以來，她極力地壓抑和克制自己，以避免無謂的爭執和陷入多愁善感的悲傷之中，而且她也很害怕被別人發現她的內心其實已經深受感動了。「難不成妳以為我不知道妳不是故意的嗎？要是我認為妳是在向我說教，我會……我會……」她話還沒說完，波麗安娜就已經伸出雙手緊緊地抱住她。

60 吉米與傑米

波麗安娜不是唯一一個覺得冬天難熬的人。人在波士頓的吉米・潘道頓，雖然費盡心思想填滿自己所有的時間並轉移自己的注意力，卻發現自己怎麼也抹不去腦海中那對愛笑的藍眼睛，忘不掉記憶裡那快樂迷人的聲音。

吉米告訴自己還好有卡魯夫人，要不是自己能為卡魯夫人貢獻一點心力，他的人生真是一點意義也沒有。可是即便是在卡魯夫人的家中，也不全然是令人開心的事，因為在那裡每次都會碰到傑米，看到傑米就會讓他想起波麗安娜和一些不開心的回憶。

由於吉米已徹底相信傑米和波麗安娜是兩情相悅，也完全接受自己必須光榮地退到一旁，給予傑米追求波麗安娜的權利，因此他從未想過事情或許有其他的可能。吉米不喜歡談波麗安娜，也不想聽到任何與她有關的事，但他知道傑米和卡魯夫人都各自和波麗安娜有書信往來，談話中多少會提到她。因此，每當他們提到波麗安娜，即使心裡再痛，也只好強迫自己聽下去。不過他總是會盡快地把話題帶開，也會要求自己盡可能地少寫信給波麗安娜，就算要寫，內容也是非常地簡短。因為對吉米來說，一個不屬於他的波麗安娜只會帶給他痛苦與不幸。而當他終於能夠離開貝爾丁斯維爾鎮重回到波士頓繼續他的學業，他心裡真的好開心——因為像這樣明明離她這麼近，卻又得和她保持距離，對他來說是最痛苦的折磨。

回到波士頓的吉米，拚命地找各種方法轉移自己的注意力，於是他投身於卡魯夫人的女工之家，協助她執行為女孩們所擬定的各項計畫。卡魯夫人對於他能夠撥出這麼多的時間在這項工作上，不但非常高興，更是相當感激。

吉米就這樣過完了冬天，緊接著而來的是一個吹著徐徐的微風、下著溫和的陣雨、百花繽紛綻放、空氣中瀰漫著濃郁花香、萬物欣欣向榮且充滿歡樂氣息的春天。然而，對吉米而言，這個春天一點也不歡樂，因為他的心仍留在陰鬱的冬天。

「真希望他們能快點宣布婚約，一勞永逸地把事情解決。」吉米最近愈來愈常像這樣地喃喃自語，「這件事若能快點定下來，我想我會比較好受些。」

然後四月底的某一天，他終於實現他的心願——至少實現了部分的心願。他得知「某件事確定了」的消息。

星期六上午十點，卡魯夫人家的瑪麗訓練有素地領著吉米進入音樂室，並對著他說：「我現在就去告訴卡魯夫人您到了，先生，我想她正在等您。」

吉米一進入音樂室，就看見傑米坐在鋼琴前，低著頭、雙手放在鋼琴上，他立刻失望地停下腳步。正當他開始放慢動作並準備轉身離去，就看到鋼琴前的男子突然抬起頭來。他的雙頰泛紅，雙眼燃燒著火光。

「卡魯，」潘道頓嚇了一大跳，他結結巴巴地問道，「發……發生了什麼事？」

「大事！發生大事了！」跛腳的青年大喊，他邊喊還不停地揮動著手上的東西，潘道頓仔細一看才發現，青年手上拿著的是兩封已拆封的信件。「發生了大事！如果你一生都被關在牢籠裡，突然看到牢門大開，你難道不會認為是大事嗎？如果同一分鐘之內，你又突然發現自己可以要求心愛的女孩當你的妻子，你難道不會認為是大事嗎？如果你……噢，你先聽我說！你大概覺得我瘋了，但我沒瘋……好啦，或許我是真的瘋了……我是興奮得發瘋。我想要和你分享，可以嗎？我一定要找個人來分享！」

潘道頓彷彿在等待即將迎面而來的重拳一般，下意識地抬起了頭。他的臉色有些發白，但他回答時聲音聽起來卻相當鎮定。

「當然可以啊，我的老朋友，我……我很樂意。」

但卡魯沒等他說完便迫不及待地開始了，只是他太過興奮，所以有些語無倫次。

「當然，這件事對你來說或許不算什麼。你有健全的雙腿、你有自由、你有雄心壯志，還有建造橋梁的夢想，但我……對我來說，這卻是我的一切。這意謂著，或許我有機會過著正常男人過的生活，做正常男人做的工作——雖然不是造橋、建水壩的工作，但至少是個工作！是個證明我有能力勝任的工作！你聽清楚喔，這封信是一份得獎通知，內容是我創作的小故事在比賽中贏得獎金三千元的首獎。而另一封信，則是一家大型的出版社來信告訴我，他們非常樂意出版我的第一本小說。這兩封信竟然在同一天也就是今天早上寄到我手上。你現在還會覺得我瘋了嗎？」

「不！完全不會！我真心的恭喜你，卡魯。」吉米熱情地喊著。

「謝謝你……而且你是該恭喜我。想想看這整件事對我的意義。這表示不久之後，我將能像個男人一樣地自立。這表示有一天我可以讓卡魯夫人以我為榮，她會很開心自己讓這個跛腳男孩住進她家，並讓他在她的心中占有一席之地。這表示我能告訴自己所愛的女孩，我愛她。」

「是……是的，的確是如此，我的朋友！」吉米語氣雖然很鎮定，但臉上卻異常慘白。

「當然，我或許不應該現在就告白，」傑米意氣風發的臉上頓時蒙上一道陰影，他繼續說道，「我現在仍然……仍然綁在這個東西上。」他雙手拿著枴杖輕敲著地板，「當然，我還是無法忘記去年夏天樹林裡的事，當我看著波麗安娜……我明白到我永遠只能眼睜睜地看著心愛的女孩身處險境，卻救不了她。」

「噢，可是卡魯……」吉米急著想安慰他。

但卡魯舉起手示意他別再說下去。

「我知道你想說什麼，但請別再說了，你是沒辦法體會我的痛苦的。你沒有被綁在這兩根棍子上。救人的是你，不是我。我總是不斷想到，若有一天我和……我和珊蒂遇到同樣的情況，而我卻只能站在一旁眼睜睜地看著別人……」

「珊蒂！」吉米突然打斷他。

「是啊！珊蒂．迪恩，你看起來很驚訝。你不知道嗎？你難道沒有懷疑過……我對珊蒂有好感嗎？」傑米喊著：「我真的掩飾的這麼好嗎？我一直很努力想掩飾，可是……」他說到最後，臉上露出淡淡的微笑，雙手一攤做了個無可奈何的動作。

「噢，我的朋友，你真的掩飾的非常成功……至少對我來說是如此。」吉米開心地說，臉上又恢復血色，兩眼也突然變得炯炯有神。「所以真的是珊蒂．迪恩，天啊！我要再次恭喜你，就像南西的口頭禪：真的，真的。」吉米現在開心興奮到幾乎語無倫次，他心想這真是太好了，傑米愛的是珊蒂，不是波麗安娜。可是，傑米卻是紅著臉並有些難為情地搖了搖頭。

「先……先不要恭喜我。你也知道，我還沒……還沒對她說，但我想她一定知道；我想每個人應該都知道了吧。天啊，如果你沒猜到是珊蒂，那你以為是誰？」

吉米遲疑了一會兒才脫口而出。

「我以為是……波麗安娜。」

傑米笑了笑並抿了抿嘴。

「波麗安娜是個迷人的女孩，我愛她，但不是那種愛，而她對我也是一樣。更何況，要是某人聽到這樣的說法不知心裡做何感想，對吧？」

吉米紅著臉像個快樂、害羞的男孩。

「誰啊？」他故意反問並努力裝出一副事不關己的樣子。

「當然是約翰・潘道頓啊！」

「約翰・潘道頓？」吉米猛然轉過身來。

「約翰・潘道頓怎麼啦？」這時突然出現另一個聲音，一回頭便看到卡魯夫人正笑著走進房門。

吉米在這不到五分鐘的時間，接連聽到兩個震撼力十足的消息，他一時之間還反應不過來，所以連基本的問候也忘得一乾二淨。不過，傑米則是像個沒事的人一樣，一副信心滿滿、得意洋洋的樣子。

「沒什麼。只是我剛才才在跟吉米說，我想約翰・潘道頓要是聽到波麗安娜喜歡的是別人而不是他，他一定很有意見。」

「波麗安娜和約翰・潘道頓！」卡魯夫人頓時跌坐在身旁的椅子上。要不是這兩人如此沉浸在自己的事情上，他們或許也會察覺到卡魯夫人嘴角的微笑，剎那間消失得無影無蹤，臉上則出現近似恐懼的神色。

「沒錯！」傑米仍舊堅持自己的想法，「你們去年夏天都沒看見嗎？他不是常常跟她在一起？」

「我覺得他是和……我們所有的人在一起。」卡魯夫人喃喃地說。

「但卻沒有像他和波麗安娜那麼地常在一起。」傑米堅持，「再說，妳難道忘記那天我們正好談到約翰・潘道頓曾經有過一次想結婚的念頭嗎？我當時就在猜他們之間是否有些什麼……妳難道不記得了嗎？」

「好……好像真的有這麼一回事，經你這麼一說，我現在想起來了。」卡魯夫人再次喃喃地說著，「不過，我……我早就不記得了。」

「噢，關於這點，我可以解釋。」吉米吞了口口水並插嘴說道，「約翰・潘道頓的確有過一段戀情，但對象是波麗安娜的母親。」

「波麗安娜的母親！」兩人驚呼。

「是的。據我所知，他多年前深愛著她，可是她卻一點都不喜歡他。她當時喜歡的對象是一位牧師，後來也嫁給他，而這個人就是波麗安娜的父親。」

「噢！」卡魯夫人突然從癱坐的椅子上挺起身子，「所以，這就是他……一直沒有結婚的原因？」

「是的，」吉米肯定地說，「所以他根本不可能喜歡波麗安娜，他喜歡的是她的母親。」

「正好相反，我覺得可能性更高了。」傑米不以為然地說，「我覺得這正好加強我的說法的可信度。你們聽我說，他曾深愛過她的母親，卻沒有得到她，所以現在他愛上對方的女兒並贏得她的芳心，不是再自然不過的事嗎？」

「噢，傑米，你也太會編故事了吧！」卡魯夫人不安地笑著說：「這是真實人生，又不是廉價小說。她對他來說太年輕了。他應該娶一個女人而不是女孩——我是說，假如他真的想結婚的話。」她漲紅著臉、結結巴巴地為自己澄清。

「或許吧。但萬一他剛好愛上的是個女孩呢?」傑米仍固執地繼續爭辯,「況且,你們仔細想想,波麗安娜寫來的信中,有哪一封信沒提到約翰·潘道頓?而你們也知道,約翰·潘道頓的信中談的也都是波麗安娜。」

卡魯夫人突然起身。

「是啊,這我知道。」她一邊喃喃地說,一邊做了一個很奇怪、好像是想把什麼噁心的東西甩開的動作,「可是……」她沒再繼續說下去便離開了房間。

五分鐘之後她再回到房間,卻意外地發現吉米已經離開了。

「我還以為他打算跟我們一起去參加女孩們的野餐呢!」她驚呼。

「我原本也是這麼想,」傑米皺著眉頭,「可是剛才他先是為了某個突發事件必須出城而道歉,接著又說他到這裡來,就是為了告訴妳他沒辦法跟我們一起去。然後,等我反應過來的時候,他就已經走了。」傑米的眼睛一亮地說:「說實在的,我其實也不太清楚他究竟在說什麼,因為我當時剛好在想別的事。」接著他興高采烈地把那兩封信拿給卡魯夫人看。

「噢,傑米!」卡魯夫人看完信後高興地驚呼,「我真以你為榮!」同時又看到傑米喜不自勝、神采飛揚的模樣時,她的眼眶不禁泛起淚光。

61 吉米與約翰

週六的深夜，在貝爾丁斯維爾鎮的車站，一名神情嚴肅的年輕人帶著無比堅定的決心下了火車。隔天早上不到十點，這個年輕人穿過村裡寧靜的小路，向哈靈頓莊園所在的山坡上走去，他的決心似乎又更堅定了些。當這個年輕人看到自己深愛又熟悉的淺黃色髮髻消失在日光室時，他便不顧一切地走上臺階，連門鈴都沒按，就逕自穿過草坪和花園中的小徑，最後他終於找到了那個淺黃色髮髻的主人。

「吉米！」波麗安娜喘著氣，後退幾步，瞪大眼睛看著眼前的他。「你為什麼在這裡？你從哪裡……來的？」

「波士頓，昨晚，我得見妳，波麗安娜。」

「見……見我？」波麗安娜一直在爭取時間，試圖讓自己的心情平靜下來。因為站在日光室門口的吉米，看上去是那麼地高大強壯、那麼地讓人喜愛。波麗安娜擔心，她眼中的驚訝會洩漏她內心的仰慕之情。

「是的，波麗安娜，我希望……我是說，我想……我的意思是，我擔心……噢，真是的，波麗安娜，我不能再像這樣兜圈子了，我要直接說了。是這樣的，以前我一直讓自己在一旁當個旁觀著，但是以後我不會了。這件事跟公不公平已經沒有關係。他又不像傑米那樣肢體殘障，他雙腿健全，跟我一樣，所以他要是想贏我，就必須跟我公平競爭，我有權利的！」

波麗安娜看著他。

「吉米．賓恩．潘道頓，你到底在說什麼啊？」她問。

年輕人既尷尬又害羞地笑了笑。

「也難怪妳不知道，我從來沒跟妳說明白，不是嗎？不過，我自己從昨天開始，就一直有些糊裡糊塗，從傑米跟我說了自己的心聲之後，就是這樣了。」

「傑米把自己的心聲給說出來了？」

「是的，這都得從他那個徵文比賽開始，你知道的，他剛剛得了獎，然後……」

「噢，這我知道，」波麗安娜迫不及待地打斷吉米的話，「這不是很棒嗎？想想看，第一名耶，有三千塊的獎金！我昨晚就寫了一封信給他了。當我看到他的名字，發現那就是傑米——我們的傑米的時候，我超級激動的，激動到都忘了去找我自己的名字。後來，我還是沒找到自己的名字，就知道自己沒有得獎啦。不過，我還是很為傑米高興，高興到……把其他的事情……都忘了。」

波麗安娜趕緊補上最後一句，急著想要掩飾剛剛自己不小心說出的心聲，並同時驚慌地瞥了吉米一眼。

然而，吉米沉浸在自己的世界裡，把注意力完全放在自己的問題上，根本沒有注意到波麗安娜說了什麼。

「是啊、是啊，這當然很好，我也很高興他得獎了。但是，波麗安娜，我要說的是他後來跟我說的事。妳知道，在昨天以前，我一直以為……以為他喜歡……妳喜歡……我是說，你們互相喜歡對方，還有……」

「你以為我跟傑米互相喜歡對方！」波麗安娜大喊，表情十分嬌羞，「為什麼呀？吉米，他喜歡的是珊蒂．迪恩，一直以來都是珊蒂。每次傑米跟我提到她的時候，總是說個不停，我想珊蒂也是喜歡他的。」

「太好了！我也是這麼希望，但妳知道，我之前並不知情，我以為……傑米跟妳才是一對。我又想，他的腳跛了，妳也知道，如果我……堅持要把妳追到手的話，對他實在不公平。」

波麗安娜突然彎下腰來，撿起腳邊的一片落葉。等她站起身時，她把臉轉到一邊，沒有看著吉米。

「妳知道，跟一位不良於行的人這樣競爭是不公平的。所以，即使我會因此心碎，我還是把機會先讓給他。我真的這麼做了！接著，昨天我發現，事情跟我之前所想的不一樣，但是我又知道了別的事情。傑米說，還有其他人喜歡妳。波麗安娜，這次我不可能再把妳拱手讓給他了，即使他為我付出那麼多，我還是沒辦法。約翰．潘道頓是個男人，這次我要跟他來一場公平的比賽，因為他手腳健全，而他也擁有追求妳的權利。不過，如果妳很在乎他……如果妳喜歡他……」

波麗安娜轉過身來，眼裡滿是驚恐。

「約翰．潘道頓！吉米，你是什麼意思？這跟約翰．潘道頓有什麼關係？」

吉米的表情轉為興奮，他伸出雙手。

「這麼說，妳不……妳不喜歡他！我可以從妳的眼中看出來……妳不喜歡他！」

波麗安娜向後退了幾步，臉色發白，渾身顫抖。

「吉米，你是什麼意思？你是什麼意思？」她痛苦地懇求吉米把話說清楚。

「我是說……妳不喜歡約翰叔叔，不是那種喜歡。妳懂了嗎？傑米覺得妳對約翰叔叔有感覺，而且他好像也喜歡妳。然後我開始思考，或許他對妳真的有感覺，他常常談到妳，而且，還有妳的媽媽……」

波麗安娜低低地呻吟了一聲，用手摀住了臉，吉米向她靠近，輕輕地把手搭在她的肩上，不過波麗安娜又掙脫了。

「波麗安娜，好女孩，別這樣！妳會讓我心碎的。」他懇求著，「妳難道不喜歡我嗎？真的一點都不喜歡嗎？如果是這樣，妳不想告訴我嗎？」

波麗安娜放下雙手，望著吉米，眼神就像是陷入困境的小動物一般地絕望。

「吉米，你覺得……他對我……是那種喜歡嗎？」她用氣若游絲的聲音問道。

吉米不耐煩地搖了搖頭。

「別去在意那些，波麗安娜……現在別去想。我當然不知道，我怎麼會知道呢？但是，親愛的，他那邊不是個問題，問題在妳。如果妳不喜歡他，如果妳願意給我一個機會，哪怕是半個機會，讓我想辦法讓妳喜歡我……」他抓住她的手，試圖把她拉向自己。

「不行、不行，吉米，我不行！我沒辦法！」波麗安娜的兩隻小手推開了吉米。

「波麗安娜，妳該不會真的喜歡他吧？」吉米的臉色變得有些蒼白。

「不是、不是，真的不是……不是那樣的喜歡。」波麗安娜語無倫次地說，「可是，你不懂嗎？如果他喜歡我，我得……學著去喜歡他……用某種方式。」

「波麗安娜！」

「不要！別這樣看著我，吉米！」

「妳該不會是說要嫁給他吧，波麗安娜？」

「噢，不是！……我是說……呃……是……是的，我想是的。」她無力地承認。

「波麗安娜，妳不能！妳不能！波麗安娜，妳這樣我會心碎的。」

波麗安娜輕輕地啜泣一聲，又用手摀住了臉。她抽抽噎噎地哭了一會兒，接著抬起頭，眼神悲傷地對上吉米痛苦又帶著責備的目光。

「我知道、我知道，」波麗安娜有點歇斯底里地說，「我也會心碎的，可是如果必要，我得這麼做。我可以傷你的心，可以傷自己的心……可是我不能傷他的心！」

吉米抬起頭，眼神突然變得炯炯有神，閃著像火一般的光芒，整個人身上產生了又驚人又快速的變化。他輕呼一聲，開心地把波麗安娜一把拉過來，緊緊地抱在懷裡。

「現在我知道，妳是喜歡我的！」他在她耳邊輕輕地說，「妳剛剛說了，這也會讓妳心碎。妳覺得我還會把妳讓給任何人嗎？親愛的，如果妳覺得我會放棄妳，那妳就太不了解我對妳的愛了。波麗安娜，說妳愛我……我想聽妳親口跟我說！」

整整一分鐘，波麗安娜完全沒有抵抗，安靜地享受這有力又溫柔的擁抱。然後，她半是滿足半是放棄地嘆一口氣，開始使力地從他的懷抱中掙脫。

「是啊，吉米，我愛你。」聽到這句話，吉米的手臂抱得更緊，本來吉米想要再把波麗安娜拉到懷裡，可是女孩臉上的表情阻止了他，「我很愛你，但是如果這種感覺一直在，我就不可能快樂地跟你在一起，吉米，親愛的，你明白嗎？我得確定……先確定我是自由的。」

「胡說，波麗安娜！妳當然是自由的！」吉米又露出反對的眼神。

波麗安娜搖搖頭。

「這件事如果沒有解決，我就不是自由的，你明白嗎？吉米。很久以前，我媽媽傷透了他的心，是我媽媽做的。所以，這麼多年以來，他一直過著孤獨、沒有愛情的生活。如果他現在來問我，要我為此補償他，我就得答應他，吉米。我不能拒絕！你懂嗎？」

但是吉米還是不明白，他沒辦法理解，也不願意去理解，儘管淚眼汪汪的波麗安娜一直苦苦的哀求他。波麗安娜也跟他同樣地固執，而她的固執又是這麼地可愛但又令人心碎。因此，儘管吉米還是覺得很心痛也很生氣，但是卻覺得波麗安娜這樣苦苦的哀求，可以讓他覺得稍微好受一點。

「吉米，親愛的，」最後，波麗安娜說，「我們必須等待。現在，我也只能這麼跟你說，我希望他不喜歡我，而且……我也不覺得他喜歡我。但我得先知道他的想法，得先確定他沒有喜歡我。我們只能再等一下，等他的答案，吉米……一直到我們知道他的答案！」

儘管吉米心裡十分不願意，但是最後也只能先同意這個計畫。

「好吧，就先聽妳的吧。」他絕望地說，「但是，從來沒有一個男孩可以一直等待他深愛的女孩——她也愛他——去弄清楚是否有另一個男人也愛她，再來答覆他的啊！」

「我知道，但是，親愛的，我們也沒聽過這個男人還愛過這個女孩的媽媽的先例吧。」波麗安娜嘆一口氣，不安地皺起眉頭。

「很好，那我得先回波士頓去了。」吉米不情願地同意，「但是，妳千萬不要以為我已經放棄了，因為我不會放棄的，永遠也不會。只要我知道妳是真的喜歡我，我就不會放棄，我親愛的波麗安娜。」吉米說完，雙眼看著波麗安娜，而她則是被吉米的表情弄得不由自主地心跳加速，最後，她輕輕掙脫他的懷抱。

62 約翰．潘道頓解開僵局

吉米當晚心中夾雜著幸福、希望、憤怒、反抗等煎熬的情緒返回波士頓，而留在家的這名女子心情也沒比他好到哪裡去。對於波麗安娜而言，她只要一想到吉米竟然會喜歡自己，便開心得不停顫抖，但只要想到約翰．潘道頓也可能喜歡自己，她就感到驚恐與絕望。因此每一絲興奮喜悅之情，也都帶著一分心痛恐懼之感。

然而，幸運的是，這樣的狀態並未持續很久。因為就在吉米匆匆來訪後不到一週的時間，約翰．潘道頓就在不知情的狀況下，將鑰匙放入鎖孔並輕輕地一轉，解開了僵局。

事情發生在星期四的傍晚，約翰．潘道頓前往哈靈頓莊園拜訪波麗安娜。當時他也和吉米一樣，在花園一看到波麗安娜便直接走上前去。

波麗安娜一看到他的神情，不禁心情一沉。

「來了，時候到了！」她全身不停地顫抖，接著下意識地轉過身去，一副想逃的模樣。

「噢，波麗安娜，請等一下！」男子一邊呼喊一邊加快自己的腳步，「我來的目的就是想見妳。來，我們到那裡談好嗎？」他轉身指著涼亭，「我有事……想要對妳說。」

「可……可以啊，當然可以。」波麗安娜強顏歡笑並結結巴巴地說著，她知道自己的臉現在鐵定是紅的不得了，她剛剛才在心裡暗自祈求，希望自己千萬別在這個時候臉紅，可是約翰．潘道頓選擇在涼亭談話，更讓事情雪上加霜。現在在波麗安娜的心裡，這個涼亭有著特別神聖的地位，因為這裡有許多她與吉米的甜蜜回憶。「沒想到竟然會是在……這裡！」她心裡止不住地顫抖，不過她還是以開心的語氣大聲地說著：

「這真是個美好的黃昏，不是嗎？」

約翰．潘道頓沒有回答，而是大步地走進涼亭，甚至沒等波麗安娜坐下，就自顧自地在一張生鏽的椅子上坐下來——以約翰．潘道頓來說，這是極不尋常的舉動。波麗安娜緊張地偷偷看他一眼，發現他臉上的表情異常地嚇人，彷彿看到兒時記憶中那個不苟言笑、脾氣暴躁、難以親近的約翰．潘道頓，她不由得驚呼了一聲。

可是約翰．潘道頓並沒有注意到，他仍是悶悶不樂地沉浸在自己的心事中。最後，他終於抬起頭，憂鬱地看著一臉驚訝的波麗安娜。

「波麗安娜。」

「是的，潘道頓先生。」

「妳還記得我們剛認識時，我是什麼樣的人嗎？」

「嗯，我想我記得。」

「絕不是一個友善、討人喜歡的人吧？」

波麗安娜雖然有些不安，但仍露出淡淡的微笑。

「我……我很喜歡您，潘道頓先生。」波麗安娜才一說出口，立刻意識到這麼說可能會引起誤會。於是她像是發了瘋一樣地，試圖想找出補救辦法，甚至還在情急之下，差一點說出「我剛才的意思是我喜歡的是當時的您」！還好她及時意識到這麼說對事情一點幫助也沒有，才沒脫口而出。接下來，她便擔心受怕地等著約翰．潘道頓的回應，而他也幾乎是立刻回話。

「我知道妳很喜歡我——妳真是個善良的小女孩！而也正是如此，妳拯救了我。波麗安娜，我在想自己是否真的能讓妳了解，就是妳那單純的信任及喜愛，讓我得到救贖。」

波麗安娜結結巴巴地說了些不敢苟同的話，但他都只是一笑置之。

「噢，是的，沒錯！是妳，而不是任何人。不知道妳還記不記得另一件事？」波麗安娜很想立刻逃離現場，於是偷偷地望向門口，但男子沒有發現，他見波麗安娜沒回答，便繼續說道：「不知道妳還記不記得，我曾經告訴過妳，只有牽起一個女子的手並擁有她的心，或是有個小孩，才算是真正擁有一個家。」

波麗安娜頓時滿臉通紅。

「是……是的，不……不是的，我的意思是，沒錯，我記得。」她一直結巴個不停，「可是我……我現在覺得……不一定非要這樣不可。我想……我想說的是，我認為您現在的家……只要……只要維持現在這個樣子，就已經很好……」

「但是……孩子，我現在說的是我理想中的家。」男子心急地打斷她，「波麗安娜，妳知道我曾經多麼希望擁有的是一個什麼樣的家，妳也知道這些希望是如何破滅的。親愛的，妳別想太多，我並沒有要責怪妳母親的意思。完全沒有。她只是忠於自己的心，而她這麼做一點錯也沒有。事實上，從我因失戀而浪費自己大半人生這點來看，更證明她做了個明智的抉擇。波麗安娜，妳難道不覺得這一切很玄嗎？」約翰．潘道頓的語氣漸漸地柔和下來，「最後引領我走上幸福道路的，竟是她親生女兒的那雙小手。」

波麗安娜的嘴角微微地抽動。

「噢，可是潘道頓先生，我……我……」

男子又再次地笑了笑，完全不把她的抗議當一回事。

「是的，沒錯，波麗安娜。很久以前，就是妳那雙小小的手和妳的開心遊戲引領著我走上幸福之路。」

「噢！」波麗安娜如釋重負地鬆了一口氣，她眼中的恐懼也漸漸退去。

「這些年來，我也漸漸變成另一個人。但親愛的，有一件事我始終沒改變……」他先是停下來將目光望向遠方，然後才又溫柔嚴肅地看向她，「我仍然相信必須牽起一個女子的手並擁有她的心，或是有個小孩，才能成為一個家。」

「是沒錯，但……但您已經有了小孩了啊！」波麗安娜緊接著表示，「您有吉米啊！」

男子發出會心的一笑。

「我知道。但是……我不認為吉米現在還算是……小孩。」他表示。

「是……是啊，當然不能算是。」

「再說……波麗安娜，我已經決定了。我一定要再牽起一個女人的手並擁有她的心。」他的語氣變得沉重且聲音聽起來有些顫抖。

「喔？是嗎？」波麗安娜十指交扣的雙手，手指已被她拗到快要抽筋的地步。不過，約翰・潘道頓似乎既沒聽見也沒看到，他突然起身，並緊張地在這個小小的空間裡來回踱步。

「波麗安娜，」他停下來看著她，「如果……如果妳是我，現在正打算去請自己深愛的女子來到這裡，把那堆灰色石頭蓋的老房子變成一個家，妳會怎麼做？」

坐在椅子上的波麗安娜嚇了一大跳，雙眼毫不掩飾地直接望向入口，儼然就是一副想逃的樣子。

「噢，可是，潘道頓先生，我不會……我不知道該怎麼做？」她太過驚慌所以一開口就結巴個不停，「我敢說……您……您維持現在這個樣子……肯定……肯定會開心得多。」

男子先是不可置信地看著她，隨即苦笑出來。

「波麗安娜，我剛才說的事……真的有這麼糟糕嗎？」

「糟……糟糕？」波麗安娜已經做好隨時拔腿就跑的準備。

「是啊，還是妳只是想用比較迂迴的方式讓我知道，她無論如何都不會接受我？」

「噢，不……不是這樣的。她會答應的，您也知道，她非得答應不可。」波麗安娜急著解釋，「不過我一直認為……我是說，我在想，若是……若是這個女孩不愛您，那您一個人或許還比較快樂。況且……」她看到約翰・潘道頓臉色一變，就不敢再往下說。

「波麗安娜，如果她不愛我，我是不會想跟她在一起的。」

「是啊，我想也是。」波麗安娜看起來似乎不再那麼不安了。

「再說，她也不是女孩了。」約翰・潘道頓接著表示，「她是一位成熟的女性，所以說，她應該知道自己要什麼。」男子一臉嚴肅並帶著些許不滿的口吻說道。

「噢！噢！」波麗安娜喜出望外地笑開來，開心的表情還帶著一絲難以言喻的興奮與欣慰之情，「所以您愛上了……某一個人！」波麗安娜差點脫口說出「所以您愛上了另一個人」，她好不容易才把話圓了回來。

「愛上了某一個人！我剛才不就是這麼告訴妳的嗎？」約翰・潘道頓有些哭笑不得地說：「我想知道的是……有沒有辦法可以讓她也愛上我？這點我多少得……仰賴妳的幫忙，波麗安娜，因為她是妳的好朋友。」

「真的嗎？」波麗安娜笑著說：「那她是非愛上您不可了，因為我們一定會讓她愛上您的！說不定，或許她早就愛上您了。快說，這個人到底是誰？」

約翰．潘道頓沉默了好一會兒才開口。

「總之，我想……波麗安娜，我還是別……好啦，我說……這個人是……難道妳猜不出來嗎？好啦，是……是卡魯夫人。」

「噢！」波麗安娜恍然大悟地笑著說：「這實在是太好了！我好開心、好開心，真的好開心！」

在這漫長的一小時結束後，波麗安娜立刻寫封信給吉米，可是內容不只是令人費解，還有些語無倫次——因為寫信的人實在太興奮也太害羞了，所以夾雜了一大堆語意不完整也缺乏邏輯的句子。不過，即便是寫成這樣，吉米仍得出不少結論，只不過他獲得的訊息多半不是直接從字面上讀到的，而是從文字片段中推敲出來的。畢竟，在看過下列這幾句話之後，真的還需要別的資訊嗎？

「噢，吉米，他一點也不愛我，他愛的是別人。我不能告訴你是誰，但她的名字絕對不是波麗安娜。」

吉米看了看時間，估計自己或許可以趕得上七點那班開往貝爾丁斯維爾鎮的火車——而他也順利地趕上了。

63 許多年後

那天晚上，在波麗安娜把要給吉米的信寄出去以後，整個人還是處於非常興奮的狀態。她覺得自己已經快要守不住這個祕密了。通常在晚上就寢之前，波麗安娜都會去姨媽的房裡，看看她有沒有什麼需要。今天，波麗安娜問完幾個平時會詢問姨媽的問題，正準備轉身去關燈時，突然一個衝動，她又回到姨媽的床邊，呼吸急促，屈膝跪了下來。

「波麗姨媽，我實在太高興了。我現在就想告訴您，可以嗎？」

「告訴我？告訴我什麼，孩子？妳當然可以跟我說，有什麼好消息嗎？給我的好消息？」

「噢，是啊，親愛的，希望如此。」波麗安娜的臉紅了，「我希望這能讓您……開心，就算只有一點點也好，為了我，您知道的。當然，等未來某天時機成熟時，吉米也會親自來跟您說，只是我想先讓您知道。」

「吉米！」奇爾頓夫人的表情一下子變了。

「是啊，當……當他……請求您把我交給他的時候，」波麗安娜結結巴巴地說，整張小臉漲得通紅，「噢，我太高興了，我得把這件事告訴您！」

「要我把妳交給他？波麗安娜！」奇爾頓夫人從床上坐了起來，「妳該不會是在告訴我，妳跟那個吉米・賓恩之間是認真的吧！」

波麗安娜錯愕地往後退。

「為什麼？姨媽，我一直以為您很喜歡吉米啊！」

「我是啊，我喜歡現在的他，但不是那個要成為我外甥女丈夫的他。」

「波麗姨媽！」

「好了、好了，別這麼驚訝，孩子。這全是胡說八道，幸好現在才剛開始沒多久，我還有辦法阻止。」

「可是……波麗姨媽，我們已經開始了。」波麗安娜顫抖地說，「天哪，我……我已經……喜歡上他……很喜歡。」

「那就請妳控制一下吧，波麗安娜！因為我永遠、永遠也不會答應妳跟吉米・賓恩結婚。」

「可是，為……為什麼？姨媽？」

「首先，我們對他完全不了解。」

「什麼？姨媽，我們已經認識他很久了，從我還是小女孩的時候就認識他了！」

「是沒錯，那麼，他是什麼樣的人？他是從孤兒院跑出來的野孩子！我們對他的家人完全不了解，包括他的出身。」

「可是，我又不是要嫁給他的家人或是……他的出身！」

波麗姨媽哼了一聲，倒回她的枕頭上。

「波麗安娜，妳快把我氣死了。我的心跳現在就跟錘子一樣，看來今晚根本不可能好睡了。妳就不能等到明天早上再跟我說這個嗎？」

波麗安娜立刻站起身來，臉上寫滿懊悔。

「噢，可以，當然可以，波麗姨媽！明天，我確定您就會有不一樣的想法了。我確定您會的。」她重複說了兩遍，從那顫抖的聲音中，聽得出來波麗安娜重新燃起希望，接著她轉身把燈給關了。

但是隔天早上，波麗姨媽並沒有「不一樣的想法」。不只這樣，她反對他們倆婚姻的態度更加堅定。波麗安娜百般懇求、與她討論，甚至跟她說自己的幸福有多麼重要，但是都無濟於事。波麗姨媽十分固執，根本聽不進去，她嚴肅地告訴波麗安娜，如果真的嫁給吉米，萬一他的血液中流著不好的基因就會遺傳給下一代。還警告她，在她們對吉米的背景一無所知的情況下，就讓波麗安娜嫁給他，是件多麼危險的事。最後，波麗姨媽甚至搬出波麗安娜的責任感當擋箭牌，她提醒波麗安娜，這麼多年以來，她在姨媽家受到如此周全細心的照料，說波麗安娜應該對此充滿感激。最後，波麗姨媽再可憐兮兮地請求波麗安娜，千萬不要為了結婚，讓自己的姨媽心碎，就如同當年波麗安娜的媽媽所做的那樣。

十點鐘，吉米準時到了，他容光煥發、眼睛炯炯有神，但是他卻發現小波麗安娜受到不小的驚嚇，哭得全身發抖，還一直試著用兩隻顫抖的手把他推開，雖然她沒有成功。吉米臉色發白，趕緊把波麗安娜緊緊地摟在懷裡，問她究竟發生了什麼事。

「波麗安娜，親愛的，這到底是怎麼回事？」

「噢，吉米、吉米，你為什麼要來？你為什麼要來？我才正要寫一封信把事情都告訴你的。」

波麗安娜呻吟。

「可是妳已經寫給我啦，親愛的。我昨天下午就收到了，剛好來得及趕上火車。」

「不是、不是，我是說，另外一封。我之前不知道……我沒辦法。」

「沒辦法？波麗安娜，」吉米的眼中閃著憤怒的火光，「妳該不會是要告訴我，又有別人愛上妳了，所以我得繼續等了吧？」他當面質問著波麗安娜，一邊把他們倆之間的距離拉開。

「不是、不是，吉米！別這樣看我，我受不了！」

「那到底是怎麼了？什麼是妳沒辦法的？」

「我不能……嫁給你。」

「波麗安娜，妳愛我嗎？」

「愛，噢，我愛你。」

「那妳就應該嫁給我。」吉米興奮地說，又抱住了波麗安娜。

「不行、不行，吉米，你不會懂的。是……波麗姨媽。」波麗安娜花了好大的力氣才說出口。

「波麗姨媽！」

「是的，她……不同意。」

「噢！」吉米笑了一下，抬起頭來。「我們會解決波麗姨媽那邊的問題的。她以為她要失去妳啦，可是我們可以讓她知道，她就快要有個新外甥啦！」吉米故作驕傲地說。

但是，波麗安娜沒有跟著一起笑，只是絕望地搖了搖頭。

「不、不，吉米，你不懂！她……她……噢，我要怎麼告訴你？她反對我嫁給你。」

吉米抱著波麗安娜的手臂稍稍地鬆了一點，他的眼神嚴肅了起來。

「噢，這，我想我不能怪她，當然，我並不優秀。」他困窘地承認，「不過，」他含情脈脈地看著波麗安娜，「我會努力，讓妳過得快樂的，親愛的。」

「你當然會！我知道你會。」波麗安娜哭著說。

「那為什麼不給我個機會，讓我試試呢，波麗安娜？雖然她一開始不同意，但是我們結婚以後，過了一段時間就可以說服她了。」

「噢，我不能……我沒辦法這麼做，」波麗安娜呻吟，「她都這麼說了，沒有她的同意，我真的沒有辦法。你知道，她為我付出那麼多，現在又那麼依賴我。最近她的狀況很不好，吉米。還有，最近她一直……很關心我，而且一直很努力地在玩開心遊戲，雖然她有那麼多的煩惱。而且，她……她都哭了，吉米。她哭著求我別像當年……我媽媽那樣傷她的心。還有……還有，吉米，我……我真的做不到，她為我付出太多了。」

有那麼一會兒，兩個人都沒有說話。後來，波麗安娜又漲紅了臉，囁嚅地說：

「吉米，如果你……如果你能告訴波麗姨媽關於……關於你的爸爸、你的家人，還有……」

吉米突然鬆開手，向後退了一點，臉上毫無血色。

「是……因為這個？」他問。

「是的，」波麗安娜向他靠近，怯怯地碰了碰他的手臂。「別那樣想，這不是為了我，吉米。我不在乎，而且我知道你的爸爸，還有你的家人，全都是高尚仁慈的人，因為你就是這樣。可是她……吉米，拜託別這樣看我！」

但是，吉米只是低低地呻吟了一聲，然後別過了頭。一分鐘後，他哽咽著說了幾個波麗安娜聽不懂的字後就離開了。

離開哈靈頓家之後，吉米直接回家去找約翰．潘道頓。他在那間牆壁是深紅色的大書房裡找到了他。想當年，波麗安娜還曾經提心吊膽地在這裡找那個「約翰．潘道頓的骷髏頭」。

「約翰叔叔，您記不記得爸爸留給我的那個信封呢？」吉米問。

「噢，當然囉！怎麼了嗎？孩子？」約翰．潘道頓被吉米的表情給嚇了一跳。

「我現在得把那個信封打開了，先生。」

「可是，打開它是有條件的啊！」

「我也沒辦法，現在得把它打開了。我已經決定了，您覺得呢？」

「噢，好……好的，我的孩子，當然，如果你堅持的話，但是……」他困惑地問。

「約翰叔叔，您可能已經猜到了，我愛波麗安娜，我問她要不要當我的妻子，她也答應了。」

約翰高興地大喊了一聲，但是吉米並沒有停下來，他換上嚴肅又急促的口吻說，「但是她說，她不能嫁給我，因為奇爾頓夫人不同意她嫁給我。」

「不同意她嫁給你！」約翰・潘道頓的眼中閃著憤怒的火焰。

「是啊，波麗安娜求我，問我能不能把關於……關於我爸爸，還有我家人的事情告訴她姨媽，我才知道，原來是這個原因。」

「可惡！原本以為波麗・奇爾頓已經變得明理多了，沒想到還是一樣，不過她本來就是這樣，哈靈頓家一直以自己的家族為傲。」約翰・潘道頓生氣地說，「那個，你能告訴她嗎？」

「我能啊！我差點就要跟波麗安娜說了，說我爸爸是世界上最好的爸爸。但是，我想起那個信封，還有上面寫的字，所以有點害怕。在知道那個信封裡面究竟是什麼東西之前，我一個字也不敢說。有些事爸爸不希望在我三十歲之前告訴我……在我還沒長大到能夠承受一切之前，他不想讓我知道，對嗎？那個信封隱藏了一個祕密，我得知道那個祕密是什麼，而且現在就得知道。」

「或許吧，吉米，別那麼悲觀，孩子。那個祕密說不定是好事呢，你知道了也許會很開心。」

「或許吧，但是如果是好事，他為什麼一定要等我到三十歲的時候才讓我知道呢？不會的！約翰叔叔，他一定有什麼事情瞞著我，要等到我夠成熟，可以承擔一切時再跟我說。要知道，我不是在責怪爸爸，不管信裡面寫了什麼，他一定有不得已的苦衷，我敢保證。但是，我得知道裡面到底是什麼東西，您可以幫我拿過來嗎？就在您的保險箱裡，您知道的。」

約翰・潘道頓馬上站起身。

「我去拿。」他說。三分鐘後，信已經躺在吉米的手裡了，可是他馬上又把它遞了出去。

「還是您來幫我看吧，先生，然後再告訴我。」

「但是，吉米，我……好吧。」約翰・潘道頓果斷地拿出拆信刀，打開了信封，把裡面的東西都抽了出來。信封裡是一疊綑在一起的文件，再加上一張被單獨摺好的信紙，看起來就是一封信。約翰・潘道頓先把信紙攤開閱讀，而吉米在一旁望著他的臉，緊張得連大氣都不敢喘一口。他看見約翰臉上漸漸露出了驚訝、喜悅，以及另一種難以言喻的表情。

「約翰叔叔，上面寫了什麼？上面寫了什麼？」他問。

「你自己看吧。」約翰回答，同時把信放到吉米伸出的手上。

信上寫著：

信封裡的那疊紙是一些法律文件，它們可以證明，我的孩子吉米真正的名字叫做詹姆士・肯特，是約翰・肯特的兒子。約翰的妻子是桃樂絲・威瑟比，是波士頓的威廉・威瑟比之女。這裡頭還有另一封信，那封信是我要向我兒子解釋，為什麼這麼多年以來，我都不讓他跟他母親的娘家來往。如果，吉米在三十歲之後打開這封信，他就會自己讀到這些內容，我很希望他能夠原諒我。我是一個害怕失去兒子的父親，因為害怕失去他，所以採取了一切極端的作法，把他留在我的身邊。如果吉米已經過世，而這封信被陌生人打開，麻煩請讀到這封信的人，立刻通知他母親在波士頓的親人，並將信裡的文件交到他們手上。

約翰・肯特

吉米的臉色蒼白，雙手顫抖，抬起頭看著約翰・潘道頓。

「我就是……失蹤的傑米？」他結結巴巴地說。

「信上說，裡頭有許多文件可以證明。」約翰點點頭。

「卡魯夫人的外甥？」

「是的。」

「可是，為什麼……為什麼……我不懂！」沉默了一會兒之後，吉米臉上突然露出喜悅的神色，「那麼，現在我知道我是誰了！我可以告訴……奇爾頓夫人關於我家族的事了。」

「我想應該沒什麼問題，」約翰・潘道頓冷靜地回答，「據我所知，波士頓威瑟比一家的家族歷史，甚至可以追溯到十字軍東征呢，我不太確定，不過應該是十字軍東征的第一年吧。這總該讓奇爾頓夫人滿意了。至於你的父親，他也是出身名門，這是卡魯夫人告訴我的。雖然他性情古怪，跟家族裡的人處不來，當然，這部分你是知道的。」

「噢，可憐的爸爸！他那些年究竟是怎麼過的啊？帶著我東躲西藏，總是擔驚受怕，擔心被人追上，現在，許多以前讓我很困惑的事，我現在都明白了。曾經有個女人叫我『傑米』，天啊！他當時簡直氣壞了！現在我才知道，為什麼當天晚上，我們連晚餐都沒有吃，他就帶著我離開了。可憐的爸爸！那次之後，他就病倒了，病得連手腳都不聽使喚，沒過多久，他連話都不能說了。我還記得，他去世前還試著告訴我這個信封的事。現在想起來，他一定想讓我馬上把信打開，然後去找媽媽的親人。但當時，我以為他是要我好好保管它，所以就把信收好了。但是，這樣並沒有讓他放心，他反而更不安了。你看，我那時什麼都不懂，可憐的爸爸！」

「我們來看看這些文件吧，」約翰．潘道頓建議，「而且，裡面應該還有另一封要給你的信，你現在要不要看看呢？」

「好啊，當然，還有……」年輕人看了看時鐘，不好意思地笑了笑，「我在想，我什麼時候能回去找波麗安娜。」

約翰．潘道頓皺起眉頭思考，他看了吉米一眼有些猶豫，不過最後還是說了：

「我知道你想見波麗安娜，孩子，這我不怪你，但是，我突然想到，在這種情況下，你應該先去見卡魯夫人，把這疊文件拿給她看。」他拍了拍面前的文件。

吉米皺起眉頭，考慮了一會兒。

「好的，先生，就這麼辦。」他順從地答應了。

「還有，如果你不介意，我想跟你一起去。」約翰．潘道頓又建議，看起來有點害羞。「我……我自己也有一些事要跟你的姨媽討論，我們下午三點出發，行嗎？」

「好，就這麼說定了，先生。天哪！我真的是傑米！這就像夢一樣！」年輕人大喊了一聲，站起身來不停地在房間裡踱步。「現在，我在想，」他停下腳步，像個孩子一般地紅了臉，「您覺得，露絲姨媽，會不會……很介意？」

約翰．潘道頓搖了搖頭，又換上一副嚴肅的表情。

「不會的，孩子，但是，我想到我自己，我該怎麼辦？如果你是她的外甥，那我算什麼呢？」

「您！難道您覺得我們會把您丟到一旁嗎？」吉米激動地反問，「您不用擔心這個，我想露絲姨媽也不會介意。她還有傑米啊，您知道的，還有……」他突然停了下來，眼神變得憂鬱了起來，「天哪！約翰叔叔，我忘了還有傑米。要是他知道了，一定很難受！」

「是啊，我也想到了，不過，他已經被合法收養了，不是嗎？」

「噢，是這樣沒錯，但是我指的不是這個。我是說，他其實不是真正的傑米，還有他可憐的兩條腿！噢，約翰叔叔，這會要了他的命的。他對我說過這些，我都知道。還有，波麗安娜跟卡魯夫人也跟我說過他的想法，說他多麼相信自己就是真的傑米，又有多快樂。天哪！我不能就這樣毀了他的快樂，但是我該怎麼辦呢？」

「我不知道，孩子，可是我覺得也沒有別的辦法了。」

他們倆沉默了很長的一段時間，吉米又開始在房間裡焦躁地踱步，突然他轉過身，整張臉都在發光。

「我知道，我有辦法了。我知道卡魯夫人也會同意的！我們都不要把這件事講出去！我們不說！除了卡魯夫人，還有……還有波麗安娜跟她的姨媽……我得告訴她們。」他加上最後一句話。

「當然了，孩子，至於其他人……」約翰．潘道頓還在猶豫。

「這不關別人的事。」

「不過，記住，你得做出很大的犧牲，各方面都是。我希望你自己考慮清楚。」

「考慮？我已經考慮過了，跟傑米比起來，其他的都不重要，先生，我沒辦法這樣傷害他。就只能是這樣。」

「我不是在怪你，而且我也覺得你是對的。」約翰．潘道頓真心地說，「再來，我覺得卡魯夫人也會同意的，尤其是她知道真正的傑米終於找到了。」

「您知道嗎？她總是說她好像在哪見過我。」吉米笑著說，「好了，我們搭幾點的火車？我準備好了。」

「噢，我還沒準備呢。」約翰．潘道頓笑著回答，「幸好火車還有好幾個小時才開。」他一邊說一邊站起身，轉頭離開房間。

64 新阿拉丁神燈

約翰．潘道頓的行前準備工作可說是既倉促又繁瑣，而這些準備工作大都是公開進行的，只有兩項例外。那兩項工作指的是兩封信，一封是給波麗安娜，另一封則是給波麗．奇爾頓夫人。潘道頓將這兩封信交給管家蘇珊時，還特別交代了幾項指示，並要她在完成指示後，再把信交給兩人，然而這一切都是在吉米不知情的狀況下進行。

當兩人快抵達波士頓時，約翰．潘道頓對吉米說：

「孩子，我想請你幫個忙——或者該算是兩個忙。第一個忙，是在明天下午之前，我們都先不要將此行的目的對卡魯夫人說；另一個忙，則是請讓我先過去，當你的……使者，至於你本人則先不要出現，一直等到大約……大約下午四點再現身，這樣你願意嗎？」

「我當然願意！」吉米立刻答道：「不只願意，而且還非常樂意。我本來還在傷腦筋該如何開口，現在很開心有人願意擔任這個工作。」

「太好了！那我明天會試著用電話先聯絡你的姨媽，並跟她約個時間。」

吉米信守承諾，一直到隔日下午四點才現身在卡魯夫人的宅第前。雖然有這麼長的時間讓他做好心理準備，但當這一刻真的來臨時，他還是突然感到非常不安。所以他先在門口來回走了兩趟，並確定自己鼓足足夠的勇氣，才走上臺階並按下門鈴。

不過，一見到卡魯夫人，他便立刻恢復成平常的樣子，卡魯夫人不但很快便讓他放鬆下來，也非常有技巧地掌控了整個局面。一開始當然免不了會有些幾聲感嘆、甚至是落淚的情況，就連約翰．潘道頓都克制不住，趕緊伸手去拿他的手帕，但過沒多久就恢復到平日安靜的氣氛。只是從卡魯夫人溫柔的眼神，和吉米及約翰．潘道頓欣喜若狂的幸福神情，還是感覺得到這個場面的不尋常之處。

「我認為你願意為傑米這麼做真是太好了！」過了一會兒，卡魯夫人說道：「事實上，吉米……因為某個你我心照不宣的原因，我還是叫你吉米好了。再說，我也比較喜歡叫你吉米……我真的非常認同你的做法，但前提當然是在你願意的情況下，而我同樣也要做出犧牲，」她含著淚水說：「不然我多想驕傲地告訴全世界，你就是我的外甥。」

「事實上，露絲姨媽，我……」吉米一聽到約翰．潘道頓輕聲暗示便立刻住了口，然後他一轉頭就看見傑米和珊蒂．迪恩兩人站在門口，傑米的臉色異常地慘白。

「露絲姨媽？」他詫異地看著吉米與卡魯夫人，「露絲姨媽？你的意思該不會是……」

卡魯夫人的臉上頓時失去血色，而吉米也好不到哪去，然而約翰．潘道頓卻像是有備而來，立刻自信滿滿地走上前去。

「是的，傑米。為什麼不行？反正遲早都要跟你說，不如我現在就告訴你。」吉米先是深吸了一口氣，接著便想衝上前去，但約翰・潘道頓對他使了個眼色，他就立刻鎮定下來。「不久之前，卡魯夫人答應我一個請求，讓我成為全世界最快樂的男人。現在，既然吉米叫我『約翰叔叔』，為什麼不能馬上改口叫卡魯夫人『露絲姨媽』呢？」

「噢，這真是太好了！」傑米開心地大喊，而吉米則是在約翰・潘道頓眼神的暗示下，刻意壓抑住自己的詫異與興奮的情緒以免穿幫。而接下來，羞紅了臉的卡魯夫人自然成為全場矚目的焦點，一場危機也就這麼迎刃而解。但稍後，吉米則是聽到約翰・潘道頓在自己的耳邊低聲說道：

「所以你看，你這個小混蛋，到頭來，你不僅沒有失去我，現在還同時擁有我們兩個人。」

就在場內眾人的驚嘆聲和恭喜聲仍此起彼落之際，傑米突然眼睛一亮地轉頭對珊蒂・迪恩表示：

「珊蒂，我現在要告訴他們囉！」他得意洋洋地宣告。不過傑米話還來不及說出口，眾人就從珊蒂臉上充滿喜悅的光采及溫柔的眼神知道了兩人的喜事，頓時響起了更多驚呼與道賀聲，眾人也都開心興奮地彼此握手致意。

然而很快地，吉米卻開始以羨慕和嫉妒的目光看著在場的四人。

「你們倒好，」然後他抱怨道：「你們都雙雙對對的，我一個人在這裡幹什麼？不過，我可要告訴你們，要是某位年輕的小姐也在場，我或許也有個消息可以對你們宣布。」

「等一下，吉米，」約翰・潘道頓打斷他，「我們來玩一個我是阿拉丁的遊戲，讓我先把神燈擦一擦。卡魯夫人，可否允許我召喚瑪麗？」

「可……可以啊，當然可以。」卡魯夫人一臉疑惑地說，而其他在場的人也面面相覷。

不久之後，瑪麗出現在門口。

「聽說不久之前，波麗安娜小姐也到了，是吧？」約翰．潘道頓問道。

「是的，先生，她到了。」

「可以麻煩妳去請她下來嗎？」

「波麗安娜在這裡？」瑪麗一離開，現場便響起眾人驚喜的歡呼聲。吉米先是嚇得臉色發白，但隨即又羞紅了臉。

「是啊！卡魯夫人，昨天我自作主張地請管家送了封信給她，請她來看妳。我認為這個小女孩需要放個假好好地休息一下。同時，我也交代管家直接待在那裡以便就近照顧奇爾頓夫人。此外，我還親自寫了封信給奇爾頓夫人。」約翰．潘道頓補充說道，隨即轉向吉米並以眼神明白地告訴他不用擔心，「我想她讀過我的信之後，會讓波麗安娜來的。看來我沒猜錯——她真的來了。」

接著就看到波麗安娜紅著臉、眼睛閃閃發亮地出現在門口，只不過她臉上多了幾分羞怯及疑惑。

「我最親愛的波麗安娜！」吉米立刻衝上前去迎接她，並毫不猶豫地將她擁入懷中親吻著她。

「噢，吉米，別在這些人面前這樣！」波麗安娜尷尬地抗議。

64 新阿拉丁神燈

「哼！就算……妳站在華盛頓街的正中央，我也一樣照親不誤。」吉米信誓旦旦地說，「再說妳先看看妳說的『這些人』，再擔心也不遲啊！」

於是波麗安娜一轉頭就發現到：

在某扇窗前，傑米和珊蒂．迪恩小心翼翼地後退並轉過身去；而在另一扇窗邊，卡魯夫人和約翰．潘道頓也做著同樣的動作。

波麗安娜露出會心的一笑，吉米看著她可愛的笑容，情不自禁地又親了她一下。

「噢，吉米，你說這一切是不是太棒、太美妙了？」她輕聲地說，「而且波麗姨媽也知道事情的真相，所以一切都沒問題了。我從來都不覺得有什麼問題，但她一開始卻一直替我感到難過，不過她現在非常地開心，而我也是。吉米，現在每一件事都讓我開心、開心、好開心！」

吉米既高興又心疼地望著她。

「小女孩，願上帝保佑妳能永遠都這麼開心，快樂也能永遠與妳同在。」他激動地說完後，便將她緊緊地擁在懷中。

「我相信一定會的。」波麗安娜張著閃閃發亮的大眼睛，自信滿滿地說道。

64 新阿拉丁神燈

世紀經典 06

愛少女波麗安娜

作者 愛蓮娜・霍奇曼・波特
譯者 劉芳玉、蔡欣芝

封面設計 黃耀霆 **責任編輯** 劉素芬 **內文排版** 藍天圖物宣字社
副總編輯 林獻瑞 **印務經理** 黃禮賢

社長 郭重興
發行人兼出版總監 曾大福
出版者 遠足文化事業股份有限公司 好人出版
新北市新店區民權路108-2號9樓
電話02-2218-1417#1282 傳真02-8667-1065
發行 遠足文化事業股份有限公司 新北市新店區民權路108-2號9樓
電話02-2218-1417 傳真02-8667-1065
電子信箱service@bookrep.com.tw 網址http://www.bookrep.com.tw
郵政劃撥 19504465 遠足文化事業股份有限公司
法律顧問 華洋法律事務所 蘇文生律師
印製 成陽印刷股份有限公司 電話02-2265-1491

初版 2021年5月19日
定價 450元
ISBN 978-986-06375-0-2

國家圖書館出版品預行編目資料

愛少女波麗安娜 / 愛蓮娜・霍奇曼・波特作；劉芳玉, 蔡欣芝譯. -- 初版. -- 新北市：遠足文化事業股份有限公司好人出版：遠足文化事業股份有限公司發行, 2021.05
面； 公分. --（世紀經典 ; 6）
譯自：Pollyanna & Pollyanna grows up.
ISBN 978-986-06375-0-2（平裝）
874.596 110006055

讀者回函QR Code
期待知道您的想法